EXCALIBUR

Herausgegeben von
Melissa Andersson
und
Gerd Rottenecker

Die Bücher der Fey bei Excalibur:

Die Felsenwächter
Das Schattenportal
Der Thron der Seherin
Die Nebelfestung
Der Schattenprinz
Die Erben der Macht
Die Augen der Roca
Im Zeichen der Schwerter
Die roten Klippen
Das Seelenglas

Kristine Kathryn Rusch

DAS ZEHNTE BUCH DER FEY

Das Seelenglas

Ins Deutsche übertragen von
Gerald Jung und Sabine Reinhardus

Knaur

Die englische Originalausgabe erschien 1998
unter dem Titel »The Fifth Book of the Fey: Victory / Teil 2«
bei Bantam Spectra, London

Besuchen Sie uns im Internet:
www.droemer-weltbild.de

Deutsche Erstveröffentlichung 2001

Umschlagkonzept: Melissa Andersson
Umschlaggestaltung: ZERO Werbeagentur, München
Umschlagabbildung: Richard Hescox
Lektorat: Ralf Reiter
Satz: Ventura Publisher im Verlag
Druck und Bindung: Nørhaven A/S
Printed in Denmark
ISBN 3-426-70202-9

5 4 3 2 1

1

Pausho sah um Jahre gealtert aus. Gebückt und mit hängendem Kopf schlurfte sie neben Zak einher wie eine Besiegte.

Besiegt von Matthias.

Matthias folgte den beiden. Er verdrängte jedes Gefühl der Schuld, aber auch der Genugtuung. Seit er vor ein paar Tagen davon gehört hatte, sehnte er sich danach, endlich die ursprüngliche Niederschrift der Worte zu Gesicht zu bekommen, aber erst jetzt war es soweit. Er hatte schon befürchtet, die Weisen würden ihm niemals den Zutritt zu dem Gewölbe gestatten.

Aber sie hatten eingewilligt.

Wegen der Fey.

Zak hatte eine Geheimtür in der Wand der Versammlungshalle aufgestoßen, hinter der viele Stufen abwärts in die Finsternis führten. Zak zündete eine Fackel an und hielt sie mit ausgestrecktem Arm vor sich, aber die Flamme verbreitete nur ein schwaches Dämmerlicht.

Die Treppe führte in einen breiten Gang, der aus dem Gestein des Felsens gehauen und frei von Spinnweben und Staub war. Offensichtlich wurde er regelmäßig gefegt. Der Gang erinnerte Matthias an die Katakomben unter dem Tabernakel, und er fragte sich, wozu diese wohl einst gedient hatten.

Dieser Gang hier schien allerdings noch älter zu sein. Die Steine waren uneben und wurden von mehreren Schichten Mörtel zusammengehalten. An manchen Stellen war die oberste Schicht abgeblättert und enthüllte eine ältere.

Dieses Wissen hatten die Weisen von Constantia seit Jahrhunderten gehütet. Jetzt teilten sie es mit einem Langen.

Wieder stieg die Vorfreude in Matthias auf, und er unterdrückte sie mit Mühe. Er durfte sich vor Pausho nichts anmerken lassen. Sonst würde sie das Unternehmen sofort abbrechen, und das durfte Matthias nicht riskieren. Er mußte so rasch wie möglich einen Blick auf die Worte werfen. Er hatte Pausho nicht angelogen. Vielleicht konnte ihm das, was im Gewölbe aufbewahrt wurde, die dringend notwendigen Informationen und Antworten liefern. Sie mußten sich gegen die Fey zur Wehr setzen. Und das hier war womöglich ihre letzte Chance.

Sonst war die Blaue Insel endgültig verloren.

Der Gang schien kein Ende zu nehmen. Das Licht der einzigen Fackel erhellte einen Kreis um Zak. Die Luft wurde feucht und dumpf, und ab und zu glitzerten kleine Pfützen auf dem Steinfußboden. Sie waren schon einige Zeit gegangen, als Matthias auffiel, daß der Fußboden die Farbe gewechselt hatte.

Er war jetzt rot wie der Berg, wie das Gestein, bevor es aus dem Felsen gebrochen wurde.

Sie befanden sich unter den Blutklippen auf dem Weg zu einem Ort, der schon lange vor der Errichtung der Stadt und der Versammlungshalle existiert hatte. Vielleicht sogar schon vor der Gründung des Kreises der Weisen.

Matthias bekam eine Gänsehaut, aber das lag nur zum Teil an der kühlen Luft. Er hatte ein ganz ähnliches Gefühl wie damals auf dem Berg: Er spürte die Anwesenheit einer großen Macht.

Aber diese Macht war noch sehr weit weg.

Pausho drehte sich kein einziges Mal nach ihm um und sagte auch nichts. Sie klammerte sich an Zaks Arm und trottete vor Matthias her. Im Kampf mit den Fey hatte sie ihre letzten Kraftreserven aufgebraucht. Matthias hatte es selbst gesehen, und es hatte ihn wider Willen beeindruckt.

Für Constantia gab Pausho ihr Letztes. Wenn Constantia in Gefahr war, kämpfte sie wie eine Löwin, so sehr fühlte sie sich eins mit ihrer Stadt.

Nie hätte Matthias gedacht, daß Pausho und er einmal Verbündete sein würden, auch nicht gezwungenermaßen. Für ihn war Pausho immer nur der personifizierte Haß gewesen.

Offensichtlich hatte er sich getäuscht.

Irgendwie verstimmte ihn das. Es war leichter gewesen, Pausho abzulehnen und anzunehmen, daß sie alles, einschließlich ihres Versuchs, ihn umzubringen, getan hatte, weil es ihrer durch und durch bösen Natur entsprach, nicht, weil es nach ihrer Auffassung vernünftig war.

Matthias war müde, sämtliche Knochen taten ihm weh. Auch seine Kehle schmerzte immer noch. Er spürte die vertraute Energie nicht mehr, und der unerwartet lange Marsch erschöpfte ihn zusätzlich.

Der Gang führte jetzt nicht mehr abwärts, aber es wurde trotzdem immer kälter. Sie waren jetzt tief unter der Erde. Hier war der Gang nicht mehr aus behauenen Steinen gemauert, sondern Boden, Wände und Decke bestanden aus einem Stück, von Menschenhand oder den Elementen ausgehöhlt. Der Stein war überall rot.

Eine Höhle.

Matthias fragte sich, ob dieser Gang wohl unterirdisch mit jener Höhle verbunden war, die Jewel bewachte. Sie mußte sich unter demselben Gebirgszug befinden. Dieser Gang hier führte allerdings nach Osten, Jewels Höhle lag weiter nördlich und nur wenige Kilometer von Constantia entfernt.

Schon als Kind hatte man ihn vor den unzähligen verborgenen Höhlen unter den Blutklippen gewarnt. Das war nur logisch, denn man hatte ihn ja auch vor den Klippen selbst gewarnt, obwohl sie ihn stets gelockt hatten.

So wie jetzt.

Pausho drehte sich nach ihm um. Zaks Fackel erleuchtete nur ihre eine Gesichtshälfte. Sie blickte Matthias einen Moment lang forschend an, dann seufzte sie. »Du fühlst es.«

Es war eine Feststellung, keine Frage, deshalb antwortete Matthias auch nicht. Es war ganz offensichtlich eine Art Prüfung.

»Er fühlt es, Zak.«

»Wieso überrascht dich das?« fragte Zak so gedämpft, daß Matthias die Ohren spitzen mußte, um ihn zu verstehen.

Pausho wiegte bedächtig den Kopf. »Ich hatte gehofft, es wäre nicht so.«

»Du hast gehofft, ich wäre nicht wie du«, warf Matthias ein. »Es ärgert dich jedesmal furchtbar, wenn du feststellen mußt, daß wir etwas gemeinsam haben.«

Aber Pausho ging nicht darauf ein. Sie stützte sich wieder auf Zak und ging so unbeirrt weiter, als hätte sie nichts gesagt.

Matthias zitterte. Ein überwältigender Zorn, von dessen Existenz er bis dahin nichts gewußt hatte, stieg in ihm auf. Wie sehr er sich auch gegen Pausho wehrte, sie schaffte es jedesmal, ihn aus der Fassung zu bringen.

Sie bogen um eine Ecke und standen vor einem riesigen Steinportal, das im Gegensatz zum umliegenden roten Gestein grau und tot aussah. Es bestand aus einem einzigen Felsblock und paßte genau in die Öffnung. Es besaß einen hölzernen Riegel, an dem wiederum ein großes Schloß hing.

Pausho suchte in ihrer Rocktasche und förderte schließlich einen Schlüssel zutage. Sie drehte ihn im Schloß und zog daran.

Mit lautem Klirren fiel das Schloß auf den Boden.

Dann kämpfte Pausho mit dem schweren Riegel, hob ihn an, stemmte ihn heraus und legte ihn neben dem Portal auf den Boden. Matthias wollte ihr helfen, aber Zak hielt ihn am Ärmel zurück.

Die Fackel warf blutrote Schatten an die Wand. Das Klirren des Schlosses und das Poltern des Riegels hallten in dem kleinen Vorraum wider. Auf einmal fühlte Matthias sich nicht mehr sehr wohl in seiner Haut.

Pausho drückte die Tür auf. Sie schrammte knapp an dem Holzbalken vorbei und schlug mit lautem Knall gegen die Wand. Ein paar Sekunden lang verblaßte der Stein der Wand zu einem hellen Rosa, dann nahm er wieder sein voriges tiefes Rot an. Es sah fast so aus, als sei der Stein verletzt.

Als Matthias das sah, nahm er all seinen Mut zusammen. Sie konnten ihn genausogut hierhergelockt haben, um ihn umzubringen, statt mit ihm zusammenzuarbeiten.

Wieder schluckte er und versuchte, seine Nervosität zu unterdrücken. Er hatte längst herausgefunden, daß Pausho jede Schwäche, die er zeigte, gnadenlos ausnutzte.

Dann erinnerte er sich wieder daran, wie es sich angefühlt hatte, als sein Körper vor Energie fast überströmte. Ob er wohl immer noch auf seinen Fingerspitzen Feuer entfachen konnte?

Hier in diesem Gang, in Paushos und Zaks Gegenwart, konnte er das unmöglich überprüfen. Aber er würde nicht zögern, sich seiner Fähigkeiten zu bedienen, falls es nötig war.

Zak hatte Pausho die Hand auf die Schulter gelegt. Er sprach leise auf sie ein, aber Matthias wußte ohnehin, was er sagte. Zak erinnerte die Alte daran, daß jetzt ihre letzte Chance war umzukehren, die letzte Gelegenheit, Matthias wie einen Feind zu behandeln, nicht wie jemanden, der in die Geheimnisse ihres Gewölbes eingeweiht wurde.

Aber Pausho nahm Zak die Fackel aus der Hand und trat durch das Portal. Hinter der Schwelle blieb sie stehen und entzündete Fackeln auf beiden Seiten der Wand. Dann drehte sie sich nach Matthias um.

»Es verstößt gegen alles, was man mich gelehrt hat«, sagte sie.

»Einen Langen an diesen Ort zu führen?«

»Ja.«

»Ich habe geschworen ...«

»Es ist mir egal, was du geschworen hast«, fiel sie ihm ins Wort. »Mir geht es nur darum, ob du einen Weg findest, die Eindringlinge aufzuhalten.«

»Und wenn ich keinen finde?«

Pausho warf ihm einen stechenden Blick zu, dann wandte sie sich ab und ging weiter. Zak stand neben dem Portal und beobachtete Matthias mit leisem Lächeln.

Sie konnten ihn töten. So mühelos wie einen Fey, dem man von hinten ein Schwert in den Rücken stieß. Vielleicht hatten sie aber auch andere Mittel und Wege, mit Langen fertig zu werden, die dem Säuglingsalter entwachsen waren.

Matthias bekam eine Gänsehaut. Unwillkürlich rieb er sich die Arme. Er mußte das Wagnis eingehen. Die Fey ließen ihm keine andere Wahl.

Er nahm sich zusammen und trat, ohne Zak anzusehen, über die Schwelle.

Im Innern des Gewölbes war es überraschend warm, als flakkere irgendwo ein Feuer. Pausho war dabei, weitere Fackeln anzuzünden, die an den roten Wänden des Zimmers befestigt waren. Denn es war ein richtiges Zimmer, mit Stühlen, Tischen, Lampen und allem, was dazugehörte. In einer Ecke stand sogar ein Bett, und an der Rückwand befand sich eine weitere Tür.

»Hierher ziehen sich die Weisen zurück, wenn sie die Worte studieren wollen«, erklärte Pausho, als wäre Matthias ein Neuling, den es zu unterweisen galt.

Das Zimmer war so groß, daß sich mehrere Leute gleichzeitig darin aufhalten konnten, sofern sie nichts dagegen hatten, auf Sofas oder Stühlen zu schlafen. Im Fackelschein wirkte der Raum einladend, wenn auch etwas zu warm. Wände, Boden und Decke schimmerten in anheimelndem Rot.

Aber die Worte konnte Matthias nirgends entdecken. Er sah überhaupt keine religiösen Gegenstände.

»Warte hier«, sagte Pausho zu Zak.

Zak ließ sich seufzend auf das Bett fallen und verschränkte die Arme vor der Brust. Er starrte auf die Tür im hinteren Teil des Raumes, als könnte er durch sie hindurchsehen. Da begriff Matthias. Er und Pausho würden durch diese Tür gehen, und Zak würde in unveränderter Haltung ihre Rückkehr abwarten.

»Komm«, sagte Pausho.

Sie schlängelte sich an den Möbeln vorbei und ging auf die Tür zu, die Fackel noch immer in der Hand.

Es war eine kleine Holztür, die so unbedeutend wirkte wie die Tür zu einem Wandschrank. Sie besaß kein Schloß, nur eine Klinke, die Pausho jetzt niederdrückte. Die Tür öffnete sich nach innen, und ein so gleißendes Licht fiel hindurch, daß Matthias blinzeln mußte.

Licht.

Matthias nahm zuerst an, daß jemand vergessen hatte, seine Fackeln auszulöschen, aber das war unwahrscheinlich. Fackeln brannten zu rasch herunter, und außerdem war es gefährlich, sie unbeaufsichtigt brennen zu lassen. Funken oder züngelnde Flammen konnten die Fackelhalter in Brand setzen. Außerdem flackerte dieses Licht nicht wie Fackelschein. Es war ganz gleichmäßig, fast wie Tageslicht, nur nicht ganz so hell, aber auch nicht so matt wie Mondlicht.

Ein solches Licht hatte Matthias noch nie gesehen.

Es schien vom Boden auszugehen.

Der ganze Fußboden leuchtete weiß. Pausho steckte ihre Fackel in einen leeren Fackelhalter und betrat den Boden, ohne daß sich das Licht unter ihren Schritten veränderte.

Sie drehte sich nach Matthias um. »Wenn du die Worte sehen willst ...«, sagte sie, »... hier sind sie.«

Ihr schien das Licht nichts anzuhaben, und er war schließlich wie sie. War er das wirklich? Matthias hatte sich nie Gedanken gemacht, ob der Schimpfname »Dämonenbrut« womöglich auf körperliche Besonderheiten anspielte, die über eine ungewöhnliche Körpergröße hinausgingen.

Aber jetzt wollte er lieber nicht darüber nachdenken.

Es war sowieso zu spät.

Er folgte Pausho.

Als er den weißen Boden berührte, zuckte er zusammen, weil er befürchtete, sich zu verbrennen. Aber der Boden fühlte sich durch seine Stiefelsohlen nicht anders an als der Fußboden des Zimmers, aus dem sie gekommen waren.

Im Inneren des Gewölbes kam Matthias das Licht weniger blendend vor, als hätten Paushos Schritte es gedämpft. Zögernd ging er weiter, und die Tür fiel hinter ihm mit leisem Klicken ins Schloß.

Pausho hatte sie nicht berührt.

Matthias' Herz hämmerte. Es war ganz still im Raum, nicht einmal Paushos Atmen war zu hören. Die Stille hatte etwas Heiliges.

Matthias war noch nie zuvor in einem Raum gewesen, der sich heilig anfühlte.

Das Gewölbe kam ihm weihevoller vor als alle Sakristeien im Tabernakel. Zum ersten Mal in seinem ganzen Leben glaubte Matthias, die Gegenwart Gottes zu spüren.

Pausho beobachtete ihn aufmerksam mit ihren hellen, blauen Augen. Sie runzelte leicht die Stirn, und sie war ungewöhnlich blaß. Aber sie rührte sich nicht von der Stelle und sprach kein Wort. Matthias konnte sich in Ruhe umsehen.

Obwohl es sich so anfühlte, war das Gewölbe nicht leer. Es war wie die anderen Räume und Gänge aus dem Fels gegraben, allerdings war auch die Decke weiß. Wieder konnte Matthias nicht erkennen, ob Menschenhand den Stein ausgehöhlt hatte oder über Jahrhunderte und Jahrtausende stetig rinnendes Wasser. Auch die Wände waren weiß und mit kostbaren Teppichen behängt. In dem seltsamen Licht schimmerte der Stoff geheimnisvoll. Das Gold leuchtete noch goldener, das Rot glühte, die Grüntöne – Matthias hatte noch nie so lebhafte Grüntöne auf einem Wandteppich gesehen – waren so frisch wie taubedecktes Gras an einem sonnigen Tag. Die Teppiche waren wie Vorhänge in gleichmäßigen Abständen über alle Wände verteilt und ließen nur an einer Wand eine Lücke frei, an der nebeneinander mehrere Korridore abgingen.

Von einem dieser Korridore schien Matthias ein merkwürdiger Sog auszugehen.

Er betrachtete den betreffenden Eingang genauer, aber er unterschied sich in nichts von den übrigen. Matthias fühlte nur den Drang, dem Korridor zu folgen, dort hinzugehen, wo es ihn sein Leben lang hingezogen hatte.

Wartete Jewel etwa auch dort auf ihn?

Pausho biß sich auf die Unterlippe. Sie wußte genau, was in ihm vorging.

Matthias wandte den Blick von den Korridoren ab. Vor ihm ragte ein steinerner Altar auf, auf dessen Platte ein dicker Buchdeckel voller loser Seiten lag.

Die Worte.

Matthias war verblüfft, daß sie so offen aufbewahrt wurden und daß das Papier, obwohl es sehr alt sein mußte, wie neu aussah. Vielleicht befanden sich die ursprünglichen Worte woanders, und dieses Bündel war nur ein Symbol.

Er zwang sich, zuerst alles andere eingehend zu mustern. Zuerst den Tisch, der für das Fest des Lebens gedeckt war und in dessen Mitte die Silberkelche blitzten wie frisch poliert. Weihwasserflaschen standen auf freistehenden Regalen, und dazwischen lagen Schwerter. Von der Decke hingen im Halbkreis die Glaskugeln für die Lichter des Mittags. Matthias war sich sicher, daß sie bei der kleinsten Berührung aufleuchten würden.

Auf winzigen Stühlen saßen viele kleine Puppen aus mundgeblasenem Glas. Matthias lief ein Schauer über den Rücken. Noch nie zuvor hatte er Seelengefäße mit eigenen Augen gesehen. Sie gehörten zu jenen Geheimnissen, von denen ihm der Fünfzigste Rocaan lediglich erzählt hatte, ohne ihre Herkunft oder ihren Zweck zu erläutern. Die Puppen schienen leer zu sein, aber Matthias wagte nicht, sie anzufassen. Er hatte Angst, plötzlich Augen in dem leeren Glas aufblitzen zu sehen oder Gesichter, die er kannte.

An einer Wand waren größere Flaschen aufgereiht, die eine Flüssigkeit enthielten, von der Matthias wußte, das sie angeblich das echte Blut des Roca war. Die Flaschen schimmerten rötlich. Eigentlich sollte jeder Rocaan etwas von seinem eigenen Blut abfüllen und aufbewahren, falls »die Religion ihre Kraft einbüßte«, aber soweit der Fünfzigste Rocaan erzählt hatte, hatte es bis jetzt keiner getan.

Man hatte es nicht für nötig gehalten, denn ausschließlich das Blut des Religionsgründers besaß wundertätige Eigenschaften.

Ähnlich verhielt es sich mit den hautbespannten Trommeln, die an einer Säule aufgehängt waren. Die Haut über den Klangkörpern war straff gespannt, und Matthias nahm an, daß die Weisen sie für die echte Haut des Roca und die gekreuzten Knochen auf der Vorderseite der Trommeln für die Knochen des Roca hielten. Matthias hatte immer Schwierigkeiten gehabt, dieses Geheimnis mit dem Gedanken der Aufnahme des Roca zu vereinbaren: Wenn der Roca wirklich aufgenommen worden war und jetzt in Gottes Hand saß, warum war dann sein Leib auf der Erde zurückgeblieben? Und wer war auf die Idee gekommen, seinen Leichnam zu zerstückeln und die Einzelteile für religiöse Zeremonien zu verwenden?

»Du hast doch versprochen, dich zu beeilen«, mahnte Pausho.

»Ich komme ja schon«, erwiderte Matthias, der gar nicht gemerkt hatte, daß er wie angewurzelt stehengeblieben war. An diesem Ort mußten alle Geheimnisse versammelt sein, auch wenn er nicht alle sehen konnte. Vielleicht hätte er einige davon aber auch gar nicht erkannt. Der Fünfzigste Rocaan hatte manche Geheimnisse so flüchtig abgehandelt, daß Matthias sich nur an einen einzelnen Satz, manchmal sogar nur an das Bruchstück eines Satzes, erinnerte. Als er seinerzeit nachgefragt hatte, hatte der Fünfzigste Rocaan bloß gemeint: »Mehr gibt es darüber nicht zu sagen.«

Mehr nicht.

Aber dieses Gewölbe war der Beweis, daß da noch mehr sein mußte. Viel mehr.

»Die Worte«, sagte Pausho und deutete auf den Altar.

»Ich dachte, hier würden auch Legenden und Geschichten aufbewahrt«, bemerkte Matthias.

Pausho schnaubte. Diesen Ausdruck hatte Matthias auf ihrem Gesicht noch nie gesehen. Es spiegelte tiefste Genugtuung wider.

»Es gibt viele Legenden«, erklärte sie. »Die meisten liegen nicht schriftlich vor, und manche werden mündlich überliefert.«

Pausho hatte ihn bestimmt nicht hierhergebracht, um ihm Geschichten zu erzählen. Matthias hätte es fast ausgesprochen, aber da merkte er, worauf sich der Blick der Alten richtete.

Auf die Teppiche.

Auf diesen Teppichen waren Legenden aufgezeichnet.

»Hilfst du mir?« fragte er, den Blick ebenfalls auf die Teppiche geheftet.

»Sofern es dem allgemeinen Wohl dient«, gab sie zurück.

»Wie willst du das vorher wissen?«

Pausho zuckte die Achseln. Wahrscheinlich wußte sie nicht

mehr als er selbst. Wie auch. Sie hatte ja noch nicht einmal das Ausmaß der Gefahr begriffen.

Matthias schon.

Er würde sich zunächst den Worten widmen. Die vom Tabernakel überlieferten Worte kannte er zwar fast auswendig, aber er rechnete mit gewissen Unterschieden. Vielleicht enthielten diese Worte hier sogar eine Erklärung für die Geheimnisse.

Matthias machte einen Schritt auf den Altar zu, als er etwas Hartes unter seiner Stiefelsohle spürte. Er senkte den Blick.

In dem fremdartigen Licht funkelte ein Rubin. Merkwürdig, daß er ihm auf dem schneeweißen Fußboden nicht schon früher aufgefallen war. Er war faustgroß und in das Material des Bodens eingelassen.

Matthias runzelte die Stirn. Erst durch die Unebenheit unter seinem Fuß war er auf den Edelstein aufmerksam geworden. Jetzt sah er noch andere Juwelen, alle gleich groß und etwa im Abstand von einem halben Meter im Boden versenkt. Rechts von seinem Fuß war ein grünlich schimmernder Smaragd. Dahinter ein Saphir und noch weiter entfernt ein Brillant, der wie ein durchsichtiges Loch im Boden aussah. Die Steine waren in einem großen Kreis um den Altar angeordnet. Links von Matthias befanden sich zwei Steine, die Matthias nicht kannte: ein schwarzer, der wie ein Diamant funkelte, und ein ebenfalls funkelnder, grauer Stein. Darauf folgte ein weiterer Brillant, und endlich wurde Matthias klar, daß die Steine eine regelmäßige Abfolge bildeten: Rubin, Smaragd, Saphir, Brillant, grauer Stein, schwarzer Stein. Bestimmt ging es auf der gegenüberliegenden Seite des Altars mit einem Rubin weiter.

Matthias trat noch einen Schritt vor und erblickte weitere Edelsteine. Allerdings war das Muster hier leicht abgewandelt. Der erste Stein, kleiner und runder, war ein Smaragd. Rechts von ihm ein Rubin, links von ihm ein Saphir.

Er bemerkte, daß Pausho ihn gespannt beobachtete. Waren die Steine eine Art Wächter? Drohte Unbefugten von ihnen Gefahr?

Ihn jedenfalls ließen sie unbehelligt, soweit er das bis jetzt beurteilen konnte.

Beim nächsten Schritt trat er auf einen Saphir. Je näher beim Altar sich die Steine befanden, desto kleiner wurden sie, aber trotzdem wiederholte sich ihre Reihenfolge.

Der Altar selbst bildete das Zentrum des ganzen Musters.

Matthias trat erst auf einen schwarzen Edelstein, dann auf einen grauen, und dann stand er direkt vor dem Altar.

Er brauchte ein paar Sekunden, um zu begreifen, daß auch der Altar aus Stein bestand, allerdings weder aus dem schimmernden weißen Stein des Bodens noch aus Edelstein. Es war aber auch nicht das lebendige, rote Gestein der Blutklippen noch das stumpfe Grau der aus dem Fels gehauenen Brocken.

Dieser Stein war grau und von rosafarbenen Adern durchzogen. Goldene Pünktchen und sogar ein silbriger Schimmer glitzerten in dem Rosa. Der Quader selbst zeigte keine Bearbeitungsspuren. Er schien in der Form eines Altars direkt aus dem Boden emporzuwachsen. Eine natürliche Gesteinsformation, die von den Gläubigen für ihre Zwecke umfunktioniert worden war? Oder war der Altar doch von Menschenhand geschaffen, aber so, daß er ganz natürlich aussah?

Matthias konnte es nicht erkennen, aber er schreckte davor zurück, den Stein zu berühren.

»Wer hat diesen Ort entdeckt?« fragte er.

Die Alte verschränkte die Arme vor der Brust. Sie sah noch bleicher aus als zuvor. »Der Roca hat ihn seinem zweitgeborenen Sohn hinterlassen.«

Jenem Sohn, der den Tabernakel gegründet, den Rocaanismus ins Leben gerufen, aber auch die erste große Kirchenspaltung ausgelöst hatte.

»Habt ihr irgend etwas verändert?« erkundigte sich Matthias.

»Nichts«, verneinte Pausho. »Jedenfalls nicht in all den Jahren, in denen die Weisen nun schon über diesen Ort wachen.«

»Wozu dienen die Edelsteine?« fragte Matthias weiter.

»Ich dachte, du wolltest die Worte studieren«, wich Pausho aus.

»Ich suche etwas, das uns weiterhilft«, konterte Matthias.

»Die Edelsteine können uns nicht helfen.« Paushos Ton war streng und endgültig, und Matthias fragte sich, ob sie log. Aber im Moment konnte er es sich nicht leisten, Forderungen zu stellen. Er mußte sich mit dem begnügen, was man ihm zur Verfügung stellte, und das waren die Worte.

Matthias war derzeit der größte lebende Gelehrte des Rocaanismus und war es auch schon früher gewesen, als der Tabernakel noch von Gelehrten gewimmelt hatte. Er kannte sowohl die Ungeschriebenen als auch die Geschriebenen Worte auswendig. Er konnte den Ablauf jeder religiösen Zeremonie aus dem Gedächtnis wiedergeben und kannte die gesamte mündliche Überlieferung seines Volkes – die unverbrüchliche, mit Billigung des Tabernakels verbreitete Überlieferung.

Erst nachdem Matthias den Tabernakel verlassen hatte, war ihm klargeworden, daß die ländlichen Gegenden der Insel eine eigenständige mündliche Überlieferung besaßen, von der er und die meisten Gelehrten noch nie gehört hatten. Wenn er diese mit seiner Kenntnis der Geheimnisse kombinierte, war er tatsächlich der größte lebende Experte des Rocaanismus.

Aber seit er dieses geheimnisvolle Gewölbe betreten hatte, hatte er das Gefühl, überhaupt nichts mehr zu wissen. Es würde Jahre dauern, alle Geheimnisse in diesem Raum zu studieren. Matthias hatte erwartet, eine kleine Kammer vorzufinden, in der außer einer Abschrift der Worte nichts anderes aufbewahrt wurde.

Nicht all diese Wandteppiche und Requisiten der Geheimnisse. So etwas lag nicht einmal im Tabernakel einfach so herum und auch nicht in den Geheimzimmern des Rocaan oder den Katakomben.

Die Geheimnisse waren die Geheimnisse und wurden seit der Gründung der Religion eifersüchtig gehütet.

Deshalb hatte Matthias immer angenommen, daß sich die Kraft der Religion auf die Geheimnisse gründete. Jetzt aber geriet er ins Grübeln.

Waren sie vielleicht gerade deshalb so geheim, damit sie *nicht* angewendet wurden?

»Hast du vor, die Worte jetzt endlich zu lesen, oder willst du sie bloß von weitem anglotzen?« knurrte Pausho unwirsch.

Matthias zögerte. Dieses Gewölbe war für ihn eine Offenbarung. Darüber mußte er erst einmal gründlich nachdenken.

»Welchem Zweck dient dieser Raum?« fragte er schließlich.

»Der Beschäftigung mit der Religion«, gab Pausho zurück.

»Und warum dürfen nur die Weisen ihn betreten?«

»Weil wir das Vermächtnis des Roca verwalten.«

»Das Vermächtnis des Roca«, wiederholte Matthias langsam. »Und dieses Vermächtnis befiehlt die Ermordung von Säuglingen?«

Pausho wurde knallrot und ebenso schnell wieder bleich. »Warum mußt du dauernd darauf herumreiten?«

»Weil man mich gelehrt hat, an einen gütigen Roca zu glauben, nicht an einen, der Unschuldige hinrichtet.«

»Es sind keine Unschuldigen«, widersprach Pausho mit zitternder Stimme. »Wenn du mir nicht glaubst, kannst du es ja in den Worten nachschlagen.«

»Die Worte sagen nichts über ...«

»Deine Worte vielleicht«, unterbrach ihn Pausho. »Lies die Worte jenes Mannes, den man den Roca nennt. Dann wirst du feststellen, wie sehr deine überhebliche Religion sich irrt.«

Matthias' Hände zitterten. »Du befolgst seine Lehren, obwohl du sie nicht in allen Punkten für gut hältst?«

»Kein Mensch ist ausschließlich gut«, wehrte Pausho ab. »Ein Mensch ist einfach nur ein Mensch. Es liegt bei Gott, zu entscheiden, was richtig und was falsch ist.«

»Ach ja?«

»Lies einfach«, wiederholte Pausho.

Matthias durfte sich nicht länger damit aufhalten, mit der Alten zu diskutieren. Jetzt war der Augenblick gekommen, auf den er so lange gewartet hatte, den er aber zugleich fürchtete. Der Fünfzigste Rocaan hatte recht gehabt; Matthias war kein Ungläubiger, wie man ihm immer vorgeworfen hatte. Er war nur zu intelligent, um Behauptungen nicht zu hinterfragen. Hinter seinen Zweifeln verbarg sich ein starker Glaube.

Er hatte Angst, diesen Glauben jetzt zu verlieren.

Er trat noch einen Schritt vor und blieb unmittelbar vor dem Altar stehen. Dann legte er die Hände auf den Rand, als wollte er predigen. Der Stein unter seinen Händen war warm, fast heiß, und auf seiner Oberfläche glitzerte mehr Gold, als Matthias von weitem gesehen hatte.

Pausho ächzte und sank zu Boden.

Matthias drehte sich nach ihr um. »Alles in Ordnung?«

Die Alte nickte, senkte den Kopf und schlug beide Hände vor die Augen, als könne sie nicht mit ansehen, wie Matthias ihr kostbarstes Heiligtum berührte.

Das Buch auf dem Altar war geschlossen. Es hatte einen Ledereinband und war schon sehr alt. Eigentlich war es kein richtiges Buch, denn seine Seiten waren nicht zusammengeheftet. Es war eher eine Sammlung von Notizen, eine Mappe, in der man lose Blätter aufbewahrte, damit sie nicht verlorengingen.

Matthias strich über den Einband. Das Leder fühlte sich weich und abgegriffen an, obwohl es wie neu aussah. Pausho wandte noch immer den Blick ab. Die Arme schützend um sich geschlungen, kauerte sie auf dem Boden.

Das Gold des Altars war tatsächlich zur vorherrschenden Farbe geworden. Das ganze Gewölbe erstrahlte. Merkwürdig, dachte Matthias. Er hatte nicht gewußt, daß Stein sich so verändern konnte.

Er befühlte den sorgfältig gearbeiteten Einband, holte tief Luft und rief sich die Anfangszeilen der Worte ins Gedächtnis.

Gesegnet seist du, der du diese Zeilen liest.

Matthias öffnete den Lederdeckel und starrte auf die erste Seite, bevor er zu lesen begann.

Schon das Papier war ein Kunstwerk für sich. Es war dick und besaß eine herrliche Struktur. Die oberste Seite war nicht mit den sorgfältigen Lettern eines Kopisten bedeckt wie in den anderen Ausfertigungen der Worte, die Matthias kannte, sondern mit einer richtigen Handschrift. Es gab keinen Zweifel: Dies waren die originalen Worte. Sie waren wie in großer Eile niedergeschrieben und voller Kleckse und verwischter Buchstaben.

Der Verfasser hatte mit der rechten Hand geschrieben, und zwar von rechts nach links, wie es bei Alter Inselsprache üblich war. In diesem Falle mußte man sehr aufpassen, um das Geschriebene nicht zu verschmieren, so wie es dem Schreiber dieser Zeilen an einigen Stellen passiert war.

In Eile.

Keine Kopie.

Matthias überlief es kalt.

Dabei wirkte die Schrift so frisch, als müßte Matthias sich vorsehen, um sie nicht selbst zu verwischen.

Aber Matthias wagte nicht, die Buchstaben zu berühren. Er tippte nur ganz vorsichtig mit der Spitze seines Zeigefingers auf den Rand des Blattes. Zum ersten Mal in seinem langen Leben als Gelehrter kam ihm zu Bewußtsein, daß er die Worte bis jetzt stets in heutiger Inselsprache studiert hatte, nie in Alter Sprache.

Er kam sich wie ein Narr vor.

Es war doch so offensichtlich.

Natürlich hatte Matthias gewußt, daß es sich bei den Exemplaren der Worte, die er kannte, um Kopien handelte. Aber er hatte sich nicht klargemacht, daß jede Veränderung der Sprache, selbst wenn der Übergang fließend war, auch eine Veränderung des Inhalts mit sich brachte. Das hätte gerade ihm, der beide Sprachen, die alte und die neue, beherrschte, auffallen müssen.

Er beugte sich vor und erwartete, die Anfangszeilen in Alter Inselsprache zu lesen, in der sie hätten lauten müssen:

/ eral osselg a sail htecul ee furhsO

Damit hatte Matthias so fest gerechnet, daß er ein paar Sekunden brauchte, um zu begreifen, was statt dessen dort stand:

/... enitantsnoC ta/ irtimiD ta/ salohciN ta/ retluoC/ eN

Matthias hielt inne und übersetzte die Zeile Wort für Wort wie ein Schuljunge, aber ihre Bedeutung blieb gleich. Es war nicht der Anfang, den er gewohnt war.

Ich, Coulter, Sohn von Nicholas, Sohn von Dimitri, Sohn von Konstantin, schreibe dies aus freiem Entschluß und mit eigener Hand. Ich weiß, welchen Preis jene Mächte, die mich bedrohen, von mir fordern, und ich will es meinen Söhnen ersparen, ihn zu bezahlen.

Aber wie es scheint, habe ich einen Pakt mit den Dämonen dieses Ortes geschlossen, und für all die Reichtümer, die sie mir und der Insel geschenkt haben, werde ich bald bezahlen müssen – aber nicht mit meinem eigenen Leben, sondern mit dem Verstand meines Sohnes.

Nur zu gern würde ich den Lauf des Schicksals ändern, aber das liegt nicht in meiner Macht. Alexander und Matthias, meine Söhne, haben diesen Ort bereits verlassen, und ich kann sie nicht mehr erreichen. Sie haben sich zu einer neuen Erkundung dieser Insel aufgemacht.

Ich kann nur hoffen, daß sie sich meines Paktes mit den Geistern des Berges entsinnen und sich von ihm fernhalten, wenn sie diese Botschaft erhalten. Mögen sie ihr Leben nach ihrem besten Wissen und Gewissen führen und ihrem eigenen Stern folgen. Mögen sie jene plumpe Verführung zur Macht zurückweisen und statt dessen zu einem Leben zurückkehren, wie wir es vor dem Krieg führten.

Sollte es meinem Boten, aus welchem Grund auch immer, nicht möglich sein, meinen Söhnen diese Papiere zu überbringen, so flehe ich denjenigen, welcher dieses Dokument liest, an, jene Pflicht zu übernehmen. Dafür erteile ich ihm meinen Segen, falls jemand wie ich noch dazu befugt ist, Segen zu spenden.

Denn ich bin jener Mann, den man den Erlöser nennt, zum Guten oder Schlechten, und mag man auch allgemein davon überzeugt sein, ich sei seit zwanzig Jahren tot, so haben mir die Dämonen dennoch gestattet, in dieser Höhle weiterzuleben ...

Den Anfang des letzten Absatzes betrachtete Matthias lange mit Tränen in den Augen. Er hatte sich stets als Gelehrten bezeichnet, aber er hatte die Lehren des Tabernakels einfach hingenommen, ohne darüber nachzudenken. Spätestens seit er begonnen hatte, sich mit Alter Inselsprache zu beschäftigen, hätte ihm ein Licht aufgehen müssen.

.../acoR iii osselg moh en A
Denn ich bin jener Mann, den man »Roca« nennt.

»Erlöser« in Alter Inselsprache.

Roca.

Matthias hatte es einfach für einen Namen gehalten, nicht für einen Titel, der sich auf Tatsachen gründete. Der Roca trug einen ganz normalen Namen, und dieser lautete ausgerechnet Coulter, wie der jenes Jungen, der vor Matthias' Augen auf dem Berg in Flammen gestanden hatte. Und jener frühere Coulter, der Roca, hatte seinen Sohn Matthias genannt.

Gute alte Namen, hatte Pausho damals gemeint.

Namen aus den Blutklippen.

Familiennamen.

Aufbewahrt in einem Gewölbe unter einer Stadt namens Constantin, jetzt Constantia genannt.

Und auch die Segnungen fanden sich dort. Überall sonst falsch zitiert und entstellt. Alte Inselsprache war viel subtiler als die neue. Schon die Umstellung einzelner Wörter veränderte ihre Bedeutung. Man ließ ein paar Wörter aus, stellte ein paar andere um, und schon wurde der Satz: *Ich flehe denjenigen, welcher dieses Dokument liest, an, die Pflicht des Boten zu übernehmen. Dafür erteile ich ihm meinen Segen* ... zu: *Gesegnet seist du, der du diese Zeilen liest.*

Pausho hatte nicht gelogen.

Im Grunde hatte Matthias immer noch gehofft, daß die Alte ihn anschwindelte. Denn wenn sie in bezug auf die Worte die Wahrheit gesagt hatte, waren vielleicht auch ihre übrigen Behauptungen wahr.

Vielleicht hätte er wirklich nicht leben dürfen.

Vielleicht war er wirklich Dämonenbrut.

Aber wenn er tatsächlich böse war, was waren dann die Fey?

Noch wußte Matthias die Antwort nicht, aber er ahnte, daß er sie schon bald in jenen losen Blättern finden würde.

2

Die Wachen schritten Rugad auf der Treppe voran. In diesem ältesten Teil des Palastes gab es so viele versteckte Korridore und verschlungene Wege von einem Ort zum anderen, daß Rugad daraus schloß, daß es auch in der Geschichte der Blauen Insel Kriege oder zumindest Intrigen gegeben haben mußte.

Es gab vieles, über das dieses Volk lieber schwieg, und das beunruhigte Rugad. Er hatte eine lange Unterredung mit Tel, dem Doppelgänger, geführt. Rugad war sehr vorsichtig gewesen und hatte gehörigen Abstand von Tels Zellengitter gehalten. Nicht, daß der Doppelgänger irgendwelche faulen Tricks versucht hätte. Selia hatte Tel mit Hilfe ihrer magischen Fähigkeiten eine derartig panische Angst vor jeder Berührung eingeflößt, daß Rugad Selia bitten wollte, die Verwünschung ein wenig zu mildern. Tel konnte es kaum ertragen, mit dem Rücken die Wand oder mit seinen Beinen die Stuhlbeine zu berühren. Selias Hexenbann war viel zu stark. Rugad hatte den Verdacht, daß Tel sogar vor dem Gefühl des Essens in seinem Mund zurückschreckte, und das war nicht in Rugads Sinne. Im Moment brauchte er den Doppelgänger noch lebendig.

Tel hatte Rugad sämtliche Rituale des Tabernakels erläutert. Außerdem hatte er Rugad alles über die Religionsgeschichte der Blauen Insel erzählt, woran er sich erinnerte, und ihm den Ablauf des Gottesdienstes rezitiert. Dieser kam Rugad allerdings reichlich albern vor, dummes Geschwätz, das höchstens für die Gläubigen irgendeine Bedeutung besaß. Trotzdem hatte Rugad sich vorgenommen, gründlich darüber nachzudenken, ob nicht die eine oder andere Information nützlich sein konnte.

Leider war die Inselreligion ziemlich kompliziert. Rugad hatte gehofft, er brauche einfach nur jemanden zu befragen, der sich damit auskannte, und käme auf diese Weise ganz rasch hinter das Geheimnis der Inselbewohner und ihrer Magie.

Bis jetzt hatte Rugad allerdings nur begriffen, daß die meisten Inselbewohner sich ihrer magischen Fähigkeiten nicht bewußt waren und daß ihr religiöses System auf der Vorstellung beruhte, nur einige wenige Auserwählte verfügten über Magie, diese aber beschlossen hatten, ihre Fähigkeiten niemals einzusetzen – außer vielleicht in gewissen Notfällen, die aber seit Jahrhunderten nicht eingetreten waren.

Mit einem Kopfnicken wies Rugad den Wachen die Richtung. Ein paar von ihnen blieben stehen, so daß er an ihnen vorbeigehen konnte. Während seiner Unterredung mit dem Doppelgänger hatte Rugad alle Wachen außer Hörweite geschickt.

Nicht, daß das nötig gewesen wäre.

Die Informationen des Doppelgängers waren im besten Falle versteckte Hinweise, wahrscheinlich aber völlig wertlos.

Leider hatte sich nur ein kleiner Teil von Tels Bericht auf Magie bezogen, jedenfalls nach Rugads Ansicht. Die Legende von den Lichtern des Mittags erinnerte ihn entfernt an den Feuerzauber eines Zaubermeisters, aber die Art, in der das Zeremoniell durchgeführt wurde, hörte sich ziemlich förmlich an. Kugeln und Lichter paßten nicht zur Magie eines Zaubermeisters, jedenfalls keines Zaubermeisters, dem Rugad bis jetzt begegnet war.

Die Eigenschaften des Weihwassers waren niemandem bekannt gewesen, bis sie einer der Religionsführer durch Zufall entdeckt hatte. In Tels Bericht hatte nichts darauf hingedeutet, daß Weihwasser ein tödliches Gift war. Man hatte damit lediglich ein Schwert gereinigt, welches wiederum den Gründer der Religion, den Roca, getötet hatte.

Rugad trat über die Schwelle des Festsaales. Außer ihm und seinen Leibwachen war der große Raum leer. Durch die nach Südwesten gerichteten, hohen Fenster strömte das Sonnenlicht herein, aber man sah auch die schwarzen Qualmwolken von den Bränden im Landesinneren. Trotzdem empfand Rugad die Helligkeit nach dem Verhör in der dumpfen, düsteren Zelle als wohltuend. In den Verliesen roch es nach Verwesung und Blut, und die Erinnerung an vergangene Greueltaten schien dort noch immer in der Luft zu liegen.

Allerdings deutete nichts in der Geschichte der Inselbewohner auf derartige Ereignisse hin, jedenfalls weder in dem Zeitabschnitt, von dem ihm der Doppelgänger berichtet, noch in jenem, mit dem sich Rugad in Nye ausgiebig beschäftigt hatte.

Je länger er sich auf dieser Insel aufhielt, desto rätselhafter wurde sie ihm.

Rugad drehte der Sonne den Rücken zu und betrachtete die waffengeschmückte Wand, an der Schwerter aus allen Epochen der Inselgeschichte aufgehängt waren. Die ältesten Schwerter hingen neben der Tür. An einer Stelle war eine Lücke, wo noch der Abdruck jenes Schwertes zu sehen war, das der Schwarzkittel gestohlen hatte. Rugad fuhr mit dem Finger über die leere Stelle. Der Stein war kühl. Rugad fragte sich, ob die benachbarten Schwerter wohl auch so scharf und magisch waren.

Um das festzustellen, gab es nur eine Möglichkeit.

Rugad wandte sich zu einem der Wachsoldaten um. »Ich brauche eine Rotkappe«, befahl er barsch.

Der Mann verbeugte sich knapp, machte kehrt und verließ den Saal. Rugad verschränkte die Hände hinter dem Rücken und betrachtete wieder die Schwerter. Manche von ihnen waren blutverkrustet und rostig, andere blitzten wie frisch geputzt. Ihr Anblick ließ ein sehr kriegerisches Volk vermuten, aber da war ja noch diese verfluchte Religion. Eine Religion, die das Schwert verehrte.

Rugad fand das reichlich merkwürdig. Überall im Tabernakel und in der Religion wimmelte es von Schwertern, aber benutzt wurden sie nur bei einer einzigen religiösen Zeremonie, nämlich dem Ritual der Aufnahme.

Diese Zeremonie hatte Rugad noch nie begriffen. Er hatte Tel die Geschichte so oft wiederholen lassen, daß er sie inzwischen selbst fast auswendig konnte. Der Roca war am heiligsten aller Orte auf die »Soldaten des Feindes« gestoßen, hatte sein Schwert mit Weihwasser gereinigt und sich dann hineingestürzt. Daraufhin wurde er in Gottes Hand aufgenommen.

Allein der Wortlaut der Legende war so sonderbar, daß Rugad sie sich mehrmals hatte erzählen lassen. Jede noch so kleine Einzelheit konnte von entscheidender Bedeutung sein.

Als der Roca Gott um Gehör bat, erflehte er Schutz für sein Volk. Trotzdem wurde es von den Feinden besiegt, und es schien, daß Gott nicht zuhörte.

Das also war der Krieg, dessen Spuren Rugad überall entdeckte, aber worum es in diesem Krieg eigentlich ging, wer die Feinde waren und was aus ihnen wurde, ging aus der Überlieferung nicht hervor. Auch der Zeitpunkt, zu dem dieser Roca lebte, blieb unklar. Tel hatte eine ungefähre Vorstellung davon, wie viele Generationen der Tod des Roca zurücklag, aber auf der Insel richtete sich die Zählung nach dem jeweiligen Religionsführer, dem Rocaan, und Tel hatte erklärt, daß manche dieser Rocaans schon im ersten Jahr ihrer Amtszeit gestorben waren, während andere ihren Posten vierzig Jahre lang bekleidet hatten. Die Fey hatten zwar den Zweiundfünfzigsten Rocaan getötet, aber das hieß noch nicht, daß der Tod des Roca tatsächlich zweiundfünfzig Generationen zurücklag.

Auch dieser Palast war wohl kaum zweiundfünfzig Generationen alt, obwohl einige der Schwerter so aussahen. Zum ersten Mal, seit er Galinas verlassen hatte, war Rugad mit seiner Weisheit am Ende. Er hatte sich seinerzeit gründlich mit der Geschichte des Kontinents Galinas, seiner Länder und Völker, befaßt. Er wußte auch über die letzten zweihundert Jahre der Vergangenheit der Blauen Insel Bescheid, aber nirgendwo fand er den Schlüssel zu dem Rätsel, das zu lösen für die Fey lebenswichtig war.

Der Schleier der Zeit schien undurchdringlich.

Der Roca brachte die Feinde an den heiligsten aller Orte und bat Gott, sie zu schlagen. Als Gott nicht antwortete, erwog der Roca, die Feinde selbst zurückzuschlagen, aber dann dachte er: »Würde das nicht bedeuten, daß ich mich Gott überlegen fühle? Denn wenn Gott meiner Bitte nicht nachkommt, kann das nur bedeuten, daß Er in seiner Weisheit einen Grund dafür hat. Ich bin nur ein niedriger Sterblicher, kein Schöpfer. Ich sehe nur meine kleine Insel, sonst nichts. Ich sehe nicht einmal, was auf der anderen Seite des Meeres liegt. Ich kann Gott an diesem Ort nicht sehen und auch nicht die wilden Tiere auf den Bäumen. Ich bin nicht würdig, an Stelle meines Gottes zu entscheiden.

Manche Einzelheiten dieser Erzählung hielt Rugad für spätere Ausschmückungen. Es hörte sich so an, als habe man die tatsächlichen Ereignisse aus religiösen Gründen zu einer Legende umgedichtet. Rugad hatte gehört, daß so etwas bei vielen Völkern üblich war, obwohl ihm noch nie eine so verworrene Legende zu Gehör gekommen war.

Hatte es wirklich einen Menschen gegeben, der so gedacht und gehandelt hatte? Und auf welche Weise waren seine Gedanken überliefert worden?

Deshalb befahl der Roca seinen Leuten, sich mit gezückten Schwertern neben ihn zu stellen, die Feinde aber nicht anzugreifen. Und als die Feinde jenem heiligen Ort immer näher kamen, grüßte er sie und bat sie zu warten, bis er sein Schwert gereinigt habe. Er nahm die Wasserflasche eines gefallenen Kameraden und reinigte seine Schwertklinge.

Auf diesen Punkt war Rugad bei seiner Unterredung mit Tel immer wieder zurückgekommen. Das Wasser, mit dem der Roca sein Schwert gereinigt hatte, mußte Weihwasser gewesen sein, jedenfalls nach der Auffassung des Tabernakels. Aber dieses Weihwasser, das bei der ersten Invasion eine ganze Fey-Armee umgebracht hatte, gehörte nicht dem Roca selbst, sondern seinem gefallenen Freund.

Das verwirrte Rugad.

Während er seine Schwertklinge reinigte, sprach der Roca zu seinen Männern. Er sagte: »Ohne Wasser stirbt der Mensch. Der Leib eines Menschen erzeugt Wasser. Sein Blut besteht aus Wasser. Kinder werden in einem Wasserschwall geboren. Wasser macht uns sauber. Es macht uns gesund. Es hält uns am Leben. Im Wasser sind wir Gott am nächsten.

Niemand, der sich in Lebensgefahr befand, hielt inne, um das, was er tat, seinen Gefolgsleuten in derartig rätselhaften Worten zu erklären. So jemand hatte keine Zeit, zuerst sein Schwert sorgsam zu reinigen, bevor er es sich in die Eingeweide rammte.

Stirnrunzelnd starrte Rugad auf die Schwerter an der Wand. Das alles ergab keinen Sinn. So war es ihm schon während des Verhörs mit Tel ergangen.

Und dann diese seltsame Bemerkung über Wasser: *Ohne*

Wasser stirbt der Mensch. Aber hier auf der Blauen Insel konnte ebenjenes Wasser Menschen töten.

Jedenfalls, wenn es sich um Fey handelte.

Nichts in der Überlieferung erklärte dieses Phänomen. Wenn Weihwasser den Feind tötete, warum hatte der große Roca seine Widersacher dann nicht einfach mit Wasser überschüttet?

Rugad stieß einen leisen Fluch aus. Er verabscheute die Inselmagie. Sie beruhte auf Spitzfindigkeiten und Verleugnung. Die Fey hatten ihre magischen Fähigkeiten freudig begrüßt und waren stolz auf sie. Die Inselbewohner dagegen hatten ihre Zauberkraft unterdrückt, ihre Überlieferung verschlüsselt und jede Handlung mit einer Bedeutung überfrachtet, die kein Mensch zu begreifen schien.

Rugad trat wieder an die bis zum Boden reichenden Fenster. Das blasige Glas warf das Licht zurück.

Er ging die Zeremonie der Aufnahme weiter in Gedanken durch und hoffte, daß seine dumpfen Ahnungen sich in klare Gedanken verwandelten. Es gab so vieles, was er nicht verstand.

Aber seine Männer widersprachen: »Heiliger Herr, wenn ein Mensch zu lange im Wasser bleibt, stirbt er.«

Wasser konnte also den Tod bedeuten, aber die Rede war nicht von Weihwasser, sondern vom Ertrinken. Soweit Rugad die Wirkung des Weihwassers bis jetzt begriffen hatte, konnte schon ein einziger Tropfen tödlich sein. Insofern konnte man durchaus sagen, ein Mensch könne nicht »zu lange im Wasser bleiben«.

Aber der Roca blickte sie alle betrübt an. »Ein Mensch stirbt nur, wenn er nicht rein genug ist, um Gott zu Füßen zu sitzen. Wer das Wasser berührt«, sprach er zu ihnen allen, »berührt Gottes Innerstes Wesen.«

Das war der Schlüsselsatz. Hier war ganz offen die Rede von Magie. Trotzdem verstand Rugad den Satz nicht ganz. Nach Meinung der Inselbewohner waren die Fey also nicht rein genug, um Gott zu Füßen zu sitzen. Trotzdem war ihr Roca durch ein mit Wasser benetztes Schwert gestorben.

War er selbst nicht rein genug gewesen?

Die Inselbewohner sprachen davon, daß er in Gottes Hand aufgenommen wurde, nicht, daß er Gott zu Füßen saß.

War das ein entscheidender Unterschied?

Rugad spürte einen leichten Druck zwischen den Augen. Es war alles so gräßlich verworren. Er würde Tel samt seinen Berichten den Hütern des Zaubers überlassen und abwarten, ob diese etwas mit ihm anfangen konnten.

Die Hüter sollten ihr Augenmerk vor allem auf jenen letzten Satz richten: *Wer das Wasser berührt, berührt Gottes Innerstes Wesen.*

Gottes Innerstes Wesen.

War Wasser gleichbedeutend mit Macht? Und falls ja, mit welcher Macht? Bezog sich der Satz auf jede Art von Wasser oder nur auf eine bestimmte? War es ein Denkfehler anzunehmen, daß die Rede von Weihwasser war?

Rugad wußte keine Antwort darauf. Das war ja gerade das Problem. Er brauchte diese Antwort so dringend.

Tel hatte behauptet, mit diesem Satz endeten die wörtlich zitierten Äußerungen des Roca. Alles übrige sei viele Jahre später von irgendeinem Rocaan angefügt worden. Aber Tel wußte nicht, von welchem Rocaan oder aus welcher Zeit die Schlußworte stammten:

Wir dulden auf dieser Insel keine Feinde. Der Roca hat uns vor jeglicher Bedrohung beschützt. Wir sterben nicht durch das Schwert. Wir leben durch das Schwert.

Das Schwert des Schwarzkittels hatte die Fey ebenso wirksam getötet wie früher das Weihwasser. Der Gottesdienst nahm sowohl auf Wasser als auf das Schwert Bezug, und Rugad wußte inzwischen, daß beides magische Eigenschaften besitzen konnte.

Wie viele andere magische Gegenstände wurden wohl noch im Verlauf des Gottesdienstes erwähnt, die Rugad noch gar nicht als solche identifiziert hatte? Oder in anderen Zeremonien, über die er bis jetzt noch gar nicht nachgedacht hatte?

Ohne sich vom Fenster abzuwenden, schnippte Rugad mit den Fingern. Ein Wachtposten erschien an seiner Seite.

»Richte Landre aus, er und seine Hüter sollen zu mir kommen«, befahl Rugad.

Der Mann nickte und ging. Vielleicht konnten die Hüter dieses verzwickte Problem lösen. Sie beschäftigten sich viel theoretischer mit Magie, als Rugad es gewohnt war.

Er erkannte zwar die Sätze, die auf Magie anspielten, aber er konnte sie nicht deuten.

Hoffentlich hatten die Hüter mehr Erfolg.

Die Zeit drängte.

3

Sehr weit waren sie nicht gekommen.

Luke lag mit dem Gesicht nach unten in einem Maisfeld. Die Erde roch lehmig und fruchtbar, und über ihm raschelten leise die Blätter.

Con lag in der nächsten Maisreihe mit dem Kopf in die entgegengesetzte Richtung. Er drehte das Gesicht von einer Seite auf die andere und spähte angestrengt, aber keiner von beiden wagte es, den Kopf zu heben. Nicht noch einmal. Das eine Mal hatte gereicht.

Con hatte den Vogelschwarm, der von Norden kommend den Himmel verdüsterte, zuerst entdeckt. Er hatte mit dem Finger darauf gezeigt, und Luke war fast das Herz stehengeblieben. Sie hockten hinter dem verfallenen Schornstein, fremden Blicken schutzlos ausgeliefert, und konnten nirgendwohin fliehen. Sobald der Schwarm direkt über ihnen war, würden die Vögel sie entdecken.

Auf der Straße marschierten immer noch Fey-Infanteristen. Allerdings schien es sich um eine Nachhut zu handeln, die sich nicht ganz so diszipliniert verhielt wie die erste Truppe. Offenbar hatten auch sie ihre Befehle, aber einige der Männer hielten auf den Straßenrand zu, als seien sie sich über etwas uneins.

Luke wies mit einer Kopfbewegung in Richtung Maisfeld, woraufhin sie sich gleichzeitig hineingestürzt hatten. Luke landete auf dem Rücken und starrte durch die langen, grünen Blätter direkt in den von Vögeln wimmelnden Himmel. Möwen, Spatzen, Rotkehlchen – alles flog wild durcheinander. So etwas taten richtige Vögel nicht.

Das waren keine richtigen Vögel.

Es waren Fey.

Sie nahmen Kurs auf das Feuer.

Luke kniff entsetzt die Augen zu, und Con versetzte ihm einen Stoß. »Wenn sie nach uns suchen, finden sie uns.«

Luke riß sich zusammen. Er nahm einen Lehmklumpen und schmierte sich die Erde ins Haar. Con machte es ihm nach. Dann rollten sie sich auf den Bauch, um ihre hellen Gesichter zu verbergen. Vorsichtshalber rieb Luke auch sein Gesicht mit Erde ein, und Con folgte seinem Beispiel. Dann hatte Con sich ganz vorsichtig in die andere Richtung gedreht, damit ihnen kein noch so kleines Fey-Geschöpf entging, das sich von hinten an sie heranschleichen wollte.

Und so blieben sie, wie es ihnen vorkam, stundenlang reglos liegen. Die Sonne wanderte über den Himmel, und die Schatten wurden länger. Die Fey marschierten und marschierten, nur daß sie jetzt lärmten und lachten und alle Disziplin vergessen zu haben schienen.

Luke wußte nicht, was das zu bedeuten hatte. Er war noch nie so ausgelassenen Fey begegnet.

Die Luft war schwer und wärmer als zuvor. Es regnete winzige, grauweiße Flocken auf sie herunter.

Ascheflocken.

Irgendwo brannte es, aber es mußte ganz in der Nähe sein, so daß es sich nicht um das Feuer handeln konnte, das Luke gelegt hatte.

Die Rufe der Fey wurden lauter. Dann hörten sie Schreie – Frauenschreie. Con machte Anstalten aufzuspringen, aber Luke packte ihn am Bein und hielt ihn zurück.

»Wir können nichts tun«, zischte er. Er wußte, was passiert war: Die Fey hatten die Bauersleute erwischt. Die Schreie gellten unaufhörlich. Dann rief eine rauhe Männerstimme protestierend etwas dazwischen. »Sie bringen uns bloß auch noch um.«

»Die Leute da leben noch«, flüsterte Con.

»Aber nicht mehr lange.«

Die Frau schrie noch einmal laut, dann verebbte ihre Stimme in einem Schluchzen. Ein Kind weinte leise. Eine zweite Frauenstimme, älter und schicksalsergeben, brach die Stille.

Luke preßte das Gesicht auf die Erde. Die Luft hallte von Gelächter wider, und er versuchte wegzuhören, als sie sich mit den Schreien mischte. Immer wieder rief der Mann: »Laßt sie in Ruhe! Laßt sie los! Nehmt mich!«

Nehmt mich.

Das hatte auch Lukes Vater damals gesagt.

Der Mann rief immer wieder dasselbe, bis er plötzlich mitten im Wort abbrach, als hätte ihm jemand den Mund zugehalten. Oder ihm die Kehle durchgeschnitten.

Con zuckte zusammen. Luke umklammerte seinen Knöchel noch fester. Die Fey waren jetzt ganz in ihrer Nähe. Luke hörte das Stampfen ihrer Stiefel auf dem weichen Lehmboden.

»Sollen wir wirklich alles niederbrennen?« fragte ein Fey in seiner Muttersprache.

Con erstarrte. Luke wußte nicht, ob der Freund die Sprache der Fey beherrschte.

»Alles. Bis auf den letzten Maiskolben«, antwortete ein anderer Fey.

»So sind wir noch bei keiner Eroberung vorgegangen.«

»Es hat auch noch nie jemand unsere Vorräte vernichtet.«

»Das stimmt nicht«, mischte sich eine dritte Stimme ein. »Mein Großvater hat mir erzählt ...«

Damit verklangen die Stimmen.

»Was wollen sie niederbrennen?« zischte Con.

»Wo hast du ihre Sprache gelernt?« fragte Luke zurück.

»Sie wird ... wurde ... im Tabernakel gelehrt«, gab Con zurück. »Ich verstehe sie nicht besonders gut.«

»Sie wollen alles niederbrennen.«

»Auch die Felder?«

Luke wußte nicht, was er sagen sollte. Fledderer hatte immer behauptet, so weit werde es nie kommen. Aber Luke befürchtete das Schlimmste.

Con verstand ihn auch ohne Worte. »Wir müssen hier verschwinden.«

»Sie werden uns sehen.«

»Wir haben ja noch das Schwert.«

»Gegen eine ganze Armee?« zweifelte Luke.

»Was bleibt uns anderes übrig?« flüsterte Con.

Nichts. Entweder wurden sie in einem brennenden Maisfeld bei lebendigem Leibe geröstet oder sie liefen um ihr Leben. Die Vögel waren weitergezogen. Es war den Versuch wert. Vielleicht waren die Fey so mit den Bauersleuten und dem Brandstiften beschäftigt, daß sie Luke und Con nicht bemerkten.

»Dreh dich um«, raunte Luke. »Auf mein Zeichen rennen wir zum Bach.«

Wieder hörten sie die Frau einen spitzen Klagelaut ausstoßen. Sie mußten sich beeilen. Con drehte sich vorsichtig um, damit er keine Blätter knickte, duckte sich neben Luke und machte sich bereit.

Sie wechselten einen kurzen Blick. Dann nickte Luke, und sie rannten los.

4

Arianna verließ die Höhle und blinzelte ins Sonnenlicht. Es war so hell, daß ihre Augen tränten. Vielleicht hatte die Kugel ihnen einen leichten Schaden zugefügt, vielleicht waren ihre Augen einfach nur empfindlicher geworden. Sie widerstand der Versuchung, sie zu reiben.

Coulter war neben ihr. Er hatte sie am Arm die lange Treppenflucht zum Eingang der Höhle hinaufgeführt. Dabei hatte seine Hand sanft ihren Ellenbogen berührt, doch sobald sie draußen waren, hatte er sie zurückgezogen. Sie wünschte, er hätte sie dort gelassen, und wußte nicht, wie sie ihn nun bitten sollte, sie wieder zu berühren.

Gabe ging ein kleines Stück vor ihr. Er sah zum Himmel hinauf, als würde der ihm Antworten geben. Fledderer stand am Rand des Plateaus und spähte nach unten. Leen blieb neben Gabe, als wäre ihm ihre bloße Anwesenheit Stütze genug.

»Ari.« In Gabes Stimme lag ein befehlender Unterton. So hatte sie ihn noch nie gehört. »Komm her.«

Sie sah Coulter an, der seinerseits Gabe stirnrunzelnd betrachtete. Sie holte tief Luft, um eine barsche Antwort zu geben, überlegte es sich im nächsten Moment aber noch einmal anders. Nie zuvor hatte jemand so mit ihr gesprochen, ausgenommen ihr Vater vielleicht.

»Worüber denkst du nach?« fragte Coulter leise.

Sie lächelte ihn an und schüttelte den Kopf. Gabe drehte sich zu ihr um.

»Ari?« fragte er unsicher. Der herrische Ton war aus seiner Stimme verschwunden.

»Ich komme«, sagte sie.

Eine leichte Brise kam auf und strich ihr wohltuend über

das Gesicht. Ihr war nicht bewußt gewesen, wie ungern sie sich in dieser Höhle aufgehalten hatte. Sie ging ein paar Schritte und blieb in der Mitte des Plateaus neben ihrem Bruder stehen, ein Stück von den Schwertern entfernt.

»Das Schattenland entsteht aus der visionären Kraft«, sagte Gabe. »Jeder, der über diese Fähigkeit verfügt, kann eines erschaffen. Mit etwas Übung gelingt es immer besser. Je stärker die visionäre Kraft, desto dauerhafter das Schattenland.«

»Wie das von deinem Großvater?« fragte Ari. Es war das einzige, von dem sie je gehört hatte: das Schattenland, in dem alle Fey jahrzehntelang auf der Blauen Insel gelebt hatten.

»Übrigens wurde es fast zerstört, als dein Großvater starb«, sagte Coulter hinter ihr. »Gabe hat es wiederaufgebaut.«

Sie sah Gabe an. Eine leichte Röte bedeckte seine Wangen. Er zuckte mit den Achseln und tat so, als sei das alles nichts Besonderes. »Du weißt, wie visionäre Kraft wirkt«, sagte er. »Niemand sonst kann den Zauber wirklich sehen. Genauso ist das auch bei den Schattenlanden. Aber du kannst bei der Entstehung zusehen. Paß auf.«

»In Ordnung«, sagte sie, obwohl sie keine Ahnung hatte, wie sie jemals ein Schattenland benutzen sollte. Dann erinnerte sie sich an eine der ersten Regeln, die ihr Solanda beigebracht hatte: Lerne alles! Man wußte nie, wann man es gebrauchen konnte.

Gabe schloß die Augen und streckte die linke Hand aus. Dann hob er die rechte. Zwischen seinen Fingern bildete sich ein kleiner Kasten in der Luft. Er stieg von seinen Händen auf und wurde dabei größer, flog von Gabes Händen weg und wuchs, bis die schwarzen Ränder weit genug gedehnt waren, um lebende Wesen zu fassen. Dann verschwand er.

Gabe hob die linke Hand neben die rechte, und winzige Lichter, fast unsichtbar im hellen Sonnenlicht, formten sich vor seinen Fingerspitzen. Die Lichter blinkten und stiegen, sich im Kreise drehend, nach oben. Er öffnete die Augen ein wenig und streckte eine Hand in den Kasten hinein.

Die Hand verschwand.

Dann zog er sie zurück und lächelte Arianna an. »Fertig«, sagte er.

»Sieht ja ganz einfach aus«, sagte sie.

Er zuckte mit den Schultern.

»Aber wie hast du es verschwinden lassen?«

»Ein Schattenland soll unsichtbar sein«, sagte er.

»Das war es am Anfang aber nicht.«

»Ich habe es so gemacht, damit du es sehen kannst«, sagte er. »So solltest du üben. Sobald du sicherer geworden bist, machst du sie von Anfang an unsichtbar.«

Sie sah ihn stirnrunzelnd an. Ihr war bei der ganzen Sache immer noch unwohl. Schattenland. Ihr ganzes Leben schon hatte sie davon gehört und es nie wirklich verstanden. Ihr Vater hatte gesagt, daß die meisten Fey es als Lager benutzten, wenn sie auf fremden Schlachtfeldern kämpften, und daß sich die Fey auf der Blauen Insel in ihrem Schattenland niedergelassen hatten und dort lebten. So etwas hätten die Fcy zuvor nie getan.

Ihre Mutter, so hatte ihr Vater gesagt, hatte die Entscheidung, im Schattenland zu leben, nicht akzeptiert.

»Wir müssen zurück ins Schattenland, bevor sie wieder mit diesen Versuchen anfangen«, sagte Leen.

Gabe lächelte sie an. Dabei sah sein Gesicht fremd und vertraut zugleich aus, als hätte es mehr Fey-Züge angenommen. Und doch erkannte Arianna etwas von sich selbst darin. Dieses merkwürdige Gefühl hatte sie bei Sebastian nie gehabt. Sie waren immer zwei getrennte Wesen geblieben.

»Geh du zuerst«, forderte Gabe sie auf.

»Man braucht keinen Wächter, der zuerst in das Schattenland geht, das man selbst geschaffen hat«, sagte Leen. Arianna brauchte eine Weile, um zu merken, daß sie scherzte.

Sie streckte ihre Hand aus und hielt sie genau in die Mitte des Lichtkreises. Einen Augenblick flackerten die Lichter auf, dann rotierte der Kreis schneller.

»Ich glaube nicht ...«, begann sie, doch dann öffnete sich der Kreis.

»Gehen wir«, sagte sie und machte einen Schritt hindurch.

Die Lichter wirbelten noch einen Moment und hörten dann auf.

Leen war vollständig verschwunden.

»Wie geht das?« fragte Arianna.

Gabe lächelte. »Etwa so, als würden wir einen Raum aus dem Himmel herausschnitzen. Innerhalb von etwas Festem, wie einem Felsen zum Beispiel, kann man kein Schattenland erschaffen. Es muß an der Luft sein. Aber selbst wenn man nur sehr wenig Platz hat, kann man eine ganze Armee darin unterbringen.«

»Das verstehe ich nicht«, sagte sie.

»Und ich verstehe nicht, wie du dich verwandeln kannst«, erwiderte Gabe. »Verstehst du es?«

Nein, natürlich verstand sie es nicht. Sie war schließlich nicht bei den Fey aufgewachsen. Wie konnte er das vergessen?

Etwas von ihrer Verwirrung mußte sich in ihren Augen gezeigt haben, denn Gabe schüttelte den Kopf. »Du verstehst es schon, wenn du es erst einmal versucht hast«, sagte er.

»Bist du so sicher, daß ich es auch kann?«

»Du hast visionäre Kraft«, sagt er. »Alle Visionäre können das. Selbst die schwächsten unter ihnen. Manche können sie nur einfach nicht groß genug machen.«

»Und du glaubst, ich bin eine der schwächeren«, sagte sie.

Er verdrehte die Augen. »Das habe ich nicht gesagt.«

»Das brauchtest du auch nicht«, entgegnete sie verärgert.

Er seufzte. »Ich will keinen Streit mit dir, Arianna.«

»Wirklich nicht?« sagte sie. »Es hat aber ganz den Anschein.«

Fledderer kam dazu und stellte sich mit verschränkten Armen neben sie.

»Du bist die Unbeherrschte«, sagte er zu Arianna. Er streckte die Hand nach dem Lichtkreis aus und zog sie wieder zurück. »Ich hoffe, du hast eins für nicht-magische Wesen gemacht«, sagte er zu Gabe.

»Leen ist hineingegangen.«

»Sie ist Infanteristin. Sie wird eines Tages magische Kräfte besitzen.«

Gabe holte tief Luft, als versuchte er, sein Temperament zu zügeln. »Versuch es«, sagte er.

Fledderer reckte eine Faust durch die Lichter. Sie rotierten genauso schnell wie eben bei Leen. Bevor er in den Lichtkreis eintrat, drehte er sich nach Coulter um.

»Die Truppen haben sich noch nicht von der Stelle gerührt«, sagte er.

Arianna sah sich um. Coulter lehnte dicht hinter ihr am Rand der Felsen. Jetzt beschlich sie das unbestimmte Gefühl, daß er sie beobachtet hatte. Ihr Herz machte einen kleinen Satz.

»Danke«, sagte er zu Fledderer, worauf dieser durch den Kreis schritt.

Gabe starrte Arianna an, dann schüttelte er den Kopf, als verzichtete er darauf, sich jetzt mit ihr zu streiten. Er folgte Fledderer ins Schattenland. Arianna betrachtete den Lichtkreis. Den Torkreis nannten sie es. Außer diesem kleinen rotierenden Kreis aus Lichtern waren die Schattenlande unsichtbar. Niemand konnte wissen, daß sich drei Fey darin aufhielten.

»Warum bist du so schroff zu ihm?« fragte Coulter leise. »Er hat nur versucht, dir zu helfen.«

»Ich brauche keine Hilfe«, sagte Arianna.

»Er weiß Dinge, die du nicht weißt.«

»Und ich weiß Dinge, die er nicht weiß.«

Coulter nickte. Er machte sich vom Felsrand los und kam auf sie zu. Es erschreckte sie immer wieder aufs neue, zu ihm herunterzusehen. Nur wenige Zentimeter vor ihr blieb er stehen und strich ihr mit der Hand über die Wange. Seine Finger waren warm. »Ich glaube, daß du immer dann sauer auf ihn wirst, wenn er versucht, dir näherzukommen.«

Ihre Haut brannte da, wo er sie berührte. »Das ist nicht wahr!«

»Warum stellst du dich dann so gegen ihn?«

Sie machte einen Schritt zurück und legte die Hand dahin, wo noch einen Moment zuvor die seine gelegen hatte. »Das tue ich doch gar nicht!«

»Doch, das tust du«, sagte Coulter. »Du bist die einzige Familie, die er hat. Du und dein Vater. Er hat sonst niemanden.«

»Ist das etwa meine Schuld?« fragte Arianna.

»Du solltest etwas Mitgefühl für ihn aufbringen«, sagte Coulter.

»Ich bin nicht gut in Mitgefühl.«

Er lächelte. »O doch, das bist du. Man hat dir nur nie beigebracht, diese Eigenschaft zu schätzen. Eigentlich seltsam, denn dein Vater scheint eine Menge Mitgefühl zu haben.«

»Solanda sagte, Mitgefühl sei etwas für Schwächlinge.«

Er nickte kurz, das Lächeln war verschwunden. »Die Gestaltwandlerin.«

»Ja«, sagte sie.

»Nun, diese Gestaltwandlerin hat mich geraubt, ins Schattenland der Fey gebracht und mich dann dort zurückgelassen. Die ersten fünf Jahre meines Lebens habe ich dort unbehütet und ungeliebt verbracht. Das hat bei mir auch einen Mangel an Mitgefühl hervorgerufen.« Die letzten Worte spie er fast aus. Noch nie hatte sie ihn so verbittert gehört. Sie war nicht sicher, ob ihr das gefiel.

»Daher hast du das also«, sagte sie. »Und welche Folgen hatte es für Solanda?«

»Soweit ich das sehe, gar keine«, sagte er. »Niemand hörte ihr zu, wenn sie von meinen Fähigkeiten sprach. Sie nahm sich auch nicht die Zeit, mich aufzuziehen, nicht so wie bei dir.«

»Bist du etwa eifersüchtig?« fragte Ari.

Er schüttelte den Kopf. »Eifersüchtig darauf, daß ich nicht von der Kaltherzigsten aller Fey erzogen wurde? So nennt man doch die Gestaltwandler, oder nicht?«

Ihre Unterlippe zitterte. Sie wollte nicht, daß Coulter böse auf sie war. Sie fühlte sich verunsichert. »Glaubst du das wirklich?« flüsterte sie.

»Von Solanda schon«, sagte er. »Ich glaube, es könnte auch auf dich zutreffen, wenn du nicht aufpaßt. Sie war dir ein gutes Beispiel.«

Sie biß sich auf die immer noch zitternde Unterlippe und drehte sich schnell von ihm weg, weil er nicht sehen sollte, wie sehr er sie getroffen hatte. Sie tastete nach dem Torkreis, fand ihn und streckte die Hand hindurch. Im Inneren herrschte die gleiche Temperatur wie draußen. Irgendwie hatte sie erwartet, es müsse kälter sein.

Dann ergriff Coulter ihren Arm und zog ihn vom Torkreis weg. Er drehte sie um. »Ich glaube nicht, daß du wie Solanda bist, Ari«, sagte er leise und streichelte ihr abermals über das Gesicht. Er strich ihr Haar zurück und streifte ihre Wange. Dann berührte sein Daumen ihr Kinn, und er zog ihren Kopf nach unten.

Er sah sie einen Moment verwundert an und küßte sie dann zärtlich.

Dieser Kuß war nicht wie der, den er ihr gegeben hatte, als

sie durch die Verbindung ihres Vaters gereist waren und er sie dort gefunden hatte, völlig in sich selbst versunken. Der Kuß damals hatte sich nur echt angefühlt.

Dieser hier war wirklich echt.

Er erkundete ihren Mund. Dann zog er sie an sich, hielt ihren Hinterkopf in seiner linken Hand und faßte sie mit dem rechten Arm um die Taille. Er fühlte sich gut an, warm und stark, obwohl sie wußte, daß die Ereignisse des Morgens ihn geschwächt hatten.

Sie neigte den Kopf dem seinen entgegen, schmeckte ihn ...

»Wie überaus interessant!«

Die Stimme gehörte Gabe.

Coulter schreckte zurück und sah auf einen Punkt über Aris Kopf. Ari bewegte sich nicht so schnell. Sie wollte nicht, daß jemand sah, wie durcheinander sie war. Ihr Herz pochte heftig. Sie spürte jedoch deutlich, daß nicht ihr Bruder der Anlaß dazu war.

»Gabe«, sagte Coulter und verstummte sogleich wieder. Sein Gesicht war puterrot. Arianna drehte sich um. Der Kopf ihres Bruders schien in der Luft zu schweben. Der Lichtkreis rotierte rasend schnell um ihn herum.

»Findet das nicht dein Einverständnis?« fragte sie mit tonloser Stimme.

Er blickte von ihr zu Coulter, dann wieder zurück zu ihr. »Ich dachte, Bauern dürfen das in diesem Land nicht mit dem Adel machen«, sagte Gabe.

Coulter wurde noch röter.

Das brachte Arianna noch zusätzlich in Rage. »Woher willst du das wissen?« fuhr sie ihn an. »Du bist in einem kleinen Kasten aufgezogen worden, unter Leuten, die für ihre Unfähigkeit bekannt sind.«

»Ari...«, begann Coulter.

»Unterbrich mich nicht!« schimpfte sie aufgebracht. »Es

wird Zeit, daß jemand für dich eintritt. Gabe behandelt dich wie den letzten Dreck, und du behandelst ihn wie das Kostbarste auf Erden.« Sie drehte den Kopf und funkelte Gabe wütend an. »Unsere Eltern halten dich für sanftmütig. Sie haben noch nicht gesehen, wie gemein du wirklich sein kannst.«

Die Farbe wich aus Gabes Gesicht. Ari unterdrückte ein Lächeln. Der Punkt ging an sie.

»Und jetzt geh mir aus dem Weg. Ich will sehen, wie dein wunderbares Schattenland aussieht.«

Gabe verschwand im Lichtkreis. Bevor sie ihm folgte, drehte sie sich zu Coulter um. Dieses Mal waren es ihre Finger, die über seine Wange strichen.

Dann gestattete sie sich ein Lächeln. »Ich finde dich großartig«, sagte sie.

Seine Wangen waren noch immer hochrot. »Es tut mir leid, ich ...«

»Du brauchst dich nicht zu entschuldigen«, sagte sie. »Gabe ist nur eifersüchtig.« Und dann begriff sie, was das eigentliche Problem war, worum der Streit mit ihm überhaupt ging.

Gabe war eifersüchtig.

Und sie selbst auch.

Sie hatte Angst, ihren Vater an den Bruder zu verlieren. Wie niedrig und kleinmütig! Sie sollte ihrem Vater mehr Vertrauen entgegenbringen. Und ihrem Bruder auch. Gabe hatte immer wieder versucht, ihr zu helfen, und sie hatte ihn nur angeschnauzt.

Sie würde es nie lernen.

»Alles in Ordnung?« fragte Coulter leise.

Sie nickte. »Ich muß jetzt hineingehen.«

»Ich weiß«, sagte er.

Sie lächelte ihm ein letztes Mal zu und steckte dann die Hand durch den Torkreis. Die Lichter rotierten und flackerten, und dann sah sie eine Öffnung vor sich. Dahinter war alles grau. Sie trat ein, und die Öffnung schloß sich hinter ihr.

Sie stand auf einem Nichts. Zumindest sah es so aus. Leen saß auf demselben Nichts, die Arme um die Knie geschlungen. Fledderer lehnte an etwas, offenbar an einer Wand. Er hatte die Augen geschlossen und schnarchte leise.

Gabe starrte Arianna an.

Sie ignorierte ihn eine Zeitlang. Dieser Ort war ganz und gar nicht so, wie sie ihn sich vorgestellt hatte. Sie hatte sich Schattenlande immer als lebhafte Orte vorgestellt, denn schließlich waren die Fey ein lebhaftes Volk. Aber das war dieser Ort offensichtlich nicht. Er war genau so, wie er in Gabes Hand ausgesehen hatte: ein aus Luft gebildeter Kasten.

Arianna ging in die Hocke und betastete den Boden. Er fühlte sich fest an. Er war nicht wirklich unsichtbar, eher grau. Die Art Grau, die der Himmel an hoffnungslos bewölkten Tagen hat. Kein Regen, aber auch keine Sonne. Das Grau ging fast schon in Weiß über. Er war fast klar, aber nicht ganz.

Dann fiel ihr Blick auf ihre Hand. Sie sah blaß aus, hier drin. Nicht wie die gebräunte Haut, die sie zuvor noch so irritiert hatte, aber auch nicht wie die helle Hautfarbe ihres Vaters. Beinahe so, als wäre die Bräune abgelaugt worden. Mit ihren Kleidern war es dasselbe. Sie sahen wesentlich farbloser aus als zuvor.

Die Geräusche von außerhalb klangen nur gedämpft herein. Der Boden war weder heiß noch kalt. Er hatte die gleiche Temperatur wie die Luft um sie herum. Der leichte Wind, den sie draußen noch gespürt hatte, war verschwunden. Das Licht schien nur vorgetäuscht. Nicht wie das Licht von Kerzen, eher wie jenes innerhalb der Höhle, die sie gerade verlassen hatte. Ein Licht, das einer ihr unbekannten Quelle entsprang.

»Und hier habt ihr gelebt?« stieß sie hervor und sah die drei anderen ungläubig an.

Leen nickte nur matt.

»Nicht hier«, sagte Gabe. »Es war ein anderes Schattenland.«

»Aber sind sie denn alle so? Tote Orte?«

»Wir hatten Häuser«, sagte Leen mit tonloser Stimme. »Und die Domestiken haben ständig versucht, Gärten anzulegen.«

»Und Farben.« Gabe sah sie an. Leens Augen füllten sich mit Tränen. Sie senkte den Kopf, bis ihre Stirn die Knie berührte.

Aris Herz machte einen Sprung. »Es tut mir leid«, sagte sie. »Ich wollte keine schlechten Erinnerungen heraufbeschwören.«

»Sie waren nicht alle schlecht«, sagte Gabe. »Für lange Zeit war das Schattenland alles, was ich kannte.«

»Coulter hat fast zuviel gekriegt, als er ging«, sagte Fledderer. Er hatte also doch nicht geschlafen. Er hatte sie beobachtet.

»Zuviel?«

»Er konnte die Farben, Gerüche und Eindrücke der wirklichen Welt nicht ertragen. Manche Fey macht es verrückt, wenn sie zu lange in einem Schattenland sind. Daß er sich wieder erholt hat, beweist nur, wie stark er ist.«

Keine Gerüche. Natürlich! Das war es, was sie störte. Die Luft hatte keinen Geruch.

Was für ein entsetzlicher Ort!

»Setz dich«, sagte Gabe. »Wir werden eine Weile hierbleiben.«

»Glaubst du, wir finden hier Schutz?« fragte Arianna.

»Schattenlande sind dazu da, einen vor allem zu schützen«, antwortete Fledderer.

»Vor allem von außen«, fügte Gabe hinzu.

»Außer dem Tod desjenigen, der das Schattenland erschaffen hat«, sagte Fledderer.

»Außer davor« bestätigte Gabe, und sein Gesicht nahm dabei einen gequälten Ausdruck an.

»Glaubst du, ich könnte eines erschaffen?« fragte Arianna. Sie setzte sich neben ihren Bruder, der sich ihr nicht entzog. Das betrachtete sie als ein gutes Zeichen.

»Ja«, sagte er und verstummte wieder.

»Hör mal«, sagte sie. »Es tut mir leid. Ich weiß nicht, was manchmal über mich kommt.«

Er blickte sie mit seinen blauen Augen mißtrauisch von der Seite an.

»Coulter ist sehr verletzlich.«

Dieser Themenwechsel überraschte sie. »Coulter?«

»Nutz ihn nicht aus. Er war schon immer sehr sensibel, obwohl er das bestreitet.«

»Du glaubst, ich habe ihn geküßt?« fragte Arianna. Ihre Stimme wurde immer höher.

»Ich habe es doch gesehen!«

»Er hat mich geküßt«, entgegnete sie. »Zweimal sogar!«

»Zweimal?«

»Niemand nutzt hier irgend jemanden aus«, sagte Arianna.

»Das will ich auch hoffen!«

Sie stieß einen Stoßseufzer aus. »Mein Vater will, daß wir miteinander auskommen. Können wir das alles nicht einfach ruhen lassen?«

»Ich lasse nicht zu, daß jemand Coulter etwas antut«, sagte Gabe.

»Aber du selbst tust es«, erwiderte Arianna scharf.

Gabe starrte sie an. »Das würdest du ohnehin nicht verstehen.«

»Oh, ich glaube, ich verstehe schon.«

»Er hat es zugelassen, daß Sebastian verletzt wurde.«

»Indem er deine Verbindung gekappt hat?« fragte Arianna.

Gabe nickte.

»Bist du denn so allmächtig, daß du ihn hättest retten können?«

»Ich hätte ihn gerettet.«

»Und meinen Vater sterben lassen.«

Ihre Worte hallten in der Stille nach. Gabe war nicht da gewesen, aber sie. Die Wachen des Schwarzen Königs hatten ihren Vater mit gezogenen Schwertern verfolgt. Er hätte diesen Angriff nicht überlebt. Sebastian hatte sein Leben gerettet, genauso wie ihres in den Bergen.

»Nein«, sagte Gabe leise. »Ich hätte einen anderen Weg gefunden.«

»Es war nicht genug Zeit, einen anderen Weg zu finden«, sagte sie. »Ich war da. Du tust Sebastian unrecht, wenn du glaubst, er hätte nicht ohne dich überleben können. Er hat das Richtige getan, und ich nehme an, es geht ihm gut.«

»Aber du weißt es nicht.«

»Ich habe meine Verbindungen auch geschlossen«, sagte sie. Sie wollte ihm nicht sagen, daß das Coulters Rat gewesen war. Er war auch so sauer genug auf Coulter. »Einmal so vereinnahmt zu werden reicht vollauf. Danke.«

Gabe schauderte, und sie erinnerte sich daran, daß ihr jemand erzählt hatte, er habe dasselbe auch schon erlebt.

»Du bist nicht wütend auf mich, stimmt's?« fragte sie. »Du bist einfach wütend auf alle wegen dem, was geschehen ist.«

Gabe antwortete nicht.

»Du solltest auf den Schwarzen König wütend sein«, sagte sie. »Er ist derjenige, der schuld an allem ist. Wenn er nicht gekommen wäre, dann wäre deine Pflegefamilie noch am Leben, Sebastian wäre bei mir, und Coulter hätte mich nie geküßt.«

»Die Vergangenheit kann man nicht ändern«, sagte Gabe.

»Nein«, sagte sie sanft. »Das können wir nicht. Aber wir können die Zukunft ändern.«

Er war für eine ganze Weile still. Fledderer hatte seine

Augen halb geschlossen, aber Arianna wußte, daß er sie beide beobachtete. Leen saß noch immer in der gleichen Position, und Ari fragte sich, ob sie weinte.

Ein seltsamer Gedanke, daß ein so starkes Wesen wie Leen weinen konnte.

»Ich nehme an, daß wir das können«, sagte Gabe. Er sah Ari an und nickte. »Ich nehme an, daß wir das können.« Er holte tief Luft. »Also glaubst du, daß der Plan meiner Mutter funktioniert?«

»Er könnte funktionieren«, sagte Ari, die froh war, daß sie ihre Aufmerksamkeit auf etwas Nützliches lenkten. Auf etwas, das ihnen helfen würde zu überleben und das sie von den Gedanken an Coulter und seinem zärtlichen Kuß ablenkte. »Aber wir sollten überlegen, ob uns noch eine weitere Lösung einfällt, nur für den Fall, daß ihr Plan fehlschlägt. Was meinst du?«

»Ich glaube, das ist eine gute Idee«, sagte Gabe und lächelte sie an.

Sie lächelte zurück. Sie würden weiter streiten, das wußte sie. Weil sie beide starke Persönlichkeiten waren und weil die Gefühle des einen die des anderen zu spiegeln schienen. Aber so lange sie an diesen Punkt zurückfinden konnten und lernten, miteinander zu arbeiten, war alles gut.

Sie brauchten einander. Sogar sie sah das ein.

Vielleicht hatte ihre Mutter ja recht. Vielleicht war diese Gruppe ja wirklich stark genug. Vorausgesetzt, alle zogen an einem Strang.

Es wurde Zeit für sie, das herauszufinden.

5

Nicholas stand vor den kugelförmigen Glasgefäßen. Dutzende davon, wohl an die hundert, standen aufgereiht in den Regalen. Die Kugeln hatten unterschiedliche Größen, aber sie sahen anders aus als die, die im Tabernakel benutzt wurden. Sie glichen den Kugeln, die beinahe seine Kinder geblendet hatten.

»Sind sie schon im Schattenland?« fragte Adrian, ohne sich umzudrehen. Er stand am Eingang der Höhle und beobachtete alles.

»Alle außer Coulter. Er ist an den Rand des Plateaus gegangen.«

»Gut«, sagte Nicholas. Er griff nach der Kugel, die er zuvor berührt hatte. Seine Hand blieb zögernd über ihr in der Luft stehen, dann zog er sie zurück. »Ist der Torkreis geschlossen?«

»Ja«, antwortete Adrian. Dieses Mal schaute Nicholas auf. Adrian entfernte sich vom Eingang der Höhle.

Nicholas strich sich durch die Haare. Adrian blieb neben ihm stehen. »Wo soll ich anfangen?«

»Ich will noch gar nicht anfangen«, sagte Nicholas. »Ich habe nachgedacht. Bis jetzt wissen wir nur, daß die Kugeln auf Wesen mit Fey-Blut wirken. Was aber, wenn eines dieser Dinger auch den Benutzer beeinflußt?«

Adrian starrte an die Wand, auf die Regale, auf alle Gegenstände darauf. »Dann sterben wir«, sagte er leise.

»Richtig«, sagte Nicholas. »Dann sterben wir. Und unserer Sache ist mit nichts gedient. Nicht einmal mit der Erkenntnis, was überhaupt passiert ist. Wenn die anderen hierher zurückkommen, sind wir beide einfach tot.«

»Vielleicht sind sogar unsere Leichen verschwunden«, sagte Adrian.

Nicholas lächelte grimmig. »Daran habe ich auch gedacht.«

»Aber wir müssen es versuchen. Wir müssen wissen, was es mit diesem Ort auf sich hat«, sagte Adrian.

»Allerdings.« Nicholas holte tief Luft. »Ich versuche es allein. Du siehst zu. Du bist Augenzeuge.«

»Es wäre klüger, Sire«, sagte Adrian mit gebeugtem Kopf, »wenn ich diese Dinger eins nach dem anderen probieren würde. Wenn ich sterbe, bleibt Ihr am Leben. Mein Leben ist entbehrlicher als Eures.«

Nicholas zog eine Grimasse. So waren sie beide erzogen worden. Der König vor allen anderen. Lang lebe der König. Nur stimmte das jetzt nicht mehr. Der König war König von nichts mehr. Wenn er aber seine Kinder am Leben erhielt, würden sie die Blaue Insel und die halbe Welt beherrschen.

»Eigentlich«, sagte Nicholas, »sind wir beide entbehrlich. Verzeih mir, Adrian, aber so ist es. Deswegen sind wir hier.«

»Sire ...«

»Halt«, sagte Nicholas. »Wir sind jetzt Gefährten. Mein Titel ist nur einer Sache wegen wichtig: Ich bin ein direkter Nachfahre des Roca. Und du?«

Adrian starrte ihn an. »Meine Familie reicht Generationen zurück.«

»Das tun alle Familien«, sagte Nicholas. »Aber wie viele Generationen kannst du zurückverfolgen?«

»Nicht sehr viele«, gab Adrian leise zu.

Nicholas kauerte sich vor den Regalen nieder und betrachtete die etwas größeren Kugeln. Er konnte darin sein eigenes, von der Wölbung verzerrtes Spiegelbild erkennen. Er hatte blaue Augen und blondes Haar, das bereits grau wurde. Seine einst vollen Wangen waren durch die pausenlose körperliche Anstrengung und die mangelhafte Ernährung eingefallen.

Hatte der Roca so ausgesehen? Schwer zu sagen, wenn man die Wandteppiche betrachtete. Obwohl er dort noch lange, wehende, blonde Locken trug.

Nicholas' Ruhe machte Adrian nervös. »Sire, wenn Ihr glaubt, das tun zu müssen, dann irrt Ihr Euch. Ich denke logischer, wenn ...«

»Nein, ich denke logisch«, unterbrach ihn Nicholas. »Wenn wir diesen Ort richtig begreifen, dann sind diese Dinge vom Roca zurückgelassen worden. Und wenn sie sein Eigentum waren, dann bedarf es wahrscheinlich einer besonderen Kraft, einer Kraft, die auch er besaß, um sie zu benutzen. Es muß einen Grund für die Ermahnung an seine Söhne geben: Einer herrscht über das Land, der andere über die Religion.«

»Ja, aber der Rocaan war nie ein direkter Nachfahre des Roca. Er durfte weder Frau noch Kinder haben.«

»Später ja«, sagte Nicholas. »Aber nicht zu Anfang. So vieles hat sich verändert, Adrian. Das weiß ich ganz genau. Was, wenn die Geheimnisse, was, wenn der Rocaanismus, genauso wie das Königshaus, nur von jemandem angeführt werden sollte, der Roca-Blut in sich trägt?«

»Das können wir nicht wissen«, warf Adrian ein.

»Nicht mit letzter Sicherheit«, gab Nicholas zu. »Aber es erscheint logisch.«

Adrian runzelte die Stirn. »Ich kann mich an nichts dergleichen in den Worten erinnern.«

»Ich auch nicht«, sagte Nicholas. »Außer an die Ermahnung zur Arbeitsteilung an seine Söhne. Und das genügt mir.«

»Ich kann dem nicht zustimmen«, erwiderte Adrian widerspenstig.

Nicholas lächelte ihn an. »Das tut nichts zur Sache«, sagte er. »Ich werde mich um diese Angelegenheiten kümmern. Du siehst zu, und wir streiten uns nicht weiter darüber.«

»Ich dachte, wir seien jetzt Gefährten.«

»Das sind wir«, sagte Nicholas. »Aber wenn du das Messer geschickter führtest und ich das Schwert, so würdest du die Messerkämpfe bestreiten und ich die Schwertkämpfe. Ohne weiter darüber zu debattieren.«

»Das ist etwas anderes«, sagte Adrian.

»Wirklich?« fragte Nicholas.

Adrian starrte ihn an, aber Nicholas hielt seinem bohrenden Blick stand. Das hier war zu wichtig, um nachzugeben. Davon konnte das Überleben der ganzen Gruppe abhängen.

»In Ordnung«, sagte Adrian schließlich. »Aber nachdem Ihr einen Gegenstand in der Hand hattet, übergebt Ihr ihn mir. Wir müssen wissen, ob auch diejenigen, deren Abkunft weniger herrschaftlich ist, damit umgehen können.«

Nicholas hätte sich beinahe geweigert. Aber dieses Argument war genauso logisch wie seins. Und wenn er schon, was er versuchte, sachlich argumentierte, konnte er es jetzt nicht einfach anders machen, bloß weil es ihm nicht mehr in den Kram paßte. Schließlich war es ihm mit dem, was er gesagt hatte, ernst. Er wollte hier nicht den König spielen. Er wollte mit Adrian zusammenarbeiten und ihn nicht herumkommandieren.

»In Ordnung«, stimmte Nicholas zu. »Ich fange mit den Kugeln an, weil wir ungefähr wissen, was sie bewirken. Aber ich bin sehr neugierig, ob noch mehr passiert, wenn man sie länger in der Hand hält.«

»Und ich möchte wissen, ob dasselbe geschieht, wenn ich sie in Händen halte.«

Nicholas grinste breit. Er mochte Adrian. Der Mann hatte Köpfchen.

Dann holte Nicholas noch einmal tief Luft und nahm die Kugel in die Hand, die er zuvor schon einmal hochgehoben hatte. Ein Licht flackerte in seinen Händen auf und schoß dann quer durch die ganze Höhle. Wie das Licht von hundert

Sonnen, so hell, daß es eigentlich hätte blenden müssen. Aber das tat es nicht. Es war, als fülle es ihn aus, als würde es eins mit ihm. Es strahlte von seiner ganzen Person aus, nicht nur von den Händen. Adrian beobachtete das Licht, ohne seine Augen zu schützen. Seine Haut sah fast weiß aus, denn sie reflektierte das Licht.

Nach einer Weile deutete er auf die Juwelen.

Sie erstrahlten alle, sogar die schwarzen. Das Licht brach sich an ihnen in tausend nadelfeinen Punkten. Diese wiederum bündelten sich in einem besonderen Juwel, welches das Licht verschluckte und dann in allen Farben des Spektrums zurückwarf. Die Farben des Lichts variierten, aber nicht immer entsprachen die Strahlen der Farbe des Steins. Ein Rubin sandte nicht unbedingt rubinrote Lichtbündel aus.

Die Kugel in Nicholas' Hand wurde warm. Das Licht strömte unablässig aus ihm heraus. Er spürte dessen Macht. Sie fühlte sich an, als würde es aus ihm herausfließen, als zöge es etwas aus ihm heraus. Dennoch schwächte es ihn nicht, sondern erfüllte ihn mit demselben Leuchten.

Er packte die Kugel fester, und das Licht bündelte sich, ergoß sich in einem kräftigen Strom auf die Höhlenwand. Dort, wo es auftraf, brannte es ein kleines Loch in den Stein.

Nicholas lockerte seinen Griff, und das Licht streute wieder. Das Loch in der Wand qualmte, wurde aber nicht tiefer. Adrian starrte es erst an, dann trat er näher heran und berührte es. Erschreckt zog er die Finger zurück, als habe er sich verbrannt.

Das Licht flackerte auf, wurde heller und heller und ging schließlich aus. Auch die Hitze ließ nach.

Zitternd legte Nicholas die Kugel auf ihren Platz zurück.

»Wartet«, sagte Adrian. »Wir sollten uns genau ansehen, was mit ihr geschehen ist.«

Nicholas' Augen brauchten eine Weile, um sich wieder an

das normale Licht zu gewöhnen. Die Kugel sah anders aus als die anderen. Sie war dunkler und schien in der Mitte versengt, als sei etwas herausgebrannt. Aber wie genau Nicholas die anderen Kugeln auch betrachtete, er konnte nichts entdecken, das aussah, als könne es brennen. Er konnte überhaupt nichts in den Kugeln erkennen.

»Jetzt ich«, sagte Adrian.

»Warte«, hielt ihn Nicholas zurück.

Er ging hinüber zu den Juwelen. Das seltsame Licht, das sie versprüht hatten, war verschwunden, doch sie sahen irgendwie heller aus, klarer, als hätte das Licht sie poliert und ihnen einen neuen Glanz verliehen.

Er faßte sie nicht an. Noch nicht. Er war noch nicht soweit.

»In Ordnung«, sagte er zu Adrian.

Adrian nahm eine der Kugeln in die Hand. Auch von ihr flackerte ein Licht auf. Es erleuchtete die Höhle, kam Nicholas aber nicht so hell vor. Er fragte sich jedoch, ob er das nur so empfand, weil er sie nicht selbst in Händen hielt. Vielleicht wäre sie einem Inselbewohner, der nicht direkt neben ihr stand, nicht so hell erschienen.

»Meine Güte«, stieß Adrian überrascht hervor.

Das Licht erfaßte die Juwelen, die es wie zuvor aufsaugten. Die ganze Szene wiederholte sich genauso, wie sie sich bei Nicholas abgespielt hatte. Dann erlosch das Licht. Auch diese zweite Kugel sah jetzt dunkel und ausgebrannt aus.

Die Kugeln wirkten wie ... kaputt.

Nicholas hob seine Kugel erneut auf. Jetzt flackerte sie nicht mehr. Eigentlich hatte er es nicht anders erwartet. Die Kugeln konnten nur einmal benutzt werden, und er wußte nicht, wie man neue herstellte.

Sie waren Waffen, ja. Aber es gab nur einen begrenzten Vorrat von ihnen. Obendrein durfte er sie nicht benutzen, wenn seine Kinder in der Nähe waren.

Adrian betrachtete die Kugel eine Weile, dann sah er Nicholas fragend an.

»Die Schwerter?«

Nicholas schüttelte den Kopf. Dafür war er noch nicht bereit. Die Waffe, die wie eine Waffe aussah. Das heilige Symbol, das genau das repräsentierte, was es war. Statt dessen ging er hinüber zu den silbernen Schalen für das Fest des Lebens.

Sie waren so alt wie die Kugeln, vielleicht sogar älter, wenn man die Machart der Silberschmiedearbeit betrachtete. Seltsamerweise waren sie nicht beschlagen. Sie glänzten so, als seien sie soeben frisch poliert worden.

Es war schon Jahrzehnte her, seit er an einem Fest des Lebens teilgenommen hatte. Er konnte sich kaum mehr daran erinnern. Etwas, das mit grünen Ota-Blättern kredenzt und mit Weihwasser gesegnet wurde. Der Danite, der die Zeremonie durchgeführt hatte, hatte die gefüllte Schale hochgehoben und einen Segensspruch ausgesprochen. Es war ein ganz bestimmter Segensspruch gewesen, der Nicholas' Gedächtnis entfallen war.

»Hast du je an einem Fest des Lebens teilgenommen?« fragte er Adrian.

Adrian stellte sich neben ihn. Seine rechte Hand, die, in der er die Kugel gehalten hatte, war zur Faust geballt. »Nein«, sagte er. »Ich höre zum ersten Mal davon.«

Nicholas nickte. In dieser Hinsicht war Adrian keine Hilfe. Alles, worauf er nun hoffen konnte, war, daß sein trügerisches Gedächtnis die Worte doch noch preisgeben würde.

Er ergriff die Schale mit beiden Händen und hob sie über den Kopf, genauso wie der Danite es vor all den Jahren getan hatte, und erschauerte in der Erwartung, daß jetzt irgend etwas passieren würde.

Aber nichts geschah.

Er senkte die Schale wieder. »Ich nehme an, du siehst auch nirgendwo Ota-Blätter, oder?« fragte er zweifelnd.

Adrian schüttelte den Kopf. »Ich weiß noch nicht einmal, wie die aussehen«, sagte er.

Nicholas hatte die Pflanze auch noch nie gesehen, aber die Blätter waren unverkennbar. Gekocht schrumpften sie auf ein Achtel ihrer Größe und hatten einen leicht süßlichen Geschmack, roh hingegen waren sie zäh. Wenn er sich je einen Geschmack für die Farbe Grün vorgestellt hatte, dann diesen.

Im Palast galten sie als Delikatesse und wurden jedes Frühjahr von den Blutklippen angeliefert, um mit einer speziellen süßen Soße kredenzt zu werden. Es gab sie immer nur für eine begrenzte Zeit, etwa eine Woche im Jahr. Und sie gehörten zu seinen Lieblingsgerichten.

Seltsam, daß er sich an diesen Teil erinnern konnte. An die Tatsache, daß Ota-Blätter bei der Zeremonie benutzt wurden. Grüne Ota-Blätter. Es gab auch purpurfarbene, aber erst bei einer späteren Ernte und mit wesentlich weniger intensivem Geschmack.

Er fragte sich, ob die Schale die Blätter brauchte, damit der Zauber wirkte. So, wie die Gefäße, die ohne Weihwasser nutzlos waren.

Er stellte die Schale wieder ab. Dann seufzte er und ließ den Blick wieder über die Regale wandern. Die kleinen Fläschchen mit der rötlichen Flüssigkeit machten ihn nervös. Je näher er ihnen kam, desto mehr sahen sie wie Blut aus.

Er fühlte sich noch nicht dazu bereit, die Juwelen zu berühren, deren Glanz noch nicht erloschen war. Es schien, als habe das Licht der Kugel sie für immer verschönert.

Er ging weiter zurück, an den Wandteppichen vorbei. Hier war die Luft feuchter und kühler, fast wie in einer Höhle. In einer Ecke waren ein paar Puppen an die Wand gelehnt. Er bückte sich nach ihnen. Sie schienen aus Glas gefertigt zu sein, doch dieses Glas wies keinen Mangel auf wie das der Kugeln. Es war klar und vollendet geformt. Er konnte jedoch nicht sagen, ob die Figürchen Frauen oder Männer darstellten. Sie waren sehr klein, etwa eine Handspanne groß. Und sie paßten zu keinem religiösen Ritual, das er kannte.

Er hob die nächstbeste Puppe auf und fragte sich, ob wohl ein Kind sie vor Jahrhunderten hier hatte liegenlassen. Urplötzlich bewegte sich die Puppe in seiner Hand. Sie blinzelte mit den Augen und lächelte ihn an.

Überrascht ließ er sie fallen. Sie schrie auf, zumindest kam es ihm so vor. Blitzschnell reagierend fing er sie auf, bevor sie auf dem Steinboden aufschlug.

Die Puppe wäre sonst zersprungen, und alles, was er durch sie hätte erfahren können, wäre verloren gewesen.

Die winzige Hand der Figur umklammerte seinen kleinen Finger.

Sein Mund war ganz trocken. »Was bist du?«

Sie antwortete nicht. Aber ihr Mund, der noch einen Moment zuvor durchscheinendes Glas gewesen war, hatte nun die Farbe von hellem Gold, wie sonnengebräunte Haut. Ihre Lippen waren rosig, die Nase wohlgeformt und die Augen so blau wie seine eigenen. Sie hatte blondes Haar und runde Wangen.

Der Mund bewegte sich. Sie sagte etwas, aber er hörte nichts.

Jetzt erst bemerkte er, daß das, was er sah, dahinter lag, und nicht Teil des Glases selbst war. Es war in dem Glas gefangen, so wie die armen Seelen in den Fey-Lampen.

Nur strahlte dieses Wesen kein Licht aus. Es strahlte gar nichts aus, schien jedoch zumindest ein Minimum an Kontrolle über sein Glasgefängnis zu haben.

Adrian war leise hinter ihn getreten. Nicholas fühlte seine Anwesenheit eher, als daß er ihn hörte.

»Was ist das?« fragte Adrian.

»Ich weiß es nicht«, antwortete Nicholas. Es drehte sich in seiner Hand, um ihn anzusehen. Hörte ihn das Ding, obwohl er es nicht hören konnte?

Auch das wußte er nicht.

»Was bist du?« fragte er erneut.

Es schaute ihn eine Weile feierlich an, ließ dann seinen kleinen Finger los und deutete auf die mit der roten Flüssigkeit gefüllten Fläschchen. Nicholas blickte Adrian an. »Bist du ein Teil davon?«

Es schüttelte den Kopf und deutete weiter, als verstünden sie bloß nicht recht.

Adrian ging auf die Fläschchen zu. Das Wesen in der Puppe nickte. Adrian faßte einen Krug so vorsichtig an, als befürchtete er, der Krug könne ihn beißen.

Nichts geschah. Das Wesen beobachtete alles genau. Adrian hielt die kleine Flasche in der Hand und sah Nicholas an, der mit den Schultern zuckte. Das Wesen gestikulierte, er solle sie herüberbringen.

Nicholas war nicht sicher, ob das eine gute Idee war. Aber schließlich hatten er und Adrian darin übereingestimmt, alles zu versuchen.

Adrian brachte das Fläschchen herbei. Es schien keine Verbindung zu der Glaspuppe in Nicholas' Hand zu haben. Das Glas der Flasche war genau wie das der Kugeln unrein, dick, fast rauh. Das Fläschchen war mit einem Glasstöpsel verschlossen, um den jemand zusätzlich eine Wachsschicht angebracht hatte.

Adrian schüttelte es. Die rote Flüssigkeit darin hatte einen schwarzen Satz, wie halb geronnenes Blut.

Nicholas schluckte schwer. Er nahm Adrian die Flasche ab und erwartete irgendwie, daß sie in Licht explodierte, so wie zuvor die Kugel.

Nichts geschah.

Außer daß das Wesen in seiner Hand nach dem Fläschchen griff, das fast so groß war wie es selbst.

Das Wesen stand auf Nicholas' Handfläche. Die Glasfüße waren warm, aber ob es seine eigene Wärme war oder die dieser merkwürdigen Kreatur, vermochte er nicht zu sagen. Es stemmte sich zwischen Zeigefinger und Daumen gegen seine Faust, langte nach dem Stöpsel und versuchte, ihn herauszuziehen.

Adrian sah Nicholas an, als erwarte er, daß er eine Entscheidung traf. Aber Nicholas tat nichts dergleichen, denn er sah darin eine Gefahr, ohne zu wissen, welcher Art sie war, noch gegen wen sie sich richtete.

Er zog dem Wesen das Fläschchen weg und hielt Adrian die Öffnung hin. »Zieh den Stöpsel heraus.«

»Ich glaube nicht, daß das sehr klug wäre«, gab Adrian zu bedenken.

»Ich bin mir nicht sicher, ob überhaupt etwas, von dem, was wir hier tun, klug ist«, erwiderte Nicholas. »Aber es ist unumgänglich.«

Adrian kratzte an dem Wachssiegel. Währenddessen legte das Wesen seine Hände auf Nicholas' Zeigefingergelenk. Es beugte sich nach vorne, um ja nicht zu verpassen, was Adrian da tat.

Nachdem Adrian ein Eckchen des Wachssiegels entfernt hatte, löste sich der Rest in einem Stück. Nur für einen kurzen Moment sah er auf und blickte Nicholas fragend an. Aber dieser Augenblick genügte, Nicholas die Furcht in Adrians Augen erkennen zu lassen.

Nicholas nickte.

Adrian zog den Stöpsel heraus und hielt ihn hoch.

Nichts geschah.

Überhaupt nichts.

Außer daß ein gräßlicher Gestank den Raum erfüllte.

Nicholas' Augen fingen an zu tränen. Er erkannte diesen Geruch wieder, aus der Zeit der Kämpfe gegen die Fey.

Altes Blut, das zu verwesen anfing.

»Puh«, sagte er angewidert.

Das Wesen nahm die Hände von seinem Finger und machte Zeichen, Adrian solle ihm das Fläschchen bringen. Adrian hingegen wartete zuerst den Befehl von Nicholas ab, der ihm daraufhin zunickte.

Adrian neigte das Fläschchen zu dem Wesen hin, das mit der rechten Hand signalisierte, er solle es noch weiter senken. Weiter und noch weiter, bis die Öffnung in Höhe des Gesichts war. Es schien sich nicht an dem Geruch zu stören.

Es grinste, lehnte sich so weit wie möglich vor und tauchte beide Hände in die Öffnung der Flasche, badete bis an die Ellbogen in Blut.

Eine helles Rot schoß durch die Glasfigur hindurch und durchzog sie wie ein Adernetz. Dann wurde die Röte zu einem feurigen Rot, das in die Kreatur hineinzufließen schien. Nicholas wollte sie loslassen, tat es aber doch nicht. Die Puppe wäre zersprungen, und er wußte nicht, was dann mit dem Wesen darin geschehen würde.

Das Rot füllte alles aus und verdeckte die Sicht auf die Kreatur darin. Adrian lehnte sich gerade neugierig nach vorn, als die Glaspuppe zersprang.

Überall stoben Glassplitter umher, trafen ihre Kleidung, Nicholas' Hand und Adrians Gesicht, beinahe sogar seine Augen. Glas sauste durch die Luft und landete rings um sie her klirrend und knisternd auf dem Boden. Das Fläschchen kippte zwar, aber es fiel nicht um, denn irgendwie gelang es Adrian, es nicht loszulassen. Einzelne Bestandteile der Glaspuppe fielen in das Blut hinein, das zu kochen anfing.

Eine rote Dunstwolke stieg von Nicholas' Hand auf. Sie

landete neben ihm und dehnte sich aus, bis sie in etwa seine Größe erreicht hatte. Dann fügte sich die Wolke nicht zu irgendeinem Wesen zusammen, sondern zu einem Menschen.

Einem nackten Mann. Einem Mann mit leicht gerötetem Gesicht, so als habe er sich gerade sehr angestrengt. Mit seiner hellen Haut, den blauen Augen und dem weißblonden Haar war er ganz offensichtlich ein Inselbewohner. Diese Haarfarbe war zwar bei Erwachsenen eher selten, bei Kindern jedoch weit verbreitet.

Er grinste Nicholas an und fing sofort zu reden an, doch Nicholas verstand kein einziges Wort.

»Tut mir leid«, sagte Nicholas. »Sprichst du Inselsprache?«

Der Mann plapperte erneut drauflos, und dieses Mal konnte man einige vertraute Worte heraushören. Der Mann sprach in der Alten Inselsprache.

»Ich bedaure es sehr, aber ich verstehe dich nicht«, sagte Nicholas.

Der Mann gab einen verächtlichen Laut von sich, dann ergiff er Nicholas' Gesicht mit der linken Hand. Seine Hand war warm, seine Haut durchaus fest. Adrian versuchte zu spät, nach dem Handgelenk des Mannes zu fassen, denn dieser hatte seine Hand schon wieder zurückgezogen.

»Verpfuscht«, sagte der Mann. So klang es zumindest.

»Was?« brachte Nicholas verblüfft hervor.

»Verpfuscht«, sagte der Mann noch einmal. »Ihr habt die Sprache ruiniert.«

»Was ist denn eben überhaupt geschehen?« fragte Adrian verständnislos.

»Du bist keiner von uns«, sagte der Mann und drehte Adrian den Rücken zu. »Aber du.« Dieser letzte Satz war an Nicholas gerichtet. Der Mann legte den Kopf in den Nacken und hob die Arme zur Decke. »Ah, wie befreiend!«

»Wie lange warst du da drin?« erkundigte sich Nicholas.

Der Mann senkte seine Arme wieder, als enttäusche ihn diese Frage. »Kam mir vor wie eine Ewigkeit.«

»Wie hast du dann die Sprache gelernt?« fragte Adrian.

Der Mann runzelte die Stirn, hob das Kinn ein wenig und fragte, an Nicholas gewandt: »Kannst du diesem Mann nicht den Mund verbieten?«

»Er ist mein Freund«, antwortete Nicholas. » Und seine Frage ist berechtigt. Eben hast du noch in der Alten Inselsprache gesprochen. Jetzt sprichst du meine Sprache.«

Der Mann seufzte und strich sich eine Strähne seines weißblonden Haars hinter das Ohr. »Schon wieder Fragen«, sagte er. »Na gut. Sprache ist überall. Hat man euch das nicht beigebracht? Sie ist eine unsichtbare Matrix, genauso wie die Macht an diesem Ort hier. Man kann sie einfach aus der Luft ziehen.«

»Und so schnell lernen?« fragte Adrian ungläubig.

Der Mann warf einen Blick über die Schulter. »Läßt du diesen Burschen für dich sprechen?«

»Er spricht für sich selbst«, sagte Nicholas. »Aber ich teile seine Ansichten.«

»Sie wird aufgesaugt«, fuhr der Mann fort. »So wie alles hier.«

»Aufgesaugt?« wiederholte Nicholas fragend. Er hatte die Sprache noch nie als etwas betrachtet, das man aufsaugt. So betrachtet, saugten Kinder sie auf, nur lange nicht so schnell wie dieser Mann, dieses eigenartige Wesen.

»Hier ist alles ganz anders«, sagte der Mann und seufzte erneut. Er befühlte seine Hände, seine Arme und sein Gesicht. »Das fühlt sich so gut an.«

»Was bist du?« fragte Adrian.

»Ist denn alles verloren?« fragte der Mann verärgert. »Wie kannst du nicht wissen, was und wer ich bin? Gerade du solltest mich erkennen.« Den letzten Satz hatte er wieder an Nicholas gerichtet.

»Du scheinst mich mit jemandem zu verwechseln«, bremste ihn Nicholas.

»Du bist Coulter«, sagte der Mann.

Nicholas fuhr zusammen. Woher wußte dieser seltsame Mensch von Coulter? Wie konnte er ihn, Nicholas, für Coulter halten?

»Nein«, sagte Nicholas. »Coulter ist draußen.«

Die Augen des Mannes verengten sich. »Wenn du nicht Coulter bist, dann bist du Alexander.«

Ein Schauer lief Nicholas über den Rücken. »Nein«, sagte er. »Ich bin Alexanders Sohn.«

»Wohlan«, sagte der Mann. »Das ist die Erklärung. Also hat er die Ermahnung, daß es nicht klug ist, Kinder zu haben, doch nicht ernstgenommen.«

»Ich glaube, ihr redet nicht vom selben Volk«, warf Adrian leise ein.

Nicholas war der gleichen Ansicht. Er schluckte. »Ich bin Nicholas V., König der Blauen Insel, Sohn Alexanders XVI., Sohn von Dimitri, Sohn von Sebastian, Sohn von Konstantin XII.«

Der Mann starrte ihn ehrfürchtig an. »Aber du bist aus Coulters Linie?«

»Der Roca-Linie«, sagte Adrian.

Der Mann schien sich selbst für einen Moment zu vergessen, blickte Adrian an und murmelte dann etwas in der Alten Inselsprache. Es endete mit dem Wort »Roca«, soviel konnte Nicholas verstehen.

Der Mann faßt sich ungläubig an den Kopf. »Es kann doch nicht so viel Zeit vergangen sein.«

»Wieviel Zeit?«, fragte Nicholas.

»Ich habe Coulter geholfen, diese Höhle zu finden. Wir haben sie hergerichtet. Das müßt ihr doch wissen!«

Nicholas schüttelte den Kopf. »Von den meisten Dingen

hier wissen wir nicht, was sie bedeuten. Wir wissen auch nicht, was du bist.«

Der Mann lächelte, aber das Lächeln war traurig. »Ich bin eine alte Seele«, sagte er und verschwand.

Nicholas griff nach ihm, aber seine Faust schloß sich im Nichts. Seine Finger glitten über die Glasscherben, die in seiner Handfläche steckten. Bis zu diesem Augenblick hatte er den Schmerz gar nicht gespürt.

Leise fluchend hielt er die verletzte Hand behutsam mit der anderen vor die Brust. Adrian betastete vorsichtig sein Gesicht.

»Das hätten wir verstehen müssen«, sagte er gedankenvoll.

Nicholas nickte, aber er wollte sich noch nicht geschlagen geben. Er sah auf. »Komm zurück! Wir brauchen deine Hilfe.«

Keine Antwort. Seine Nackenhaare stellten sich auf. Er hatte das Gefühl, als lausche jemand. Dieser Mann oder jemand anderes. War dieser Ort genauso voller Menschen wie voller Edelsteine? Menschen, die tot waren und doch wieder nicht, Menschen, die nach Belieben verschwinden konnten und sich trotzdem anfühlten, als wären sie am Leben?

»Bitte«, flehte Nicholas.

Adrian schüttelte den Kopf. »Er wird nicht zurückkommen«, sagte er und ging in die Hocke. Ein heilgebliebenes Stück des Glaskopfes, ein Teil des Schädels, lag auf dem Steinboden. Mit seiner Hand umfaßte er immer noch das Fläschchen mit dem Blut.

»Was ist das deiner Meinung nach?«

»Ein neuer Zauber«, sagte Nicholas. »Noch ein Geheimnis, das wir nicht verstehen. Und ich verstehe nicht, wie es uns hier und jetzt von Nutzen sein kann.«

»Wir könnten es mit einer weiteren Puppe versuchen«, sagte Adrian.

»Ich weiß nicht, ob ich das wirklich will.« Nicholas sah auf die Puppen. Der seltsame Mann war zwar verschwunden, aber Nicholas wußte nicht, ob er wirklich weg war. Selbst wenn er geblieben wäre, hätte er ihnen dann geholfen oder eher geschadet?

Er wußte es nicht.

Adrian nickte. Seine Hand schwebte über dem zerbrochenen Glas. »Glaubt Ihr das, was er über die Sprache gesagt hat?«

»Ich habe schon seltsamere Dinge von den Fey gehört«, entgegnete Nicholas.

»Und das über Coulter? Und Euren Vater?«

Nicholas schüttelte den Kopf. »Das habe ich überhaupt nicht verstanden. Aber er schien das Wort ›Roca‹ zu kennen.«

»Aber er mochte es ganz und gar nicht«, sagte Adrian.

Das war Nicholas auch aufgefallen. Der Mann war wohl in der Glaspuppe gefangen gewesen, denn augenscheinlich war er sehr froh, frei zu sein. Für wie lange mag er wohl da drin gewesen sein?

»Schon immer«, hatte er gesagt.

Schon immer.

Wie lange war das?

Er hatte gesagt, er hätte die Höhle mit Coulter zusammen entdeckt. Konnte das der Roca gewesen sein?

Nicholas sah Adrian ratlos an. Er hatte nie daran gedacht, daß der Roca schon vorher einen Namen gehabt hatte. Aber das mußte er ja wohl. Der Roca war nur ein normaler Mensch. Es war Bestandteil der Religion, die besagte, daß ein Mann den Mut aufgebracht hatte, sich gegen die Soldaten des Feindes zu stellen, daß er die Stärke besessen hatte, sich selbst zu opfern, um andere zu retten.

Coulter?

Genauso wie ihr Coulter?

Außer, daß er gesagt hatte, er sehe wie Nicholas aus.

Nicholas ging in die Hocke, zog die Glasscherben aus seiner Hand und legte sie neben den zerschmetterten Kopf der Puppe. Dann zog er die kleinen Splitter aus Adrians Gesicht. Die Schnitte waren sehr fein und bluteten kaum.

»Tut es weh?« fragte Nicholas.

Adrian schüttelte den Kopf.

»Meine Hände eigentlich auch nicht.« Auch das fand Nicholas merkwürdig. Bei der Glaspuppe war offensichtlich magische Kraft im Spiel. Aber war es die Art von Magie, die Sebastian erschaffen hatte? Oder war es eine ihnen unbekannte Form?

Er nahm Adrian das Fläschchen aus der Hand. Der Verwesungsgeruch war immer noch sehr stark, die Flasche warm von Adrians Berührung, aber ansonsten war nichts Ungewöhnliches daran festzustellen.

Nicholas blickte Adrian an und senkte die Flasche ein wenig. Er hielt sie in seiner Rechten und tauchte den linken Zeigefinger in die Flüssigkeit.

Ein Kribbeln breitete sich von seinem Finger zunächst über das Rückgrat und dann über den ganzen Körper aus, genauso, wie sich die rötliche Farbe in der Puppe verteilt hatte. Er schüttelte sich kurz, dann war dieses Gefühl verschwunden.

»Was war das?« fragte Adrian.

Nicholas schüttelte den Kopf, denn er wußte nicht, ob überhaupt etwas gewesen war. Er war nicht sicher, ob dieser Schauer nur seine eigene Reaktion oder etwas mehr als das gewesen war.

Oder weniger.

Zu viele Fragen und keine richtigen Antworten.

Er setzte sich nieder, wobei er sorgfältig darauf achtete, den Glasscherben auszuweichen. Adrian begann, die verbliebenen Bruchstücke aufzulesen und sie dann neben den Puppenkopf zu legen. Das Glas war wieder klar. Seit es zerplatzt war, waren alle roten Linien verschwunden.

»Adrian«, sagte Nicholas, »wir haben das alles falsch angepackt.«

»Sire?« Adrian arbeitete unbeirrt weiter.

»Wir hatten bisher angenommen, daß unsere Religion einen Gegensatz zu der Zauberkraft der Fey darstellt. Aber was ist, wenn alles ein und dasselbe ist?«

»Ich kann Euch nicht folgen«, sagte Adrian.

»Wir wissen, daß Coulter die gleichen Fähigkeiten hat wie ein Zaubermeister der Fey, nur fehlt ihm die Übung. Jewel sagt, auch in meiner Familie seien wahrscheinlich magische Kräfte vererbt worden. Auch Matthias ist ein Zaubermeister. Das sieht mir sehr nach Fey aus. Und jetzt stammen auch noch beide Familien vom selben Ort der Macht ab.«

»Ja«, sagte Adrian einfach. Er klang dabei jedoch so zögerlich, als sei er noch unsicher, worauf Nicholas hinauswollte.

»Diese Glaspuppe ist der Fey-Magie, die ich kenne, sehr ähnlich. Und diese Lichtkugeln sind wie die Feuerbälle, die Coulter mit seinen Händen machen kann.«

»Ja«, sagte Adrian wieder und schien auf eine Art Schlußfolgerung von Nicholas zu warten.

»Und das«, sagte Nicholas, »das ist Blut. Es hatte die Macht, die Glasschale zu zersprengen, diesen Mann oder diese alte Seele oder was immer es war, zu befreien. Es hat ihm sogar erlaubt, einfach zu verschwinden. Was, wenn es noch weitere Eigenschaften besitzt?«

»Welche zum Beispiel?«

»Warum häuten die Fey ihre Opfer und bewahren die Hautfetzen in Beuteln auf?«

»Das weiß ich nicht.« Adrian setzte sich neben ihn. »Keiner hat mir das je erklärt, nicht einmal Fledderer. Ich bin nicht sicher, ob er es überhaupt genau weiß.«

»Aber dennoch weißt du, daß es einem magischen Zweck dient.«

»Ich habe es schon gesehen«, antwortete Adrian. »Als Coulter ein kleiner Junge war, versuchten die Fey herauszufinden, welche Zauberkräfte er besitzt. Er schuf eine unsichtbare Kugel um sich herum, durch die hindurch ihn kein Zauber angreifen konnte. Und dann benutzten die Fey etwas von dieser Haut und machten die Kugel sichtbar. Sie fanden eine Öffnung und hätten ihn fast getötet.«

Nicholas sah Adrian an. Die Geschichte war zwar ekelerregend, aber sie machte ihn nachdenklich. Eine Kugel aus Magie, die mit Hilfe des Inhalts der Beutel sichtbar gemacht werden konnte. Er hatte auch von Jewel erfahren, daß die Fey die Haut benutzten, um die Eigenschaften von Weihwasser zu erproben.

»Was, wenn die Haut selbst, wenn sie auf Fey-Art abgetrennt wird, magische Eigenschaften besitzt?« überlegte Nicholas laut. »Was, wenn sie dadurch zum magischen Gegenstand wird?«

»Wahrscheinlich ist es so«, sagte Adrian, »sonst würden sie sie nicht so scharf bewachen.«

»Und die zauberkundigen Leute um uns herum hätten nicht eine solche Wirkung verspürt, als dein Sohn ein geheimes Hautversteck zerstört hat.«

Adrian sah ihn an, und Nicholas konnte den Stolz erkennen, den er für seinen Sohn empfand. Stolz vermischt mit Sorge. So wie Nicholas für seine eigenen Kinder empfunden hätte. »Wollt Ihr damit sagen, das Blut könnte dieselben Eigenschaften besitzen?«

Nicholas nickte. »Oder ähnliche. Warum sollte man Blut sonst aufbewahren und lagern?«

»Keine Ahnung«, sagte Adrian. »Dieser ganze Ort hier bedrückt mich. Er führt mir vor Augen, wieviel ich nicht weiß.«

Er fuhr sich ratlos mit der Hand über das Gesicht und blickte dann zum Brunnen. »Selbst davor«, sagte er zweifelnd. »Selbst davor haben wir Angst, weil wir nicht wissen, was es wirklich ist.«

»Wir wissen aber, was wir glauben, daß es ist«, erwiderte Nicholas.

»Aber wir wissen es nicht. Nicht genau!« sagte Adrian. »Selbst wenn es Weihwasser wäre, was ich nebenbei bemerkt nicht annehme, würde es uns nicht schaden. Euch nicht und mir auch nicht.«

Nicholas nickte. »Dasselbe habe ich auch gedacht.« Er nahm Adrian den Stöpsel aus der Hand und verschloß die kleine Flasche mit dem blutigen Inhalt. Sie hatten kein Wachs, um sie wieder vollständig zu versiegeln, aber er glaubte nicht, daß das von Bedeutung war. Jedenfalls nicht jetzt. Er stellte sie ins Regal zurück und wischte sich das restliche Blut, das noch an seinen Fingern klebte, an der Hose ab.

Dann ging er die Stufen zum Brunnen hinab und Adrian folgte ihm.

Nicholas hatte sich ihm schon einige Male genähert, aber er hatte ihn nie genauer betrachtet. Er hatte Jewel immer davon abgehalten, weil er Angst hatte, er würde sie zerfließen oder für immer verschwinden lassen. Seine Kinder waren nie in die Nähe des Brunnens gegangen, und Leen und Fledderer auch nicht.

Der Strahl der Fontäne plätscherte. Er war jetzt schon so an dieses Geräusch gewöhnt, daß er es nur noch zur Kenntnis nahm, wenn er sich darauf konzentrierte. Es war ein beruhigendes Geräusch. Dieses tröstliche Geräusch war einer der Gründe dafür, warum einem dieser Ort das Gefühl von Sicherheit vermittelte.

Dort, wo sich der Sockel des Brunnens aus dem Boden

erhob, gingen die Korridore in den Berg ab, ganz so, als sei der Brunnen eine Art Zentrum, von dem alles ausging.

Nicholas ging neben dem Sockel, der aus dem Fels gehauen war, in die Hocke. Aber niemand hatte den Felsblock bewegt, um ihn zu bearbeiten. Seine Form war ihm an Ort und Stelle gegeben worden. Der Felsen erhob sich hier natürlich aus dem Boden, und er war oben genauso breit wie unten. Er verjüngte sich nur an einer Stelle bis auf Handgelenksbreite, bevor er sich wieder verbreiterte, um das Wasserbecken zu fassen.

Das Becken selbst war offensichtlich verziert und später hinzugefügt worden. Seine Machart erinnerte an die Schalen für das Fest des Lebens, ausgenommen der Boden. Dort war ein Quadrat offengelassen worden, groß genug, um eine Faust hindurchzustecken. Das Wasser floß in das Becken hinein, dann durch das Loch und durch den Fels in den Boden.

Natürliches Wasser.

Nicholas schluckte. Etwas schoß ihm in den Kopf. Der Aufnahmeritus. Irgend etwas mit Wasser.

Er wartete, ob er von allein darauf kam.

Aber es kam nichts.

Dann betrachtete er sich die Fontäne genauer.

Er hatte angenommen, daß das Wasser vom Grund der Quelle aufstieg und dann durch den Brunnen hindurchfloß. Bei näherem Betrachten fiel ihm auf, daß es aus einem Felsspalt in der Wand herabrann. Es lief an der Wand herab durch weitere gehauene Schalen, die ebenso wie der Sockel in den Fels gehauen worden waren und ihren Inhalt in das Becken ergossen.

Am Ende floß das Wasser in die Bodenöffnung und versikkerte.

Es war ein geschlossenes System und selbst Teil des Berges.

»Adrian«, sagte Nicholas und drehte sich um. Adrian stand neben ihm, die Hände auf dem Rücken verschränkt, und betrachtete dieselben Dinge wie Nicholas. Die kleinen Schnitte in Adrians Gesicht hatten stärker zu bluten angefangen. Ein Blutstropfen war auf seiner rechten Wange verschmiert, direkt unter dem Auge.

»Es ist gar nicht so, wie ich dachte«, sagte Adrian.

»Mir geht es genauso«, erwiderte Nicholas. »Erinnerst du dich an die Mitternachtssakramente? Wie lautete die Zeile über Wasser in der Aufnahmeformel?«

»Ein Mensch kann nicht ohne Wasser leben«, sagte Adrian und runzelte dabei die Stirn. »Es geht irgendwie darum, daß er in einem Wasserschwall geboren wird und noch etwas, an das ich mich nicht erinnere. Es endet mit einem Satz, etwa so: Wasser ist die Essenz Gottes.«

»Wasser ist die Essenz Gottes«, wiederholte Nicholas nachdenklich. Er klopfte sich ab und nahm dann die Stufen nach oben, immer zwei auf einmal. Er blieb vor den Wandteppichen stehen. Einer der Teppiche, die im hinteren Teil hingen, stellte zwei verschiedene Szenen dar. Die erste zeigte einen kleinen, zerbrechlich wirkenden Mann, der eine Höhle betrat, die zweite, wie er aus einem Sturm aus Wind, Licht und Helligkeit daraus auftauchte. Der Mann sah darin irgendwie größer aus, und in seiner rechten Hand trug er ein Schwert.

»Hast du je davon gehört, daß der Roca von den Blutklippen kommt?« fragte Nicholas.

»Und von den Schneebergen«, sagte Adrian, »und aus den Kenniland-Sümpfen. Jede Gegend beansprucht ihn für sich.«

»Aber nur eine Geschichte davon kann wahr sein.« Nicholas ging wieder die Treppe nach unten. »Wasser ist die Essenz Gottes. Der Tabernakel hat in diesem Spruch immer das Weihwasser gesehen, oder?«

»Ich weiß es nicht«, antwortete Adrian. »Unser Danite war jedenfalls der Meinung. Aber er hat sich nie sonderlich mit dieser Passage auseinandergesetzt. Ich erinnere mich daran, daß mein Sohn Luke einmal sehr verärgert war, weil er nicht mit ihm darüber diskutieren konnte. Luke hat immer geglaubt, daß es zu viele verschiedene Hinweise auf Wasser gibt, als daß immer nur eine Art von Wasser damit gemeint sein könnte.«

»Ich glaube, dein Sohn gefällt mir«, sagte Nicholas anerkennend.

Adrian grinste breit, beugte sich dann vor und hielt die Nase schnüffelnd in die Luft über dem plätschernden Wasser. »Wißt Ihr«, sagte er, »das riecht nicht einmal nach Weihwasser.«

Nicholas sah ihn an und fühlte, wie ihn ein leichter Schock durchfuhr. Er hatte das schon seit Tagen gedacht, ohne daß es ihm selbst bewußt gewesen war. Kein Wunder, daß ihm der Brunnen immer Kopfzerbrechen bereitet hatte. Weihwasser hatte einen ganz eigenen, bitteren Geruch. Dieses Wasser jedoch roch frisch, frischer sogar als alles, was er je zuvor gerochen hatte. Selbst die kleinen Flüßchen nördlich von Jahn hatten keinen so angenehmen Geruch.

»Das ist doch kein Weihwasser, oder?

»Weihwasser wird eigens hergestellt«, antwortete Nicholas. »Ich weiß, daß das so ist. In den ersten Kämpfen gegen die Fey mußten wir den Rocaan dazu überreden, mehr davon herzustellen. Ich weiß genau, daß er niemanden schicken konnte, welches zu holen. Wir wurden belagert, und es gab keinen Weg aus Jahn heraus.«

»Abgesehen davon«, warf Adrian ein, »sind seit langer Zeit keine Rocaanisten hiergewesen.«

Sie sahen einander an. Nicholas spürte sein Herz laut schlagen. Daran hatte er nicht gedacht. Daran hatte er überhaupt noch nicht gedacht.

Bei all den Ereignissen der letzten Tage hatte er so viel übersehen, und gerade jetzt mußte er doch auf alles genau achten.

»Ich denke, dieses Mal bin ich an der Reihe, es zu versuchen«, sagte Adrian.

Nicholas runzelte die Stirn. »Ich bin der Nachfahre des Roca. Ich dachte, wir sind uns einig, daß ...«

»Das sind wir auch«, sagte Adrian. »Aber wir waren uns hinsichtlich der Gegenstände auf den Regalen einig, nicht was diese Sache hier angeht. Jene Dinge sind anscheinend von Rocaanisten dort hingestellt worden, oder sogar vom Rocaan selbst. Das hier nicht.«

Ganz offensichtlich nicht. Obwohl der Sockel von Menschenhand geschaffen war, kam das Wasser doch aus dem Berg heraus.

Wasser ist die Essenz Gottes.

Sollte das heißen, dieses Wasser war die Essenz? Wenn ja, was sollte Nicholas Adrian dann tun lassen? Ihn etwa die Essenz Gottes spüren lassen?

»Wir wissen aber nicht, was es ist«, sagte Nicholas zögernd.

»Es könnte auch einfach Wasser sein«, antwortete Adrian.

»Es könnte aber auch mehr sein.«

»Wovor genau habt Ihr Angst, Sire?« fragte Adrian.

Darauf wußte Nicholas nichts zu antworten, denn seine Angst war nur ein unbestimmtes Gefühl, das schwer zu erfassen und noch schwerer zu erklären war. Es war ein flaues Gefühl in der Magengrube. Etwas, das ihm sagte, daß weder die Kugeln noch die Schwerter, noch die Wandteppiche, sondern dieses Wasser den Schlüssel zum Geheimnis dieser Höhle in sich barg.

»Vor allem«, sagte Nicholas langsam. »Und vor nichts.« Er schluckte. »Ich bin bereit, ... ich meine, ich würde es vorziehen, ... es selbst zu versuchen.«

Adrian schwieg einen Moment, dann nickte er. »Ich darf Euch nicht widersprechen«, sagte er, obwohl es ja genau das war, was er getan hatte. Nicholas hatte bemerkt, daß Adrian immer das Wort »Sire« hinzufügte, wenn er das Gefühl hatte, daß Nicholas auf seinen Rang pochte, oder wenn er eine Entscheidung traf, mit der Adrian nicht einverstanden war.

»Nein«, sagte Nicholas. »Das darfst du nicht.«

Er trat näher an das Becken heran. Der frische Duft von Wasser erfüllte die Luft, es roch herrlich, verführerisch und voller Süße. Nicholas wischte die Hände an seiner Robe ab, tauchte sie ins Wasser und machte kleine Wirbel im Becken.

Das Wasser war eiskalt. Vor Schreck schnappte er nach Luft. Adrian beobachtete ihn genau.

»Kalt«, sagte Nicholas.

Und stärkend. Es fröstelte ihn am ganzen Körper, und doch fühlte es sich zugleich wohltuend an. Er hatte gar nicht gemerkt, wie warm ihm war.

Das Wasser weichte seine Wunden auf. Es ließ die Schmerzen kurz aufflammen und beruhigte sie dann. Er neigte sich nach vorne und spritzte sich etwas Wasser ins Gesicht. Die Kälte fühlte sich wundervoll an, denn sie machte ihn wach. Zum ersten Mal seit die Schamanin gestorben war, fühlte er sich wieder lebendig.

Er hatte gar nicht gewußt, wie isoliert er sich gefühlt hatte, selbst nach Jewels Erscheinen.

Das Wasser prickelte auf der Haut. Adrian verfolgte jede seiner Bewegungen ganz genau. Nicholas lächelte ihn beruhigend an, aber Adrian erwiderte das Lächeln nicht.

Nicholas hob sein tropfnasses Gesicht und schöpfte Wasser in die hohlen Hände, soviel sie faßten. Sein Herz klopfte stärker, und er zitterte etwas.

Jetzt war es soweit.

Er tat etwas, was er schon seit langer Zeit nicht mehr getan hatte: Er betete leise. Er betete nicht für sich, sondern für seine Kinder; falls er sterben würde. Sie würden Beistand brauchen, und er hoffte, sie würden ihn bei jemandem finden, der ihnen einen guten Rat geben konnte.

Rasch hob er die Hände an die Lippen, damit ihm keine Zeit mehr blieb, noch länger zu überlegen, was er da eigentlich tat.

Er trank ...

Und schmeckte das kälteste und süßeste Wasser, daß er je getrunken hatte. Es stillte seinen Durst und kräftigte ihn. Ohne nachzudenken, tauchte er die Hände wieder und wieder ein und trank, soviel er konnte.

Adrian streckte die Hand nach ihm aus, wollte ihn bitten, aufzuhören, aber Nicholas wollte nicht. Er war nicht sicher, ob er das so einfach konnte.

Das Wasser erfüllte ihn und breitete sich in ihm aus. Er trank und trank, und dabei merkte er irgendwann, daß er vergessen hatte, zu atmen, zu denken und eigene Entscheidungen zu treffen.

Seine Hände bewegten sich, seine Lippen schlürften wie von selbst, seine Kehle schluckte, und schwarze Flecken tanzten vor seinen Augen.

Adrian packte ihn an den Handgelenken, um ihn davon abzuhalten, noch mehr zu trinken, aber Nicholas hörte nicht auf. Er konnte es nicht mehr ...

Die schwarzen Flecken wurden größer, er ließ die Hände fallen. Er brauchte Luft. Er brauchte ...

Er griff nach Adrian, griff zu ...

Dann fühlte er, wie er wegglitt.

6

Pausho hockte im Gewölbe mit übereinandergeschlagenen Beinen auf dem Boden, den Kopf in die linke Hand gestützt. Sie fühlt sich nach den Ereignissen des Morgens immer noch ein wenig schwindlig. Obwohl sie nicht genau wußte, warum, spürte sie die Erschöpfung erst jetzt. Sie vermutete, daß es mit Matthias zu tun hatte.

Und mit dem goldenen Glanz.

Der ganze Raum erstrahlte. Matthias schien es nicht zu merken, obwohl das Strahlen, das vom Altar ausging, sogar noch zunahm. Er hielt ihn an beiden Seiten umklammert, außer wenn er die Hand hob, um eine Seite umzublättern.

Matthias sah niedergeschlagen aus, obwohl er noch nichts gefunden haben konnte. Jedenfalls nichts, was diesen Gesichtsausdruck hätte rechtfertigen können – mit Ausnahme der Tatsache vielleicht, daß sie ihm die Wahrheit erzählt hatte. Sie hatte die Worte bewahrt. Die richtigen Worte.

Sie ließ seufzend die Hand sinken, aber Matthias schien es nicht einmal zu bemerken. Er war völlig in die Worte versunken, die er mit sorgfältiger Betonung in der Alten Inselsprache rezitierte.

Das Strahlen wurde immer intensiver.

Sie hätte es gerne verflucht, aber sie hielt den Spruch, den sie hatte aufsagen wollen, zurück und schüttelte den Kopf. Sie hatte vollständig versagt, und mit ihr ihre ganze Sippe.

Allein die Tatsache, daß Matthias noch am Leben war, bewies das.

Tränen traten ihr in die Augen. Sie stand auf und tastete blind nach der Tür. Sie wollte nicht hier warten. Sie konnte es nicht, aber sie mußte. Es war ihre Pflicht.

Matthias war keiner der Weisen, selbst wenn er Roca-Blut in sich hatte. Also konnte er nicht ohne Aufsicht hierbleiben.

Bei allem anderen hatte sie versagt. Sich selbst gegenüber und auch ihrer ungetauften Tochter gegenüber. Dieses Mal durfte sie nicht auch noch scheitern.

Sie holte ein Kissen von der Wand ganz hinten, legte es auf den Boden und ließ sich darauf nieder. Das goldene Licht war schier unerträglich. So etwas hatte sie weder gesehen, noch hatte sie erwartet, jemals so etwas zu sehen. Ja, sie hatte nicht einmal daran geglaubt, daß so etwas überhaupt möglich war.

Sie lehnte den Kopf an die Wand und überlegte, was sie den anderen erzählen sollte. Sie fragte sich, ob man ihnen gestehen konnte, daß Generationen von Weisen versagt hatten. Waren auch sie schon, genau wie sie selbst, daran gescheitert, daß sie die Regeln nur ein bißchen zurechtgebogen und den Berg für sich hatten wählen lassen?

Natürlich hatte der Berg gewählt. Er hatte einen der Seinen auserwählt, einen Nachkommen des Roca ausgesucht. Sie fragte sich, wie viele andere noch draußen waren, wie viele sie hatte leben lassen, weil ihnen der Berg, als sie noch Kinder gewesen waren, geholfen hatte zu überleben.

Sie trug nichts von diesem Blut in sich, sonst hätte ihre eigene Tochter überlebt. Aber darüber durfte sie nicht nachdenken, nicht jetzt. Nicht so viele Jahrzehnte später, da sich ohnehin nichts mehr dran ändern ließ. Aber es brach ihr das Herz, genau wie damals.

Ihr werdet mein Blut daran erkennen, daß, sobald seine Haut diese Schranke berührt, alle Dinge in ein goldenes Licht getaucht werden, das daraus hervorgeht.

Erlaubt meinem Blut nicht zu leben.

Die Weisen hatten seit der Wiederkehr des Roca mit dieser Ermahnung gelebt. Er hatte gesehen, was die Macht aus seinen Söhnen gemacht hatte, nachdem er jahrzehntelang weg gewesen war. Der älteste, Alexander, hatte die sanfteren Mächte benutzt, Überzeugungskraft und Wärme, eine Art Kameraderie, wo zuvor nichts dergleichen existiert hatte. Er war weiter auf diesem Pfad gewandelt, genauso wie seine Kinder und deren Kinder nach ihm.

Man sagte, Nicholas sei der Charmanteste unter ihnen. Er eroberte die Herzen seiner Feinde im Sturm, ohne auch nur ein einziges Wort zu sprechen.

Aber der jüngere Sohn des Roca, Matthias, hatte all das getan, was Alexander gemieden hatte. Er hatte jede Macht ausprobiert, weiterentwickelt und Wege gefunden, sie dauerhaft zu machen. Er hatte sie kodiert, ritualisiert und ihnen bei den Inselbewohnern Glaubhaftigkeit verschafft. Noch vor der Wiederkehr des Roca war Matthias wahnsinnig geworden. Er war als Leitfigur der aufkeimenden Religion abgesetzt worden, ebenso wie seine Kinder, denn man nahm an, daß diese Form des Wahnsinns erblich sei.

Auch der Roca war dieser Meinung gewesen. Nicht aufgrund der Abstammung, sondern wegen der Art, wie sie mit den Zauberkräften umgingen, die er in der Höhle entdeckt hatte. Zumal in Alexanders Familie nie jemand den Verstand verloren hatte, es in Matthias' Familie hingegen nur allzu oft geschehen war.

Ein Mann kann nicht die Macht Gottes innehaben, hatte der Roca geschrieben. *Sie würde ihn unweigerlich vernichten.*

Und der Roca ordnete an, daß alle, die Spuren jener Macht aufwiesen, getötet werden sollten. Der Eingang zur Höhle des Roca wurde verschlossen, aber dabei blieb es nicht. Immer wieder suchten und fanden vom Forschungsdrang Beseelte die Höhle, und so war sie mehrfach geöffnet worden. Schließlich brachten die Weisen die Heiligen Schwerter zur Warnung an, und der Weg dahin ging verloren. Die meisten, die sie betreten hatten, waren nicht wiedergekommen, die anderen von den Weisen getötet worden.

Die Weisen hatten den Auftrag, die Mächte, die der Roca auf der Insel freigesetzt hatte, zu vernichten. Sie befolgten seinen Plan. Eine Generation nach der anderen wurde beseitigt und dabei auch Unschuldige getötet.

Wir sollten darauf hoffen, daß der Tag nie kommt, an dem meine Nachfahren, die Kinder meiner Kinder, Alexander und Matthias, wieder über diese Insel herrschen, hatte der Roca in den Ungeschriebenen Worten gesagt. *Wir sollten darauf hoffen, daß wir, indem wir diesen Fluch jetzt beenden, unsere Heimat retten.*

Matthias hatte sich immer noch nicht von der Stelle gerührt. Pausho sah ihn an und schüttelte den Kopf. Hätte sie wissen müssen, daß sich die Worte des Roca bewahrheiteten, als Matthias dem Tabernakel vorstand und Alexander das Land regierte? Damals war es ihr unwahrscheinlich vorgekommen. Dem ersten Alexander waren fünfzehn dieses Namens gefolgt, und es hatte zahllose Nachfolger von Matthias gegeben, besonders im Tabernakel. Sie hatte nie daran geglaubt, daß die Nachkommen, von denen der Roca gesprochen hatte, so leicht zu erkennen waren, daß sie so sehr Teil der Gegenwart sein könnten.

Und jetzt war es zu spät. Matthias war hier. Aber er herrschte nicht mehr. Jetzt herrschten die Fey, diese seltsamen, mordlüsternen Wesen, die heute morgen Constantia überfallen hatten, über die Insel. Die Nachkommen von Alexander, Nicholas und seine Kinder, waren entthront worden, und die Insel kannte keinen Frieden mehr.

Der Augenblick, vor dem sie der Roca gewarnt hatte, war also bereits Vergangenheit.

Und sie hatte es zugelassen.

Sie stieß einen leisen Klagelaut aus und lehnte sich zurück.

Jetzt stand ein Nachfahre des Roca im Gewölbe. An einem Ort, den der Roca einst für seine Söhne erbaut, ihnen dann aber auf alle Zeiten den Zutritt verboten hatte. Matthias erfuhr nun sämtliche Geheimnisse, all das, was den Inselbewohnern außerhalb der Blutklippen verlorengegangen war.

Und sie ließ es zu, weil sie keine andere Wahl hatte. Genauso, wie sie keine Wahl gehabt hatte, als sie zulassen mußte, daß die Weisen ihre neugeborene Tochter auf den Berg trugen und sie dort nackt und schreiend in der Kälte zurückließen.

Welcher gütige Gott ließ zu, daß eine Frau ein solches Leben führen mußte?

Sie kannte die Antwort bereits. Sie war ihr schon unzählige Male aufgesagt worden, und sie war überall in den Schriften des Roca zu finden. Gott war nicht gütig. Nur das Wunschdenken der Menschen ließ ihn dazu werden.

Gott war Gott, zugleich gut und böse, stark und schwach und mächtig. Mächtig war er immer.

Und großzügig.

Gewillt, seine Macht zu teilen.

Mit jedem, der bereit war, den Preis dafür zu zahlen.

7

Er roch die Rotkappe schon, bevor er sie sah.

Rugad verharrte auf seinem Posten am Fenster, das von der Decke bis zum Boden reichte, und dachte über die Zusammensetzung und die Ursprünge der Magie der Inselbewohner nach, als ihn plötzlich dieser Geruch, diese bestimmte Mischung aus Zerfall und Verwesung überwältigte, welche die Rotkappen stets begleitete. Sie wuschen sich nur selten, weil sie anscheinend keinen Sinn darin sahen, und so war dieser Gestank eindeutig zuzuordnen.

Rugad drehte sich um.

Die Rotkappe stand mit der Wache an der Tür, die zur Großen Empfangshalle führte. Die Kappe war ein Mann in Rugads Alter, mit dreckverkrustetem Gesicht und ebensolcher Kleidung. Seine Hände waren schwarz. Er hatte sich nach dem Verlassen seiner Arbeitsstelle nicht gesäubert, wo auch immer er gearbeitet hatte.

Rugad versuchte, den Ausdruck von Ekel aus seinem Gesicht wegzuwischen. Er durchquerte den Raum mit dem guten Vorsatz, sich nicht an dem Geruch zu stören. Er wußte, daß der Gestank aus der Nähe noch schlimmer wurde. Genauso war es.

Er hätte am liebsten ganz flach geatmet, aber er wollte nicht, daß jemand aus seinem Heer glaubte, er könne dergleichen etwa nicht aushalten. Selbst wenn es so entsetzlich war wie das, und sei es auch der niedrigste Soldat.

»Komm mit mir«, sagte er zu der Kappe. Die Kappe nickte kurz. Die Wache trat offensichtlich erleichtert zurück, ließ sie jedoch nicht aus den Augen. Rugad ging zu der Wand mit den Schwertern und blieb vor den ältesten stehen.

»Berühre die Klinge!« befahl Rugad.

Die Kappe runzelte zwar die Stirn, hob aber gehorsam die Hand. Als die Hand die Wand fast schon erreicht hatte, fügte Rugad noch etwas hinzu. »Richtig fest draufdrücken.«

Die Augen der Rotkappe verengten sich, aber sie bewegte die Hand weiter. Er berührte den Rand der Klinge. Nichts geschah. Er schaute fragend zu Rugad auf, der die Hände auf dem Rücken verschränkte. »Weiter«, knurrte er.

»Wonach suchen wir?« fragte die Kappe.

Rugad hatte nicht die Absicht, es ihm zu verraten. Die wenigsten Fey waren in einer Position, in der sie alles wissen mußten, und eine Rotkappe schon gar nicht. »Mach einfach weiter.«

Die Kappe zog die Stirn noch mehr in Falten, berührte aber eine weitere Klinge, und noch eine. Ihre Ränder waren so stumpf, daß sie die Haut nur oberflächlich ritzten. Offensichtlich hielt die Rotkappe das Ganze allmählich für Zeitverschwendung. Der Mann drückte den Finger auf eine Klinge nach der anderen und ging dabei eine ganze Reihe durch, bevor er plötzlich laut aufschrie.

Rugad trat näher.

Die Rotkappe hielt die blutende Hand an die Brust gepreßt.

»Scharf?« fragte Rugad.

Der kleine Mann streckte wortlos die Hand aus. Der Finger, mit dem er die Klingen berührt hatte, war verschwunden.

Er lag auf dem Boden.

»Heb ihn auf«, sagte Rugad.

Die Kappe bückte sich langsam und hob den Finger mit der anderen Hand auf.

»Jetzt zeig mir, welche Klinge du berührt hast.«

Die Kappe nickte in Richtung einer Klinge, die wie die Schwerter geformt war, die den Tabernakel geschmückt hatten. Rugad fühlte Gewißheit in sich aufsteigen. Also hatte das

Schwert und nicht der Schwarzkittel das Gemetzel an seinen Leuten an genau diesem Ort verursacht. Es war so, wie er es vermutet hatte.

»Streck deine Hand aus!« befahl Rugad.

Die Kappe gehorchte. Rugad riß ein Stück vom eigenen Hemd ab und verband damit den Fingerstumpf, um den Blutstrom zu stillen.

»Ist gut«, sagte er. »Steck deinen Finger in die Tasche und gib ihn später den Domestiken, wenn du hier fertig bist.«

»Ich möchte jetzt gerne gehen«, sagte die Rotkappe mit gepreßter Stimme.

»Du bist noch nicht fertig!« fuhr ihn Rugad an. »Du gehst erst, wenn ich es dir erlaube.«

Der Mann nickte. Seine Haut war aschfahl geworden, und seine Augen schienen nur noch zwei winzige Punkte in seinem Gesicht zu sein.

»Ich will, daß du die anderen Klingen, die dieser hier ähneln, genauso prüfst«, sagte Rugad. »Wenn du das mit etwas weniger Eifer tust, muß es dich nicht unbedingt noch einen Finger kosten.«

Er sagte das, obwohl er es natürlich nicht garantieren konnte. Die Klinge schien eine besondere Eigenschaft zu besitzen, die sie so extrem scharf machte. Er packte das Schwert am Griff und nahm es von der Wand. Gleichzeitig beobachtete er, wie die Kappe respektvoll von Schwert zu Schwert ging.

Die Klinge war dünner als jede von den Fey geschmiedete. Sie war dünner als jede andere Klinge, die er je gesehen hatte. Er untersuchte sie genau, besonders die Qualität der Arbeit. Das Blut der Kappe, das daran geklebt hatte, war bereits verschwunden. Das Schwert glänzte wieder makellos.

Die Kappe jaulte abermals auf. Doch dieses Mal war es ein unterdrückter Schrei, fast so, als solle der Schmerz unbemerkt bleiben. Der zweite Finger war zwar noch an der Hand, aber er war zwischen dem ersten und zweiten Glied klar durchtrennt. Es würde die Heiler einige Zeit kosten, diesen Finger zu retten.

Rugad nahm auch diese Klinge von der Wand. Und jede weitere, die die Kappe aufschreien ließ. Er legte sie zu einem Haufen auf den Boden. Erstaunlich, wie viele dieser Schwerter an der Wand versteckt gewesen waren.

Sie konnten seine Leute töten. Was er jetzt noch wissen mußte, war, ob sie auch die Inselbewohner verletzen konnten.

Die Rotkappe konnte nur noch schwankend auf den Füßen stehen. Der kleine Mann hatte sehr viel Blut verloren. Vermutlich zuviel, um weiterzumachen.

Rugad packte ihn an seinem schmutzigen Hemd und hielt ihn so auf den Beinen. Er blickte zur Wache, die den Burschen in die Große Halle gebracht hatte. »Bring ihn zu Seger. Sag ihr, sie soll ihn wie ein Mitglied der Schwarzen Familie behandeln. Und laß ihm genügend Zeit zum Heilen seiner Wunden, bevor er zu seiner Arbeit zurückkehrt.«

Die Gesichtszüge des Wachtpostens verzogen sich angewidert, aber trotzdem nickte er. »Jawohl, Herr«, sagte er. Er blickte die Kappe finster an. »Komm mit.«

Die Kappe wand sich aus Rugads Griff und stakste unsicher hinter der Wache her. Rugad fragte sich, ob der Mann es wohl bis zu Segers Quartier schaffen würde. Er drehte sich um. Das interessierte ihn jetzt nicht mehr.

Die Kappe hatte ihm gezeigt, was er wissen mußte. Es gab Schwerter, die hier zwischen den anderen versteckt waren und die die Eigenschaft besaßen, einen Fey in einem einzigen Augenblick abzuschlachten.

Die Frage war jetzt, ob das für andere Völker auch galt, die Inselbewohner eingeschlossen.

Rugad schnippte mit den Fingern. Eine andere Wache trat vor und nickte. »Bring mir einen Inselbewohner.«

»Irgendeinen?« fragte der Mann.

»Egal wen, vorzugsweise einen unverletzten.«

»Ja, Herr.« Er verschwand durch die große Tür, genau wie der Posten vor ihm.

Rugad beugte sich über den Schwerterhaufen, hütete sich aber davor, eine der Waffen zu berühren. Sie hatten alle diese unglaublich dünne Klinge und sahen aus, als würden sie beim leichtesten Druck zerbrechen.

Aber das taten sie nicht. Sie waren ausnahmslos Meisterwerke einer Handwerkskunst, die ganz offensichtlich verlorengegangen war. Ein Glück für die Fey, sonst hätten die Inselbewohner sie zum zweiten Mal abgeschlachtet.

»Du wolltest mich sprechen, Rugad?«

Rugad erkannte Landres trockenen Tonfall sofort und fragte sich, wie der Zauberhüter sich nach all den Jahren immer noch unbemerkt an ihn heranschleichen konnte.

»Sieh dir das an«, sagte Rugad zu ihm. »Aber nicht anfassen.«

Landre ging neben ihm in die Knie. Der Zauberhüter war ein dünner Mann, zwar nicht ganz so dünn wie Boteen, aber er hatte trotz allem das hagere Aussehen, das von zuviel Zauberkraft herrührte. Selbst in der Hocke war er etwas größer als Rugad.

Landre trug Hosen, die nur bis zur Hälfte der Waden reichten, und darüber ein umhangartiges Kleidungsstück, das Rugad noch nie zuvor gesehen hatte. Er roch leicht nach Verwesung.

Rugad hatte ihn offensichtlich bei der Arbeit gestört.

»Schwerter?« fragte Landre.

»Keine normalen Schwerter«, antwortete Rugad. »Diese Schwerter sind wie das, das der Schwarzkittel vor einigen Wochen benutzt hat, um so viele unserer Leute zu töten. Ich habe sie gerade an einer Rotkappe ausprobiert. Er hat durch das bloße Berühren eines solchen Schwertes einen Finger verloren.«

»Hmm«, sagte Landre nachdenklich. »Dieses Material ist mir unbekannt.«

»Mir auch«, nickte Rugad. »Aber ich möchte, daß du eines dieser Schwerter an dich nimmst und zusiehst, was du darüber herausfinden kannst. Ich habe gerade eine Wache nach einem Inselbewohner losgeschickt, um zu sehen, ob diese Klinge ihre Haut genauso leicht aufschlitzt wie unsere.«

»Wenn sie das tut«, sagte Landre, »dann haben wir eine neue Waffe für unser Arsenal. Sie wird uns in Leutia gute Dienste leisten.«

»Wenn wir herausfinden, wie man sie herstellt«, schränkte Rugad ein.

Landre lächelte. »Mit der Zeit finde ich alles heraus.«

»Genau darauf zähle ich«, entgegnete Rugad. Er stützte die Hände auf die Knie und erhob sich. Dann wischte er sich die Handflächen an den Hosen ab. Seine Haut kribbelte immer noch davon, daß er die Rotkappe berührt hatte.

Landre richtete sich ebenfalls auf, wobei sein langer Körper knackte und knirschte. »Du hast mich nicht nur wegen der Schwerter kommen lassen.«

»Nein«, gab Rugad zu. »Du weißt, daß wir den Doppelgänger im Kerker gefangenhalten.«

»Ja«, sagte Landre und lächelte ohne einen Anflug von Humor. Rugad verstand nicht so ganz, was dieses Lächeln besagte.

»Er weiß sehr viel über die religiösen Rituale der Inselbewohner. Ich glaube, daß darin der Schlüssel zu ihren magischen Kräften zu finden ist. Ich habe nur nicht genug Zeit, um jeder Spur genau nachzugehen. Ich möchte, daß du und die anderen Hüter daran arbeitet.«

»Das bedeutet, daß wir uns dem Doppelgänger nähern müssen.«

»Ja, aber nur wenn Wachen zugegen sind. Ich traue ihm nicht.«

»Aus guten Gründen«, sagte Landre. »Ein Doppelgänger, der seine Gestalt so lange beibehalten hat, ist im Grunde genommen übergetreten.«

Rugad nickte. »Selia hat ihn mit einem Zauber belegt. Er verabscheut jede Berührung. Selia ist ziemlich gut.«

»Besser als jede andere Hexerin, die ich bis jetzt kennengelernt habe«, pflichtete Landre ihm bei.

Rugad lächelte in sich hinein. Landre war schon sehr lange bei ihm. Wie die meisten Hüter war er arrogant, aber hervorragend. Wenn er wirklich wollte, erreichte er jedes Ziel.

»Du hast Zeit genug gehabt, die Magie der Inselbewohner zu studieren«, sagte Rugad. »Ich glaube, ihre eigene Magie gegen die Inselbewohner anzuwenden, ist eines unserer wirksamsten Werkzeuge, wenn wir sie rasch schlagen wollen.«

»Wenn du darauf bestehst, das, was sie tun, als Magie zu bezeichnen«, erwiderte Landre. »Ich bin mir da nämlich nicht so sicher.«

»Für mich jedenfalls sieht es wie Magie aus«, gab Rugad zurück.

»Ja«, sagte Landre. »Aber sie ist so schwach.«

»Sie entweicht ihnen eher, als daß sie sie bewußt einsetzen.«

Landre neigte den Kopf wie in Anerkennung nach vorne. »Aber was du dich fragen mußt, ist: An welchem Punkt hört es auf, Magie zu sein?«

»Was meinst du damit?« fragte Rugad.

»Zauberkraft bedeutet Kontrolle«, erklärte Landre. »Das hat nichts mit Kraft zu tun, sondern mit der Fähigkeit, die Kontrolle darüber zu behalten. Ich glaube, daß diese Inselbewohner viele schlafende Talente besitzen. Vieles von dem, was wir bis jetzt als wilde Magie bezeichnet haben, sind in Wirklichkeit wilde Kräfte, ungebändigt und gewaltig. Wenn wir diese

Kräfte zähmen, erlangen wir Zauberkraft, und je mehr wir sie kontrollieren, desto zauberkundiger werden wir.«

Landre hatte recht, obwohl Rugad noch nie so darüber nachgedacht hatte.

»Meine Aufgabe ist es, aus den Fey das zauberkundigste Volk zu machen, nicht das stärkste«, fuhr Landre fort. »Diese Inselbewohner hier könnten sogar mehr Kräfte besitzen als wir. Wir könnten auf Leutia sogar auf ein Land treffen, in dem es noch unbändigere Kräfte gibt. Aber die Frage ist: Wieviel Kontrolle haben die Bewohner darüber?«

Rugad nickte. »Also spürst du hier ein ungeheures Maß an Zaubermacht?«

Landre lächelte. »Sie kommt mir grenzenlos vor, obwohl ich sicher bin, daß dem nicht so ist.«

»Aber keine Magie.«

»Doch, hier gibt es Magie, aber sie ist sehr schwach entwikkelt«, sagte Landre. »Wir haben das meiste davon zerstört, als wir ihre heiligen Orte vernichteten. Den Rest scheinen sie vergessen zu haben.«

»Nicht vollständig«, sagte Rugad und erzählte ihm von der Schlappe an diesem Morgen.

Landre schüttelte den Kopf. »Es ist ein Kinderspiel, ein Heer so zu beeinflussen, das weißt du selbst, Rugad. Das Problem ist, daß unsere Leute, besonders die Infanterie, nicht im Umgang mit zauberkräftigen Gegnern geschult sind. Die Überraschung schlägt uns in die Flucht, nicht die magischen Kräfte der Inselbewohner.«

Zum ersten Mal seit sie sich kannten, beruhigte Landre Rugad. Normalerweise versetzten ihn Landres Beobachtungen in Anspannung. Aber Landre hatte recht. Die Zauberkraft war elementar, und er wußte, daß das auch schon für andere Disziplinen gegolten hatte. Er hatte seine eigenen Leute selbst in diesen Künsten ausgebildet und sie dabei beobachtet, als sie ihre Zauberkräfte einübten. Diejenigen, die wie Landre in Führungspositionen aufstiegen, hatten meist die beste Kontrolle darüber.

An diesem Punkt waren seine Enkel, Jewels Brüder, gescheitert. Sie hatten die Kontrolle nie ernst genommen. Sie hatten die Kräfte, die sie besaßen, verschwendet und allein durch ihre Abstammung ein Anrecht auf Führungspositionen abgeleitet.

Aber Erwartungen allein machten noch keine Schwarzen Könige.

Er selbst führte die Fey nicht deswegen an, weil er die besten Visionen hatte, sondern weil er seine Begabung für Visionen mit seinem militärischen Scharfsinn kombiniert hatte. Er hatte sein ganzes Leben von Kindesbeinen an damit verbracht, soviel wie möglich über militärisches Denken, Techniken und Strategien zu lernen. Dieses Wissen hatte er mit den verschiedenen Fey-Zaubern und der Geschichte der Länder, die er erobern wollte, kombiniert. Er hatte Sprachen gelernt, mehrere Künste und das Waffenschmieden.

Jeden Augenblick seines Lebens hatte er darum gekämpft, die Kontrolle über etwas Neues zu erlangen. Genauso, wie er jetzt darum kämpfte, die Blaue Insel in seine Gewalt zu bekommen.

»Rohe Kräfte«, sagte er sinnierend. Er drehte und wendete die Worte in Gedanken und erfreute sich an ihrem Klang. Landre stand neben dem Schwerterhaufen und musterte ihn. »Also brauchen wir ihre magischen Techniken gar nicht zu erlernen?«

»Doch, das sollten wir«, entgegnete Landre. »Wir sollten sie genauso unter Kontrolle bekommen wie sie. Aber das ist nicht vordringlich, denn ganz bestimmt können wir sie nicht schnell genug erlernen«

»Kann sein«, sagte Rugad zögerlich. Er war nicht sicher, ob er mit dem letzten Teil übereinstimmte. »Vielleicht. Aber ich glaube immer noch, daß diese Techniken uns dabei behilflich sein können, die Inselbewohner zu schlagen.«

»Ich glaube, daß wir die Inselbewohner schlagen, sobald bei unseren Leuten das Überraschungsmoment wegfällt, weil sie auf alles vorbereitet sind.«

»Klingt alles so einfach«, sagte Rugad. »Aber ich habe schon versucht, die ganze Truppe davor zu warnen, und es hat nicht funktioniert. Unseren Leuten zu erklären, daß sie immer das Unerwartete erwarten sollten, ist eine Sache. Sie wirklich soweit zu bringen, eine andere.«

»Sie glauben, daß niemand so mächtig ist wie die Fey.«

»Das ist wahr«, sagte Rugad.

»Und es stimmte auch. Bis wir hierherkamen.«

Rugad starrte ihn an und fühlte Verzweiflung in sich aufsteigen. »Du hast gerade gesagt, daß ...«

»Ich habe gesagt, daß die Inselbewohner magische Kräfte besitzen. Aber sie haben keine Kontrolle darüber. Ihre Zauberkraft entweicht unkontrolliert, Rugad. Denk daran. Denk an die jungen Gestaltwandler, die nicht von älteren Wandlern angeleitet werden. Denk an die jungen Zauberer, die nicht gelernt haben, ihre Kräfte auszuformen. Denk an die Zaubermeister, die in jungen Jahren ihre Magie mit ihrem ungebändigten Zorn nähren.«

Rugad kannte alle diese Beispiele. Er hatte derlei Dinge schon Hunderte Male gesehen. Fey, die ihre eigene Zauberkraft nicht kontrollieren wollten oder konnten, mußten sterben. Die Gestaltwandler blieben dann oft versehentlich in einem ungewollten Stadium stecken und töteten sich damit selbst. Die Hexer überzeugten irgend jemanden unabsichtlich davon, irgend etwas zu tun, was oft einige Tage später dann zum Tod dieser Person führte. Und die jungen Zaubermeister verloren, wenn sie wütend wurden, oft die Kontrolle und jagten ungewollt einen Feuerball in ein Haus.

Die Fey hatten Regeln, um mit solchen Eigenheiten umzugehen, aber die Ereignisse verselbständigten sich zusehends. Immer wieder starben Fey aus Fahrlässigkeit oder Mangel an Kontrolle.

»Also legen wir ihren Kräften Zügel an«, sagte Rugad.

»Wie bei ungehorsamen Jugendlichen«, sagte Landre.

»Wie bei jungen Gestaltwandlern, die unsere Führung brauchen.«

»Als lotsten wir ihre Kräfte in unsere eigenen Kanäle«, fuhr Landre fort.

Zum ersten Mal seit Tagen lächelte Rugad aufrichtig. »Landre«, sagte er, »du bist genial.«

»Natürlich bin ich das«, antwortete Landre. »Andernfalls würdest du nicht mit mir arbeiten.«

»Nein«, erklärte Rugad. »Es ist mehr als das. Du hast wahrscheinlich gerade den Kampf um die Blaue Insel gewonnen.«

Landre schüttelte den Kopf. »Ich habe mehr als das getan«, sagte er. »Ich habe gerade die Macht der Fey um ein Hundertfaches vermehrt.«

»Ihre Kräfte werden zu unserer Magie.«

»Und unsere Magie«, sagte Landre leise, »ist unsere Stärke.«

8

Der Nachmittag kroch dahin. Licia war von einem verwundeten Krieger zum nächsten gegangen und hatte sie getröstet. Dann hatte sie vor den unverletzten Soldaten eine Ansprache gehalten, um ihnen neuen Mut zuzusprechen.

Schließlich hatte sie sich einen Weg zu Ay'Le gebahnt.

Ay'Le, die auf einem großen Stein in der Mitte des Tales saß, sprach mit einer kleinen Gruppe Tierreitern. So wie sie dasaß, mit übereinandergeschlagenen Beinen und die Arme nach hinten abgestützt, wirkte sie nicht gerade wie jemand, der gerade die größte Niederlage seines Lebens erfahren hatte.

Eine der Tierreiterinnen machte eine kaum wahrnehmbare Handbewegung, als sich Licia näherte. Sie hätte es nicht gesehen, wenn sie nicht genau darauf geachtet hätte.

Ay'Le versuchte immer noch in der großen Politik mitzuspielen, und sie spielte gegen Licia.

Licia blieb neben dem Felsbrocken stehen. Sie spürte die schwache Wärme der Sonnenstrahlen auf der Haut. Offenbar wurde es hier nie richtig heiß, und sie vermißte es auch gar nicht, aber allmählich machte ihr auch die frostige Luft zu schaffen.

Licia wollte gerade zum Sprechen ansetzen, als Ay'Le ihren Blick auf sie richtete. Ihre dunklen Augen funkelten. »Ich habe eine Nachricht an Rugad geschickt, daß du versagt hast.«

Die Tierreiter sahen Licia an. Anscheinend waren sie alle auf Ay'Les Seite. Warum auch nicht? Schließlich verfügte sie über Hexenkräfte. Hexer hatten oft Anhänger, ob nun aus logischen Gründen oder nicht. Visionäre hingegen, sogar so geringe unter ihnen wie Licia, waren immun gegen ihre Verführungskunst.

Noch nie hatte Licia das so deutlich gespürt wie in diesem Moment.

»Tatsächlich?« fragte Licia ungerührt.

»Ich erwarte seine Anweisungen. Ich bin mir ziemlich sicher, daß er dich entläßt. Es sei denn, er läßt dich gleich töten.«

»Du brauchst keine Erlaubnis, um eine Versagerin zu töten«, entgegnete Licia leise. »Oder weißt du das auch nicht, Ay'Le?«

Ay'Les Augen wurden schmal. »Kritisiere mich, soviel du willst. Aber ich tue dir nur einen Gefallen, wenn ich um Erlaubnis bitte.«

»Wirklich?« fragte Licia ironisch. »Oder hoffst du nur, daß ich es mit der Angst zu tun bekomme?«

»Fehlschläge sieht niemand gern«, antwortete Ay'Le.

»Besonders wenn man sie selbst verursacht hat«, entgegnete Licia.

»Willst du mir etwa die Schuld für deine Fehler in die Schuhe schieben?« fragte Ay'Le aufgebracht.

Licia schüttelte den Kopf. »Nur für deine eigenen.«

»Es nutzt dir nichts, mit ihr zu streiten, Versagerin«, sagte einer der Tierreiter.

Licia drehte sich nicht einmal um, um zu sehen, wer gesprochen hatte. Es war ihr gleichgültig. Mit den Tierreitern würde sie sich später befassen. Zunächst mußte sie sich auf Ay'Le konzentrieren.

»Du bist wirklich erbärmlich, wenn du nicht einsiehst, welche Niederlage du heute erlitten hast«, sagte Ay'Le.

Licia lehnte sich an den Stein, dicht neben Ay'Les Knie. »Ich weiß, welche Niederlage wir heute erlitten haben. Ich kenne die Umstände, die dazu geführt haben. Die Welle, die heute morgen über das Land ging, hat alle von euch Magiebegabten außer Gefecht gesetzt. Die Inselbewohner verfügen über Fähigkeiten, auf die wir nicht vorbereitet waren. Ich weiß genau, was geschehen ist.«

»Dann weißt du ja auch, wo du versagt hast«, erwiderte Ay'Le.

»Ich finde es erstaunlich, daß du ein solches Ereignis Versagen nennst.«

»Einen Rückzug? Für die Fey? Das ist nichts anderes als Versagen!« sagte Ay'Le aufgebracht. »Das kann man nicht anders bezeichnen.«

»Ich nenne es eine Schlacht. Eine verlorene Schlacht, zugegeben, aber trotzdem eine Schlacht.« Aus dem Augenwinkel sah Licia, daß die Tierreiter schon leicht ins Wanken gerieten.

Logik konnte Zauberkraft besiegen, wenn die Logik von einem Anführer ins Feld geführt wurde. Aber das war fast die einzige Situation, in der so etwas funktionierte. »Wir haben den Krieg noch nicht verloren, Ay'Le.«

»Du meinst, du willst noch mehr von unseren Leuten opfern?«

»Natürlich«, sagte Licia. »Wir sind schließlich Fey. Wir sind ein kämpferisches Volk. Ich würde uns wenn nötig alle opfern. Ich dulde keine Niederlage.« Sie machte eine bedeutungsvolle Pause. »Im Gegensatz zu dir.«

Ein leichtes Raunen stieg von den Tierreitern auf.

»Schsch!« zischte Ay'Le ihnen zu.

Licia hingegen lächelte sie an. »Sie will nicht, daß ihr selbst anfangt zu denken. Sie will nicht, daß ihr wißt, daß unsere Niederlage, wie sie es nennt, zum Teil auch ihr eigener Fehler war. Sie hatte den Befehl, einen Frieden auszuhandeln, ohne jegliche Kampfhandlungen. Und das hat sie nicht getan.«

»Boteen hat die Befehle nicht befolgt. Er hat es unmöglich gemacht, zu ...«

»Also beschuldigst du einen Toten für dein eigenes Versäumnis, deine Aufgabe zu erfüllen?«

Aus Ay'Les Gesicht wich alle Farbe. »Boteen ist tot?«

»Er wurde auf dem Berg von den Inselbewohnern ermordet«, erklärte Licia, beschloß jedoch, den Teil mit der Rotkappe auszulassen.

»Du lügst!«

»Ich weiß es von Boteens Schreiber, der auch dein Schreiber ist. Von dem Schreiber, den du selbst mitgebracht hast, damit er Lobeshymnen auf dich singt. Damit jeder erfährt, wie großartig du bist. Schreiber lügen doch nicht.«

Die Tierreiter wurden unruhig, als verstörte sie diese Neuigkeit.

»Diese Inselbewohner sind noch mächtiger, als wir dachten, wenn sie sogar einen Zaubermeister töten können«, sagte Ay'Le.

»Einen Zaubermeister, der von derselben Welle geschwächt wurde, die auch unsere Leute angeschlagen hat«, erwiderte Licia. »Du läßt dich wohl von allem schlagen, nicht wahr, Ay'Le?«

Ay'Le runzelte nachdenklich die Stirn. Sie spürte offenbar, daß das eine Falle war. Aber sie wußte nicht, wie sie sich aus ihr befreien sollte. »Ich glaube, daß der Verlust eines Zaubermeisters sehr schwerwiegend ist.«

»Allerdings«, antwortete Licia. »Genauso wie die Verluste heute morgen schwerwiegend waren. Aber es war kein Versagen. Ein Versagen ist die Weigerung, an sich selbst zu glauben. Ein Versagen ist die Unfähigkeit, sich über eine Niederlage zu erheben und sie in einen Sieg zu verwandeln.«

»Und du glaubst, du kannst das?« fragte Ay'Le.

»Ich weiß, daß ich das kann. Ich habe bereits eine Nachricht an Rugad geschickt und ihn um Verstärkung gebeten. Ich habe ihm von unserer Niederlage berichtet und ihm zugleich meinen Plan unterbreitet, sie in einen der größten Erfolge für die Fey zu verwandeln.«

Jetzt bekam Ay'Les Gesicht wieder Farbe. Sie begriff, was Licia getan hatte. Licia hatte sie ausgetrickst. Sie hatte Ay'Les moralische Überlegenheit in eine Schwäche verwandelt, und das vor dem Schwarzen König.

»Gut«, sagte ein anderer Tierreiter. »Das ist jedenfalls besser, als in diesem elenden Tal hier herumzusitzen, bis sie uns finden und abschlachten.«

»Das werden sie nicht tun.« Licia blickte die Tierreiter an, die nun alle sie statt Ay'Le ansahen.

»Komm da runter, Ay'Le«, befahl Licia.

»Ich muß dir nicht gehorchen«, antwortete Ay'Le trotzig.

»O doch«, erwiderte Licia. »Ich bin immer noch die Anführerin dieser Truppe.«

»Die Anführerin einer erfolglosen Infanterie«, höhnte Ay'Le.

»Zwing mich nicht dazu«, sagte Licia drohend. Sie fühlte, wie sich ihre Rückenmuskeln versteiften.

»Du hast kein Recht dazu, mich herumzukommandieren.«

»Dazu habe ich jedes Recht«, hielt Licia ihr entgegen.

»Das hat sie allerdings«, bestätigte die zweite Tierreiterin. Licia sah sie an. Es war eine kleine Katzenreiterin, immer noch in Katzenform, mit einer Frau auf dem Rücken. »Sie ist unsere Anführerin.«

»Ihr habt doch alle mich als Anführerin anerkannt«, sagte Ay'Le aufgebracht.

»Und wieviel davon ist deiner Hexenkunst zuzuschreiben?« fragte eine Pferdereiterin.

Ay'Le hob das Kinn. »Ihr traut mir also nicht ...«

»Mit Recht«, sagte Licia. »Steig jetzt runter.«

Dieses Mal begriff Ay'Le, daß sie ihre Chance verspielt hatte. Sie rutschte von dem Felsbrocken und blieb zwischen den Tierreitern und Licia stehen.

Licia ließ ihre Hände suchend über Ay'Les Taille gleiten,

hielt auf ihren Hüften inne und tastete den Gürtel ab. Der Schwertgriff streifte ihr linkes Handgelenk, der Griff des Messers das rechte.

»Was hast du jetzt mit mir vor?« fragte Ay'Le.

»Dasselbe, was du mit mir hättest tun sollen, wenn ich wirklich versagt hätte«, antwortete ihr Licia.

»Ich gehe zu Rugad«, sagte Ay'Le, die das offensichtlich mißverstanden hatte.

Die Tierreiter hatten sehr wohl verstanden. Sie renkten sich fast die Hälse aus. Man sah viele aufgeregte Fey-Köpfe zwischen den Tierköpfen, da beide Augenpaare sehen wollten, was als nächstes geschah.

»Nein. Keineswegs.« Licias Mund war trocken. Sie kannte ihre Pflicht. Sie war ihr unter vielem anderen in der Ausbildung zur Anführerin eingebleut worden. Aber sie hatte so etwas noch nie zuvor tun müssen.

»Ay'Le«, sagte sie leise.

Ay'Le drehte sich um. Ihre kantigen Gesichtszüge waren noch immer zu einem ungläubigen Stirnrunzeln verzogen.

»Du hast bei deiner Aufgabe, die Inselbewohner auf die Seite der Fey zu bringen, versagt.«

»Boteen hat mir keine Chance dazu gegeben.«

»Du hast bei deinem ersten Versuch, diese Truppe anzuführen, versagt.«

»Du hast dich mir in den Weg gestellt.«

»Du hast meine Autorität untergraben, indem du dem Schwarzen König berichtet hast, daß wir verloren hätten.«

»Aber wir hatten verloren!« Ay'Les Stimme überschlug sich.

»Du hast alles getan, um dich hervorzutun, selbst auf Kosten dieser Mission. Weißt du überhaupt, was das bedeutet?«

»Es bedeutet, daß du nichts verstehst«, sagte Ay'Le. »Ich will nur das Beste ...«

Licia konnte diese Unterredung nicht länger ertragen. »Es bedeutet, daß du auf mindestens drei verschiedene Arten versagt hast. Und weil du dich meiner Autorität nicht unterordnen willst, läßt du mir keine andere Wahl.«

Mit einer einzigen, raschen Bewegung ergriff sie ihr Messer und rammte es Ay'Le in die Brust.

Ay'Le keuchte stoßartig, packte den Messergriff und hielt ihn für einen Moment in der Hand. »Das kannst du nicht tun«, sagte sie, doch ihre Stimme war nur noch ein Flüstern.

»Ich hab es bereits getan«, entgegnete Licia.

Ay'Le zog an dem Messergriff, hatte aber offensichtlich nicht mehr die Kraft, die Klinge herauszuziehen. »Helft mir doch«, flehte sie die Tierreiter an. Aber keiner von ihnen rührte sich von der Stelle. Sie beobachteten alle genau, was geschah. In manchen Tiergesichtern lag ein hungriger Ausdruck. Ay'Le stand noch einige Sekunden aufrecht, dann brach sie zusammen.

»Dazu hast du kein Recht«, sagte sie noch. Dann fiel sie nach vorne und begrub das Messer unter sich.

Licia stand über ihr. Ay'Le rührte sich nicht mehr. Licia stieß mit der Fußspitze Ay'Les Arm an und nickte dann den Tierreitern zu. Einige von ihnen waren aschfahl, aber sie wußte nicht zu sagen, warum. Etwa deshalb, weil sie sich mit Ay'Le verbündet hatten? Oder einfach aus Blutrünstigkeit?

Es war ihr gleichgültig. Alle hatten ihre Botschaft verstanden.

Licia führte die Truppe an.

Und sie würde sich von niemandem ihre Autorität streitig machen lassen.

9

Luke preschte aus dem Maisfeld, Con dicht neben sich. Auf dieser Seite gab es keine Fey, obwohl es auf der Straße nur so von ihnen wimmelte. Hinter ihm schrie eine zweite Frau, und ein Kind heulte. Das Bauernhaus stand in Flammen.

Er stolperte über den zerstörten Kamin. Con war jetzt vor ihm und rannte die Uferböschung hinunter. Luke war völlig kopflos. Er wußte nur, daß sie so schnell wie möglich von hier wegmußten.

Die Luft roch nach Rauch und wurde heiß. Er erreichte die Böschung und schlidderte hinunter. Im Wasser schlugen seine Füße an die Steine im Fluß.

»Was jetzt?« flüsterte Con.

Luke deutete nach Norden. »Uns bleibt keine andere Wahl«, sagte er.

Er drehte sich um, sah aber keine Fey. Im Moment waren sie sicher. Es flog auch kein Fey über ihnen. Die Vogelreiter, die er und Con gesehen hatten, schienen die einzigen gewesen zu sein.

Con überquerte den Fluß und erkletterte die gegenüberliegende Böschung. Auf halber Höhe blieb er stehen, und Lukes Herz machte einen Satz. Er wußte, was das bedeutete. Vor ihnen befanden sich noch mehr Fey.

Er duckte sich neben Con. Zwei Fey versuchten gerade, noch grüne Heuhaufen in Brand zu setzen. Der Boden war naß von den letzten Regenfällen, und das Wetter war in den letzten Tagen zwar warm, aber nicht trocken gewesen. Die Pflanzen waren gesund und kräftig. Es würde eine Weile dauern, sie anzuzünden.

Die Fey standen nebeneinander und beratschlagten laut über ihre fehlgeschlagenen Versuche.

Con kroch näher.

»Wenn wir durch das Maisfeld kriechen, riskieren wir, mit in Brand gesetzt zu werden«, sagte Luke.

»Wenn wir außen herumgehen, sehen sie uns.«

Sie konnten ihre für Inselbewohner typischen Gesichtszüge und den ebenso typischen Körperbau schlecht verstecken. Sie konnten aber auch nicht einfach auf der Straße entlangspazieren. Sie mußten also den Weg weitergehen, den sie eingeschlagen hatten.

Luke sah sich vorsichtig nach weiteren Fey um. Die Fey auf der Straße schwärmten aus. Sie hatten offensichtlich den Befehl, alles um sich herum zu zerstören, was sie in Gruppen von höchstens fünf Leuten auch taten. Das machte die Sache einfacher.

Aber er und Con mußten sich erst noch um die beiden Fey direkt vor ihrer Nase kümmern.

»Die schnappe ich mir«, flüsterte Con, und ohne Lukes Zustimmung abzuwarten, rannte er mit gezogenem Schwert den Hügel hoch. Luke hastete hinter ihm her und erreichte den Feldrand gerade in dem Augenblick, als Con beide Fey mit einem Schwerthieb durchbohrte. Er erwischte die beiden am Oberkörper, so daß ihnen noch Zeit blieb zu schreien, bevor sie fielen.

Luke fluchte laut, packte Con und rannte ins Maisfeld. Die Fey konnten zwar sehen, wie sie sich darin fortbewegten, aber sie würden sie nicht fangen können, und anzünden konnten sie den Mais auch nicht.

Doch als Luke sich einen Weg durch die engen Reihen bahnte, wußte er genau, daß sie auf der anderen Seite erwartet wurden.

Er hechtete zu Con hinüber und packte ihn fest am Arm.

Con war über und über mit frischem Blut besudelt. Luke zog ihn nach links und versuchte ihn dazu zu bewegen, nach Westen zu laufen.

»Aber du hast gesagt, daß ...«

»Ich weiß«, antwortete Luke. »Aber dort erwarten sie uns.«

Sie waren am östlichen Rand, mußten also das ganze Feld durchqueren. Er hoffte, daß er mit seiner Vermutung über die Vogelreiter richtig gelegen hatte, denn vom Boden aus würden die Fey diesen Richtungswechsel nicht verfolgen können. Entweder mußten sie das ganze Feld bewachen, oder ihre Leute mußten es durchsuchen. Oder aber sie versuchten weiterhin, es in Brand zu setzen.

Luke wollte weg, ganz egal, wie.

Con schaffte es, die Richtung zu wechseln, und sie hasteten durch den Mais. Beim Rennen zerschnitten lange, dünne Blätter Lukes Gesicht, und die reifenden Maiskolben schlugen gegen seine Beine. Sein Atem ging stoßweise, und sein Herz raste. Zum zweiten Mal innerhalb eines Tages rannte er jetzt durch ein Maisfeld. Con war einfach nicht dafür geschaffen. Dieser Bauer hingegen schien große Felder zu mögen.

Gerade als Luke dachte, das Feld müsse nun bald zu Ende sein, stolperte er heraus und stand nun auf einem breiten Landstreifen zwischen diesem Feld und dem daran angrenzenden. Einen Augenblick später stolperte auch Con neben ihn. Das Gesicht des Jungen war von Schmutz, Schweiß und Blut verschmiert. Blattfetzen hingen in seinem Haar und überall an seiner Kleidung.

Außer ihrem heftigen Keuchen war kein Laut zu hören. So weit nach Westen waren die Fey noch nicht vorgedrungen.

Aber sie würden sehr bald hier sein, wenn das, was Luke zufällig gehört hatte, wirklich ein Hinweis gewesen war.

»Steckt alles in Brand!« hatten sie gerufen.

Alles.

Er hatte sie dazu gezwungen, diese Art der Vergeltung zu wählen. Es war sein Fehler.

Con zerrte ihn am Arm. »Komm weiter«, flüsterte er. »Wir haben nicht viel Zeit.«

Con hatte recht. Sie rannten über die Brachfläche zwischen den Feldern Richtung Norden, auf Jahn zu.

Luke fragte sich, wie weit sie wohl kommen würden, bevor die Fey sie abermals aufspürten.

10

Nicholas war nicht richtig ohnmächtig gewesen. Trotzdem verhielt sich Adrian so, als er sich über ihn beugte und sein Gesicht tätschelte. Nicholas war zwar bei Bewußtsein, aber er konnte ihm kein Zeichen geben. Er spürte den kühlen Marmorboden unter seinem Rücken und ein leichtes Pochen da, wo sein Kopf so hart aufgeschlagen war. Seine Hand lag unbequem am Sockel des Brunnens, der ganz mit Wassertropfen übersät war und sich kalt anfühlte. Er spürte, wie das Wasser hindurchsickerte, und augenblicklich kehrte dieser gierige Durst wieder.

Auf seiner Zunge schmeckte er immer noch die Süße des besten Wassers, das er jemals getrunken hatte.

Er hatte nur vergessen zu atmen, das war alles. Sobald er sich daran erinnerte, mußte er es Adrian erklären.

Adrian, der langsam in Panik geriet.

Nicholas hätte ihm gern gesagt, daß das nicht notwendig sei. Dann verwunderte ihn dieser Gedanke selbst, denn er hätte sich ja auch Sorgen gemacht, wenn Adrian gefallen oder sogar scheinbar ohnmächtig geworden wäre. Und es hatte ja auch so ausgesehen, als sei er, Nicholas, ohnmächtig geworden. Er hatte die Dunkelheit auf sich zukommen sehen und den Kampf mit ihr verloren.

Er war gefallen.

Und jetzt war er hier, in sich selbst, unfähig seinen Körper zu bewegen.

Sein Inneres kribbelte. Es fühlte sich so anders an, als fühlte er, wie das Wasser anstelle von Blut durch seinen Körper floß.

Geschah das tatsächlich?

Hatte er sich irgendwie verletzt? Wenn ja, warum machte er sich dann keine Sorgen darüber?

Warum blieb die Panik aus, die eigentlich aufkommen mußte, wenn der Körper völlig bewegungslos blieb, wenn die Befehle des Gehirns die Gliedmaßen nicht erreichten?

Adrian richtete sich auf und rief etwas. Nicholas konnte die Worte nicht verstehen. Aber er versuchte ja auch nicht richtig zuzuhören.

Irgend etwas lenkte ihn ab. Etwas, das er spüren, aber noch nicht sehen konnte. Er blinzelte. Zumindest fühlte es sich so an, als ob er blinzelte, außer daß seine Augen sich nicht bewegten.

Dann fühlte er so etwas wie das geistige Gegenstück zu einem Stirnrunzeln.

Seine Augen waren geschlossen, und dennoch konnte er Adrian sehen.

Was ging hier vor?

War er etwa gestorben?

Adrian lief in Richtung Treppe. Zugleich beobachtete er Nicholas, um zu sehen, ob sich zwischenzeitlich etwas an seinem Zustand änderte. Dann rannte er vier Stufen auf einmal nehmend die Treppe nach oben. Ein gelenkiger Mann. Nicholas verspürte den Wunsch, sich auch so geschmeidig zu bewegen.

– *Ah. Wünsche.*

Er hörte die Stimme und hörte sie doch wieder nicht. Es war eine schnarrende Männerstimme, die sich in der Höhle brach. Es fühlte sich an, als hätte er die Stimme mit dem Geist und nicht mit den Ohren gehört. Genauso wie er geschielt hatte, ohne die Augen zu bewegen.

– *Noch nicht.*

Diese Stimme gehörte einer Frau und war sehr leise. Er sah zur Decke der Höhle auf. Sie war gewölbt. Das war ihm vorher nicht aufgefallen. Gewölbt, mit Juwelen besetzt und von Gold durchzogen.

– *Ich glaube, es ist Zeit.*

Das sagte eine andere Männerstimme, alt, mißmutig und irgendwie vertraut, so als sei es eine Stimme aus Nicholas' Kindheit. Nebelschwaden kringelten sich an der gewölbten Decke. Er hätte schwören können, daß sie vorher noch nicht dagewesen waren. Nebelschwaden.

Einzelne Nebelschwaden.

– *Was ist mit den anderen?* fragte die erste Stimme.

– *Halt sie hin*, antwortete die Frauenstimme.

– *Ist das denn keine direkte Einmischung?* warf die zweite Männerstimme ein.

– *Wäre das denn von Bedeutung?* meldete sich die Frauenstimme wieder.

Und dann war Stille. Tiefe Stille. Eine Am-Ende-der-Welt-Stille.

War er denn wirklich tot?

Die Nebelschwaden waren zahlreicher geworden und schwebten zu ihm herunter. Feuchtkalter Dunst legte sich auf sein Gesicht. Er schlug sich überall auf ihm nieder, bis Nicholas ganz von Nebel eingehüllt war.

Jetzt wo er sich außerhalb seines Körpers befand, wußte er plötzlich mit Gewißheit, daß Adrian Coulter nicht finden würde. Er würde das Tor zu den Schattenlanden nicht finden. Nicholas fühlte sich verloren.

War das die Einmischung, von der die Stimmen gesprochen hatten?

Was war falsch daran?

Der Nebel hob sich von ihm und ließ eine klamme Kälte zurück, die nur vor einem großen, warmen Feuer hätte vertrieben werden können. Aber er konnte sich noch immer nicht bewegen.

– *Das hätte mir auffallen müssen,* sagte eine andere Stimme. Wieder eine weibliche Stimme, jung und lebhaft. *Seht euch sein Gesicht an.*

– *Das Gesicht? Den ganzen Körper! Wie sich die Geschichte doch wiederholt!* war die andere Frauenstimme zu hören.

– *Nun, bei ihm ist es Verschwendung. Habt ihr das Blut geprüft?* fragte der erste Mann.

– *Schon geschehen,* antwortete der zweite. *Vor Jahrhunderten schon. Das ist der direkte Nachfahre.*

– *Ich dachte, den hätten sie getötet,* sagte noch eine weitere Frauenstimme.

– *Nur einen von ihnen,* mischte sich eine neue Männerstimme ein. *Aber der Älteste hat überlebt.*

– *Er hat keine seiner Gaben eingesetzt*

– *Das war klug.*

– *Klug?*

– *Vielleicht.*

Es gab zahllose Stimmen, die an dieser Debatte teilnahmen. Männliche und weibliche und einige, von denen er nicht zu sagen vermochte, welches Geschlecht sie hatten. Die einzelnen Nebelschwaden schwebten noch immer an der Decke der Höhle. Sie schwebten schneller und schneller. Ihre Bewegungen waren fast so schnell wie ihre Unterhaltung.

– *Wenn er schon gezeichnet ist, warum haben wir ihn dann trinken lassen?*

– *Hast du das denn nicht gelernt? Wir* lassen *sie nicht etwas tun! Er hat es frei gewählt, zu trinken.*

– *Und was tun wir jetzt? Dem nachhelfen, was bereits angelegt ist?*

– *Es würde eine neue Form schaffen.*

– *Das letzte Mal, als wir eine neue Form in den alten Körpern schufen, gab es Probleme unter den Menschen.*

– *Und diese Probleme sind schließlich gelöst worden.*

– *Nicht alle.*

Nicholas wollte nach den Schatten greifen. Er hätte ihnen gerne Fragen gestellt, aber er wußte nicht, wie.

– *Nein,* sagte eine der Frauenstimmen. *Nicht alle.*

– *Ich behaupte immer noch, daß es eine Gabe ist, für die sie nicht bereit sind.*

– *Und noch dazu eine, die nicht wir zu vergeben haben.*

– *Man sagt, andere hätten Gebrauch davon gemacht.*

– *Und es hat sie verdorben.*

– *Glaubst du wirklich, hier und jetzt ist Mißbrauch ausgeschlossen?*

– *Er wurde aufgehalten. Glaube ich jedenfalls.*

– *Also fangen wir noch einmal von vorne an?*

Nicholas runzelte die Stirn. Wenn er blinzeln konnte, ohne die Augen zu bewegen, und hören, ohne die Ohren zu benutzen, dann konnte er bestimmt auch sprechen, ohne den Mund zu bewegen.

»He«, sagte er.

Die Nebenschwaden hielten in ihrem Wallen inne. Sie schwebten über ihm und bogen sich in der Mitte, so als drücke etwas dagegen.

– *Hat da jemand gesprochen?*

– *Ja.* Er *hat gesprochen.*

Er glaubte Ehrfurcht in ihren Stimmen zu vernehmen.

»Ihr sprecht doch über mich«, sagte er. »Was ist mit mir geschehen? Bin ich tot?

– *Noch nicht,* antwortete eine der Stimmen

– *Wärst du es denn gern?* fragte eine andere.

Er ignorierte die Frage. »Seid ihr echt?«

– *Das hängt davon ab, was du echt nennst, mein Junge,* erwiderte eine ganz andere Stimme.

»Was ist mit mir geschehen?«

– *Du hast aus dem Quell des Lebens getrunken,* erklärte eine neue Stimme.

»Was bedeutet das?«

– *Das, was auch immer es für dich selbst bedeutet,* sagte eine der ersten Frauenstimmen.

– *Nein,* mischte sich eine zweite Frauenstimme ein. *Diese Macht darfst du ihm nicht geben. Seine Familie hat sie schon. Sie noch zu vergrößern ist nicht gerecht.*

– *Gerecht wem gegenüber?*

– *Weitere Verwandlungen seines Wesens könnten ihn töten.*

– *Oder ihn noch stärker machen.*

»Sprecht ihr davon, mir Zauberkraft zu verleihen? fragte Nicholas.

– *Wir sprechen von Macht.*

– *Macht wie euer Roca.*

– *Macht, die von alters her kommt.*

– *(Er hat schon soviel Macht wie dieser Roca),* flüsterte jemand den anderen zu, so als solle Nicholas es nicht hören. *(Er hat sie nur noch nicht entwickelt.)*

– *Soweit wird es nicht kommen. Siehst du denn nicht, daß er aus dem Geschlecht entstammt, das seine Macht abgelehnt hat.*

»Meine Tochter besitzt magische Kräfte«, sagte Nicholas. »Mein Sohn auch. Kommt das vom Roca?«

– *Ja,* antwortete die erste Frauenstimme.

»Und ihr wollt mir die gleiche Macht verleihen?«

– *Du hast sie verlangt.*

– *Du hast getrunken.*

»Verleiht einem diese Quelle Zauberkräfte?«

– *Sie verleiht einem Macht.*

– *Keine Zauberkraft.*

»Was ist der Unterschied?«, fragte Nicholas.

– *Du besitzt bereits Macht.*

– Du hast nie die Zauberkraft erlernt.

– Wenn wir ihm mehr Macht geben, gab eine weitere Stimme zu bedenken, *dann wird er sie genauso verschwenden, wie er es zuvor schon getan hat. Genauso wie es alle aus seinem Geschlecht getan haben.*

– Einen Teil seiner Macht hat er bereits genutzt.

– Er hat ein wenig davon in Zauberkraft umgewandelt.

– In Zauberei vielleicht.

– Es hat nur wenige mit dieser Gabe gegeben.

– Das ist es ja gerade.

– Außer, daß er das Kind gerettet hat.

– Das zählt nicht. Macht, die aus Panik heraus benutzt wird, ist unkontrolliert.

– Trotzdem. Die Tochter hat überlebt.

– Mehr als einmal.

Nicholas hatte Schwierigkeiten, der Unterhaltung zu folgen. Die Stimmen redeten alle durcheinander, und er vermochte nicht zu sagen, woher sie kamen oder in welcher Reihenfolge sie sprachen. Was er jedoch ausmachen konnte, ergab einen gewissen Sinn.

Aber sie unterhielten sich über seine Zauberkraft.

Er besaß gar keine.

Oder etwa doch?

War sie vielleicht schon immer in ihm gewesen, nur unvollständig entwickelt?

»Was habe ich verlangt?« fragte er verständnislos.

– *Mehr Macht,* antwortete eine der Stimmen.

– Aber wir können sie dir nicht geben.

– Wir können das schon, aber du würdest sie vergeuden.

– Es sei denn, du hättest mehr Kinder. Dann würde die Macht auf sie übergehen.

– Große Macht.

– Macht, die sie töten würde.

Die letzte Stimme wurde von den anderen zum Schweigen gebracht. Nicholas wünschte sich, er hätte sagen können, woher sie kamen und was sie wirklich waren.

– *Nein, das würde sie nicht,* widersprach eine ganz andere Stimme.

– *Allein der volle Gebrauch der Macht, die sie haben, treibt sie schon in den Wahnsinn. Wie wäre es wohl erst mit mehr Macht? Es könnte sogar schon gefährlich für sie sein, diese Macht auch nur gelegentlich anzuwenden. Ihr Geist könnte sie nicht kontrollieren.*

– *Es sei denn, sie würden hineinwachsen.*

– *Sein Geist kann das nicht.*

– *Wirst du noch mehr Kinder haben?*

Nicholas brauchte einen Moment, um zu merken, daß sie mit ihm redeten.

»Nein«, sagte er.

Plötzlich herrschte tiefe Stille um ihn herum. Tiefer, als er je eine Stille zuvor empfunden hatte. Er hörte sich noch nicht einmal mehr atmen.

»Meine Frau ist tot«, sagte er in diese Stille hinein.

– *Manche nehmen sich eine neue Ehefrau.*

»Ich will aber keine andere.«

– *Nicht einmal, um mehr Kinder zu zeugen?*

»Ich habe bereits Kinder«, sagte Nicholas trotzig.

– *Seht ihr?* sagte eine der ersten Stimmen triumphierend. *An ihn wäre die Macht verschwendet.*

Wieder breitete sich diese grenzenlose Stille aus.

Dieses Mal entgegnete er nichts. Er war sich nicht sicher, was sie ihm eigentlich anboten, worüber sie sich so aufregten.

Er beschloß, alles auf eine Karte zu setzen. »Ich wäre bereit, noch mehr Kinder zu haben, wenn ihr mir meine Frau zurückgebt. Wenn ihr sie wieder außerhalb dieser Höhle zum Leben erweckt.«

– Das können wir nicht tun.

»Warum nicht?«

– Ihr Leben kann nicht dem deinen verpflichtet werden.

– Wir haben so eine Forderung schon einmal abgelehnt. Wir können dir nicht zugestehen, was wir deinen Ahnen abgeschlagen haben.

»Und ich dachte, ihr seid allmächtig«, sagte Nicholas.

– Das sind wir auch. Aber wir entscheiden, was wir tun und was nicht. Und das werden wir bestimmt nicht tun.

Die Stimmen schienen im Einklang zu sprechen.

– Du kannst mit einer anderen Gemahlin noch mehr Kinder haben. Oder einfach mit einer anderen Frau. Das ist eine ganz einfache Sache, eine rein biologische Angelegenheit. Es hat nichts mit Liebe zu tun.

»Doch. Für mich schon«, widersprach Nicholas.

– Prinzipien! höhnte eine männliche Stimme. *Genau wie seine Vorfahren.*

– Der Urahn hat die Prinzipien erst nach seinem Tod erworben.

– Das ist aber ungünstig.

– Was vergangen ist, ist vergangen. Wichtig ist, was jetzt ist. Er wird also keine weiteren Kinder haben.

– Dann hat es keinen Sinn, ihm mehr Macht zu geben.

– Außer, daß er der Nachfahre ist. Und wir können ihn nur gebrauchen, wenn er lebt.

– Wir brauchen gar nichts. Es ist ohnehin nur ein Spiel.

– Für uns vielleicht. Aber nicht für sie.

– Und wenn schon? Wenn sie das Spiel beenden?

– Sie setzen die Stücke zusammen, so wie wir es versprochen haben.

– Und erlangen die volle Macht.

– ... die sie letztendlich töten wird.

– Das ist keine Belohnung.

– Oder vielleicht doch?

– Vielleicht geben wir ihnen ja Möglichkeiten, es zu überleben.

– Vielleicht.

– Das haben wir schon.

– Aber sie haben alles vergessen.

– Sicherlich erinnert sich noch jemand daran.

– Aber nicht an alles.

– Wir könnten ihm vielleicht einen Lehrer geben.

– Das ist Einmischung!

– Wirklich? Er hat doch die Macht bereits und hat sich eben nur dazu entschlossen, sie nicht zu gebrauchen. Einmischung wäre es nur, wenn er überhaupt keine Wahl hätte.

– Darüber kann man streiten.

– Wenn wir ihm nicht mehr Macht geben, müssen wir ihm etwas anderes geben.

– Warum?

– Weil er gefragt hat.

Nicholas konnte sich aus all dem keinen Reim mehr machen. Wenn er überhaupt vorher je einen gehabt hatte. Sie sprachen ohnehin nicht mehr mit ihm.

– Er hat uns den Nutzlosen gebracht.

– Der Nutzlose ist frei.

– Wir könnten ...

»Was seid ihr?« fragte Nicholas.

Die Nebelschwaden senkten sich so weit auf ihn herunter, daß er sie fast berühren konnte. Wenn er sich doch nur bewegen könnte.

– Wir sind viele Dinge zugleich, antwortete eine der Stimmen.

– Wir sind verschiedene Mächte.

– Wir sind Vorfahren, sagte eine dritte.

– Wir sind Gott, sagten alle fast gleichzeitig.

– Zumindest haben uns deine Leute seit Anbeginn der Zeit so genannt, fügte eine männliche Stimme hinzu.

»Also gibt es keinen Gott, wie es in den Worten steht?«

– In welchen Worten? fragte eine der Stimmen.

– Es wird ihnen zwar etwas beigebracht, aber an uns erinnern sie sich nicht, sagte eine andere.

– Mit der Zeit gehen Dinge eben verloren, sagte eine dritte.

– Du kommst vom Roca, sagte die vierte. *Er ist dein Vorfahr.*

»Ist er bei euch?« fragte Nicholas, weil er an das dachte, was sie eben gerade gesagt hatten.

– Die Rechte Hand, antwortete jemand.

– Natürlich, sagte eine andere Stimme.

– Nein, sagte eine dritte.

Dann war es wieder so still, daß er weder seinen Atem noch den Herzschlag hören konnte.

– Lügt den Jungen nicht an, sagte eine andere Stimme

– Wir lügen ihn nicht an, sagte eine der ersten Stimmen. *Aber er drückt sich nicht deutlich genug aus.*

– Er weiß doch nicht, was er fragen soll. Es ist so vieles verlorengegangen.

– Und wessen Fehler ist das?

– Jedenfalls nicht seiner.

– Der seiner Familie.

– Seine Familie ist nicht verantwortlich.

– Er ist ein Nachkomme.

– Von dem älteren. Nur von dem älteren.

Die Nebelschwaden senkten sich noch tiefer. Eine davon schwebte direkt über seinem Gesicht. Er fühlte, wie ihn ihre Kälte und Feuchtigkeit umfing.

– Obwohl du gefragt hast, wird er dir nicht mehr Macht geben, sagte eine Stimme, die in ihm nachhallte. *Du hast nicht genutzt, was dir bereits gegeben war.*

– *(Ungerecht),* flüsterte die Stimme, die zuvor schon mit den anderen getuschelt hatte. *(Seine Kinder haben sie doch genutzt. Er selbst hat nur nicht gewußt, wie.)*

– *(Unwissenheit ist keine Entschuldigung.)*

»Dann laßt mich wenigstens wissen, was ihr mir verweigert.«

Die Stimmen platzten alle zugleich los. Der Lärm war so groß, daß Nicholas sogar befürchtete, seine Trommelfelle würden platzen, obwohl er noch nicht einmal richtig zuhörte.

– *Er wußte nicht, wonach er fragte.*

– *Es war alles verloren.*

– *Alles.*

– *Er ist unwürdig.*

– *Er ist perfekt.*

– *Er wird sie an den falschen Ort führen.*

– *Er wird sie gar nicht führen. Das weißt du doch.*

– *Er wußte ja nicht einmal, was er fragte.*

– *Er hatte aber eine Vorstellung davon.*

– *Das ist logisch, denn er ist ein Nachfahre.*

»Halt!« schrie er. Seine Stimme ließ alle anderen verstummen. »Sagt mir wenigstens, was ihr ihm gesagt habt. Dem Roca. Als er gefragt hat.«

Die Nebelschwaden schwebten wieder zurück an die gewölbte Decke. Die Kälte, die Feuchtigkeit, selbst der seltsame Dunst lösten sich auf.

Fast glaubte er schon, sie würden ihm nicht antworten.

– *Wir haben ihm gesagt,* sagten alle wie aus einem Mund, *daß er die Essenz Gottes berührt hat.*

11

Der goldene Glanz war so hell, daß Matthias' Augen schmerzten.

Er blickte von den Worten auf, um zu sehen, woher das Licht kam. Erst als er auf seine Hände niederblickte, stellte er fest, daß es vom Altar ausging. Es wurde durch seine Berührung ausgelöst.

Sobald er die Hände zurückzog, ging das Licht aus.

Pausho beobachtete ihn immer noch. Sie hatte sich neben der Tür auf ein Kissen gesetzt. Sie sah älter aus als je zuvor.

»Was war das?« fragte er sie.

»Dein Erbe«, gab sie zur Antwort. An ihrer Stimme war zu hören, daß sie sich geschlagen gab.

Ein Schauder überlief ihn. Er glaubte zu verstehen, doch er hatte Angst davor.

»Der Roca«, sagte er fragend.

Sie nickte. »Du bist sein Nachfahre.«

»Und du hast versucht, seine Blutsverwandtschaft auszulöschen.«

»Nur hier«, erwiderte sie leise. »In den Bergen. Wir haben aber nie versucht, Hand an den König zu legen.«

»Ist sein Wahnsinn der Grund dafür?«

»Er hat seine Kräfte nicht genutzt. Keiner von ihnen hat das getan.«

Matthias zitterte. Seine Hände prickelten von der Umklammerung des Altars. Die Edelsteine auf dem Boden strahlten noch immer ein inneres, goldenes Licht aus. Er hatte zuvor nicht einmal bemerkt, daß sie sein eigenes Leuchten zugleich brachen und aufsaugten.

»Das habe ich nicht gewußt«, sagte er.

»Das spielt keine Rolle«, erklärte sie. »Du stammst von dem Jüngeren ab. Er hat die Wahl für dich und deine Vorfahren bereits getroffen. Die Macht fließt durch dich hindurch, und du hast Gebrauch von ihr gemacht.«

»Nicht absichtlich.«

»Zu Anfang vielleicht nicht«, sagte sie, und er spürte, daß sie die Wahrheit sagte.

Mit zittrigen Händen fuhr er sich über das Gesicht. Also hatte der Fünfzigste Rocaan doch recht gehabt. Es war seine Bestimmung, weil er ein Nachfahre des zweiten Sohnes war. Er war der natürlichste Rocaan, den es überhaupt geben konnte.

Und Nicholas hatte ebenfalls recht gehabt. Sie hätten miteinander arbeiten sollen, nicht gegeneinander. Miteinander.

Doch der Roca hatte den Plan, den er selbst geschaffen hatte, vor seinem Tod noch verurteilt. Er hatte versucht, ihn umzukehren.

Daher die Worte.

»Das sind nicht eure Worte, oder?« fragte sie leise, ohne jegliche Spur von Sarkasmus.

Er schüttelte den Kopf. Die Geschriebenen Worte, die er kannte, stellten nur einen Bruchteil dieses Dokuments hier dar. Es beschrieb den Weg, den der Roca vor seinem Tod eingeschlagen hatte. Jetzt verstand er auch die anfängliche Aufspaltung: Als der zweite Sohn dem Wahnsinn verfallen war und seine Familie von denen, die später den Tabernakel führten, abgesetzt wurde, ignorierten sie die Rückkehr des Roca, so gut sie konnten. Sie hatten wohl geglaubt, es sei bedeutungslos, wenn nicht gar unmöglich. Sie spalteten die Worte auf und zerstörten so ihren ursprünglichen Zweck als geschichtliches Dokument und als Warnung. Sie hatten die Worte zu einem mythischen Schriftstück gemacht.

»Befolgt ihr eigentlich die Ungeschriebenen Worte?« wollte er wissen.

Pausho schüttelte den Kopf. »Sie sind vom Tabernakel hinzugefügt worden, aber wir glauben nicht an sie.«

Er zitterte. »Die Macht, die ich jetzt besitze, wird mich in den Wahnsinn treiben.«

»Wenn das nicht bereits geschehen ist«, sagte sie.

Er blickte auf die noch immer leuchtenden Edelsteine zu seinen Füßen.

Wenn das nicht bereits geschehen ist.

Diese Kälte in seinem Inneren, die jeder bemerkt hatte. Und dieses immer wiederkehrende Gefühl, wenn er von Emotionen überwältigt worden war, die er nicht hatte kontrollieren können. Jetzt überkam ihn etwas völlig anderes als damals, als er Burden getötet hatte.

Er schloß die Augen und versuchte sich zu erinnern ... an das Gefühl von damals, an den eigentlichen Auslöser.

»Ihr besitzt große Zauberkraft, Heiliger Mann«, sagte Burden. Er schüttelte den Kopf. »Schämt Ihr Euch denn nicht, all das abzutöten, was Euch selbst ausmacht? Oder habt Ihr es gerade deswegen getan?«

»Ich bin nicht wie ihr«, sagte Matthias.

»Doch. Ihr seid genau wie wir«, erwiderte Burden.

Und dann hatte Matthias seine Macht benutzt, aber er hatte damals nicht gewußt, was das überhaupt war. Ein Schutzschirm aus Energie hatte sich vor seinem Gesicht aufgebaut, so als würde er einen Schild anheben.

Und er erinnerte sich an das Gefühl, das in ihm aufgekeimt war, der Gedanke ...

Er gehörte nicht zu der Dämonenbrut. Er war ein guter Mensch. Er hatte sein ganzes Leben daran gearbeitet, ein guter Mensch zu sein. Er war der Rocaan. Der Heilige Herr. Der Gottgefällige.

»Ich bin nicht wie ihr«, flüsterte er.

»Vielleicht habt Ihr recht«, entgegnete Burden. »Eure Kraft

ist gefährlich und unterliegt keinerlei Kontrolle. Ihr wißt nicht, warum dieser Haß in Euch so heftig brennt. Ihr haßt uns, weil wir Euch an Euch selbst erinnern.«

Er wartete, daß der Zorn wiederkehrte. Auf dieses Gefühl, das ihn immer dann überwältigte, wenn er daran dachte. Aber es kam nicht zurück. Vielleicht war der Zorn bezwungen, zuerst durch die Konfrontation mit dem Jungen, Coulter, und jetzt durch die echten Worte vor ihm.

Vielleicht war das, was er damals gefühlt hatte, gar nicht der Wahnsinn gewesen, sondern einfach nur Angst.

»Matthias?« Pausho sprach immer noch sehr leise, als hätte sie Angst vor ihm.

Vielleicht hatten ja alle Angst vor ihm, möglicherweise sogar zu Recht.

»Du hast gesagt, du würdest einen Weg finden, diese Eindringlinge zu bekämpfen.«

Er öffnete die Augen.

Sie saß noch immer auf dem Kissen und betrachtete ihn mißtrauisch. Die Juwelen glänzten jetzt nicht mehr so hell, und das Licht im Gewölbe kam nur noch von den Fackeln.

Hatte er das verursacht?

Er seufzte. »Ich weiß nicht, ob wir die Fey schlagen können. Aber wir können sie mit ihren eigenen Mitteln bekämpfen.«

Er stieg über die Edelsteine hinweg und blieb vor ihr stehen. Sie wich zurück an die Wand. Also hatte sie *tatsächlich* Angst vor ihm. Er hätte sie gern beruhigt, aber er konnte nicht. Er hatte selbst Angst vor sich.

»Hier drin sind eure Waffen, die Schwerter und die Kugeln.« Er lächelte humorlos. »Wenn du sie dazu bringst Ota-Blätter zu essen, dann könntet ihr sie ebenfalls töten.«

»Ich glaube nicht, daß wir das schaffen«, sagte sie zweifelnd.

»Ich auch nicht.« Er holte tief Luft. Er hatte recht gehabt. Es war so, wie er immer geglaubt hatte. Die Geheimnisse bargen zwar die Möglichkeit, die Fey zu töten, waren aber nicht dafür vorgesehen.

Sie waren erschaffen worden, um Menschen wie ihn zu töten, denn es waren Waffen für einen Bürgerkrieg. Für einen Krieg zwischen denen, die die magische Kraft von Gegenständen in dieser Höhle weiter benutzten, und denen, die sie nicht oder nicht mehr gebrauchten. Diese Waffen wirkten um so tödlicher, über je mehr Zauberkraft ihr Benutzer verfügte.

Aber ihre Machart war wesentlich heimtückischer als die einer normalen Waffe. Der Benutzer konnte sie zielgenau ausrichten und führen, wenn er im Besitz magischer Kräfte war. Sie konnten gegen eine ganze Familie gerichtet werden, denn jedes Familienmitglied, das von dem Gegenstand getroffen wurde, starb. Sie konnten gegen Männer gerichtet werden, und jeder Mann, der mit ihnen in Berührung kam, starb. Oder sie konnten sogar gegen eine ganze Rasse gerichtet werden, wie er es mit dem Weihwasser getan hatte. Dann waren sie für jeden Angehörigen dieses Volkes tödlich, der mit diesem Gegenstand angegriffen wurde.

Die Waffen stellten aber auch eine Gefahr für den Benutzer dar: Auch er mußte sterben, wenn er einen Wesenszug mit seinen Opfern gemeinsam hatte, wenn er zum Beispiel auf eine Familie abzielte und er selbst ein entferntes Familienmitglied war. Diese Waffen waren furchtbare Überbleibsel einer furchtbaren Zeit.

Diese Gegenstände werden denen, die sie nutzen, keinen Schaden zufügen, hatte der Roca geschrieben. *Nur denen, gegen die sie gerichtet sind.*

Wenn also die Fey damals, an jenem schicksalhaften Tag der ersten Invasion, als sie Matthias in der Kapelle gestellt hatten, das Weihwasser gegen ihn gerichtet hätten, so wie er es gegen sie richtete, dann wären er und alle anderen Inselbewohner getötet worden. Er hatte ihnen die Gefäße mit dem Weihwasser entgegengeschleudert und gehofft, die Fey damit zu töten.

Es war eine sehr durchdachte Art von Magie, die der Roca nach seiner Rückkehr erfunden hatte. Damit hatte er versucht, die Zauberkraft, die er auf die Blaue Insel gebracht hatte, wieder auszulöschen. Er hatte sie sogar gegen Freunde angewendet, denn in den Seelenbehältnissen befanden sich einige seiner engsten Vertrauten, die mit seinem Meinungswechsel nicht einverstanden gewesen waren. Aber er hatte es nicht übers Herz gebracht, sie auch gegen seine eigene Familie zu richten. Diese Aufgabe überließ er den Weisen, die unwiderruflich versagt hatten.

»Was können wir denn sonst tun?« fragte Pausho.

»Es gibt vieles, was wir tun können«, antwortete Matthias. »Obwohl das meiste davon für eine Schlacht nicht geeignet ist.«

»Wir müssen die Juwelen vom Boden nehmen. Ich glaube, uns bleibt nicht mehr viel Zeit.«

Sein Blick fiel auf die Edelsteine. Sie waren wieder genauso dunkel, wie sie es gewesen waren, bevor er den Altar berührt hatte. Wenn man das Wissen in den Worten mit den Geheimnissen verband, wurde einem klar, daß die Juwelen mehr Eigenschaften besaßen als alle anderen Gegenstände. Die Edelsteine bündelten alles. Mit nur einem Stein stand einem Mann wie Matthias ein ganzes Waffenarsenal zur Verfügung, wenn er nur damit umzugehen verstand.

»Wir lassen sie liegen«, sagte er zögernd. »Der Roca hat sie ursprünglich da hingelegt, um den Weg zur Höhle zu bewachen.«

Aber während er das sagte, fühlte er wieder diese Begehrlichkeit in sich aufsteigen.

»Es gibt noch andere Waffen in der Höhle«, erklärte Pausho. »Ich hole sie.«

»Auch noch mehr Edelsteine?« fragte er.

»Und Glaskugeln, Seelengefäße und Schwerter. Die meisten unserer Gegenstände sind dort aufbewahrt.«

Er blickte auf den Eingang zur Höhle und fühlte eine noch größere Gier nach diesen Gegenständen. Er konnte nicht alle Waffen wegtragen, aber wenigstens ein paar davon. Nur eine Tasche voller Edelsteine würde genügen, um die Stadt zu retten.

Aber er wollte nicht, daß Pausho sie berührte, denn sie zerstörte alles, was sie anfaßte.

»Ich gehe selbst«, entgegnete er.

»Du bist fast gestorben, als du das letzte Mal dort hineingegangen bist«, gab sie zu bedenken.

»Ich weiß.«

»Weshalb glaubst du, du kannst dort noch einmal hineingehen?«

Die Worte lagen offen auf dem Sockel. Er hätte sie gern noch einmal angefaßt und darin gelesen. Sie hatten für ihn alles verändert.

Sein ganzes Leben war verändert.

Und er hatte sich so jämmerlich getäuscht.

»Ich könnte sterben«, gab er zu. »Aber was mit mir geschieht, ist unwichtig.«

»Und was ist wichtig?«

Er streckte die Hand aus, um ihr hochzuhelfen. Pausho starrte sie an. Aber er hatte beschlossen, weder seine Hand wegzuziehen noch ihre Frage zu beantworten, bevor sie aufrecht neben ihm stand.

Das schien sie zu spüren, denn schließlich legte sie ihre Hand in seine.

Ihre Haut war ledrig, rauh und kühl. Er fragte sich, ob überhaupt schon etwas von ihrer Kraft zurückgekehrt war. Trotz der Berührung vermochte er das nicht zu sagen. Ihre Berührung war geradezu passiv. Aber ›passiv‹ war ein Wort, daß er noch nie mit ihr in Verbindung gebracht hatte.

»Du mußt sie anführen«, sagte er und bedeckte ihre Hand mit der seinen. »Auf mich hören sie nicht. Du mußt kühn und tapfer sein und bereit, Opfer zu bringen.«

»Leben zu opfern«, berichtigte sie.

Er nickte.

»Du kannst sie anführen«, sagte sie. »Ich befehle ihnen, zu gehorchen und ...«

»Das funktioniert nicht, wie wir beide sehr genau wissen«, entgegnete er. »Es würde vielleicht für eine Weile gutgehen. Aber sobald der Kampf ernst wird, würden sie ohnehin zu dir überlaufen. Du verfügst über das Wissen, und du weißt, welche Möglichkeiten es gibt.«

»Aber ich kenne die Geheimnisse nicht«, widersprach sie.

»Du wußtest aber davon«, sagte er. »Du weißt mehr darüber als ich.«

Sie starrte ihn an, und er fragte sich, ob er überhaupt richtig lag mit seiner Vermutung. Sie wußte doch darüber Bescheid, oder etwa nicht? Sie war doch oft genug hier drin gewesen. Zak hatte ihm erzählt, daß die Schmiede, die sie zum Herstellen der Varin-Schwerter benutzt hatten, falsch gewesen war. Also wußten sie mehr als genug. Darauf zählte er, genauso wie alle anderen.

»Trotzdem«, widersprach sie. »Du warst der einzige, der sie gegen diese Kreaturen einzusetzen wußte.«

»Und du hast sie zurückgeschlagen.«

Sie konnte ihm nicht in die Augen sehen, und er wußte, warum. Er wußte genausogut wie sie, was sie benutzt hatten, um die Fey zurückzudrängen.

»Kann man die Roca denn überhaupt ausradieren?« Matthias beantwortete sich seine eigene Frage. »Dieses Geschlecht kann nicht zerstört werden.«

Sie senkte den Kopf. Ihr Haar wurde bereits dünn. Lange Jahre seines Lebens war sie seine gerechte Strafe gewesen. Jetzt aber sah er zum ersten Mal, was sie wirklich war. Eine alte Frau, die bei fast allem, was ihr wichtig gewesen war, versagt hatte.

»Das ist es nicht«, entgegnete sie. »Es gibt nur wenige wie dich. Und wir haben viele gesehen. Es sind die anderen.«

»Die anderen?« fragte er.

»Die Höhle der Roca steht immer noch offen. Egal wie oft wir sie verschlossen haben, sie bleibt es nie lange. Sie kann nicht verschlossen bleiben. Die Schwerter hätten Eindringlinge abhalten sollen, aber es hat nichts genützt. Jedenfalls nicht immer.«

»Also heißt das, daß es noch andere mit der Kraft der Roca gibt?«

Sie schüttelte den Kopf.

»So einfach ist es nicht. Was die Höhle dem einen gibt, ist nicht dasselbe, was sie dem anderen gibt.«

»Und was hat sie dir gegeben?«

Sie hob den Kopf. Ihre Wangen waren gerötet.

»Oben auf dem Berg hast du mir erzählt, daß du als junges Mädchen dort gewesen bist«, begann er. »Du hast gesagt, daß du deswegen eine Weise geworden bist. Du hast gesagt, es sei ein heiliger Ort und daß niemand sich entmutigen lassen solle, die Hand Gottes zu berühren.«

»Die Rechte Hand Gottes«, flüsterte sie und zog ihre Hand zurück. »Bist du hineingegangen?«

Er schüttelte den Kopf.

»Dann verstehst du es also noch nicht.« Sie schloß die Augen. »Ich habe dafür gebetet und geschworen, es nie zu benutzen.«

»Was?«

»Die Kraft«, antwortete sie. »Dieselbe, die du besitzt. Aber sie ändert sich von Person zu Person und von einem Familienzweig zum anderen.«

»Wie ändert sie sich?«

»Je nachdem, wie du sie benutzt, und nachdem, was du dir selbst darunter vorstellst. Deine Vorstellungen sind ihre Grenzen. Der Roca hat gesagt, seine Vorstellung davon sei grenzenlos gewesen. Er schränkte die Macht seiner Söhne ein, indem er ihrem Geist Grenzen setzte.«

»Aber das war nicht genug«, setzte Matthias hinzu.

»Genug jedenfalls für die Familie des Königs.« Sie lächelte traurig. »Nicht für deine.«

»Und das hast du eingesetzt, um die Fey zurückzuwerfen«, stellte Matthias fest.

Sie strich sich mit der Hand durch das dünne Haar. »Ich habe versprochen, die Macht niemals zu gebrauchen«, sagte sie. »Als ich verstört und verängstigt zurückkehrte und die Weisen mich aufnahmen, habe ich es versprochen.«

»Waren sie in die Höhle gegangen?«

»Wir bewachen sie. Das hier ist der Haupteingang, nicht der oben. Nur wenige gehen so weit in die Berge, und wenn, dann wissen wir davon.«

»Und dann macht ihr Weise aus ihnen.«

»Wenn es uns gelingt.«

»Aber warum seid ihr so versessen darauf, den Gebrauch der Macht zu unterbinden?« fragte er. »Warum habt ihr uns andere als Dämonenbrut bezeichnet? Warum habt ihr nicht von dem Gebrauch gemacht, was euch gegeben wurde?«

Ihr standen Tränen in den Augen, aber er wußte nicht, warum. Sie öffnete den Mund, um ihm zu antworten, dann schloß sie ihn wieder, als seien Worte nicht genug.

»Ist es wegen des Wahnsinns?« flüsterte er.

Sie nickte. »Der Roca ist in diesem Punkt sehr eindeutig, denn er wußte, daß zuviel Macht den Geist zerstört.«

Matthias' Mund war ausgetrocknet. Er warf einen Blick auf die Worte. »Woher wißt ihr dann, daß das hier nicht die Phantasien eines Verrückten sind?«

»Weil er starb, bevor der Wahnsinn ihn völlig übermannte«, antwortete sie. Er war nicht mehr von dieser Welt. Doch er sorgte sich noch sehr um diese Welt, obwohl er sich bereits in einer anderen aufhielt.«

Genauso wie Jewel. Sie war tot und doch wieder nicht.

Matthias spürte immer noch ihre Hände an seiner Kehle.

Er faßte sich an den Hals und befühlte die Schwellungen und Blutergüsse.

Der Wahnsinn. Er erschauerte. Er würde ihm ins Auge sehen müssen. Genaugenommen tat er das ja schon, denn er versuchte, ihn einzugrenzen. Er fragte sich, wie schleichend er wohl war.

Und plötzlich verstand er.

»Du hast unrecht«, sagte er leise. Er hatte ihr den Rücken zugekehrt und betrachtete die Wandteppiche eingehend. Trotz der großen Entfernung konnte er die einzelnen Bilder genau erkennen. »Der Wahnsinn wird sich trotz allem ausbreiten.«

»In der Familie des Königs sind keine Fälle davon aufgetreten.«

»Soweit wir wissen, nicht«, entgegnete Matthias.

»Du sprichst von den Kindern, nicht wahr?« sagte sie mit zitternder Stimme. »Das ist nicht richtig. Es existierte ein Brauch, der ...«

»Schon seit Generationen. Ich weiß«, unterbrach sie Matthias. »Aber er wird nicht in den Worten erwähnt.«

»Doch, das wird er!« Sie stand jetzt neben ihm. »Du hast gesehen, daß der Roca uns dazu angehalten hat, seine Nachfahren dem Berg zu übergeben.«

»Genauso steht es nicht da«, widersprach Matthias. »Die Alte Inselsprache war darin sehr genau: ›Bringt meine Kinder zur Höhle. Wenn das fehlschlägt, dann bringt ihre Kinder und deren Kinder.«

»So, daß meine Linie hier endet«, fügte sie hinzu.

»So, daß meine Linie hier endet«, wiederholte Matthias. »Aber nicht: ... ›daß sie hier stirbt.‹ Es verhält sich ganz anders. Ein Mensch kann hier sein ganzes Leben verbringen, ohne irgend jemandem zu schaden. Das war der wahre Zusammenhang. Das war es, was der Roca sagen wollte.«

»Aber er hat gesagt, seine Linie dürfe nicht fortgesetzt werden.«

»Nein. Er hat gesagt, daß die Zauberkraft nicht weitergeführt werden und die Macht nicht aus der Höhle weggetragen werden dürfe. Er hat gesagt, daß alle die, die sie nach außen tragen, nicht Gottes Macht in sich haben, sondern die der Dämonen darüber. Diejenigen, die sie nach *außen* tragen, Pausho. Das bedeutet, daß jemand hier drin sie in sich trägt. Der Roca hat vorgesehen, daß seine Familie in dieser Höhle leben soll. Sie sollten sie vielleicht so lange bewachen, bis die Linie ausgestorben war.«

Sie stieß einen Schrei aus, wie er noch nie zuvor einen gehört hatte. Dann sank sie auf die Knie, die Arme um den Körper geschlungen, den Kopf tief gesenkt.

Er hatte schon immer gehofft, sie einmal geschlagen zu sehen. Sein ganzes Leben lang hatte er auf die Bestätigung ihrer Fehler, der Fehler der Weisen, gehofft. Doch jetzt, da es soweit war, jetzt, wo sie am Boden zerstört vor ihm lag, fühlte er sich leer.

Er kniete neben ihr nieder und legte eine Hand auf ihre Schulter. Sie zuckte vor ihm zurück. »Dir ist es so beigebracht worden«, sagte er zu ihr. »Die anderen Weisen haben es dir so beigebracht.«

Sie nickte nur. Sie sah dabei nicht auf, sondern saß einfach nur bewegungslos da. »Ich habe ... Ich habe ...«

»Du hast unzählige Kinder zur Schneegrenze getragen«, vollendete er ihren Satz. »Ich weiß, aber man hat dich gelehrt, es müsse so sein.«

Sie hob das Gesicht und sah ihn an. Er hatte noch nie eine solche Qual in einem Gesicht gesehen. Noch nie. Nicht in all den Jahren des Tabernakels und auch nicht in den Jahren seither.

»Was habe ich nur getan?« flüsterte sie.

Zuneigung würde ihr jetzt nicht helfen. Er wußte das und sie auch. Trotzdem verlieh er seiner Stimme einen freundlichen Ton, um die Grausamkeit seiner Worte zu mildern. »Du hast gemordet im Namen Gottes, weil man dich gelehrt hat, daran zu glauben, daß es das Richtige ist.«

»Aber ich hätte wissen müssen, daß ...«

»Das, was am offensichtlichsten ist, ist nicht immer am einfachsten«, sagte er.

Er wußte das sehr wohl, denn er hatte den gleichen Fehler begangen.

Er half ihr aufzustehen, und sie stützte sich so fest auf ihn, daß er beinahe ins Wanken geriet.

»Komm weiter«, forderte er sie auf. »Du darfst jetzt nicht einfach aufhören.«

»Aber was, wenn ich mich abermals irre?« fragte sie. »Was, wenn du dich irrst?«

»Dann werden wir auch damit leben müssen«, antwortete er. »Genauso wie wir mit all dem anderen leben.«

Sie stand aufrecht. Ihre Tränen waren getrocknet. »Das wird nicht ausreichen«, sagte sie.

Er wußte es selbst und schloß die Augen.

»Es ist alles, was uns bleibt«, flüsterte er. »Es ist alles, was uns bleibt.«

12

Rugad wollte nicht länger warten, bis seine Leute einen Inselbewohner brachten, mit dem er seinen Versuch fortsetzen konnte. Nicht nach dieser Unterredung mit Landre. Er hatte Landre sein Vorgehen erläutert, woraufhin der Zaubermeister die Fortsetzung des Experiments selbst beaufsichtigen wollte.

Landres Worte hatten Rugad in helle Aufregung versetzt.

Macht.

Kontrolle.

Zauberkraft.

Die Inselbewohner hatten Macht, aber die Fey hatten ihnen durch ihren überraschenden Überfall die Möglichkeit gegeben, sie auch unter Kontrolle zu bringen. Normalerweise besaßen sie keine Kontrolle darüber. Und wenn doch, dann war sie veraltet und nicht richtig verstanden worden.

Die Inselbewohner verfügten über magische Kräfte.

Und die Fey konnten sie in Zauberkraft umsetzen.

Rugad war schon so lange Soldat, daß er solche Feinheiten manchmal übersah.

Gerade als er die Große Empfangshalle verlassen wollte, um Selia zu suchen, wäre er beinahe mit ihr zusammengestoßen. Ihr folgte ein weiterer Irrlichtfänger, der aussah, als habe er sich durch etliche Fluten, Stürme und Flammen den Weg nach Jahn durchkämpfen müssen. Seine Flügel waren zerrissen, sein Gesicht mit Schmutz bedeckt. Unter einem Auge leuchtete eine lange Schramme, wo ihn während des Fluges etwas getroffen haben mußte, und er schien den linken Arm zu schonen.

»Können wir dich einen Augenblick sprechen«, fragte Selia

Rugad. Sie sah blaß aus, und ihr Gesicht war beinahe genauso verzerrt wie vor ein paar Tagen, als er sie kennengelernt hatte.

»Ich nehme an, allein«, sagte er und ging ihnen voran in den Audienzsaal des Königs.

Er haßte diesen Raum. Hier war er fast gestorben, und obwohl seine Leute sein Blut vom Boden aufgewischt hatten, konnte er es immer noch fühlen, wie einen dunklen Flecken, der sein ganzes Wesen überschattete. An den Schmerz in seiner Kehle beim Sprechen hatte er sich zwar gewöhnt, aber hier drin schien er immer neu aufzuflammen. Genauso wie die Prellungen, die ihm der Golem bei dem Versuch, ihn zu töten, zugefügt hatte.

Trotzdem hatte er diesen Saal noch einige Male benutzt, weil er groß war und sehr nah an wichtigen Bereichen des Palastes lag.

Der Tisch, den Rugad für die Besprechungen mit seinen Generalen benutzt hatte, war noch vor dem Morgengrauen in den Nordturm gebracht worden. Jemand hatte anderes Mobiliar hereingeschafft, vielleicht um es hier aufzubewahren. Mehrere Stühle, die aus ganz anderen Teilen des Schlosses stammten, standen kreuz und quer auf dem Boden und wirkten in diesem offiziellen Rahmen zu klein und fehl am Platz. Er setzte sich trotz allem auf einen der Stühle und schob dem Irrlichtfänger einen gepolsterten Fußschemel zu. Er ließ sich so vorsichtig nieder, als bereite ihm allein diese Bewegung ungeheure Schmerzen.

Selia blieb stehen, bis Rugad ihr mit einem Zeichen zu verstehen gab, sich ebenfalls zu setzen.

»Das Schlimmste zuerst«, forderte Rugad den Irrlichtfänger auf.

»Man hat mir befohlen, in einer bestimmten Reihenfolge zu berichten.« Die Stimme des Irrlichtfängers klang kratzig und rauh, als hätte die Erschöpfung ihm jede Kraft genommen.

»Das ist mir egal«, sagte Rugad herrisch. »Ich will das Schlimmste zuerst wissen. Dann kannst du mir den Rest erzählen.«

Der Irrlichtfänger schloß die Augen. Seine Augenbrauen berührten sich über der Nasenwurzel und formten ein geflügeltes Wesen in seiner oberen Gesichtshälfte. Für einen Fey besaß er einzigartige Gesichtszüge. Sie waren zwar eckig und markant, wie bei anderen Fey, aber so geformt, daß sie ihm ein vogelähnliches Aussehen verliehen. Er wirkte weniger zerbrechlich als andere Irrlichtfänger.

»Verzeih mir«, flüsterte er.

»Ich mache dich nicht für den Inhalt der Nachricht verantwortlich«, versprach Rugad, der bereits ahnte, daß sie wirklich schlecht sein mußte. Sehr schlecht sogar. Die Boten sahen immer nur dann so schlecht aus, wenn sie befürchteten, für ihre Nachricht bestraft zu werden.

Der Irrlichtfänger schluckte. Sein Adamsapfel bewegte sich so mühsam, als müsse er trockenen Husten durch Schlucken unterdrücken.

»Hol ihm etwas zu trinken«, sagte Rugad leise zu Selia.

Sie nickte, stand auf und ging hinaus.

Der Irrlichtfänger holte tief Luft, öffnete die Augen und sah ihr nach. Dann drehte er sich zu Rugad um. Ihre Blicke trafen sich. Rugad hatte noch nie mit diesem Irrlichtfänger gesprochen, daran hätte er sich erinnert.

Nur sehr wenige Fey wagten es, ihn anzusehen, als seien sie ihm ebenbürtig.

Doch vielleicht hatte erst die Nachricht den Irrlichtfänger so kühn gemacht.

»Boteen ist tot«, sagte der Irrlichtfänger.

Und Rugad, der sich auf das Schlimmste gefaßt gemacht hatte, hätte die Worte beinahe überhört. »Boteen?« wiederholte er. »Wie?«

»Von einer Rotkappe ermordet.«

Das hatte Rugad bestimmt nicht erwartet, daß einer der eigenen Leute, noch dazu einer ohne Zauberkraft, einen Zaubermeister ermordete.

»Wer?«

»Einer der Verräter, der mit einem Inselbewohner unterwegs war. Sie überraschten Boteen und einen Pferdereiter und metzelten sie nieder.«

»Wie denn?« fragte Rugad. Er fühlte sich so eigenartig ruhig, als habe ein Teil von ihm diese Nachricht erwartet.

Die Fey verloren nur sehr selten einen Zaubermeister, und dann eher an den Wahnsinn als an den Tod.

»Mit Schwertern und Messern«, antwortete der Irrlichtfänger. »Wir haben es von einem Schreiber gehört, der das Geschehen vortrug.«

Sicher in allen Einzelheiten, dachte Rugad. Andererseits gab es keinen besseren Zeugen als einen Schreiber, denn Schreiber logen nie. Das konnten sie gar nicht.

»Wurde Boteen von der Welle heute morgen getroffen?«

»Ich weiß es nicht, Herr«, antwortete der Irrlichtfänger. »Ich nehme es an, denn sie traf auch uns andere.«

Dann nickte Rugad. Das erklärte alles. Boteen hatte sich nicht verteidigen können, weil ihn seine Zauberkraft verlassen hatten. Die Rotkappe hatte ihn im richtigen Moment erwischt.

Rugad runzelte die Stirn. Er hatte seinen Zaubermeister verloren, und gerade auf Boteen hatte er sich verlassen. Er hatte besonders auf Boteens Hilfe gehofft, um die Kräfte der Inselbewohner unter Kontrolle zu bringen.

Vielleicht hatte Boteen ebenfalls daran gedacht. Vielleicht war das auch sein Plan gewesen. Der vorherige Irrlichtfänger, Ay'Les Irrlichtfänger, hatte gesagt, Boteen sei in Richtung Berge aufgebrochen. Er hatte den Ort der Macht gesehen, obwohl er ihn Rugad gegenüber nicht so genannt hatte, und er war dorthin aufgebrochen.

»Wo hat diese Rotkappe ihn überrascht?« fragte Rugad.

»Das weiß ich nicht genau«, antwortete der Irrlichtfänger. »Der Schreiber hat gesagt, er habe sich hinter einem Felsvorsprung versteckt, wie es ihm von Boteen befohlen worden war. Boteen und der Pferdereiter seien dann davongeritten, um irgend etwas zu erkunden. Bei ihrer Rückkehr griff die Rotkappe sie an.«

»Dann ist die Rotkappe ihnen also von dem Ort, den sie erkundet hatten, gefolgt?«

»So scheint es«, antwortete der Irrlichtfänger.

Rugad hielt es nicht länger auf seinem Stuhl. Also ließ ihn die Nachricht doch nicht so kalt, wie er am Anfang geglaubt hatte. Er stand auf, dann fing er an, nachdenklich im Raum auf und ab zu gehen, wobei er seine Hände an den Wänden entlangstreifen ließ. Spuren von den Schwertern und Schilden, mit denen der Raum während König Nicholas' Herrschaft geschmückt gewesen war, waren noch immer deutlich auf den Wänden zu erkennen. Überall im Palast gab es Wandteppiche und andere Hinweise auf die Symbole der Inselkultur. Aber keines davon verwies auf den Ort der Macht.

»Herr?« sagte der Irrlichtfänger fragend. »Möchtest du den Rest hören?«

Rugad hob abwehrend die Hand. Boteen tot und eine Rotkappe am Ort der Macht.

Er schauderte.

Rotkappen wußten nichts über solche Orte. Nur sehr wenige der Fey, die fern der Eccrasischen Berge aufgewachsen waren, wußten überhaupt etwas darüber. Und diejenigen, die davon wußten, behielten es für sich.

Wenn Rugads Informationen zuverlässig waren, mußte Nicholas eine Rotkappe bei sich haben.

Wieviel wußte Nicholas überhaupt?

Vielmehr lautete die Frage: Was hatte er bis jetzt alles schon herausgefunden? Und was konnte er noch alles herausfinden?

Der Schlüssel dazu war der Ort der Macht, und jetzt hatte Rugad niemanden mehr, der ihn einnehmen konnte.

Er konnte Landre schicken, aber Hüter hatten trotz aller Theorie wenig mit der Praxis zu tun. Auf gar keinen Fall wollte er Infanterie entsenden oder gar jemanden, der nur über geringe Zauberkraft verfügte.

Rugad war nun weit von den Stühlen weg. Er blieb vor dem Podium stehen, auf dem einst König Nicholas' Thron gestanden hatte, und starrte auf die leere Stelle.

Es war zum Teil sein eigener Fehler gewesen.

Er war zweiundneunzig Jahre alt und hatte fast sein ganzes Leben lang gekämpft. Vor zwanzig Jahren hatte er zu Rugar gesagt, daß er nur einmal, ein einziges Mal, einen ebenbürtigen Gegner haben wollte. Es schien, als habe er ihn nun endlich gefunden.

Rugad drehte sich um.

Der Irrlichtfänger beobachtete ihn eingehend. Selia war gerade mit einem großen Becher Wasser für den Boten zurückgekehrt. Als sie ihm den Becher reichte, sah der Irrlichtfänger sie nicht an, sondern trank, als sei er am Verdursten. Er trank so gierig, daß ein Teil des Wassers sich über sein spitzes Kinn ergoß.

»Was gibt es noch?« fragte Rugad schließlich, als er endlich bereit war, den Rest zu hören.

»Licia sendet Grüße. Sie sagt, Ay'Les Nachricht sei voreilig gewesen. Sie sagt auch, daß die Fey sich zwar nach dem ersten Angriff zurückgezogen haben, aber sie betrachtet das nicht als Niederlage, sondern als Chance.«

Rugad unterdrückte ein Lächeln. Also war ein Kampf zwischen der diplomatischen Hexerin und der Kommandantin der Infanterie ausgebrochen. Er fragte sich, wer jetzt, da es Boteen nicht mehr gab, wohl das Sagen hatte.

»Weiter!« befahl Rugad.

»Sie fordert Verstärkung an. Sie braucht mehr Zauberkundige, Tierreiter und Fußsoldaten, kurz alles, was du erübrigen kannst. Sie bittet darum, daß derjenige, der den Angriff auf den Tabernakel ersonnen hat, auf den Blutklippen zu ihnen stößt. Sie braucht einen entschlossenen, zauberkundigen Anführer. Sie sagt, daß Ay'Le noch immer darüber klage, sie hätte keine Gelegenheit gehabt, in diplomatische Verhandlungen zu treten.«

Rugad sah Selia an und hob fragend eine Augenbraue.

»Ay'Le mag zwar etwas zuviel Aufmerksamkeit auf sich selbst ziehen«, sagte Selia. »Aber ihr Zauber ist immer sehr wirkungsvoll.«

»Kann sie Licias Kommando untergraben?«

»Wenn sie es für nötig hält«, gab Selia zur Antwort.

»Du magst sie nicht, oder?« fragte Rugad.

Selia zuckte mit den Schultern. »Zauberer mögen einander nur sehr selten.«

»Aber du respektierst sie auch nicht. Und Zauberer respektieren sich normalerweise wenigstens, oder nicht?«

»Normalerweise schon«, sagte Selia.

»Aber du hast keine Einwände vorgebracht, als ich beschloß, sie zu entsenden«, stellte Rugad fest.

»Zu dieser Zeit war ich noch nicht deine Ratgeberin«, entgegnete Selia.

Er holte tief Luft. Das stimmte. Aber auch das war Weißhaars Fehler gewesen.

»Zuvor hast du sie noch verteidigt.«

»Du hast sie wegen etwas kritisiert, das zu ihrer ursprünglichen Aufgabe gehörte.«

»Aber du glaubst nicht, daß sie ihre Aufgabe gut erfüllt.«

»Sie hat ihre Stärken.«

»Ist sie eine gute Diplomatin?«

»Wenn die Verhandlungspartner keine Fey sind, dann ja«, antwortete Selia. Damit gab sie indirekt zu verstehen, daß Ay'Le mit den Fey nicht so gut umgehen konnte. Und Rugad hatte sie mit einem Zaubermeister ausgeschickt, dem schwierigsten aller Fey überhaupt.

Dieser Zaubermeister war jetzt tot.

Er fühlte, wie sich sein Herz zusammenzog. Er und Boteen hatten jahrzehntelang zusammengearbeitet. Er schob das Gefühl beiseite. In all den Jahren hatte er Hunderte von Freunden und Bekannten verloren.

»Hast du Fey-Truppen gesehen, die auf die Blutklippen zumarschierten, als du hierhergeflogen bist?« fragte er den Irrlichtfänger.

Der Irrlichtfänger nickte. »Sie hatten aber erst ein Viertel des Wegs hinter sich gebracht. Sie schienen sehr langsam zu marschieren, aber es waren viele.«

Also nutzte Kendrad die Zeit, so gut sie konnte. »Selia«, sagte Rugad, »schick einen anderen Irrlichtfänger zu den Blutklippen. Er soll den Truppen dort von Licias Anfrage berichten und ihnen auch sagen, daß Licia den Oberbefehl hat. Ich will meine Leute lieber von jemand angeführt wissen, der eine Niederlage nicht akzeptiert, als von jemandem, der das zu schnell tut. Schicke auch einen zweiten Irrlichtfänger zu Kendrad, um ihr zu sagen, daß Licias Plan sehr vernünftig ist. Diese Inselbewohner müssen den magischen Zorn der Fey mit voller Wucht zu spüren bekommen.«

Jetzt, da Boteen tot war, war das natürlich unmöglich. Aber Rugad wollte trotzdem tun, was in seiner Macht stand.

»Dann rufe meine Falkenreiter zu mir. Ich werde zu Kendrads Truppen stoßen.«

»Herr«, wandte Selia ein, »Du hast gesagt, du willst den Palast nicht verlassen. Du hast gesagt, du ...«

»Ich weiß, was ich gesagt habe«, unterbrach er sie barsch, denn er ließ sich nicht gern widersprechen. »Aber Licia hat nach der Person verlangt, die den Angriff auf den Tabernakel erdacht hat. Und das war ich.«

»Herr«, sagte sie. »Rugad.« Er konnte das Zittern in ihrer Stimme hören. Sie widersprach ihm nur ungern. »Das kannst du doch auch von hier aus tun.«

Er schüttelte den Kopf. »Ich kenne weder das Gelände noch die Art der Magie, die sie benutzen.«

»Wir haben Landkarten.«

»Nutzlos«, sagte er. »Völlig nutzlos.«

»Aber das Gelände um den Tabernakel kanntest du vorher auch nicht.«

»Das war etwas anderes«, entgegnete er. »Die Inselbewohner wußten damals nicht einmal, daß die Fey gelandet waren. Jetzt sind diese Leute auf uns vorbereitet. Sie warten nur darauf, ihre Kräfte einzusetzen. Ich werde gehen.«

»Herr«, sagte sie und senkte den Kopf. Sie war überhaupt nicht damit einverstanden. Sogar der Irrlichtfänger machte ein entsetztes Gesicht.

»Die Gegend dort ist sehr gefährlich, Herr«, sagte er.

»Ich weiß«, sagte Rugad leise. »Ich bin schon an vielen gefährlichen Orten gewesen.« Er blickte Selia grimmig an. »Geh jetzt.«

Sie nickte und zog sich zurück. Ganz offensichtlich war sie enttäuscht. Der Irrlichtfänger wartete noch.

»Du kannst auch gehen«, sagte Rugad zu ihm. »Du bist für ein paar Tage deiner Verpflichtungen enthoben. Geh zu Seger, meiner Heilerin. Sie soll dich pflegen, damit es dir bald wieder bessergeht.«

»Ich danke dir, Herr.«

Dann betrachtete Rugad ihn genauer. »Wie ist dein Name, Irrlichtfänger?«

»Chauncey.«

Bei diesem Namen ging ein Ruck durch Rugad. Er war überrascht. Dieser Name war ein Nye-Name. Er war pompös und nichtssagend. Die meisten Irrlichter hielten die L'Nacin-Tradition aufrecht, Neugeborene mit irgendeinem Wort und nicht mit einem althergebrachten Namen zu benennen. Aber offensichtlich waren die Eltern dieses Irrlichtfängers jung genug gewesen, um auf diese Tradition zu verzichten. Also war Chauncey jünger, als er zunächst vermutet hatte. Das erklärte das Durchhaltevermögen des Jungen und seine Fähigkeit, nach so einer Tortur noch immer aufrecht zu stehen.

»Chauncey«, sagte Rugad »du wirst für deine Dienste belobigt.«

»Ich danke dir, Herr«, sagte der Irrlichtfänger.

»Geh jetzt.«

Das ließ sich der Irrlichtfänger nicht zweimal sagen. Bevor er ging, verbeugte er sich noch kurz. Seine Flügel schmiegten sich dabei an seinen Rücken, und die Kraftanstrengung ließ seine Beine zittern.

Als sich die Tür hinter ihm schloß, seufzte Rugad leise. Er konnte niemandem, auch nicht Selia, sagen, was der Grund für seine Meinungsänderung war. Boteens Tod bedeutete, daß es niemanden mehr gab, der den Ort der Macht kontrollieren konnte. Und die Unterredung mit Landre hatte ihn davon überzeugt, daß diese Kontrolle mehr als notwendig war, denn sie war der Schlüssel, nach dem er suchte. Er würde mit ihr umzugehen wissen.

Schließlich war es ein anderer Zweig seiner Familie, wenn auch vor Generationen, der den Ort der Macht in den Eccrasischen Bergen zuerst kontrolliert hatte. Er würde altes Wissen zu Hilfe nehmen müssen, Wissen, das die Schamanen für viel zu lange Zeit für sich beansprucht hatten.

Dabei mußte er sehr vorsichtig vorgehen, denn er kannte die Gefahr, in die er sich begab. Diese Herausforderung wollte er wie ein alter Mann angehen, nicht wie ein Krieger. Er mußte im Hintergrund bleiben, vielleicht sogar im Lager selbst, bis es sicher für ihn war, in den Vordergrund zu treten. Und er mußte ständig bewacht werden.

Die Nähe zur Schlacht würde ihn auch in die Nähe seiner Urenkel bringen. Sobald sie einen Fehler begingen, nur den geringsten Fehler, dann würde er ihn zu seinem Vorteil ausnutzen.

Er ging ein Risiko ein, sicher. Aber kein großer Sieg war je ohne Risiko errungen worden.

Er lächelte und berührte seine Kehle. Die gezackte, verhärtete Narbe war geblieben.

Es war Zeit, daß der gute König Nicholas für seinen Verrat bezahlte. Es war Zeit, aus Rugads Urenkeln würdige Erben des Schwarzen Throns zu machen. Ja, es war allerhöchste Zeit, die Sache mit der Blauen Insel ein für allemal zu regeln.

13

Nicholas öffnete die Augen. Er fühlte sich schwach. Ihm war schwindelig. Obwohl es nicht kalt war, zitterte er, weil er innerlich fror. Sein Rücken schmerzte von dem harten Marmorboden, und die Hand, die am Brunnensockel lag, war eingeschlafen. Als er sie sinken ließ, fühlte er tausend kleine Nadelstiche im Arm.

Die anderen beugten sich alle über ihn. Alle, außer Fledderer. Adrian stand ihm am nächsten. Sein Gesicht war weiß vor Sorge, beinahe so hell wie der Marmorboden. In Ariannas Augen schwammen Tränen. Sie lehnte sich haltsuchend an Coulter, der seine Hände auf Nicholas' Schultern gelegt hatte. Bis zu diesem Augenblick hatte er das gar nicht gespürt.

Gabe stand etwas abseits, neben seiner Mutter. Sie starrten auf Nicholas herab, als hätten sie ihn noch nie zuvor gesehen. Leen beobachtete die Szene von den Stufen aus, wie ein Verbindungsstück von der Gruppe hier auf dem Boden zu Fledderer, der vermutlich draußen Wache stand.

Als Nicholas den Mund öffnete, um etwas zu sagen, spürte er, wie ihm das ganze Wasser, das er getrunken hatte, hochkam. Gerade noch rechtzeitig konnte er sich zur Seite drehen. Es schoß so schnell aus ihm hervor, daß es in einem Schwall gegen den Sockel des Brunnens klatschte. Noch bevor er sich von dem Schrecken erholt hatte und sprechen konnte, war das Wasser im Felsen versickert.

Es sah fast so aus, als hätte es das Wasser nie gegeben.

Sie hatten ihm nicht nur die Macht des Wassers verweigert, sondern auch dessen Stärkung.

Er ließ sich wieder auf den Rücken fallen und wischte sich mit dem Handrücken der heilen Hand über den Mund. Er hatte keinen schlechten Geschmack im Mund, ganz im Gegensatz zu anderen Gelegenheiten, bei denen er sich hatte übergeben müssen. Auf seiner Zunge war überhaupt kein Geschmack.

Man hätte beinahe glauben können, es sei überhaupt nichts geschehen, wäre er nicht ohnmächtig gewesen, dann wieder aufgewacht, und hätte er nicht eben das viele Wasser ausgespien.

Coulter hatte die Hände von Nicholas' Schultern heruntergenommen.

»Geht es dir gut, Papa?« fragte Arianna leise.

Er nickte. Sein Hals schmerzte furchtbar, aber immerhin war ihm dieses Gefühl wenigstens noch vertraut. Er ließ sich beim Aufsetzen helfen und legte dann den Kopf auf die Knie, um gegen den Schwindel anzukämpfen. Länger als eigentlich nötig blieb er so sitzen.

Er mußte nachdenken. Er wollte jetzt nicht noch mehr Fragen beantworten müssen, als er sich ohnehin schon selbst stellte.

Der Brunnen verlieh einem Fey-Kräfte, die Nicholas' Familie zwar besessen, aber nie genutzt hatte. Genau wie die Familie des zweiten Sohnes, die dem Wahnsinn verfallen war. Was war geschehen, als das Wasser sie durchdrungen hatte? Waren sie plötzlich alle so wie Coulter geworden?

War das vielleicht eine Möglichkeit für ihn, den Kampf gegen die Fey aufzunehmen?

Sollte er Leen trinken lassen? Und Fledderer, dessen Wunsch, Zauberkraft zu besitzen, damit endlich in Erfüllung gehen konnte? Und Adrian? Sollte er zulassen, daß Coulter seine Kräfte vermehrte, selbst wenn es ihn womöglich umbrachte?

Oder sollte er ihnen gar nichts davon sagen?

Hatte er überhaupt das Recht, diese Entscheidung zu treffen, oder nur sie selbst?

Er preßte die Knie gegen die Wangen, und der Druck verhalf ihm wieder zu vollem Bewußtsein. Er konnte seine Gedanken ordnen, und das gab ihm die Zuversicht, daß er die Klarheit, die er brauchte, auch finden würde.

Wenn er sie trinken ließ, dann mußte er auch zulassen, daß sie die Kräfte einsetzten. Und wenn sie diese Kräfte einsetzten, würden sie letztendlich auch den Verstand verlieren.

Seltsam, daß er noch nicht einmal erwogen hatte, seine Kinder trinken zu lassen. Er wußte, daß die Wesen, die er gesehen hatte, die Kräfte, die Vorfahren, die Rechte Hand Gottes, ohnehin eine Entscheidung treffen würden. Sie würden entscheiden, ob sie bereits bestehende Kräfte vermehrten oder nicht. Bestehende Kräfte, die anscheinend im Gegensatz zu seinen eigenen auch genutzt wurden.

Deswegen hatte das Wasser ihn verlassen. Weil irgend etwas darin Menschen verändern konnte. Und die Verwandlung geschah nicht in dieser Generation selbst, sondern in einer der nachfolgenden.

Vor Jahrhunderten war das mit den Fey geschehen. Alle ihre Völker hatten das Wasser freudig empfangen, aber sie hatten auf verschiedene Art von ihren Kräften Gebrauch gemacht. War das der Grund für ihre Rücksichtslosigkeit und Gefühlskälte? Für ihre wahnsinnige Kriegslust und das Verlangen, die Welt um jeden Preis zu erobern?

Sogar Jewel war so gewesen. Selbst an dem Tag, an dem sie gestorben war, war Nicholas nicht sicher gewesen, ob sie ihn für einen Fey-Sieg verraten hätte. Sie hatten darüber gesprochen, kurz bevor sie die Krönungshalle betreten hatten.

Das Allerseltsamste daran war, daß er wußte, daß sie ihn liebte.

»Nicholas.« Jewel war jetzt neben ihm. Er spürte ihre Anwesenheit, die sanfte, unverkennbare Berührung auf seinem Rücken. Er spürte die Wärme, die von ihr ausging. Etwas an diesem Ort hatte sie zu ihm zurückgebracht. Etwas an diesem Ort hatte sein ganzes Leben verändert.

»Nicholas.« In ihrer Stimme lag Besorgnis.

»Papa?«

Er wollte sich nicht bewegen, denn das Zentrum für seine Entscheidung, das Zentrum von allem, lag hier.

Wofür kämpfte er eigentlich? Er kämpfte dafür, weiterhin über die Insel zu herrschen, die Fey auf ihrem Eroberungszug aufzuhalten und dafür, nicht nur die Blaue Insel, sondern auch Leutia und alles darüber hinaus zu retten.

Aber er kämpfte für mehr als das.

Er kämpfte für seine Kinder. Er wollte, daß sie nach den Werten der Inselbewohner erzogen wurden und nicht nach denen der Fey, auch wenn diese Chance fast vertan war. Nicholas vertraute darauf, dieser Chance neues Leben zu geben, nach diesem Krieg, wenn der Schwarze König tot war.

Dann konnte er seinen Kindern Mitgefühl und Wärme vermitteln und ihnen zeigen, was es bedeutete, am Leben zu sein.

Der Schwarze König aber würde sie nur Rücksichtslosigkeit und Eroberungslust lehren.

Wenn Nicholas jemandem, egal wem, von dem Geheimnis des Brunnens erzählte, dann würden es alle erfahren. Sie würden in Versuchung geraten, und er würde alles verlieren, wonach er strebte. Aus den Inselbewohnern würden Fey werden, wenn auch ohne deren Eroberungslust. Das Wesen, das Eigentliche der Insel ginge verloren.

Seine Kinder besaßen alle Stärken der Fey, aber nur wenige ihrer Schwächen. Diese Schwächen glichen seine eigenen aus. Aber wenn er sie trinken ließ, dann würden sie alle Schwächen der Fey bekommen. Sie würden sich selbst verlieren.

Sie würden verlieren.

Er stöhnte auf.

»Vater?« Gabe war jetzt neben ihm.

»Nicholas?«

»Sire?«

»Papa?«

Die Panik in Ariannas Stimme ließ ihn aufsehen. Der Schwindel war verschwunden. Er fühlte, daß seine Wangen durch den Druck der Knie gerötet waren.

Seine Tochter kauerte vor ihm. Ihr ausgezehrtes Gesicht war verzerrt und von Tränen überströmt. Er nahm sie bei der Hand, dann ergriff er auch die Hand von Gabe. Die anderen beachtete er nicht.

»Wenn ich euch erzählen würde, ich hätte einen Weg gefunden, siegreich aus dieser Sache hervorzugehen ...«, begann Nicholas, denn er wollte die ganze Last nicht mehr allein tragen. »Wenn ich euch sagen würde, daß sie euch den Verstand, das Herz, das Mitgefühl, ja vielleicht sogar das Leben kostet, würdet ihr es dann tun?«

»Was gewinnen wir dabei?« fragte Arianna.

»Wir könnten den Schwarzen König besiegen«, antwortete Nicholas. »Es wäre jedenfalls möglich.«

»Ist es denn nicht sicher?«

»Nichts ist sicher«, sagte er ruhig.

»Wer soll dann über die Blaue Insel herrschen?« fragte Arianna weiter.

»Und wer soll die Fey anführen?« Gabe hatte seine Frage ganz ruhig gestellt.

»Ich weiß es nicht«, antwortete Nicholas. »Ihr vielleicht. Eine Zeitlang. Vielleicht eure Kinder. Aber ich kann nicht garantieren, daß sie über einen klaren Verstand oder über genügend Mitgefühl verfügen. Oder daß ihr lang genug lebt, um genug davon zu entwickeln.«

»Was hast du herausgefunden?« fragte Jewel scharf.

Nicholas ignorierte sie. Gabe sah sie an, aber er übersetzte nicht für die anderen. Er blickte seinen Vater fragend an. »Ich dachte, die Hauptsache sei, den Schwarzen König von seinem weiteren Vormarsch abzuhalten.«

»Das stimmt«, bestätigte Nicholas.

»Daß die Eroberungen der Fey hier ihr Ende finden«, fuhr Gabe fort.

»Das stimmt.«

»Und daß die Blaue Insel in den Händen unserer Familie bleibt.«

Das »unser« erweckte Nicholas zu neuem Leben. »Auch das ist richtig.«

»Dann funktioniert diese Methode nicht«, sagte Gabe. »Das Risiko ist zu groß.«

»Ohne ein großes Risiko gibt es keinen Sieg«, warf Jewel ein.

»Ari?« Nicholas sah seine Tochter fragend an. Sie runzelte nachdenklich die Stirn. Sie hatte ihre Mutter nicht gehört, also kannte sie dieses Argument auch nicht. Aber das brauchte sie auch nicht, denn sie bildete sich immer ihre eigene Meinung.

»Gibt es noch eine andere Möglichkeit?« fragte sie.

»Eventuell«, antwortete er.

»Dann sollten wir mit der Entscheidung besser noch warten«, sagte sie. »Vielleicht sollten wir abwarten und es zuerst so versuchen. Und wenn nichts anderes mehr geht, versuchen wir es mit dieser Lösung.«

Daran hatte er nicht gedacht. Er war sich auch nicht sicher, ob er darüber nachdenken wollte. »Warum?«

»Weil ein halber Sieg besser ist als gar keiner«, antwortete sie. »Und wenn wir die Insel behalten, wenn wir überleben und sogar Kinder haben, dann haben wir immerhin einen halben Sieg errungen.«

Einen Augenblick glaubte er, ihre Mutter zu hören. Dann jedoch stellte er fest, daß er sich geirrt hatte. Sie klang wie er, denn er selbst hatte genau dieses Argument gegenüber seinem

Vater vorgebracht, als er sich dazu entschlossen hatte, Jewel zu heiraten. Auch das war nur ein halber Sieg gewesen, denn auf diese Weise hatten die Fey dauerhaften Zutritt zu der Insel erhalten. Es bedeutete zwar, daß sie nie wieder weggehen würden, doch sie hatten die Insel noch nicht endgültig erobert. Auch seine beiden wundervollen Kinder waren immerhin Teil dieses halben Sieges für ihn. Und jetzt, wo der Schwarze König den Großteil der Insel beherrschte, war er hier gelandet, in dieser Höhle.

»Ein halber Sieg ist besser als gar keiner«, sagte er mehr zu sich selbst.

»Es hat mit dem Brunnen zu tun, nicht wahr?« stellte Jewel fest. »Das ist mehr als nur heiliges Gift.«

Er seufzte und wandte sich ihr zu. Er mußte sehr auf seine Worte achten, denn er wollte nicht, daß die anderen alles erfuhren.

Gabe fing an zu übersetzen, aber Nicholas hob die Hand, um ihn zum Schweigen zu bringen.

»Diese Quelle hat besondere Fähigkeiten, oder?« fragte sie. »Sie kann große Macht verleihen.«

Er antwortete immer noch nicht, denn er wußte nicht, wie.

»Nicholas, wenn du etwas erfahren hast, das dir so viel Macht verleiht, wie du sagst, dann mußt du es nutzen.« Sie stemmte die Hände in die Hüften. »Das hier ist ein Ort der Macht, und du hast herausgefunden, woher sie kommt, oder etwa nicht?«

»Ich muß überhaupt nichts«, entgegnete Nicholas.

»Willst du diesen Krieg nicht gewinnen?« fragte Jewel.

Er nickte.

»Dann mußt du auch um jeden Preis gewinnen wollen, sonst bringt dich mein Großvater um. Er sucht nach deiner schwächsten Stelle, um dich genau da anzugreifen.«

Nicholas machte ein besorgtes Gesicht. »Ich dachte, wir hätten gerade darüber geredet, was es heißt, um jeden Preis zu gewinnen. Es ist keine akzeptable Lösung.«

»Nicholas, Krieg ist Krieg. Du mußt jedes Mittel, das du hast, einsetzen, ganz besonders gegen die Fey. Du mußt das Risiko eingehen.«

»Ich gehe das Risiko ja ein«, sagte er leise. »Gerade du solltest das begreifen.«

Die anderen, die Jewel ja nicht hören konnten, wurden unruhig, denn Nicholas' Worte verwirrten sie.

»Nein, das tust du nicht«, widersprach sie ihm. »Das ganze Gerede über Herz und Geist und Mitleid und sich mit einem halben Sieg zufriedenzugeben ist falsch, Nicholas. Du mußt alles ins Feld führen oder du verlierst.«

»Wenn ich alles ins Feld führe, verliere ich.«

»Du hast unrecht.«

Er schüttelte den Kopf. »Das verstehst du nicht.«

Gabe beobachtete sie genau mit seinen stechenden blauen Augen. Nicholas wünschte, der Junge hätte nichts davon mitbekommen.

»Dann erkläre es mir«, forderte sie.

»Das kann ich nicht.« Die Worte blieben ihm fast wie ein Kloß im Hals stecken. »Du bist eine Fey.«

Jewel ging einen Schritt zurück. »Bis jetzt ist das noch nie ein Problem gewesen.«

»Es ist schon immer etwas zwischen uns gewesen. Aber wir wurden noch nie auf die Probe gestellt.«

»Nicholas«, beschwor sie ihn, »du riskierst alles, weil du die Möglichkeiten, dic du hast, nicht ausschöpfst.«

»Das stimmt«, sagte er. »Ich riskiere alles.«

Sie holte tief Luft und setzte zum Sprechen an. Dann hielt sie jedoch inne, denn sie hatte einen merkwürdigen Unterton in seiner Stimme herausgehört.

»Du hast doch gesagt, man kann keinen Sieg erringen, ohne ein großes Risiko einzugehen«, fuhr er fort.

»So habe ich das nicht gemeint.«

»Doch, das hast du«, entgegnete er. »Wir haben nur ganz unterschiedliche Vorstellungen davon, was ein Risiko ist.«

Sie schüttelte den Kopf und seufzte. Dann verschränkte sie die Arme vor der Brust. »Nicholas, wenn du große Macht hast, dann mußt du sie auch nutzen!«

»Würdest du es denn tun?« fragte er.

»Ja«, antwortete sie.

»Würde dein Großvater das auch tun?«

Sie hielt inne, weil sie merkte, daß er sie in eine Falle gelockt hatte.

»Er weiß, daß es hier einen Ort der Macht gibt, nicht wahr?« fragte Nicholas.

»Wenn er es noch nicht weiß, dann wird er es bald erfahren«, antwortete sie.

»Und wenn er einen solchen Ort in seinem Besitz hätte, dann würde er nicht zögern, alle seine Möglichkeiten auszunutzen.«

»Nicholas, es ist genauso, als hättest du einen Bogen und keine Pfeile. Ohne diese Möglichkeiten ist so ein Ort völlig nutzlos.«

»*Alle* Möglichkeiten«, sagte er.

Sie starrte ihn verständnislos an.

»Nicht war?«, fragte Nicholas. »Er würde *alle* Möglichkeiten ausnutzen.«

»Ja«, sagte sie einfach.

»Und die Fey erwarten das.«

»Ja.«

Er holte tief Luft und strich sich müde eine Haarsträhne aus dem Gesicht. Sein Körper war erschöpft, und er war es leid zu kämpfen. »Wir gewinnen diesen Krieg nicht, wenn wir tun, was die Fey von uns erwarten. Sie haben jahrhundertelang Erfahrungen auf dem Gebiet des Kampfes und der Zauberkraft gesammelt. Gegen diese Erfahrung können wir nicht ankämpfen, außer mit dem Moment der Überraschung.«

»Du hast aber keine Überraschungen mehr übrig«, sagte sie.

»Ich glaube schon«, erwiderte er. »Ich habe es immerhin geschafft, dich zu überraschen.«

»Weil du dich so töricht verhältst.«

»Nein. Weil ich eine Entscheidung treffe, die die Dinge zunächst kompliziert. Aber auf lange Sicht ist es doch die beste Lösung.

»Es könnte aber möglicherweise keine lange Sicht geben.«

»Das stimmt«, räumte er ein. »Aber ich zähle trotzdem darauf.«

»Ich hoffe, du weißt, was du tust«, sagte sie zweifelnd.

Er lächelte. Er fühlte sich viel ruhiger als zuvor. Der Streit ließ ihn vieles klarer sehen, hatte ihm seine Gefühle für ihn selbst verdeutlicht. Er wußte jetzt, was er wollte, und auch, wie er sein Ziel erreichte. »Ja, das weiß ich.«

»Hoffentlich«, entgegnete Jewel. »Ich glaube, du kehrst deiner einzigen Aussicht auf Erfolg den Rücken zu.«

Sie verschwand, und er sah zu, wie sie ging. Er mochte diesen neuen Aspekt in ihrer Beziehung nicht. Sie konnte einfach verschwinden, wenn er sie verärgert hatte. Und sie konnte ihm ihren Beistand jederzeit versagen.

Aber wenn es sein mußte, konnte er das hier auch ohne sie durchstehen.

Er seufzte und streckte die Hand aus. Adrian half ihm auf.

»Worum ging es?« fragte Adrian.

Nicholas sah ihn an. Er stellte sich vor, wie Adrian versuchte, einer neuen Kraft Herr zu werden und gleichzeitig die Fey zu bekämpfen. Das konnte nicht funktionieren, egal, was

Jewel behauptete, und egal, wie sehr er selbst es sich auch wünschte. Es konnte nicht funktionieren.

Gabe beobachtete ihn immer noch. Er wartete auf Nicholas' Reaktion, so als hinge seine eigene Entscheidung davon ab.

»Es ging um Taktik«, sagte Nicholas. »Nur um Taktik, sonst nichts.«

»Habt ihr einen Weg gefunden, um den Schwarzen König zu schlagen?« fragte Arianna.

»Ja«, antwortete Nicholas.

»Indem wir diese Quelle benutzen?« fragte sie weiter.

Gabe biß sich auf die Unterlippe.

»Nein«, sagte Nicholas.

»Ist es Weihwasser?« fragte sie leise.

Nicholas seufzte erneut. »Es ist gefährlich«, sagte er. »Viel zu gefährlich für uns.«

»Habt ihr darüber gestritten, Mutter und du?«

Nicholas schüttelte den Kopf. »Wir haben uns über die Taktik gestritten.«

»Wie wollt ihr den Schwarzen König jetzt schlagen?« fragte Arianna.

»Indem wir einfach Inselbewohner sind«, antwortete Nicholas. Er stand aufrecht, ein wenig wackelig zwar, aber er stand.

»Wir sind aber nicht alle Inselbewohner«, erinnerte ihn Leen.

»Ich weiß«, sagte Nicholas. »Aber ich glaube auch nicht, daß wir für diese Aufgabe alle ausnahmslos Inselbewohner sein müssen.«

»Für welche Aufgabe?« fragte Arianna.

»Unser letztes Gefecht«, sagte Nicholas. »Und unsere einzige Hoffnung.«

GEGENANGRIFF
(ZWEI TAGE SPÄTER)

14

Die zur Verstärkung entsandten Truppen schlängelten sich in das Tal hinunter. Von Westen her war der Paß so eng, daß nur jeweils vier Fey nebeneinander gehen konnten, und obwohl natürlich Hunderte von ihnen flogen, dauerte es fast die ganze Nacht, um die gesamte Truppe durch die enge Schlucht zu schleusen.

Licia schlang einen mit Domestikenzauber durchwirkten Mantel um die Schultern, aber selbst damit war es unangenehm kalt. Die Nächte in dieser Region waren eisig und oben in den Bergen wahrscheinlich noch kälter. Die vergangene Nacht war die bislang schlimmste gewesen. Kaum war der Mond aufgegangen, hatte es heftig zu regnen angefangen, große dicke Tropfen, die die Kälte des Schnees in sich trugen. Licia hatte angeordnet, die Verwundeten unter Schutzdächer zu verlegen, denn zur Errichtung eines großen Schattenlandes fehlte es ihr sowohl an Kraft als auch an Magie; alle übrigen mußten so gut es ging selbst für sich sorgen. Sie hatte versucht, ihre Moral zu heben, doch der Regen war keine große Hilfe.

Schließlich kam die Morgendämmerung. Sie sah zu, wie sich der Horizont im Osten aufhellte. Die Berge sahen aus wie immer: als wären sie in Blut getaucht.

Sie fuhr sich mit den Fingern durch das feuchte Haar und befahl einem ihrer Adjutanten, auf der Ostseite der Hügelkette neue Posten aufzustellen.

Die Inselbewohner hatten sich, was die Kunst der Kriegsführung anging, als ziemlich beschränkt erwiesen, wofür sie mehr als dankbar war. Sie hatte den Großteil des Vortages damit verbracht, auf einen Angriff aus der kleinen Stadt zu warten. Als er nicht erfolgt war, hatte sie sich gefragt, ob es sich lediglich um einen Trick handelte, um die Fey in Sicherheit zu wiegen. Sie hatte die Wachen verdoppelt und in der Nacht einige Eulenreiter auf Erkundungsflug geschickt. Sie hatten berichtet, daß sich die Inselbewohner offensichtlich auf eine Belagerung vorbereiteten.

Das war wenigstens ein kleiner Trost. Nur wenige Feinde der Fey griffen sie an. Nur die Nye waren in einer legendären Schlacht zum Angriff übergegangen, und vor ihnen die L'Nacin. Sie wußte, daß es auch andere gegeben hatte, aber so weit reichte die Erinnerung ihrer Soldaten nicht zurück. Diese Soldaten hier waren Verteidiger gewohnt, die mit ihren Herzen und ihren Körpern kämpften, nicht mit dem Verstand – und ganz gewiß nicht mit Magie.

Ihr Hauptziel hatte in jenen ruhigen Tagen darin bestanden, ihren Truppen immer wieder ins Gedächtnis zu rufen, daß die Fey auch früher schon auf Völker mit magischen Kräften gestoßen waren, wenn auch nicht auf so starken Zauber wie bei den Inselleuten. Sie erinnerte sie auch an das, was der Schwarze König vor ihrer Abreise aus Nye gesagt hatte, an das, was er auch wiederholt hatte, als sie vor kaum mehr als einem Monat auf der Blauen Insel angekommen waren:

Unterschätzt die Inselbewohner nicht.

Inzwischen trafen die Ersatztruppen ein, und zwar in einer Stärke, die sie sich nicht erhofft hatte. Offensichtlich legte Rugad größten Wert darauf, diese Gegend zu erobern. Er hatte Kendrad entsandt, die nun die Verstärkung in die tiefer gelegenen Regionen des Tales führte. Kendrad schien vom langsamen Vorankommen der Truppe entnervt zu sein, doch auch ihr fiel keine andere Möglichkeit ein, sie rascher ins Tal zu schaffen.

Wie Licia sorgte sie sich darum, daß die Inselbewohner zum Angriff übergingen, bevor die Fey darauf vorbereitet waren.

Aber Licia hatte keinerlei Hinweise auf Inselkundschafter gefunden. Sie hatte auf seiten der Inselbewohner überhaupt keine normalen Vorgänge beobachten können. Keine Gegenangriffe, keine Kundschafter und auch keine Melder, die um Verstärkung ausgesandt wurden.

Es machte ganz den Eindruck, als wäre das hier die einzige verbliebene Enklave auf der gesamten Insel, die die Inselbewohner deshalb bis zum Tod verteidigen wollten.

Wovor sie sich jedoch am meisten fürchtete, eine Angst, die sie niemals laut aussprach, war, daß die Inselbewohner einen neuen Zauber vorbereitet hatten, der diesmal mächtig genug war, um es mit der gesamten Streitmacht der Fey aufzunehmen.

Sie zitterte in der Kälte. Noch war die Sonne nicht über die zerklüfteten Ränder der Blutklippen gestiegen. Sobald sie die Bergspitzen überwunden hatte, würde es ein bißchen wärmer werden.

Eigentlich hatte sie gehofft, gleich nach Ankunft der Verstärkung gegen Mittag einen Angriff starten zu können, aber das oblag nicht mehr ihrer Kontrolle. Sie unterstand Kendrads Kommando.

Darüber empfand Licia keine echte Erleichterung. Kendrad war nicht wie jeder andere Kommandeur zu ihr gekommen. Kendrad hatte weder die Verluste noch das Terrain, noch die ungewöhnliche Gegenwehr der Inselbewohner mit ihr diskutiert. Kendrad hatte sich überhaupt nicht wie ein Kommandeur verhalten, der einen neuen Posten übernimmt.

Licia hatte seit Jahren nicht mehr mit Kendrad zusammengearbeitet, aber sie konnte sich nicht vorstellen, daß Kendrad sämtliche Grundregeln der Truppenführung vergessen hatte. Und doch sah es ganz danach aus. Oder war sie vielleicht der Meinung, daß Licia, die einen der seltenen Rückzüge befohlen hatte, nicht wert war, zu Rate gezogen zu werden?

Jemand tippte ihr auf die Schulter. Licia drehte sich um. Eine Frau mit den klaren Zügen der Jugend und einem der eindrucksvollsten Gesichter, die sie jemals gesehen hatte, verbeugte sich leicht vor ihr.

Die Geste irritierte Licia. Sie unterdrückte ein Seufzen.

Noch eine Zauberin.

»Du sollst mit mir kommen«, sagte die Frau.

Licia nickte, sagte aber nichts. Die Frau führte sie durch eine kleine Ansammlung von Felsbrocken, an einem provisorischen Lazarett vorbei in Richtung der neu eingetroffenen Truppen. Die Kämpfer, meist Fußsoldaten und Tierreiter, waren mit einer Effektivität dabei, ein Lager aufzubauen, wie es Licia in den letzten Tagen nicht mehr gesehen hatte. Mitten unter ihnen stand ein Mann, eine große, schlanke und vertraute Gestalt.

Der Schwarze König.

Sie hatten ihn ohne ihr Wissen hereingeschmuggelt. Kein Wunder, daß Kendrad sie nicht aufgesucht hatte. Kendrad sollte diese Schlacht keineswegs lenken.

Das würde der Schwarze König persönlich tun.

Er trug einen ähnlichen Umhang wie sie, lang und schwarz und wallend. Er verhüllte seine andere Kleidung. An den großen Händen trug er Handschuhe, an den Füßen maßgeschneiderte Stiefel, denen kein Stäubchen Schmutz anzuhaften schien. War er mit der Truppe zu Fuß gegangen? Ihr war keine Kutsche aufgefallen.

Dann fiel ihr Blick auf die Falkenreiter, die sich rings um eine Vorrichtung scharten, wie sie sie nur einmal in ihrem Leben gesehen hatte, und auch damals nur aus der Ferne; damals, an dem Tag, als sie die Blaue Insel erreicht hatten. Sie hatte an Deck gestanden und mit der Hand an der Stirn beobachtet, wie die Falkenreiter den Schwarzen König auf den Gipfel des südwestlichen Ausläufers der Insel getragen hatten.

Jetzt lagerten sie in der nordwestlichen Ecke, so weit wie nur irgend möglich von jenem Ort entfernt.

Die Frau, die Licia hergebracht hatte, ging auf den Schwarzen König zu. Er starrte in die Luft über ihnen und überlegte offensichtlich, wo der beste Platz war, um ein großes Schattenland zu errichten.

»Rugad«, sagte die Frau. »Ich habe dir die Kommandantin gebracht.«

»Ich danke dir, Selia«, sagte er. Seine Stimme klang flach und krächzend, überhaupt nicht so, wie sie Licia in Erinnerung hatte. Sie erinnerte sich an eine Stimme von solcher Kraft, daß sogar ihr Flüstern die Hausgiebel in der Umgebung zum Beben bringen konnte.

Dann drehte er sich um.

Es war der Mann, an den sie sich erinnerte. Sein Gesicht war nicht mehr hübsch, sondern vom Alter zerfurcht und verwittert, als hätte seine Macht seine Gesichtszüge in Stein gemeißelt. Quer über den Hals zog sich eine breite, gezackte Narbe, eine kaum verheilte Wunde – offensichtlich die Wunde, die ihn beinahe das Leben gekostet hätte. Kleine Schnitte übersäten seine Haut. Seine Augen waren dunkel und durchdringend und so voller Intelligenz, daß sie allein aus sich heraus lebendig wirkten.

»Du bist Licia?« fragte er. Die krächzende Stimme hörte sich beinahe an, als wäre sie nicht ganz natürlich. Sie kam zwar zwischen seinen Lippen hervor, aber es schien ein Zauber zu sein, eigens geschaffen, um eine Stimme vom Mund eines anderen in seinen zu übertragen. Augenscheinlich war seine eigene Stimme vom Inselkönig beschädigt worden, und dieses Geräusch ersetzte sie. Es jagte ihr einen Schauer über den Rücken, aber nicht so, wie sie es erwartet hatte. Sie zitterte nicht vor der Macht seiner Stimme, sondern ihrer Künstlichkeit wegen.

»Ja«, antwortete sie. Auch sie hatte Schwierigkeiten, sich zu artikulieren. Sie verneigte sich kurz, so wie man es ihr beigebracht hatte, wenn sie sich einem Mächtigeren gegenübersah.

»Du hast vor drei Tagen einen Rückzug befohlen.«

»Meine Infanterie wurde regelrecht abgeschlachtet.«

»Von Inselbewohnern.«

»Von Inselbewohnern«, bestätigte sie. »Sie bedienten sich einer unbekannten Magie.«

»Das wurde mir mitgeteilt.« Dann lächelte er. Die Art und Weise, in der das Lächeln sein Gesicht verwandelte und seinen Zügen die gleiche Lebhaftigkeit wie seinen Augen verlieh, irritierte sie. »Die Fey sind nicht daran gewöhnt, daß andere Magie benutzen.«

»Leider nicht«, sagte sie.

»Du sagtest, du wolltest deiner Truppe diese Schwäche austreiben, damit alles besser verläuft, wenn wir zum zweiten Angriff blasen. Hast du das getan?«

Sie holte tief Luft. »Das wird sich in der Schlacht erweisen.«

»Ich bin nicht bereit, meine Ersatztruppen mit Versagern in die Schlacht zu schicken«, entgegnete er.

»Sie sind keine Versager!« widersprach sie.

Sein Lächeln wurde breiter. Er hatte wissen wollen, ob sie zornig werden konnte. Jetzt wußte er es. »Noch nicht.«

»Niemals«, sagte sie. »Meine Leute stehen bereit.«

»Um die Inselbewohner zu vernichten?«

»Wozu sonst?«

Sein Blick bohrte sich in ihren. Sie war überrascht, wieviel Macht ein so einfacher Blick ausüben konnte. »Du hast Ay'Le getötet.«

»Sie hat ihre Befugnisse übertreten.«

»Du hättest sie degradieren können.«

»Sie hat versagt«, erwiderte Licia. »Bei ihren diplomatischen Bemühungen und bei ihrem Versuch, das Kommando zu übernehmen, hat sie versagt.«

»Ich bin derjenige, der über den Tod von Versagern entscheidet«, sagte er.

»Es sei denn, sie sabotieren einen Feldzug, der bereits im Gange ist«, meinte Licia. »Sie wiegelte die Tierreiter gegen mich auf.«

»Wenn sie sich aufwiegeln ließen, hast du etwas falsch gemacht.«

Sie richtete sich gerade auf. Ihre Haltung war jetzt nicht mehr ehrerbietig. Er wollte, daß sie ihm Paroli gab. Er verlangte eine Reaktion von ihr.

Er sollte sie bekommen.

»Ich habe nichts falsch gemacht. Alle meine zauberkundigen Fey waren von einer eigenartigen Welle der Macht, die hier durchfegte, in Mitleidenschaft gezogen. Sie waren nicht in der Lage zu kämpfen. Meiner Meinung nach war die Infanterie geeigneter für diese Aufgabe.«

»Erwies sich deine Meinung als richtig?«

Sie zuckte die Achseln. »Wir waren nicht auf einen magischen Gegenangriff vorbereitet. Vielleicht wären die Tierreiter der Sache eher gewachsen gewesen. Das kann ich jetzt nicht beurteilen. Niemand kann das jetzt noch beurteilen.«

»Wir müssen es beurteilen, denn wir wollen noch einmal angreifen.«

»Ich habe ... hatte für dieses Mal einen anderen Angriff geplant. Kontrolliert von den Fey, weniger formell und mit allen zur Verfügung stehenden magischen Kräften. Kein Inselbewohner, nicht einmal ein mit Zauberkräften ausgestatteter, kann dem widerstehen.«

»Man sollte sie niemals unterschätzen«, erwiderte der Schwarze König.

Sie holte tief Luft. »Es war mein Fehler. Ich bin bereit, dafür bestraft zu werden, falls du das für angebracht hältst.«

Ihr Herz schlug heftig, aber sie ließ sich nichts anmerken. Sie hielt ihren Körper so steif und gerade wie er. Sie fragte sich, ob er ihren beschleunigten Herzschlag an einer pulsierenden Ader an ihrem Hals feststellen konnte oder an der Tatsache, daß die Anspannung sie trotz der Kälte ein wenig schwitzen ließ.

Sie zweifelte daran, daß er jemand war, der solche Dinge übersah.

»Du bist sehr mutig«, sagte er, ohne den Blick von ihr zu nehmen. »Ich habe mir deinen Lebenslauf angesehen. Das hier ist dein erster aktenkundiger Reinfall.«

»Es ist kein Reinfall, Herr«, stieß sie zwischen zusammengebissenen Zähnen hervor. »Die Schlacht ist noch nicht vorbei.«

»Wohl wahr.« Er nickte ihr zu. »Und genau diese Einstellung gefällt mir an dir. Nach dem, was ich von dieser Schlacht weiß, hast du recht daran getan, die Truppen zu sammeln und neu zu gruppieren. Dein Fehler bestand allein darin, es einen Rückzug zu nennen. Dieser Abschnitt der Insel ist wichtig, wichtiger, als mir anfänglich bewußt gewesen ist. Hier liegen Schätze, die Boteen vor seinem Tod entdeckt hat. Wir werden sie bergen.«

»Jawohl, Herr«, erwiderte sie. Ein Zittern hatte sich ihrer Hände bemächtigt. Sie verschränkte die Finger, um es zu verbergen.

»Du tatest recht daran, um Verstärkung zu bitten.«

»Ich hatte nicht erwartet, daß du persönlich kommst.«

Er lächelte wieder, diesmal etwas weicher, fast zärtlich. »Du hast nach mir gerufen.«

»Nein, Herr, ich ...«

»Du hast nach dem Anführer gerufen, der für die Vernichtung des Tabernakels verantwortlich war.«

»Ich dachte an Onha, vielleicht noch an Kendrad ...«

»Es war mein Plan, und er hat funktioniert.«

»Allerdings. Er hat funktioniert.«

»Und diese Schlacht hier ist sogar noch wichtiger.« Er kam auf sie zu und legte ihr eine Hand auf die Schulter. Sein Griff war fest, beinahe schmerzhaft. »Du zeigst mir den Hügelkamm und arbeitest deinen neuen Plan aus, und dann werden wir sehen, was wir damit anfangen.«

»Herr, ich glaube, Kendrad kann dir dabei besser dienen.«

»Kendrad ist erst mit mir angekommen. Sie hat nicht wie du mehrere Tage hier verbracht. Sie hat nicht gegen diese Inselbewohner gekämpft. Du wirst mir helfen.« Er blickte auf sie herab. Sie war nicht daran gewöhnt, kleiner als andere Fey zu sein. »Behagt dir irgend etwas daran nicht?«

Ihr Zittern hatte sich zum Glück gelegt. »Nein«, antwortete sie. »Keinesfalls.«

»Gut.« Er ließ sie wieder los. Sie mußte den rechten Fuß ein wenig ausstellen, um das Gleichgewicht nicht zu verlieren. »Ich habe hier noch eine Aufgabe zu erledigen, dann gehe ich mit dir zur Hügelkette.«

Er drehte sich um. Sie war nicht sicher, ob sie entlassen war oder nicht, also wartete sie. Er streckte eine Hand aus, krümmte die Finger und ließ sie dann aufschnellen.

Um seine Hand erschien ein Torkreis. Ein Schattenland, schnell und geschickt errichtet.

Das war der Unterschied zwischen einem Visionär des Schwarzen Throns und einem minderwertigen Visionär wie ihr. Sic verfügte nicht über die Macht, ein Schattenland zu errichten oder ihre Vision lange genug offenzuhalten, damit sie die ganze Schlacht andauerte. Er konnte das alles tun, ohne auch nur darüber nachzudenken.

»Wenn wir die Verwundeten herbringen, errichte ich noch

ein zweites«, sagte er. »Wir haben eigens mehr Heiler und Domestiken mitgebracht.«

»Gut«, antwortete sie ziemlich verdutzt. So rasch hatte ein Kommando für sie noch nie gewechselt. Es war von einem Anführer zum anderen übergegangen, und sie hatte nie ein Problem damit gehabt. Aber noch nie war sie dem Anführer des Fey-Reiches so nah gewesen, noch nie war ihr so leicht vertraut worden wie gerade eben.

Sie sollte den Mysterien und den Mächten danken, daß er ihrer Bitte so rasch Folge geleistet hatte; andernfalls würden die Rotkappen nicht nur Ay'Les, sondern ihren Körper gleich mit entbeinen.

»Selia«, sagte er zu der Zauberin, »bevölkere das Schattenland für mich.«

»Jawohl, Herr«, antwortete sie.

Er legte eine Hand auf Licias Schulter. Sie wußte nicht genau, ob sie die Berührung mochte. »Dann erzähl mir mal«, sagte er, während er sie in Richtung der Verwundeten dirigierte, »ob du wirklich glaubst, daß wir diesen Kampf gewinnen können?«

Alles hing jetzt von ihrer Antwort ab. Zumindest alles, was sie betraf. Ihr Kommando. Ihr Leben.

»Ja«, sagte sie.

»Das ist die Antwort, die ich hören wollte«, sagte er.

»Ich weiß.«

»Deshalb glaube ich dir nicht.«

Sie blieb stehen, sah ihn an und hob ein wenig das Kinn. »Wenn ich nicht daran glaubte, daß wir gewinnen können, hätte ich nicht um Verstärkung gebeten.«

Er lächelte und ließ die Hand auf ihren Rücken herunterrutschen, um sie weiterzuschieben.

»Sehr schön«, sagte er. »Denn ich glaube auch, daß wir gewinnen können.«

15

Jahn sah verlassen aus.

Luke stand am Rande dessen, was einmal die Landgüter eines Adligen gewesen waren. Er war erschöpft und hungrig. Der Proviant war ihnen schon vor Tagen ausgegangen, und jetzt, nachdem sie die Stadt erreicht hatten, wußte er nicht mehr genau, was er als nächstes tun sollte.

Con stand neben ihm und starrte ebenfalls in die Ferne.

Die Feuer waren schon lange verloschen. Die Stadt bestand fast nur noch aus Schutt und Asche. Der Tabernakel stand zwar noch, doch seine Mauern fielen ein, seine Fenster waren verschwunden, die weißen Wände rußgeschwärzt. Auf der anderen Seite des Flusses erhob sich der Palast zwischen den Trümmern und sah aus, als hätte all das ihm nichts anhaben können, als könne ihm nichts und niemand jemals etwas anhaben.

»Glaubst du wirklich, er ist dort drinnen?« fragte Luke.

»Wo sonst?« fragte Con zurück.

Aber Luke antwortete ihm nicht. Sebastian konnte überall sein. Womöglich war er sogar tot, falls solche Geschöpfe überhaupt sterben konnten. Andererseits konnte er auch bei den Fey-Einheiten sein, die das ganze Land hinter ihnen zerstört hatten.

Luke und Con hatten es gerade noch geschafft. Auf ihrer Flucht von einem Feld und von einem Weiler zum anderen waren sie immer wieder auf Gruppen von Fey gestoßen, Fey, die es darauf abgesehen hatten, das gesamte Zentrum der Insel zu zerstören. Luke und Con war es gelungen, sich in Wiesen und Gräben zu verstecken, wobei sie Gebäude mieden, denn diese wurden eines nach dem anderen niedergebrannt.

Erst am Morgen zuvor wären sie beinahe der geballten Fey-Armee, die aus Jahn herausmarschiert kam, in die Hände gelaufen. Hunderte, vielleicht sogar Tausende von Fey marschierten in die Richtung der Scheune, die Luke zerstört hatte. Luke hatte nichts gesagt. Sein einziger Gedanke war, sich und damit auch Con zu retten. Es war ihnen gelungen, sich zu verstecken. Die Fey schienen auch nicht direkt nach zwei umherziehenden Inselbewohnern Ausschau zu halten. Offensichtlich hatte man ihnen befohlen, alles zu vernichten, was ihnen in den Weg kam.

Mehr als einmal waren sie von ein paar Fey gesehen worden, die auch gemerkt haben mußten, in welche Richtung sie unterwegs waren. Con meinte, es sähe fast so, als wollten die Fey einige Inselbewohner entkommen lassen, damit sie überall berichteten, was im Zentrum der Insel geschehen war.

Vielleicht wollten sie auf diese Weise weiteres aufständisches Gedankengut verhindern.

Luke schloß die Augen. Hätte er gewußt, was geschehen würde, hätte er diesen Anschlag niemals durchgeführt. Seine kleine Attacke hatte Hunderten von Inselbewohnern das Leben gekostet und die Vernichtung von allem, was der Insel wichtig war, nach sich gezogen. Er mußte nicht zurückkehren, um zu wissen, daß sein Elternhaus zerstört war. Die Felder, die er seit seinen Kindertagen bestellt hatte, waren nur noch rußgeschwärzte Brachen, genau wie die Stadt vor ihm.

Und er hatte diese Orgie der Vernichtung ausgelöst.

»Bist du soweit?« rief Con.

Luke öffnete die Augen. Er mußte sich zusammenreißen. Alles hatte sich verändert, und er konnte sich nicht für alles schuldig fühlen. Nur wenn die Fey nicht auf die Insel gekommen wären, wäre alles beim alten geblieben.

»Die Stadt kommt mir ungeschützt vor«, sagte er.

Con nickte. »Als ich loszog, sah hier alles noch ganz anders aus. Es wimmelte überall vor Soldaten.«

»Glaubst du, sie haben die gesamte Streitmacht nach Süden geschickt?« Beim letzten Wort brach Lukes Stimme.

Con schüttelte den Kopf und ignorierte Lukes Reaktion geflissentlich. »Dazu haben wir nicht genug Fey gesehen.«

»Dann haben sie vielleicht eine Falle gestellt.«

»Wem denn?« wollte Con wissen.

Luke wußte es nicht. Es gab so viel, was er nicht wußte. »Vielleicht haben sie die Stadt einfach satt. Vielleicht haben sie einen anderen Ort gefunden, an dem sie ihre eigene Hauptstadt errichten.«

»Das dürfte leicht herauszufinden sein«, erwiderte Con.

»Du willst im Palast nachsehen, stimmt's?« fragte Luke.

»Ich muß Sebastian finden. Er war meine Weisung.«

Luke hatte sich das immer wieder anhören müssen, meistens wenn sie im Schutz der Dunkelheit gewandert waren. Sie hatten beschlossen, nicht zu schlafen, weil sie beide überzeugt davon waren, daß schlafen gefährlich war, und deshalb hatten sie sich unterhalten, um einander unterwegs wach zu halten.

Er wußte, daß er Con nicht von seinem Vorhaben abbringen konnte. Er wußte es, weil er es bereits versucht hatte. »Na schön«, sagte Luke. »Ich glaube, wir können auf den Straßen gehen, solange wir auf keine Fey treffen.«

Con nickte. Offensichtlich war er zum gleichen Schluß gelangt.

»Wir müssen uns erst vor dem Palast umsehen«, fuhr Luke fort. »Wir müssen herausfinden, ob sie ihn so stark bewachen, wie sie ...«

Er ließ seine Stimme verstummen. Beinahe hätte er gesagt: »Wie sie diese Scheune bewacht haben.« Aber Con hatte an diesem Angriff nicht teilgenommen. Nur Luke wußte davon.

Er vermutete, daß seine Gefährten, die ihm dabei geholfen hatten, inzwischen ausnahmslos tot waren.

Er räusperte sich. »Wie sie so ziemlich alles bewachen.«

»Glaubst du, es gibt noch irgendwelche Inselbewohner in Jahn?« fragte Con.

»Wahrscheinlich nicht viele. Falls wir geschnappt werden, dann sind wir vom Land geflüchtet und haben nichts davon gehört, was in der Stadt passiert ist, hast du verstanden?«

Con nickte.

Luke schaute ihn an. Der Junge sah nicht mehr verängstigt aus. Je mehr sie sich Jahn genähert hatten, desto entschlossener schien Con zu werden.

»Noch um eines möchte ich dich bitten«, sagte Luke.

»Was denn?«

»Wenn es so aussieht, als würden sie uns erwischen, zieh deine Kette aus.«

»Das geht nicht«, erwiderte Con.

»Du mußt es tun.« Luke sprach absichtlich leise und beruhigend weiter. »Wenn sie uns beide töten, wird keiner von uns Sebastian retten. Wenn sie das Symbol der Religion sehen, bringen sie uns auf jeden Fall um.«

Con biß sich auf die Unterlippe und schluckte schwer. »Also gut«, sagte er schließlich. »Aber ich tu's erst, wenn es so aussieht, als würden sie uns wirklich schnappen.«

»In Ordnung«, erwiderte Luke. Cons Versprechen sollte fürs erste genügen. Er spürte einen Hoffnungsschimmer. Eigentlich hatte er nicht damit gerechnet, daß sie überhaupt so weit kommen würden. Das hatten sie ihrem Wagemut, ihrer guten körperlichen Kondition und etwas anderem zu verdanken, das Con »Gottes Segen« nannte.

Luke wußte nicht, ob er an Gottes Segen glaubte, aber er glaubte, daß etwas ihnen ermöglicht hatte, durch die Linien der Fey zu schlüpfen, selbst wenn es der Wunsch der Fey war, daß sich Nachrichten von der Vernichtung auf der Insel verbreiteten. Was auch immer dafür verantwortlich war, Luke nahm die Hilfe dankend an.

Er hatte diese Scheune für die Blaue Insel verbrannt. Nun betrat er die zerstörte Hauptstadt Jahn aus dem gleichen Grund. Denn Con hatte recht. Wenn sie Sebastian retteten, den die Inselbewohner für den Sohn des Königs hielten, gaben sie den Leuten damit neue Hoffnung. Manchmal brauchte es nicht viel mehr als einen Funken Hoffnung.

16

Es sah fast so aus, als betrieben sie eine Gießerei für den Tabernakel.

Pausho ging durch die Straßen von Constantia und überwachte die Arbeiten. Seit zwei Tagen hatte sie nicht mehr geschlafen, aber die geheimnisvolle Schwäche, die sie befallen hatte, war verschwunden. Zak war der Meinung, sie sollte besser auf sich aufpassen, aber dazu fehlte ihr die Zeit. Es gab zu viel zu tun und nicht genug Leute, die die Arbeit verrichten konnten. Sie wußte nicht, wann die Langen angreifen würden, aber wenn es soweit war, wollte sie bereit sein.

Sie befand sich auf dem Marktplatz, der inzwischen nicht mehr wie ein Marktplatz aussah. Spezielle Varin-Schmieden aus Steinen und Holz aus den Bergen waren vor den leeren Ständen aufgebaut worden. Kaltes Wasser aus bestimmten Gebirgsbächen stand in Eimern bereit und wurde nur sehr sparsam benutzt, um die Klingen abzukühlen.

Zak hatte über einem Dutzend Klipplern beigebracht, wie man die Schwerter herstellte, und sie arbeiteten Tag und Nacht an sechs Schmieden daran, so viele wie möglich anzufertigen. Das Problem bestand darin, wie Zak sagte, daß die Herstellung dieser Schwerter viel Fingerspitzengefühl erforderte. Die Klinge mußte immer wieder und wieder gehont werden, bis sie fast so dünn wie ein Fingernagel war – und das nahm normalerweise für jede einzelne Klinge mehrere Tage in Anspruch. Sie brauchten aber Dutzende, ja Hunderte davon, und aus diesem Grund hatte Pausho die Schmieden mitten in der Stadt aufstellen lassen. Auf diese Weise mußte die Arbeit selbst während der Schlacht nicht unterbrochen werden.

Außerdem hatte sie die ältesten Männer an die Essen gestellt, die zu nicht viel anderem nütze waren.

Die ältesten Frauen betätigten sich bei der Glasbläserei und stellten Kugeln entsprechend Matthias' Anweisungen her. Er war bis zum Mittag des vergangenen Tages bei ihnen gewesen und hatte sie in den Geheimnissen unterrichtet, die der Tabernakel einst so eitel gehütet hatte. Es kam ihr merkwürdig vor, die Worte aus seinem Mund zu hören und dabei zu wissen, daß einige davon sogar ihrem Volk verlorengegangen waren.

Mit ihm gemeinsam hatte sie versucht, einigen der Geheimnisse auf die Spur zu kommen, aber viele Einzelheiten lagen noch immer im dunkeln, und ihnen fehlte die Zeit, das Gewölbe genauer zu durchsuchen, um sie zu finden. Er entsandte eine Gruppe in die Berge, um Ota-Blätter zu pflücken, falls die Langen auf die Idee kämen, sie zu essen, aber das bezweifelte er selbst.

Und sie hatte ihm verboten, die Seelengefäße zu verwenden, obwohl er behauptete, sie könnten sich als beste Waffe von allen erweisen. Die gläsernen Behältnisse ängstigten sie und ließen sie daran denken, daß des Rocas Behauptung hinsichtlich der Dämonen der Wahrheit entsprechen könnte. Matthias hatte darum gebeten, die verbliebenen Gefäße aus dem Gewölbe heraufbringen zu dürfen, und auch das hatte sie ihm untersagt. Sie hatte dahingehend argumentiert, daß die Gefäße als letzte Verteidigungslinie benutzt werden sollten, falls die Langen das Gewölbe tatsächlich entdecken sollten. Das entsprach zwar nicht der Wahrheit, aber schließlich wußte Matthias das nicht. Eigentlich hatte sie nur gewollt, daß sie dort unten blieben, wo sie niemand anrühren konnte.

Jetzt war Matthias wieder weg. Er hatte den Weg im Inneren des Gewölbes beschritten, der zur Höhle des Roca führte. Damit beging er einen schweren Fehler, aber sie hatte ihn nicht umstimmen können. Noch immer maß er ihren Worten nicht viel Bedeutung zu. Warum auch?

Er hatte auf ganzer Linie recht behalten.

Die drei Fremden, die mit Matthias zu den Klippen gekommen waren, unterrichteten ihr Volk im Schwertkampf. Dazu benutzten sie Holzstöcke, denn sie ließ nicht zu, daß die Varin-Schwerter für andere Zwecke als zum Kampf gegen die Langen verwendet wurden. Ihre Leute konnten zwar fechten, aber sie hatten keine Ahnung von Kampftechnik. Matthias' merkwürdige Freunde hatten schon in Jahn gegen die Fey gekämpft, auch in anderen Schlachten davor, über die sie sich jedoch ausschwiegen; sie waren gut darin, den Stadtleuten eine neue Art der Unbarmherzigkeit beizubringen.

Pausho hatte nichts gegen diese Unbarmherzigkeit einzuwenden. Sie wehrte sich dagegen, das Wissen der Weisen mit ihnen zu teilen. Sie hatte ihr ganzes Leben im Dienst eines Augenblicks verbracht, von dem sie geglaubt hatte, er würde niemals kommen. Und jetzt, da er eingetroffen war, präsentierte er sich so ganz anders als alles, was sie sich darunter vorgestellt hatte.

Hatte der Roca so etwas erwartet? Hatte er das alles vorausgesehen?

Und wenn ja, warum hatte er darauf bestanden, all sein gesammeltes Wissen zu vernichten?

Darauf wußte sie eine Antwort. Sie kannte sie tief in ihrem Herzen, und auch darüber wollte sie nicht nachdenken. Aber es stand in den Worten. Es stand dort, ganz am Anfang.

Der Roca war ein Mensch. So fehlbar wie sie selbst. Und er war der erste, soweit sie wußte, der diese Höhle entdeckt hatte. Als er schließlich begriff, was er da über sein Volk gebracht hatte, wollte er alle vernichten, doch da war es natürlich bereits zu spät gewesen.

Damals hatten die Warnungen vor den Langen ihren Anfang genommen, die Bestrebungen, alle Formen von Magie zu unterdrücken. Es war sogar der Ursprung von fast allem, was der Tabernakel als Religion angesehen hatte. Sie hatten die Warnungen des Roca als Mahnung vor einer bestimmten Art von Leuten ausgelegt und diese Mahnungen in eine Macht verwandelt, mit der sie ihr eigenes Volk in Schach hielten.

Auf einmal schien alles so klar zu sein.

Diese neuen Langen – die Langen, die über das Meer gekommen waren – waren das, was ihr Volk hätte werden können, hätte es sich nur ein bißchen anders entwickelt – und wenn der Wille des Roca diese Kräfte nicht unterdrückt und von der Mehrheit der Inselbewohner ferngehalten hätte.

Sie schob sich zwischen den Schwertschmieden zu einer Gruppe jüngerer Frauen hindurch, die damit beschäftigt waren, Ota-Blätter zu kochen. Der typische durchdringende Geruch stieg auf, trübe und brackig. Ota-Blätter schmeckten herrlich, ob gekocht oder ungekocht, aber ihr Gestank war beinahe unzumutbar. Man hatte einen Tisch für das Fest des Lebens aufgebaut, aber ebenso wie Matthias wußte auch sie nicht, inwiefern das hilfreich sein sollte.

Es gab nur einige wenige andere Dinge, die ihnen helfen konnten. Eines waren beschwörende Gesänge wie der, den sie bereits eingesetzt hatte. Das andere war eine Macht, die sich ein wenig von derjenigen unterschied, die die Weisen für sich selbst behalten hatten. Darauf würde sie nur im Notfall zurückgreifen.

Die anderen Weisen hielten sich in der Mitte des Marktplatzes auf. Aus zwei Gründen wollte sie sie in der Nähe haben. Zum einen wollte sie sie nicht verlieren; sie brauchte ihre Kraft, um dieser Bedrohung zu trotzen, und ihre Intelligenz, um neue Pläne zu schmieden, sollte der ihre fehlschlagen. Der andere Grund war der, daß sie ihrer besonderen Macht bedurfte, um sie mit der ihren zusammenzutun. Allein in ihrer Zahl lag eine gewisse Stärke.

Sogar nach Tri hielt sie Ausschau. Sie hatte ihn aus dem Kreis der Weisen verbannt, aber er wußte immer noch viel von dem, was sie taten, und sie war sicher, daß er jetzt mit ihnen zusammenarbeiten würde.

Dazu brauchte sie aber eine passende Entschuldigung, und noch wußte sie nicht genau, ob ihr die richtige einfiel. Schließlich hatte er recht behalten, und sie unrecht. Es sah ganz so aus, als hätte er von Anfang an gewußt, daß Matthias nicht zu denen gehörte, vor denen sie sich in acht nehmen mußten. Er hatte gewußt, daß Matthias ihnen helfen würde.

Matthias ... Sie ballte die Faust vor dem Magen. Ihre Übelkeit kehrte zuverlässig zurück, sobald sie an ihn und das goldene Licht dachte, das ihn umfangen hatte. So wenige nur trugen das Blut des Roca in sich, selbst nach den vielen Generationen, die seither entstanden waren. So viele vom Stamm des Roca, aus der Linie seines zweiten Sohnes, waren gestorben, daß es ihnen beinahe gelungen wäre, diese Linie auszulöschen. Einige wenige waren jedoch übriggeblieben.

Matthias war übriggeblieben.

Sie hatte ihm gesagt, daß sie nicht wollte, daß er in die Höhle des Roca ging, aber insgeheim war sie froh, daß er sich ihrem Wunsch widersetzt hatte. Er hatte recht behalten; ihr Volk hätte niemals auf ihn gehört, und er hätte sie in die falsche Richtung gezogen. Seit sie aus dem Gewölbe zurückgekommen waren, hatte sie sich kaum mehr konzentrieren können, aber schlimmer noch wäre es gewesen, wenn er nicht gegangen wäre.

Obwohl es dumm gewesen war zu gehen.

Beim zweiten Mal hatte er den Berg nur um Haaresbreite überlebt. Sie bezweifelte, ob er es ein drittes Mal schaffen würde.

Hätte sie nicht soviel Angst vor der Höhle des Roca, hätte sie ihm jemanden hinterhergeschickt. Vielleicht diese Frau, Marly ... vielleicht auch nicht. Sie hatte erstaunliche Heilerqualitäten bewiesen. Dann vielleicht ihren Bruder Jakib, der mehr Erbarmen zu haben schien als sein Gefährte Yasep.

Andererseits war Matthias schon einmal aus eigener Kraft zurückgekehrt. Möglicherweise schaffte er es wieder. Falls ja, würde er die Juwelen mitbringen und damit die Macht der Klippenbewohner um ein Hundertfaches vermehren. Wenn er versagte, waren sie auch nicht schlechter dran, als sie es ohnehin schon waren.

Sie legte eine Hand an die Stirn und ließ den Blick über die Hügel streifen. Dort oben bewegten sich Truppen. Schon seit zwei Tagen waren die Soldaten dort oben, aber bisher hatten sie noch nicht angegriffen.

Einerseits wünschte sie, sie griffen endlich an.

Ja, sie wollte, daß es endlich losging – und bald ein Ende hatte.

Andererseits wußte sie nur zu genau, daß ihre Leute um so besser vorbereitet sein würden, je länger die Langen mit ihrem Angriff warteten.

Besser ausgerüstet, das ja. Aber nicht ruhiger. Schon jetzt waren alle rastlos. Alle konnten die Soldaten dort oben sehen. Die Stadt wußte, daß ihr ein Angriff bevorstand. Sie wußte nur nicht, wann er erfolgen würde.

Die Ruhelosigkeit war tödlich. Sie wußte es, aber sie wußte nicht, was sie dagegen tun sollte, und sie fragte sich, ob auch das zum Plan dieser Langen dort oben gehörte.

Mit einem Seufzer nahm sie die Hand von der Stirn. Es gab so viel zu tun, und sie war nicht zur Kriegerin ausgebildet worden.

Wenigstens wußte sie, wie man Menschen führte.

Wenigstens wußte sie, wie man sich verteidigte.

Sie hoffte nur, daß diese beiden Fähigkeiten ausreichten.

17

Nicholas stand auf einem großen, abgeflachten Steinbrocken, den er vor die Höhle gerollt und gezogen hatte. Auf Zehenspitzen stehend polierte er mit Stoffetzen, die er aus seinem Hemd geschnitten hatte, die in das waagerecht aus dem Höhleneingang ragende Schwert eingelassenen Edelsteine. Den Rubin in der Nähe der Schneide hatte er bereits geputzt und anschließend mit Hilfe eines Messer versucht, den verkrusteten Schmutz neben dem Stein zu lösen.

Die Schmutzschicht sprang sauber ab und gab einen Smaragd frei. Aus den Erhebungen am Heft des Schwertes schloß er, daß er noch vier weitere Edelsteine freizulegen hatte. Er vermutete, daß es sich bei ihnen um die verbliebenen vier Steine aus der Höhle handelte. Nur die Steine am gigantischen Heft dieses Schwertes waren so riesig, ungefähr so groß wie Fledderers Faust, und das Heft selbst bestand, wenn Nicholas sich nicht völlig täuschte, aus purem Gold.

Wer fertigte so etwas an, nur um es in einem Höhleneingang zu befestigen?

Er seufzte. Die Sonne machte sich daran, den Himmel über ihm einzufärben. Er war schon seit dem ersten Morgengrauen hier draußen. Seit er von dem Wasser des Springbrunnens getrunken hatte, war ihm der Schlaf ferngeblieben. Er kam sich vor, als wäre sein Gehirn überladen, als müßte er das Übermaß an Information erst sortieren, ein Detail nach dem anderen, und das hinderte ihn am Schlafen.

Trotzdem hatte ihn Arianna mehr als einmal eingenickt angetroffen. Sie sagte, sie hätte ihn schnarchen gehört. Vielleicht hatte er wirklich geschnarcht, aber er hatte nicht geruht.

Sein Verstand arbeitete unentwegt, hörte nicht auf zu denken, rackerte pausenlos.

Die anderen schliefen drinnen in der Höhle. Er ließ sie schlafen. Sein Gefühl sagte ihm, daß der Tag gekommen war.

Warum – das wußte er nicht zu sagen.

Aber seine Gefühle waren intensiver geworden, mehr als nur Ahnungen, und er vertraute ihnen. Trotz allem, was ihm die Mächte oder seine Vorfahren oder wer es auch gewesen sein mochte, verweigert hatten, eines hatten sie ihm gegeben: einen unerschütterlichen Glauben an sich selbst, wie er ihn noch nie zuvor verspürt hatte.

Er hatte sich immer für ohnmächtig gehalten, umgeben von Mächtigen: Jewel, Arianna, Gabe und sogar Sebastian auf seine stockende Art. Sie alle waren magische Geschöpfe, alle waren sie auf eine besondere Art mehr als er. Er war lediglich ein gewöhnlicher Mensch, geboren in ein gewöhnliches Amt.

Und dann hatte er erfahren, daß das alles nicht stimmte.

Er war nicht gewöhnlicher als sie. Er besaß eigene Kräfte, Familienkräfte, ebenso wie Jewel. Seine Begrenzungen waren Begrenzungen, die ihm durch Entscheidungen auferlegt waren, die seine Familie vor vielen Jahrhunderten getroffen hatte.

All das Geschwätz über Wahnsinn und Magie, Tod und Magie ... Es beunruhigte und zermürbte ihn tief in seinem Inneren. Seine Tochter verfügte über große magische Kräfte. Ebenso sein Sohn. Und sie setzten sie ein, auf seinen Willen hin.

Er befürchtete, daß er sie bereits dem Untergang geweiht hatte, selbst wenn er sie vom Brunnenwasser fernhielt.

Er schob das Messer in den Gürtel und zog den Stoff heraus, um den Smaragd zu polieren. Schon der halbwegs gesäuberte Stein hatte das Licht der Glaskugel reflektiert, es gebündelt und umgelenkt, doch die makellos sauberen Juwelen funkelten noch eindrucksvoller. Nicholas dachte daran, die Steine aus der Höhle hierher nach draußen zu bringen und sie zum besseren Schutz direkt an den Rand des Plateaus zu legen.

Je mehr Schutz sie ihnen boten, desto besser.

Er mußte wagemutig und überlegt handeln, fest entschlossen und wenn nötig bis zum Tod kämpfen. Obwohl er sich zwei Strategien zurechtgelegt hatte, um den Tod seiner Kinder zu verhüten, hoffte er, sie nicht einsetzen zu müssen.

»Nicholas.«

Das war Jewels Stimme. Sein Herz schlug ihm heftig in der Brust, und er zwang sich, weiter an dem Smaragd zu putzen.

Jewel war vor zwei Tagen wutentbrannt verschwunden und hatte sich seither nicht mehr blicken lassen. Zuerst hatte er ihr Verhalten als kindisch empfunden; einfach zu verschwinden, nur weil er nicht einer Meinung mit ihr war. Doch dann hatte er angefangen, ihre ganze Existenz in Frage zu stellen. War sie denn überhaupt noch die Frau, die er damals geliebt hatte? Die Frau, die er bekämpft hatte? Oder war sie etwas völlig anderes? Etwas wie jene Nebelschwaden, die er gesehen hatte, nachdem er aus dem Brunnen getrunken hatte?

Aber das hielt sein Herz nicht davon ab, beim Klang ihrer Stimme einen wilden Satz zu machen, und auch sein Körper reagierte unwillkürlich, wenn er ihre Wärme hinter sich spürte. Er wollte sich umdrehen und sie in die Arme nehmen. Aber er tat es nicht.

Sie hatte ihn verlassen.

Abermals.

Und sie hatte kein Recht dazu.

»Nicholas«, sagte sie mit sanfter Stimme. »Bitte. Es ist wichtig.«

Er hielt inne und lehnte die Stirn gegen das schmutzverkurstete Heft des Schwertes. Die rauhe Oberfläche drückte sich in seine Haut.

Er seufzte.

Und wandte sich um.

Sie sah so wunderschön wie eh und je aus, so jung wie Gabe; das Haar trug sie in einem geflochtenen Zopf auf dem Rücken. Sie war die Frau, in die er sich verliebt hatte. Die Frau, mit der er den Rest seines Leben zu verbringen gehofft hatte.

»Du bist weggegangen«, sagte er.

Sie zuckte die Achseln. »Du hast mich wahnsinnig gemacht.«

»Ich habe *dich* wahnsinnig gemacht?« Er legte eine Hand um den Schwertgriff und sprang von seinem Felsbrocken herunter. Jetzt stand er nur wenige Zentimeter von ihr entfernt. »Du hast uns verlassen. Obwohl du das nicht mehr tun wolltest.«

»Du sagtest, du wolltest diesen Kampf um jeden Preis gewinnen.«

»Ich sagte, ich würde meine Kinder nicht dafür opfern«, entgegnete er.

»Und du glaubst, daß deine neuen Kräfte dafür ausreichen?«

»Letztendlich schon.«

»Letztendlich zählt nicht«, sagte sie. »Nur das Jetzt zählt.«

Er blickte in ihre schräg nach oben gezogenen Augen. Er wußte, wie sie in so gut wie jeder Stimmung aussahen, wie sie ihre Farbe leicht veränderten, wenn er Jewel berührte, wie dunkel sie wurden, wenn sie wütend war.

Doch jetzt konnte er ihre Stimmung nicht einschätzen.

»Jewel, das glaubst du doch nicht wirklich.«

»Sie müssen das hier zunächst überleben, Nicholas, und

dann den Preis dafür zahlen, wie auch immer er aussehen mag.«

»Sie werden das hier überleben«, sagte er. »Das ist der einzige Punkt, an dem dein Großvater und ich übereinstimmen. Deshalb ist der zu zahlende Preis von großer Wichtigkeit, auch jetzt schon.«

Sie sah ihn einen Augenblick an, dann legte sie eine Hand auf seine Wange. Ihre Haut war warm. Ohne es zu wollen, schmiegte er sich in ihre Handfläche.

Er wollte sein Leben nicht ohne sie leben. Wenn er das alles durchstand, würde er die Hauptstadt von Jahn hierher verlegen und den Rest seines Lebens mit ihr verbringen.

Die letzten beiden Tage waren die reinste Folter gewesen.

»Warum warst du so lange weg?« fragte er. Mit einem Mal war es ihm egal, wie verletzlich er wirkte.

»Ich wollte herausfinden, was es mit diesem Brunnen auf sich hat«, antwortete sie. »Da du es mir nicht verraten wolltest, habe ich die Mächte selbst herausgefordert.«

»Und?«

»Sie sagten mir, ich solle dich fragen.«

Er seufzte. Dann entzog er seine Wange ihrer Berührung und schüttelte leicht den Kopf.

»Vertraust du mir nicht, Nicholas?«

Er lächelte ein wenig und lauschte dem Echo seiner soeben gedachten Gedanken und all den Zweifeln, die sie bargen; alle Sorgen, die ihn quälten, wenn sie nicht da war, verflogen sofort, sobald sie bei ihm war. Er konnte sich soviel vorlügen, wie er wollte. Diese Frau, die da vor ihm stand, dieser Schatten, dieses Mysterium, war seine Frau.

Das wußte er mit einer Sicherheit, die weh tat.

»Ich vertraue dir, Jewel«, sagte er. »Ich habe dir immer vertraut. Aber mein Vertrauen sagt mir, daß du, wenn deine Zeit gekommen ist, nach deinem Dafürhalten handelst. Das kann ich nicht immer tun. Auch hier und jetzt nicht. Ich weiß, was du tun wirst. Du hast dich deutlich genug ausgedrückt. Aber diesmal ist es meine Entscheidung. Du willst mir nicht vertrauen, aber du mußt es. Ich habe recht.«

»Nicht, wenn du weißt, wie man den Schwarzen König besiegen kann und es nicht tust.«

Etwas in ihrer Stimme ließ ihn aufhorchen. Eine Spur von Panik, ein Beben beinahe.

»Was hast du?« fragte er.

Ihre Augen wurden eigenartig stumpf. Das Leben wich aus ihnen. Jewel hatte Angst, und sie wollte es vor ihm verbergen.

Aber es gelang ihr nicht. Sie konnte nichts Wichtiges vor ihm geheimhalten, wie sehr sie sich auch darum bemühte. »Jewel?«

»Der Schwarze König ist hier«, sagte sie.

»Jetzt schon?«

Ihre Armbewegung umschloß das Tal unter ihnen. »Er hat Verstärkung mitgebracht.«

Nicholas löste den Blick von ihr. Das Morgenlicht wurde heller und tauchte alles in einen rotgoldenen Schimmer. Er entfernte sich von dem Schwert, überquerte die kleine Ebene und stellte sich an den Rand, um hinunter ins Tal blicken zu können.

Tief unten gurgelte der Fluß, immer noch blutrot, denn die Sonne hatte ihn noch nicht erreicht. Direkt oberhalb des Flusses, auf seinem gegenüberliegenden Ufer, zogen sich flache Hügel dahin, und dahinter lag ein Tal, das er kaum einsehen konnte. Weiter links befand sich die Stadt Constantia, rechts von ihm die Straße, die in seine Heimat führte. Nach Jahn.

»Wie ist es möglich, daß wir sie nicht haben kommen sehen?«

Sie antwortete ihm nicht.

Natürlich.

Er war zu weit von der Höhle entfernt, dem einzigen Ort, an dem sie ihm erscheinen konnte. Er stieß einen leisen Fluch aus und warf noch einen Blick auf die Landschaft unter ihm.

Der Fluß sah bei Tagesanbruch wunderschön aus. Die Hügel und das dahinterliegende Tal, alles grün und braun und golden. Die Stadt, grau und abweisend. Möglicherweise mußte er hier oben sterben, in dieser Höhle, über dieser Landschaft.

An dem Ort, an dem alles seinen Anfang genommen hatte.

Er fuhr sich mit der Hand durchs Haar. Wenn er hier sterben mußte, dann starb er für seine Kinder. Und für seine Insel.

Jedenfalls aus den richtigen Gründen, wie auch immer.

Er drehte sich um und ging zurück zu dem Schwert. Jewel saß direkt hinter dem Höhleneingang und beobachtete ihn. »Warum haben wir sie nicht kommen sehen?« fragte er leise.

Sie war hinter ihm. Er spürte ihre Wärme. Er wollte sich an sie schmiegen, tat es aber nicht. »Mein Großvater ist gerissen.«

»Die Straße liegt direkt vor unseren Augen.«

»Warum sollte er zu dieser Jahreszeit die Straße nehmen?« fragte sie. »Das war nur an den Pässen notwendig.«

Wieder fuhr er sich mit den Fingern durchs Haar und zuckte zusammen, als er spürte, wie der Schmutz auf seinen Fingerspitzen über die Kopfhaut schabte. »Warum hast du mich nicht schon früher hierhergeführt? Wenn er Verstärkung bringt, so bedeutet das, er ist mit einem ganzen Heer angerückt. Du hast doch sicher gewußt, daß ich das gerne erfahren hätte.«

»Ich dachte, du siehst sie bestimmt, Nicky«, sagte sie und kam noch näher. Ihre Brüste drängten sich an seinen Rücken. Ganz leicht. Einen Augenblick dachte er, sie würde einen Arm um ihn legen.

»Du hast mir noch nicht geantwortet.«

Sie seufzte leise. »Ich habe zwei Dinge gleichzeitig getan.«

»Ja?«

»Ich versuchte herauszufinden, ob mein Großvater seinen Schlachtplan jemandem mitgeteilt hat.«

»Und?«

»Er hat es nicht getan. Ich dachte, er würde ihn der Kommandantin der Infanterie erläutern. Aber ich habe mich getäuscht. Er hat kaum etwas verraten. Jedenfalls nichts, was ich nicht ohnehin schon wußte.« Jetzt lehnte sie sich an ihn und legte beide Arme um ihn.

Er war noch nicht soweit. Er spürte immer noch ihre Abwesenheit und dadurch ihre Weigerung, ihm zu helfen. Er spürte noch immer, daß sie ihn für einen Narren hielt, weil er nicht so kämpfte, wie sie es für richtig hielt.

Er trat zur Seite, löste sich aus ihrer Umarmung. Sie seufzte und ließ die Hände sinken.

»Was hast du noch getan, Jewel?«

»Nicky ...«

»Jewel.« Seine Stimme klang jetzt harsch. Sie hatte etwas getan, von dem sie nicht wollte, daß er es erfuhr.

Er drehte sich um. Auch sie hatte sich von ihm entfernt und stand jetzt wieder direkt hinter dem Höhleneingang. Ihr Mund bildete eine einzige gerade Linie, und sie sah älter aus als noch wenige Sekunden zuvor. Ihr Haar war von Perlen nach oben gebunden, den Perlen, die am Tag, an dem sie gestorben war, in ihre Kopfhaut eingeschmolzen waren.

»Matthias«, flüsterte sie.

Die Ausdruckslosigkeit war in ihren Blick zurückgekehrt.

»Du weißt, wo er ist.«

Sie sagte nichts.

»Jewel, die Schamanin ist für ihn gestorben.«

»Sie hat einen Fehler begangen«, erwiderte Jewel.

»Sie hat niemals zuvor einen Fehler begangen.«

»Stell dich nicht auf seine Seite!« fuhr sie ihn an. »Tu das bloß nicht!«

Nicholas ging einen Schritt auf sie zu. »Ich hätte ihn damals um ein Haar eigenhändig getötet. Das weißt du.«

»Ich weiß«, sagte sie. Sie rührte sich nicht und beobachtete ihn lediglich aus dem Augenwinkel. Auf ihrer Stirn zeichnete sich ein feines Narbenmuster ab, als wären die gräßlichen Wunden ein für allemal verheilt. Aber er wußte, daß sie nicht verheilt waren.

Die Tatsache, daß sie nicht aus der Höhle herauskonnte, war der Beweis dafür.

»Aber du hast ihn nicht getötet«, sagte sie. »Du hast es nicht getan, obwohl du es hättest tun sollen. Genau wie du jetzt die neue Macht, die du gefunden hast, benutzen solltest.«

»Die Schamanin sagte ...«

»Er sei Gott!« Sie spie das Wort förmlich aus. »Ich glaube an keinen Gott, und du auch nicht!«

»Aber da ist etwas«, erwiderte Nicholas.

»Zu glauben, er sei Gott, macht dich so beschränkt wie die Leute, die diesen Ort gefunden haben«, sagte sie. »Und Matthias kann nicht Gott sein. Er ist ein Ungeheuer!«

»Sie sagte, er würde Schwarzes Blut vor Schwarzem Blut schützen.«

Jewel sah weg von Nicholas. Die Perlen zeichneten sich weiß auf ihrem schwarzen Haar ab. Sie trug noch immer ihr Wams und ihre langen Hosen. Immerhin hatte sie es mit der Erinnerung nicht übertrieben: kein grünes Kleid, keine Schwangerschaft. Die Perlen reichten vollauf.

Er erinnerte sich daran, wie sie in sie hineinschmolzen, während sich ihre Schädelknochen auflösten.

Plötzlich fühlte er sich ein wenig unwohl. Er verteidigte den Mann, der sie umgebracht hatte.

»Das konnte die Schamanin gar nicht wissen«, sagte Jewel.

»Warum nicht? Weil du es nicht weißt?«

»Wir können unsere Zukunft nicht auf die Worte einer toten Frau bauen.« Ihre Worte klangen flehentlich.

»Ich verlange nicht, daß du ihn in Ruhe läßt«, sagte Nicholas.

Jewel drehte ihm den Rücken zu. Die Perlen waren verschwunden. Jetzt war wieder der Zopf zu sehen. Er fragte sich, ob sie das absichtlich tat oder ob da etwas anderes seinem Verstand etwas vorgaukelte. »Was verlangst du denn sonst?«

»Daß du wartest«, sagte Nicholas. »Warte ab, bis wir wissen, wer diesen Kampf gewinnt. Dann kannst du tun, was du tun mußt.«

Sie schürzte die Lippen ein wenig, als lasse sie sich seine Worte durch den Kopf gehen. Dann zog sie die Stirn kraus. »Ich weiß nicht, ob ich das kann, Nicky«, sagte sie. »Ich bin nicht so ungebunden, wie ich es gerne wäre. Meine Macht gründet sich auf meine drei Entscheidungen. Nun bin ich an diese Entscheidungen gebunden.«

»Was sagst du da?« fragte er.

Sie senkte den Kopf. »Ich sage, daß ich ihn wahrscheinlich töten muß, falls er hier oben auftaucht. Ich habe womöglich keine andere Wahl.«

»Woher willst du das wissen?«

Sie schüttelte den Kopf.

»Jewel! Kannst du das nicht herausfinden?«

»Nein«, sage sie leise, und zum ersten Mal wurde ihm klar, daß sie es bereits versucht hatte. »Und ich kann mich auch nicht einfach zurückziehen, bis alles vorbei ist. Ich war bei den Mächten. Ich habe sie darum gebeten. Angefleht.« Sie atmete heftig. Jewel und jemanden anflehen! Er hätte es nicht für möglich gehalten.

Sie senkte den Kopf. »Ich habe meine Entscheidung bereits

getroffen, Nicky. Ich glaube, es gibt nur eine Möglichkeit, mich aufzuhalten.«

Mit klopfendem Herzen ging er auf sie zu. Er wußte nicht, ob er ihre Worte wirklich hören wollte. »Wie denn, Jewel?«

»Ich glaube, jemand müßte mich vernichten.«

»Ist das denn möglich?«

Sie schloß die Augen und nickte.

Seine Kehle zog sich zusammen. Sie hatte ihm ein großes Geschenk gemacht, das Geschenk ihres Vertrauens. Sie hatte ihn wissen lassen, daß sie selbst in dieser Gestalt vernichtet werden konnte.

Aber das würde er niemals tun, egal, was die Schamanin gesagt hatte, egal, was die Schamanin getan hatte.

Er würde Jewel nicht töten.

Er konnte sie unmöglich ein zweites Mal verlieren.

Und ganz gewiß würde er sie nicht Matthias' wegen aufs Spiel setzen.

Abermals.

»Wie?« fragte er. Er wollte es wissen, damit er die Methode unter allen Umständen vermeiden konnte.

»Die dafür nötigen Werkzeuge befinden sich hier, Nicky, an diesem Ort.«

»Das habe ich mir schon gedacht, Jewel. Ich möchte es wissen, damit wir sie nicht benutzen, ebenso, wie wir nichts tun werden, um Arianna und Gabe zu gefährden.«

Sie hob den Kopf und lächelte matt. »Es gibt einen Grund dafür, weshalb ich mich zurückgezogen habe, während du all das hier ausprobiertest.«

Er wartete.

Sie seufzte. »Mehr darf ich nicht sagen.«

»Dann ziehe dich auch während des Kampfes zurück, Jewel.«

Sie nickte. »Das werde ich tun. Aber wenn er hier auftaucht, komme ich wieder.«

»Jewel ...«

»Es war meine Entscheidung, Nicholas.« Sie berührte sein Gesicht. »Ich hätte mir niemals träumen lassen, daß einer von euch hierherkommt. Ich habe es nicht gewußt. Ich dachte, ich würde immer an deiner Seite sein, so wie in den vergangenen fünfzehn Jahren, würde dir helfen, so gut es geht, auch wenn du mich nicht sehen könntest. Ich hätte dir geholfen, und ich hätte Gabe geholfen. Ich hätte euch dabei geholfen, Matthias einen Strich durch die Rechnung zu machen. Ich wußte nicht, daß alles am Ende ganz anders kommen würde.«

Er nahm sie in die Arme. Sie war so warm, so zart, so lebendig. Er würde sie nicht noch einmal verlieren.

»Können wir denn überhaupt nichts tun?« flüsterte er ihr ins Ohr.

»Uns bleibt nichts anderes übrig, als zu hoffen, Nicky«, sagte sie und hielt ihn ebenso fest umschlungen wie er sie.

18

Wieder teilte sich der Tunnel.

Matthias saß auf der Steinbank, die aus dem gleichen Marmor geschnitten war wie der an den Wänden. Was für ein kunstvoll hergerichteter Ort – beinahe wie ein in den Berg hineingehauener Palast. Der Roca hatte die letzten Jahre seines zweiten Lebens hier verbracht, bis ihm etwas zugestoßen war, etwas, das, so nahm Matthias jedenfalls an, am Ende der Worte auch ihm zustoßen würde.

Die Worte.

Matthias seufzte. Hätte er das alles nur damals schon gewußt, als die ersten Fey auf die Insel gekommen waren, bevor man ihn zum Rocaan gemacht hatte, bevor dieses ganze Durcheinander seinen Anfang nahm. Doch wenn er es gewußt hätte, wäre er nie Rocaan geworden. Das System des Tabernakels hatte auf falschen Voraussetzungen gefußt, und am meisten ärgerte ihn, daß die Menschen, die diese Religion geschaffen hatten, es gewußt und absichtlich ignoriert hatten.

Er lehnte den Kopf an die Wand und biß von einem Apfel ab. Er schmeckte süß und erfrischend. Schon lange hatte er kein frisches Obst mehr gegessen. Jetzt hatte er einiges an Obst im Rucksack, dazu Wasser und Tak. Außerdem hatte er ein Schwert dabei, ein Messer, eine Glaskugel und eines der Seelengefäße. Er hatte sich davon überzeugt, daß das Gefäß leer war. Pausho war dagegen gewesen, sie zu benutzen. Nicht so Matthias.

Womöglich war es das einzige Hilfsmittel, das ihm erlaubte, bis zur Höhle des Roca und wieder zurückzugelangen.

Er hatte Marly nicht gesagt, daß er wegging. Er hatte Marly überhaupt nichts gesagt. Er hatte ihr nicht ins Gesicht sehen können, denn er wußte nicht, ob er wieder zurückkommen würde.

Er hatte sie bei den Verwundeten aus der Schlacht gefunden, um die sie sich mit ihren Heilerinnenkräften kümmerte. Er hatte sie geküßt und ihr gesagt, er würde sie nach dem nächsten Kampf wiedersehen. Die Schmerzensschreie eines Mannes hatten ihn abgelenkt. Marly hatte ihn kurz geküßt und ihn ermahnt, vorsichtig zu sein. Dann hatte sie sich wieder ihrer Arbeit gewidmet.

Als er schon einige Schritte gegangen war, war sie ihm nachgelaufen, hatte die Arme um ihn geschlungen und den Kopf an seinen Rücken gelehnt.

Sieh dich vor, hatte sie noch einmal gesagt. *Ich möchte, daß du zu mir zurückkommst.*

Als hätte sie es gewußt.

Er hatte ihre Hände getätschelt, sich in ihrer Umarmung umgedreht und sie noch einmal geküßt, diesmal sehr innig. Aber er hatte ihr nichts versprochen.

Er zweifelte sehr daran, daß er sie jemals wiedersah.

Er biß noch einmal vom Apfel ab und legte ihn halb aufgegessen auf die Bank. Sein Appetit war plötzlich verflogen. Pausho hatte recht gehabt: Es war dumm von ihm, hierherzukommen. Eine Dummheit, die in gewisser Weise an Weisheit grenzte. Wenn er das hier überlebte, wenn er Jewel überlebte, dann war es ihm auch möglich, den Klippenbewohnern unten im Tal zu helfen.

Er würde die Fey aufhalten.

Es brauchte jemanden vom Blut des Roca, um die Waffen des Roca so mächtig zu machen, wie sie jetzt sein mußten. Sobald alle anderen gelernt hatten, wie man sie benutzte, war der Anführer nicht mehr so wichtig. Zumindest war das die Theorie des Roca gewesen. Und wer war er schon, daß er den Roca in Zweifel zog – selbst jetzt?

Matthias seufzte. Noch immer wußte er nicht, was Jewel eigentlich war oder wie sie ihm erschienen war; er wußte nur, daß sie eine Bedrohung darstellte. Er mußte an sich selbst glauben, an die Mächte in ihm, von deren Existenz er erst vor kurzem erfahren hatte.

Sie hatten ihm auch schon zuvor gute Dienste geleistet.

Er spürte die Macht jener Höhle, des Ortes, den Pausho die Höhle des Roca nannte, fühlte, wie sie ihn anzog, sogar von hier. Seit er die labyrinthischen Korridore betreten hatte, war ihm jeder Zeitsinn abhanden gekommen, aber dieser Sog zeigte ihm an, daß er den richtigen Weg eingeschlagen hatte.

In den anderen Gängen herrschten andere Arten von Anziehungskräften, denen er aber nicht recht traute. Er konnte das Gefühl, das sie in ihm auslösten, nicht beschreiben, außer daß sie kälter und unheimlicher waren als jede Anziehung, die er zuvor erlebt hatte.

Außer hier.

An dieser Gabelung kannte er den richtigen Weg zur Höhle, und trotzdem wollte er den anderen Weg einschlagen. Er wußte, daß er es nicht wagen würde, daß etwas an diesem Weg nicht stimmte, und trotzdem verleitete ihn etwas mit einem derart starken Verlangen, das ihn an den ursprünglichen Drang, die Höhle zu finden, erinnerte. Er saß auf der Bank – nicht die erste, an der er vorübergekommen war – und beschloß, einen Augenblick zu warten, bis das Gefühl sich legte.

Es legte sich nicht.

Es wurde stärker, und das beunruhigte ihn um so mehr. Dieser Drang gefiel ihm ganz und gar nicht, besonders da er wußte, daß er von außen kam.

Sein Blick fiel auf den zweiten Gang. Der Hauptkorridor glühte in einem eigenen Licht, wie das Gewölbe, als leuchtete der Stein von innen heraus. Jener Gang hingegen war dunkel, und die Dunkelheit schien *lebendig* zu sein, beinahe als bewegte sie sich irgendwie. Er seufzte. Er hatte keine Zeit für einen Umweg. Vielleicht auf dem Rückweg.

Falls er zurückkam.

Einen Moment schloß er die Augen. Vielleicht gab es einen Grund für dieses Gefühl, für diese heftige Verlockung.

Vielleicht war er dazu bestimmt, den Umweg zu nehmen.

Wenn es ihm gelungen wäre, die Höhle des Roca zu betreten, ohne auf Jewel zu treffen, hätte er noch vor seinem Abstieg nach Constantia so vieles herausgefunden. Andererseits hätte er jene Dinge dann entdeckt, bevor er im Gewölbe gewesen war, ohne die Worte gesehen zu haben.

Er hätte nicht genau begriffen, wonach er eigentlich suchte.

Er öffnete die Augen und rutschte bis zur Kante der Bank nach vorne. Sie erstreckte sich beinahe in den anderen Gang hinein, und er spürte die Präsenz dieses Gangs. Die lebendige Dunkelheit hatte eine gewisse Struktur, als wäre die Luft dort dicker.

Matthias standen die Haare zu Berge.

Am anderen Ende des Tunnels konnte er die Anwesenheit von Fey spüren. Nicht der Fey, die er kannte, sondern anderer Fey. Fey, die nach ihm suchten. Sie waren dort am anderen Ende und doch so weit entfernt. Es würde ihn Tage kosten, bis er bei ihnen war.

Vielleicht sogar Jahre.

Er erschauerte. Seine Augen gewöhnten sich an die merkwürdige Dunkelheit. Hinter den Fey waren noch andere, Leute, die er noch niemals zuvor gesehen hatte. Er spürte nicht, wo sich die andere Gruppe aufhielt. Er hatte den Eindruck, wenn er genau wußte, wo die Fey waren, dann konnte er auch diese andere Gruppe finden und umgekehrt. Er hatte den Eindruck, als berge dieser Ort das Geheimnis der anderen.

Zitternd schob sich Matthias bis an das vordere Ende der Bank zurück.

Es kam ihm vor, als sei er aus einem langen Schlummer erwacht. Er fühlte sich zerschlagen und orientierungslos, als hätte er geschlafen, dabei wußte er, daß das nicht stimmte.

Er nahm den halb gegessenen Apfel und wollte gerade hineinbeißen, als sein Blick darauf fiel. Die Stelle, an der er abgebissen hatte, war braun und sah ganz weich aus, als hätte der Apfel stundenlang in der Sonne gelegen. Stirnrunzelnd musterte er die Wände. Wirkte sich das merkwürdige Licht etwa auf den Apfel aus?

Er wußte es nicht.

Er drückte auf die braune Stelle. Der Apfel war noch nicht weich. Normalerweise wurden Äpfel, nachdem man sie angebissen hatte, erst nach einer Weile so braun.

War er wirklich so lange weg gewesen?

Es war ihm nur wie ein kurzer Augenblick vorgekommen.

Trotzdem schien der Apfel unmißverständlich anzuzeigen, daß mehr Zeit vergangen war. Viel, viel länger.

Der Roca hatte diesen Ort einen Traum genannt, eine Phantasievorstellung, einen Ort, an dem alle Punkte zusammentreffen. Er hatte diesen Korridor einen Zeitdieb genannt.

Der Roca hatte recht: Der Korridor stahl einem Zeit.

Dabei hatte Matthias keinesfalls soviel Zeit, um sie sich stehlen zu lassen.

Er aß den Apfel auf und stellte das Gehäuse auf das andere Ende der Bank, wobei er darauf bedacht war, selbst nicht mit dieser Stelle in Berührung zu kommen. Auf dem Rückweg – falls er zurückkam – würde er überprüfen, was mit dem Gehäuse geschehen war. Vielleicht hatte es sich bis dahin nicht viel verändert; oder aber es hatte sich zu sehr verwandelt.

Vielleicht war er bis dahin auch aufgegessen, von einer

Kreatur, die hier unten hauste und die er nur noch nicht bemerkt hatte.

Er band sich sein Bündel um die Hüfte und stand auf. Er zitterte. Dieser Zeitverlust hatte ihn mehr zermürbt, als ihm lieb war.

Hoffentlich hatte er nicht zuviel Zeit verloren.

Er vermutete, daß ihnen nicht mehr viel davon blieb.

Der Korridor führte mal mehr, mal weniger steil nach oben, doch Matthias spürte den Anstieg deutlich in den Waden und den Oberschenkeln. Er hatte sich noch immer nicht ganz von seinem letzten Ausflug erholt; wenn er ehrlich war, mußte er zugeben, daß er sich eigentlich nicht einmal von seinem Sturz in den Fluß und seinem Kampf mit dem Fey erholt hatte, geschweige denn von Jewels Angriff oder der merkwürdigen Welle, die ihn am vorletzten Morgen erwischt hatte. Auch aus diesem Grund hatte er Marly seine Abreise verschwiegen. Sie hätte ihm nur vorgehalten, daß er noch nicht gesund genug sei, sich unnötige Sorgen um ihn gemacht und ihm damit ein schlechtes Gewissen eingeredet.

Er hatte auch so ein schlechtes Gewissen, wenn er daran dachte, daß er sie einfach so verlassen hatte.

Sein ganzes Leben hatte er auf jemanden gehofft, der sich um ihn sorgte. Erst als es zu spät war, hatte er erkannt, daß ihm der Fünfzigste Rocaan zugeneigt war und ihn besser durchschaut hatte als er selbst. Aber das war etwas anderes. Was Marly für ihn empfand, und er für Marly, war etwas, das er sich nie hätte träumen lassen. Von dem Augenblick an, an dem ihm erlaubt wurde, sich dem Tabernakel ehrenhalber anzuschließen – er hatte nie erfahren, wer sich da für ihn eingesetzt und so manche Regel mißachtet hatte –, war er überzeugt davon gewesen, daß ihm die körperliche Liebe versagt bleiben würde.

Und jetzt, da sie ihm doch zuteil geworden war, hatte er

nicht die Möglichkeit, sich ihrer zu erfreuen. Sein Leben, seine Pflicht, hielten ihn von Marly fern.

Aber wenn er starb, würde er jetzt zumindest wissen, daß er beide Seiten des Lebens kennengelernt hatte, die gute und die schlechte.

Er hatte beide Seiten des Lebens kennengelernt und beiden Seiten Leid zugefügt.

Wenn er denn morgen sterben mußte, so hoffte er doch, daß Gott, oder was auch immer Gottes Stelle in dieser Welt einnahm, wußte, daß Matthias sich ernsthaft darum bemüht hatte, das Gute zu tun.

Der Weg war inzwischen sehr steil geworden, die aus dem Fels gehauene Decke niedriger. Trotzdem mußte Matthias immer noch nicht den Kopf einziehen, auch wenn es in dem Gang deutlich enger wurde.

Eigenartigerweise gab es hier keine Spinnweben, auch keinen Schmutz, nicht einmal Staub. Es schien, als sei der Gang ständig in Gebrauch.

Er konnte sich nicht vorstellen, wie das möglich war, mit dem Gewölbe an einem und der so gut wie unbekannten Höhle am anderen Ende. Trotzdem kam es ihm so vor, und er wußte nicht, weshalb.

Es lag jedoch nicht am fehlenden Staub.

Es war der Eindruck, als sei noch jemand anwesend, als wäre er nicht allein.

Aber er war allein. Er hatte keine Schritte gehört, und auch sonst keine Geräusche, abgesehen von seinen eigenen. Er wußte, daß ihm niemand ins Gewölbe gefolgt war. Er hatte dort abgewartet und die Worte abermals durchgelesen, nur um sicherzugehen.

Außerdem hatte ihn Pausho hinabgeführt. Sie hatte bestimmt darauf geachtet, daß ihm niemand folgte.

Oder nicht?

Aber ja. Sie würde niemanden das Gewölbe betreten lassen, und sie konnte auch keinen der Weisen entbehren, ganz egal wie wenig sie Matthias vertraute. Was allein zählte, war, den Angriff der Fey zu überstehen. Die Querelen zwischen ihm und Pausho, zwischen ihm und den anderen Inselbewohnern konnten warten, bis die Fey bezwungen waren.

Das wiederum konnte nur geschehen, wenn er das tat, was er gerade zu tun versuchte. Er mußte die Macht anzapfen, die der Roca ihm hinterlassen hatte, die Macht, die der Roca entweder verworfen oder absichtlich dazu benutzt hatte, diejenigen zu vernichten, die so wie er waren.

Matthias' Stirn legte sich in Falten. Der Plan des Roca war bis zu einem gewissen Punkt aufgegangen. Er hatte die meisten seinesgleichen vernichtet. Aber einige hatten überlebt. Es mußte so gewesen sein, sonst hätte es nie einen Matthias gegeben.

Was ihn verunsicherte, war das Gerede über geistige Verwirrung, über den Wahnsinn, der sich, wenn man die Kraft, die ihm gegeben war, benutzte, im zweiten Sohn bemerkbar mache.

Und eine andere Art von Wahnsinn, eine, an die er sich nur dunkel aus der Zeit erinnerte, als er damals zusammen mit Alexander die Schulbank gedrückt hatte, bevor dieser König wurde. Er hing mit den frühen Tagen des Rocaanismus zusammen: Damals war der Wahnsinn angeblich weit verbreitet gewesen.

Alexander hatte darüber gescherzt und gesagt, sogar in seiner eigenen Familie habe es einige Fälle gegeben, woraufhin ihn ihre Lehrer rasch zum Verstummen gebracht hatten. Es hatte den Anschein gehabt, als sei es nicht schicklich, daß der König Fälle von Wahnsinn in seiner Familie erwähnte, auch nicht fünfzig Generationen später.

Alexander hatte nie wieder daran gerührt.

Matthias ging um die nächste Biegung des Korridors. Der Gang wurde noch steiler. Das gefiel ihm nicht, aber andererseits tat der Gang genau das, was Matthias wollte: Er führte nach oben. Dann folgte eine weitere Biegung nach rechts – und auf einmal erhob sich vor ihm im Halbdunkel eine Treppe.

Die Stufen schienen bis in die Unendlichkeit nach oben zu führen. Das allgegenwärtige Leuchten schien sich nicht auf die Treppe zu erstrecken, nur auf die Wände und den flachen Boden. Matthias fragte sich, ob das von Anfang an so gedacht war oder ob das System hier nicht mehr richtig funktionierte.

Er setzte den rechten Fuß auf die erste Stufe – und vernahm ein Lachen.

Er erstarrte.

Das Lachen verklang, als wäre es niemals ertönt.

Er nahm den Fuß von der Stufe.

Stille.

Er setzte den Fuß wieder auf die Stufe.

Nichts.

Er setzte den Fuß auf die nächste Stufe.

Lachen.

Helles, ansteckendes Lachen, als amüsierte sich jemand über einen guten Witz.

Wieder hielt er mitten in der Bewegung inne.

Jemand seufzte.

»Bei dieser Geschwindigkeit brauchst du ewig bis oben«, sagte eine männliche Stimme.

Matthias warf einen Blick nach hinten. Der Korridor war gut ausgeleuchtet und leer. Sein Blick wanderte nach oben. Das Licht aus dem Korridor hinter ihm leuchtete ein Stück in die Dunkelheit hinein, ebenso wie das Licht, das vom Boden weiter oben kam.

Doch ungefähr in der Mitte der Treppe blieb eine Stelle im Dunkeln, und genau von dort schien die Stimme zu kommen.

»Na, was jetzt? Bleibst du dort stehen, oder kehrst du um?«

Matthias' Herz hämmerte wie wild. »Wer bist du?«

»Niemand, den du kennst. Eigentlich kenne ich überhaupt niemanden mehr.«

Eine Männerstimme. Nicht Jewel. Es konnte unmöglich Jewel sein.

Oder doch?

Führte sie ihn an der Nase herum?

Matthias hatte sich geschworen, keine Angst vor ihr zu haben. Er wollte ihr so begegnen, als wäre sie noch am Leben.

Er dachte an eine kleine Flamme auf dem Zeigefinger seiner rechten Hand. Sofort erschien sie und strahlte ein schwaches Licht aus.

»Wie erbärmlich«, sagte die Stimme. »Sind unsere Fähigkeiten in fünfzig Generationen so heruntergekommen?«

Beinahe ohne darüber nachzudenken, entzündete Matthias seine übrigen Finger. Die Flamme leuchtete den dunklen Fleck aus.

Er war leer.

»Wer bist du?« fragte er.

»Warum willst du das wissen?«

»Weil du mich verspottest.«

»Verspotten.« Die Stimme klang leicht gelangweilt. »Ich habe dich nicht *verspottet*. Ich habe mich mit dir unterhalten. Hat sich auch die Kunst der Unterhaltung in fünfzig Generationen so dermaßen verändert? Oder benutze ich diese verflixte Sprache falsch?«

Matthias spürte, wie ihm ein Schauer über den Rücken lief. »Welcher Sprache bedienst du dich denn lieber?«

»Dieser Sprache, im Original«, erwiderte die Stimme. »Steigst du die Treppe jetzt hoch oder nicht?«

»Ja doch«, sagte Matthias in der Alten Inselsprache.

»Ein gebildeter Mann!« gab die Stimme in der gleichen Sprache zurück und hörte sich mit einem Mal fröhlicher an. »Wie schön! Sag noch etwas!«

»Wo bist du?« erkundigte sich Matthias in jener Sprache.

»Komm einfach die Treppe herauf«, antwortete die Stimme, »dann siehst du's schon.«

Matthias ging weiter. Es kam ihm dumm vor, die rechte Hand wie eine Fackel vor sich herzutragen, aber er tat es trotzdem. Noch immer fand er es seltsam, ganz nach Belieben allein per Gedankenkraft Feuer hervorrufen zu können.

»Deine Aussprache klingt ein bißchen komisch«, sagte die Stimme. »Du betonst die falsche Silbe. Wir haben früher die erste betont.«

»Dann klingt die Sprache aber ziemlich holprig, oder?« fragte Matthias, ohne die eigene Aussprache zu verändern. Er hatte die Alte Inselsprache so gelernt und seit seinen frühen Schultagen nicht mehr laut gesprochen, und nun verspürte er kein Bedürfnis danach, in dieser Sprache zu denken, in ihr zu sprechen und gleichzeitig auch noch die Betonung zu verändern.

»Sehr betont«, sagte die Stimme, »das macht die Sprache sehr betont.«

»Das auch«, brummte Matthias. Er war am Ende der Treppe angekommen und ließ seine Finger ausgehen. Der Korridor war lang, breit und gut beleuchtet.

Und leer.

»Ich hatte gehofft, dich hier zu treffen«, sagte er mit ein wenig mehr Schneid, als er eigentlich verspürte.

»Ich bin doch hier«, erwiderte die Stimme.

Unter der Decke bildete sich ein Nebel. Er dehnte sich aus, verformte sich zu einer Gestalt und wurde immer dichter, bis ein Mensch zu erkennen war, auch wenn es ein Mensch war, wie Matthias noch nie zuvor einen gesehen hatte. Hätte er nicht mit eigenen Augen gesehen, daß er eben aus einer Nebelwolke entstanden war, hätte er es nicht geglaubt.

Der Mann fiel von der Decke und landete auf den Füßen. Er war kleiner als Matthias und eindeutig ein Inselbewohner, wenn auch von einem Schlag, der Matthias unbekannt vorkam. Der Mann war blaß, hatte hellblaue Augen, weißblondes Haar und eine helle Haut, die beinahe durchsichtig wirkte. Er trug ein weißes, in den Bund der dunklen Hose gestopftes Hemd und Fey-Stiefel.

Matthias starrte ihn ungläubig an.

Daraufhin errötete der Mann und strich mit den Händen über seine Kleidung. »So was tragt ihr doch heutzutage, oder nicht?«

Matthias nickte verdutzt. Sah der Mann denn nicht, daß er ebenso gekleidet war?

»Du hast mich so komisch angeglotzt ...« Die Stimme des Mannes hatte ihren spöttischen Ton verloren.

»Ich habe noch nie gesehen, wie ein Mann aus Nebel entsteht.«

Der Mann setzte eine finstere Miene auf. »Du bist doch eindeutig einer von uns. Du siehst aus wie einer von uns. Wahrscheinlich gehörst du sogar zu Coulters Verwandtschaft ...«

»Ich heiße Matthias. Meine Eltern kenne ich nicht, aber ich bezweifle, daß ich mit Coulter verwandt bin.« Seine letzte Aussage kam ihm wie eine Lüge vor. Coulter war der junge brennende Bursche, der Matthias beigebracht hatte, wie man seine Finger in Flammen setzte. So wie Pausho redete, schienen sie beide – Matthias und Coulter – eine Menge gemeinsam zu haben. Vielleicht sogar die gleiche Familie.

»Du bist nicht Matthias. Leider nicht. Dann könnte ich wenigstens mit jemandem reden.« Der Mann stemmte die Hände in die Hüften und schaute in den Korridor hinein, als könnte er bis an dessen Ende sehen. »Wer hat dich meine Sprache gelehrt?«

»Ich habe sie in der Schule gelernt.«

»Dann wird sie also noch von einigen gesprochen.«

»Nur von wenigen«, erwiderte Matthias. »Die meisten anderen gibt es nicht mehr.«

»Gibt es nicht mehr?«

»Tot.« Er dachte nicht gerne daran: an den Verlust des Tabernakels, den Verlust allen Wissens und aller Traditionen. Auch wenn die Worte des Roca besagten, daß all diese Traditionen mißbraucht worden waren.

Der Mann gab ein leises Geräusch von sich, eine Mischung aus Lachen und Seufzen. »Sie versuchen, mir von diesem neuen Ort zu erzählen ...«

»Sie?«

Er machte eine undeutliche Geste zur Decke hin, als sei für Matthias damit alles erklärt. »Sie. Aber es ist so gut wie unmöglich. Versuche dir vorzustellen, wie sich fünfzig Generationen auswirken. Fünfzig! Das braucht Jahre. Dann schickten sie mich zu dir.«

»Zu mir?«

»Sollen wir lieber zu deiner degenerierten Sprache zurückkehren? *Zu dir.* Sie schickten mich zu dir.«

»Weshalb?«

»Sie sagten, du brauchtest einen Berater.« Er lachte. »Als könnte ich jemanden beraten. Ich weiß doch selbst kaum etwas.«

Matthias fror, obwohl sich die Temperatur in der Höhle nicht verändert hatte. »Wer sagte das?«

»Sie.« Wieder fuchtelte er mit der Hand in Richtung Decke. »Besonders die Neue. Die, die nicht richtig dazu paßt. Die Frau. Na, sie alle eben. Ich hätte nie gedacht, daß es so viele von denen gibt.«

Matthias zitterte. »So viele wovon?«

Die Augen des Mannes verengten sich. »Du stellst zu viele Fragen. Dabei sollte ich dich ausfragen. Du behauptest, dein Name sei Matthias, aber du bist nicht der Matthias, den ich kenne.«

Matthias rührte sich nicht. Er hatte nie jemanden gekannt, der seinen Namen trug, und nun hörte er es in wenigen Tagen zum zweiten Mal. »Wen kennst du denn noch, der Matthias heißt?«

Der Mann stieß einen Seufzer aus. »Das spielt keine Rolle mehr. Er ist schon fast so lange tot wie ich.«

Fünfzig Generationen. Jener Matthias mußte der Sohn des Roca gewesen sein. Derjenige, der den Verstand verloren hatte.

»Und wer bist du?« fragte Matthias. Seine Stimme fühlte sich an, als bliebe sie ihm im Halse stecken. Er wußte nicht genau, ob er die Antwort wirklich hören wollte.

»Jedenfalls nicht der, der ich früher mal war«, sagte der Mann und ging in den Korridor hinein, blieb jedoch nach einigen Schritten stehen und drehte sich zu Matthias um. »Kommst du jetzt oder nicht?«

»Ich möchte wissen, wer du bist.«

»Und ich möchte wieder jung sein, in einer Welt, die ich verstehe.« Wieder stemmte der Mann die Hände in die Hüften. »Also?«

Matthias seufzte leise und setzte sich in Bewegung. Er fühlte, daß ihm keine andere Wahl blieb. Er hatte diese Sphäre aus einem bestimmten Grund betreten. Am Eingang zur Höhle des Roca war er um ein Haar durch Jewels Hand gestorben, der Frau, die er vor nun fast fünfzehn Jahren getötet hatte. Am Fuß der Treppe hätte er beinahe sehr viel Zeit verloren, nur weil er in den falschen Gang geblickt hatte. Dieser Mann hier, der Mann aus dem Nebel, hätte ihn nicht erstaunen dürfen.

Wenn Matthias wirklich klug war, mußte er auf alles gefaßt sein.

Was auch immer es sein mochte.

Letztendlich befand er sich an dem Ort, an dem der Roca seinen Worten nach seine Macht erworben hatte, und diese Macht war, wie er behauptet hatte, ständig hier, als wohnte sie dem Fels inne. Matthias hätte wissen müssen, daß die Reise durch diese Korridore kein Spaziergang werden würde.

Er hätte wissen müssen, daß er nicht einfach durch den Hintereingang in die Höhle des Roca hineinspazieren und die Juwelen an sich reißen konnte.

Der Fünfzigste Rocaan hatte stets gesagt, Gott stellte die Seinen auf vielerlei Arten auf die Probe, daß er ihnen aber auch niemals zuviel auferlegte.

Matthias hoffte, daß er damit recht behielt.

Er rückte sein Bündel zurecht und folgte seinem neuen, namenlosen Begleiter tiefer in den Berg hinein.

19

Es war eigenartig, so durch die Straßen von Jahn zu spazieren. Die Anwesenheit der Fey war immer noch spürbar, wenn auch nicht mehr bedrohlich. Luke und Con kamen sich vor, als spazierten sie durch die ausgebrannten Fassaden einer ehemals prunkvollen Siedlung.

Am meisten wurde sich Luke dessen auf der Brücke von Jahn bewußt. Als sie den Cardidas überquerten, glitzerte das morgendliche Sonnenlicht wie Diamanten auf dem Wasser. Er hatte diesen Anblick zum ersten Mal als kleiner Junge bewundert, als ihn sein Vater nach einer besonders guten Ernte mit in die Stadt genommen hatte. Später hatte er ihn noch einmal bewundert, nachdem König Nicholas ihn nach seinem Attentatsversuch auf den Rocaan begnadigt hatte.

Der steinerne Bogen der Brücke überspannte das Wasser wie seit eh und je. Die Fey hatten die Brücke tatsächlich nicht zerstört, ja, sie und der Palast waren die einzigen Bauwerke der ganzen Stadt, die sie unberührt gelassen hatten.

Con ging an Lukes Seite. Sie hatten sich den Schmutz und das Blut am Ufer des Cardidas vom Körper gewaschen, um weniger verdächtig auszusehen. Die Sonne hatte ihr Haar beinahe schon getrocknet. Cons Haare waren hellblond und betonten die jugendliche Anmut, die Luke gleich aufgefallen war, als sie sich zwei Tage zuvor zum ersten Mal begegnet waren.

Es kam ihm vor wie eine Ewigkeit.

Con beobachtete alles mit größter Sorgfalt. Er trug sein Schwert an der linken Hüfte, rührte es auf Lukes nachdrückliches Anraten aber nicht an. Luke wollte jede Aufmerksamkeit vermeiden. Das Risiko, so ungeschützt herumzulaufen, war groß genug, und er wollte nicht, daß sie den Fey sofort ins Auge fielen.

Aber die Fey, denen sie begegneten, schienen sich nicht darum zu kümmern. Die meisten von ihnen waren Domestiken in ihren locker gewebten Gewändern, die ihnen um die Beine wallten. Der Rest waren Rotkappen, die ihrem grausigen Geschäft nachgingen und ihr Nahen durch ihren widerwärtigen Gestank ankündigten. Luke konnte sich nicht vorstellen, wie Fledderer fast sein ganzes Leben bei dieser Arbeit zugebracht hatte; jedenfalls konnte er gut verstehen, weshalb er davor geflohen war.

Die Fey schienen auf unterschiedlichen Missionen über die Brücke hin und her zu eilen. Die Rotkappen waren unterwegs, um sich um weitere Leichen zu kümmern, oder, im Falle einer weiblichen Kappe, kleine Beutel über den Fluß zu tragen. Die Domestiken trugen Medizintaschen oder Stoffe oder, in einem Fall, Essen von hier nach dort. Die Tatsache, daß sich mitten unter ihnen Inselbewohner aufhielten, schien sie nicht zu stören.

Aber Luke störte es. Jedesmal, wenn sie Fey sahen, versteifte sich sein Körper. Con stockte der Atem. Sie hatten mehrere Tage damit verbracht, vor den Fey davonzulaufen und Fey zu töten, und nun spazierten sie zwischen ihnen umher, als sei überhaupt nichts geschehen.

Als sie den Scheitelpunkt der Brücke erreicht hatten, flüsterte Con: »Es sind keine Soldaten dabei.«

Luke verzog das Gesicht. Er hatte zwar ebenfalls kaum Infanterie in Jahn gesehen, andererseits hatte er das auch nicht gerade erwartet. »Die Infanterie durchkämmt das Land«, sagte er leise.

Con schüttelte den Kopf. »Nein, ich meine nicht nur ...«

Eine weibliche Fey ging dicht an ihnen vorüber. Ihr Gesichtsausdruck wirkte irgendwie undeutlich. Kaum war sie an ihnen vorüber, konnte sich Luke schon nicht mehr an ihr Aussehen erinnern. Con war sofort verstummt. Luke ging jetzt schneller. Con warf noch einen Blick zurück, bevor er ihm folgte.

»Ich meine nicht nur die Infanterie«, flüsterte er, fast ohne dabei die Lippen zu bewegen. Seit sie Jahn vor mehreren Kilometern betreten hatten, waren ihnen viele Fey begegnet, aber keine von der Sorte, die auf dem Schlachtfeld anzutreffen war.

»Du glaubst doch nicht, daß sie alle nach Süden gezogen sind?« erkundigte sich Luke. Es gelang ihm nicht, das Zittern aus seiner Stimme zu verbannen.

Con schüttelte den Kopf. »Das waren nicht genug. Als ich vor weniger als einer Woche hier war, wimmelte die Stadt vor Soldaten. Jetzt sind kaum welche zu sehen. Da geht noch etwas anderes vor sich.«

»Vielleicht erleichtert das unsere Aufgabe«, erwiderte Luke in Hinblick auf ihren Plan, in den Palast einzudringen.

»Falls Sebastian sich noch dort aufhält«, murmelte Con.

»Genau das müssen wir herausfinden.« Sie gingen die Brücke auf der Palastseite hinab. Sogar hier, näher am Palast, sahen sie nur vereinzelte Fey.

Luke gefiel die Sache ganz und gar nicht. Er hatte etwas anderes erwartet, und das machte ihn nervös. Etwas ging vor sich, etwas, das nichts mit den Vergeltungsmaßnahmen zu tun hatte, die er ausgelöst hatte, und das beunruhigte ihn.

Aber er mußte sich auf die Straße konzentrieren, die sich vor ihm erstreckte. Dort vor ihnen erhob sich der Palast, und darin befand sich ihr erstes Ziel. Wenn sie Sebastian tatsächlich fanden, würden sie mit ihm entwischen.

Und dann galt es, noch mehr Rechnungen zu begleichen.

20

Jetzt spürte er die magischen Strömungen, von denen die Irrlichtfänger gesprochen hatten.

Rugad hielt sich an den dünnen Seilen seines Tragesitzes fest, sein Blick folgte ihnen nach oben. Ihre Enden waren um die Klauen von fünfundzwanzig Falkenreitern geschlungen. Die Reiter flogen auf die Blutklippen zu, offensichtlich ohne die Strömungen rings um sie herum wahrzunehmen. Rugad fühlte die Magie fast so deutlich, als sei er in einen Fluß getaucht worden, dessen Sog ihn überwältigen würde, wenn er nicht dagegen ankämpfte.

Noch nie zuvor hatte er etwas Derartiges empfunden, obwohl sein Vater ihm einst ein ähnliches Erlebnis geschildert hatte – damals in den Eccrasischen Bergen.

Wider seinen Willen verspürte er eine gewisse Erregung. Ein Ort der Macht. Der *zweite* Ort der Macht. Sobald er ihm gehörte, konnte er in aller Ruhe nach dem dritten suchen. Dann war er in der Lage, das magische Dreieck zu errichten, und damit würde ihm die gesammelte Macht, die geballte Magie dieser Welt unterstehen.

Er lächelte und verstärkte seinen Griff um die Seile.

Die Falkenreiter trugen ihn hoch über dem Cardidas dahin. Hier, so weit im Osten, hatte der Fluß die Farbe der Berge angenommen. Von Rugads Warte aus sah es aus, als flögen er und seine Falkenreiter über einem Fluß aus Blut.

Die Vorstellung faszinierte ihn. Er hatte schon so manchen Fluß aus Blut gesehen, aus echtem Blut, das auf dem Schlachtfeld geflossen war. Aber noch nie hatte er so einen Fluß gesehen, so rot, daß er rosafarben schäumte.

Sein Blick wanderte zu den Blutklippen. Obwohl ihn die

Falkenreiter in so großer Höhe über dem Talboden transportierten, daß ihn die Inselbewohner nicht sehen und somit nicht versuchen konnten, mit ihren Pfeilen zu töten, erhoben sich die Berge noch weitaus höher. Ihre Gipfel bohrten sich hoch über ihm in den Himmel. Hier oben war die Luft kalt, kälter, als er erwartet hatte. Zum Glück hatte er die gleiche Kleidung angelegt wie damals, als er von seinem Schiff aus über die Schneeberge im Süden geflogen worden war. Jedes Kleidungsstück, vom Mantel bis zu den Stiefeln, war mit Domestikenzauber gegen Nässe und Kälte belegt.

Die frostige Luft machte ihm nichts aus, aber er sorgte sich um seine Falkenreiter. Er hatte darauf bestanden, daß die kleinen Fey auf den Rücken der Falken Kleidung trugen, und sie hatten sich bitter darüber beschwert. Die ganze Angelegenheit hatte ihren Aufbruch verzögert, denn die Kleider konnten erst angezogen werden, nachdem sich die Reiter in ihre Falkengestalt verwandelt hatten, aber Rugad wollte nicht, daß auch nur einer von ihnen Erfrierungen erlitt. Im Gegensatz zu dem Flug über die Schneeberge, einem einfachen Flug zu einem vorher ausgekundschafteten Landeplatz, könnte diese Reise weitaus längere Zeit in Anspruch nehmen. Er wollte das gesamte Gelände rings um den Ort der Macht erkunden.

Er wollte wissen, was Nicholas vorhatte und über welche Ressourcen er, abgesehen vom Ort der Macht selbst, verfügte – falls ihm überhaupt welche zur Verfügung standen.

Kendrad hatte vorgeschlagen, Rugad solle geflügelte Kundschafter in das Gebiet schicken und auf ihre Berichte warten. Ihrer Meinung nach war das unauffälliger und ungefährlicher; nicht nur für ihn, sondern für das gesamte Heer. Er hatte ihr geduldig zugehört, sich sodann umgedreht und Befehl gegeben, ihm die Falkenreiter und seinen Transportsitz zu bringen.

Kendrad, die ihn schon lange kannte, hatte nur gelächelt.

Sie wußte, daß er seine Entscheidungen immer nach seinem Instinkt traf, und sie hatte schon vor langer Zeit gelernt, ihm gegenüber nicht auf ihrer Meinung zu beharren.

Licia hingegen hatte erschrocken ausgesehen, als er verkündet hatte, er wolle das Gelände rings um den Berg selbst erkunden. Sie hatte den Mund geöffnet – zweifellos, um eine Gegenmeinung zu äußern –, ihn dann jedoch rasch wieder zugeklappt, als hätte sie sich dazu entschlossen, ihre Meinung doch lieber für sich zu behalten. Sie war noch nicht an ihn gewöhnt.

Bei dem Gedanken an sie mußte er lächeln. Sie hatte das Zeug zu einer großen Anführerin. Besonders imponierte ihm die Art und Weise, auf die sie sich ihrer Widersacherin Ay'Le entledigt hatte. Inzwischen hatte er die Geschichte schon mehrere Male gehört, einmal von ihr und wiederholt von den Tierreitern.

Sie wußte, wie man Befehle erteilte.

Möglicherweise war sie mit einer größeren Fähigkeit für Visionen gesegnet, als sie sich selbst zuschrieb. Die Visionen stellten sich immer erst mit dem Alter ein. Die ihren hatten vielleicht unbedeutend begonnen, aber sie konnten noch wesentlich stärker werden. Das hoffte er jedenfalls. Gute Anführer konnte er immer brauchen. Ihr Plan, das Städtchen Constantia zu erobern, war klug und sehr erfolgversprechend. Die Veränderungen, die er eingebracht hatte, entsprachen seiner Kenntnis der Truppe, nicht des Geländes. Während er nun darüber hinwegflog, prägte er sich die Stellungen unter ihm ein.

Die Infanterie stand noch immer im Tal, aber die Tierreiter hatten ihre Positionen bereits eingenommen. Die Rattenreiter waren schon beim ersten Tageslicht auf Pfaden, die nicht einmal er entdecken konnte, bergab geeilt, um die Stadt zu infiltrieren. Die Vogelreiter – Adler, die wenigen Falken, die er nicht selbst benötigte, Möwen sowie einige andere – bauten sich provisorische Nester in Baumkronen und Felsnischen, um von dort aus zum verabredeten Zeitpunkt anzugreifen. Die Traumreiter schlichen zwischen den Felsen herum, wo ihre Silhouetten wie Schatten an einem sonnigen Tag aussahen. Am besten konnte sie Rugad von seinem Blickwinkel hoch über dem Fluß erkennen, von wo er ihre schwarzen Schemen über die Landschaft huschen sah. Er wußte jedoch, daß kein Inselbewohner sie bemerken würde. Und bei den wenigen Gelegenheiten, bei denen er Versager hatte töten lassen, hatten selbst die Fey sie nicht bemerkt.

Wenn die Fey sie nicht sahen, hatten die Inselbewohner schon gar keine Chance.

Die Fußsoldaten hatten sich bereits formiert, obwohl ihr Abmarsch noch lange nicht anstand. Sie waren unruhig. Rugad konnte den Blutdurst derjenigen, die bereits am letzten Angriff im Tal teilgenommen hatten, bis zu sich herauf riechen; sie waren wütend, weil sie nicht zum Zuge gekommen waren, und warteten ungeduldig auf das Signal zum neuen Angriff.

Er hatte Kendrad darüber informiert. Sie hatte genickt. Auch ihr war es aufgefallen. Ungeduldige Fußsoldaten warfen sich oft unvorsichtig und leichtsinnig in die Schlacht.

Die Falkenreiter zogen ihn in steilem Winkel nach oben. Die Strömungen vermengten sich mit dem Wind und schüttelten ihn hin und her. Sie hatten keine direkten Auswirkungen auf ihn, nicht so wie die magische Welle einige Tage zuvor, aber manchmal hatte es doch den Anschein, als könnten sie ihm etwas anhaben. Er hatte nicht vor, an diesem Ort ein Schattenland zu errichten, und wollte auch sonst die Gabe seiner Vision nicht anwenden. Zu viel Magie an diesem Ort bedeutete, sich mit etwas sehr Gefährlichem einzulassen, etwas, das so mächtig war, daß es sich womöglich selbst seiner Kontrolle entzog.

Die Reiter flogen jetzt parallel zum Gebirgszug. Er schaute nach unten. Sie flogen nach Osten, im immer gleichen Abstand zu den Bergen in Richtung Constantia, der Stadt in der nordwestlichsten Ecke der Insel.

Tief unter sich sah er den Steinbruch und ein verworrenes Netz von Fußpfaden. Je höher er stieg, desto schmaler und schlechter zu erkennen waren sie. Trotzdem erkannte er mehrere Rastplätze und auf einem von ihnen drei verstümmelte Leichname, die in der Sonne faulten. Aus der Entfernung konnte er sogar ihre groben Umrisse erkennen.

Es handelte sich um Threem, den Pferdereiter, Caw, die Möwenreiterin, und Boteen.

Rugad spürte, wie sich sein Magen zusammenzog.

Er zog mit dem verabredeten Signal an den Seilen. Die Falkenreiter überflogen das Gebiet noch einmal, diesmal jedoch niedriger, damit Rugad besser sehen konnte.

Noch etwas kam ihm an diesem Ort merkwürdig vor.

Der Schreiber hatte – mit endlosen Worten – den an einen Tempel erinnernden Ort beschrieben, an dem er sich versteckt hatte. Rugad sah die steinernen Säulen mit dem darauf liegenden flachen Stein. Der Schreiber hatte das Gebilde für eine Laune der Natur gehalten, aber Rugad war sich da nicht so sicher. Von hier oben aus sah es keineswegs so aus, als sei der flache Stein durch die Witterung entstanden. Er sah aus, als wäre er absichtlich dorthin gelegt worden.

Ein solches Unterfangen hatte enormer Kraftaufwendung bedurft, zudem vor einer so langen Zeit.

Aber nicht das kam ihm merkwürdig vor.

Das Merkwürdige waren die Brandflecken. Das Feuer hatte sich sonst nirgendwo ausgebreitet. Es schien sich ausnahmslos auf diesen Flecken beschränkt zu haben.

Das war kein natürliches Feuer gewesen.

Er fragte sich, ob Boteen das ebenfalls aufgefallen war, und wenn ja, was er daraus wohl geschlossen hatte. Vermutlich nichts. Boteen hatte irgendwo einen Fehler begangen, entweder als er in seiner geschwächten Verfassung den Berg bestiegen oder als er die Möglichkeiten seiner Gegenspieler unterschätzt hatte.

Die Falkenreiter kreisten mehrere Male über dem Gebiet. Offensichtlich hatten auch sie die Leichen entdeckt. Ein Falke stieß einen schrillen Schrei aus, woraufhin Rugad Fey-Stimmen hörte, die den Vogelreiter zum Schweigen brachten.

Sie waren also verunsichert.

Er hoffte, Nicholas und seine Leute waren nicht schlau genug, den seltsamen Falkenschrei zu deuten.

Nicht, daß es etwas ausgemacht hätte. Ganz egal, was Nicholas und sein Volk in diesem Augenblick auch taten, Rugad würde sie übertrumpfen. Bevor Nicholas ihn auch nur entdeckte, hätten ihn seine Falkenreiter wieder auf die andere Seite des Flusses gebracht.

Da war sich Rugad ganz sicher.

Bei anderen Dingen hingegen war er nicht so sicher.

Von der verbrannten Stelle aus führten Spuren nach oben. Rugad lenkte die Falkenreiter mit Hilfe der Seile über diese Spuren. Er spürte den Ort der Macht ganz deutlich. Alle magischen Strömungen schienen ihm zu entspringen. Er sah ihn noch nicht, und er war nicht sicher, ob er ihn so sehen würde, wie ihn die alten Legenden beschrieben: wie ein helles Licht oder einen Edelstein oder wie eine Dunkelheit vor einer Felswand. Er hatte sein Ziel noch nicht gefunden, aber er wußte, wonach er suchte.

Dann erblickte er etwas, womit er nicht gerechnet hatte: einen Lichtkreis, der im blassen Sonnenlicht rotierte. Winzige Punkte blinkten vor der weißen Oberfläche der Felsen.

Ein Schattenland.

Offensichtlich von seinem Urenkel errichtet.

Ohne es zu wollen, wurde er aufgeregt. Sein Urenkel. Sein Urenkel hatte soviel visionäres Talent geerbt, und wenn dieses Talent noch wuchs und er für die Sache des Imperiums der Fey arbeitete und die Fey letztendlich das Magische Dreieck errichtet hatten ...

Eine Bewegung erregte seine Aufmerksamkeit. Er signalisierte den Falkenreitern, tiefer zu gehen, obwohl er wußte, daß er damit ein Risiko einging. Sie hatten einen Zaubermeister, und sie hatten eine Rotkappe, und welche Fey sonst noch bei ihnen waren, wußte er nicht. Die Irrlichtfängerin hatte gesagt, sie habe auch Infanteristen gesehen, aber sie war sich nicht sicher. Die Fey, die noch bei ihnen war, könnte eine Vogelreiterin oder eine andere zaubermächtige Fey gewesen sein.

Die Strömungen rings um den Ort der Macht waren extrem stark. Die Falkenreiter flogen direkt hinein, doch sie schienen sie nicht sehr deutlich zu spüren. Unterhalb des Torkreises sah er ein eindeutig von Menschenhand geschaffenes Plateau, auf dem keine Steine lagen. Mehrere überdimensional große, mit Edelsteinen besetzte Schwerter steckten mit der Spitze nach unten im Boden.

Die Edelsteine waren riesig.

Rugad runzelte die Stirn. Manchmal benutzen die Fey irgendwelche Dinge, um ihre Zauberkraft zu bündeln, aber eigentlich bedienten sie sich dabei fast ausschließlich der Haut, des Blutes und der Knochen ihrer Feinde. Die Inselbewohner hingegen schienen ihre Macht fast ausschließlich mit Hilfe anderer Dinge zu konzentrieren. Etwa mit Weihwasser oder mit diesem Schwert. Rugad fragte sich, ob auch die Edelsteine diesem Zweck dienten. Sie waren wie geschaffen dafür: Sie fingen die Strömungen ein und gaben ihnen eine bestimmte Richtung. Wahrscheinlich waren sie ein Grund dafür, daß die Strömungen so und nicht anders verliefen. Ohne die Edelsteine würden die Strömungen hier aufeinandertreffen und einen Wirbel erzeugen, der jeden mit magischen Kräften Begabten in die Falle locken und festhalten würde.

Rugad wußte, daß dieser Ort der Macht nicht so geschaffen war, schließlich hatte die Irrlichtfängerin, die zu den körperlich schwächsten Fey überhaupt gehörte, den Strömungen widerstehen können, obwohl sie behauptet hatte, sie sei beinahe in einen der Edelsteine hineingestürzt.

Ihre Großmutter hatte sie davor bewahrt.

Ihr tote Großmutter.

Rugad spähte nach unten. Dort unten gab es nicht nur Strömungen und gebündelten Zauber, den Ort der Macht selbst, sondern auch die Mysterien konnten dort sichtbar gemacht werden: An jenem Ort dort unten gefiel es den Mächten, sich zu offenbaren. Auf diese Weise hatten die Schamanen einen seiner Vorfahren dazu überredet, sie allein als Hüter des Ortes der Macht in den Eccrasischen Bergen einzusetzen; sie hatten behauptet, jemand müsse die unschuldigen Fey vor den Mächten bewahren.

Wußte Nicholas das?

Waren ihm die Mächte erschienen?

Kannte er ihre Bedeutung überhaupt?

Wieder diese Bewegung. Diesmal sah er, woher sie kam.

Eine einzelne Fey stand unweit des Höhleneingangs zwischen den Felsen. Sie untersuchte die Edelsteine. Sie war hochgewachsen, schlank und hielt sich wie eine Soldatin, keineswegs wie eine Rotkappe. Außerdem war sie noch jung.

Wahrscheinlich eine Infanteristin.

Sie betrachtete die Schwertgriffe, betastete die Edelsteine, an die sie herankam, und ging dann über das Plateau bis zu dessen Rand.

Sie war eine von den Versagern.

Er fragte sich, weshalb sie das Flügelschlagen der Falkenreiter nicht wahrnahm und auch die ungewöhnlichen Bewegungen nicht, die sie machten. Glücklicherweise fiel ihr riesiger Schatten westlich von ihr auf den Hang, aber früher oder später mußte sie ihn entdecken.

Sie spähte über den Rand.

Sie beobachtete die Truppen.

Aus dieser Höhe verfügte Nicholas über einen wunderbaren Vorteil. Er konnte alles sehen, was sich auf ihn zubewegte, egal aus welcher Richtung. Es war eine hervorragende Verteidigungsstellung und, in den richtigen Händen, auch die perfekte Ausgangsposition für einen Angriff. Säße Rugad umzingelt dort oben, er wäre in der Lage, diese Stellung jahrelang zu halten und sie vielleicht sogar auszubauen.

Nicholas war kein so guter Krieger wie er, konnte es unmöglich sein. Ihm fehlten Übung und Erfahrung. Andernfalls würde seine Versagerin nicht nur nach unten, sondern auch nach oben schauen.

Rugad zerrte an den Seilen. Er befand sich momentan selbst nicht in der besten Position. Liebend gerne hätte er den Tragesitz dazu benutzt, sich den Ort der Macht noch näher anzusehen, aber dieses Risiko wagte er nicht einzugehen. Er benötigte seine ganze Kraft, um Krieg gegen Nicholas zu führen. Die Schlacht um die Stadt konnte er getrost Kendrad und Licia überlassen.

Rugad würde die Höhle einnehmen.

Während ihn die Falkenreiter wieder höher trugen, wurde er sich dessen bewußt, daß seine kleine Reise ihm zwar einige Antworten beschert, aber auch neue Fragen aufgeworfen hatte.

Warum hatte der junge Gabe ein Schattenland errichtet? Hatten sie nicht vor, am Ort der Macht zu bleiben? Die Versagerin schien keine Angst vor dem Höhleneingang gehabt zu haben. Wenn sich Rugad nicht sehr täuschte, war sie sogar aus der Höhle gekommen.

Worin bestand also der Nutzen eines Schattenlandes? Zur Verteidigung? Als Täuschung? Zum Schutz?

Wogegen?

Gegen ihn?

Durch die Errichtung eines Schattenlandes lockte man die Fey am leichtesten auf die eigene Fährte. Und das hier war das erste, das der junge Gabe auf seiner Reise geschaffen hatte.

Das konnte kein Zufall sein.

Rugad würde seinen Leuten sagen, sie sollten das Schattenland im Auge behalten, es aber nicht angreifen. Sie mußten bei ihrem Angriff auf den Ort der Macht umsichtig vorgehen. Sie durften keine Fey töten – zumindest keine Fey, die unter Umständen mit ihm verwandt waren. Sie durften sich lediglich um die Inselbewohner kümmern.

Die Falkenreiter schwenkten nach Süden, über den Cardidas und in das Tal hinein, in dem sich seine Fey-Armeen zum Kampf rüsteten. Als die Falken drehten, warf Rugad noch einen letzten Blick auf Ort der Macht zurück, und mit einem Mal stieg ein eigenartiger Gedanke in ihm auf.

Die Fey besaßen einen Ort der Macht.

Die Inselbewohner besaßen einen Ort der Macht.

Beide verfügten über magische Fähigkeiten, die offensichtlich von diesen Orten herrührten.

Die Fey hatten ein Verbot, dem zufolge sich nicht Blut gegen Blut richten durfte.

Die Inselbewohner auch?

War dieses Verbot so universell wie der Erwerb magischer Fähigkeiten? Scheuten die Inselbewohner deshalb vor dem Kampf zurück, war bei ihnen deshalb Krieg so gut wie unmöglich? War das der Grund dafür, daß sich dieses Volk seiner Religion und ihren strengen Traditionen unterwarf?

Hatten sie, ebenso wie die Fey, in ihrer Vergangenheit die furchtbare Macht des Blutes erfahren?

Und wenn ja – erinnerten sie sich noch daran?

21

Arianna stand am Höhleneingang und sah zu, wie Leen die Juwelen begutachtete, bevor sie zum Rand des Plateaus ging, um von dort aus die Truppenbewegungen zu verfolgen. Es gab viel zu tun, wie ihr Vater nicht müde wurde zu sagen, aber er war nicht bereit, Arianna etwas davon tun zu lassen. Auch Gabe erlaubte er das nicht.

Sie kam sich vor wie ein Preis, um den die Leute kämpften, ein Objekt, das dem Sieger als Gewinn winkte.

Sie wurde immer unruhiger, und daß ihr das durchaus bewußt war, ärgerte sie um so mehr. Die Worte ihrer Mutter erwiesen sich als wahr. Sie hatte gesagt, am schlimmsten würde das Warten.

Arianna glaubte nicht, daß sie an diesem Ort Wochen oder gar Monate warten konnte. Die meisten Dinge durfte sie nicht anfassen, sie durfte nichts arbeiten – nicht, daß sie jemals zuvor unbedingt hatte arbeiten wollen –, und sie durfte auch nicht weggehen.

Am schlimmsten war, daß sie nicht weggehen durfte.

In den vergangenen Tagen hatte sie sich freiwillig dafür gemeldet, über das Lager der Fey zu fliegen, um zu sehen, was dort vor sich ging. Sie hatte sich freiwillig gemeldet, sich in Constantia umzuhören, welche Pläne dort geschmiedet wurden. Beide Male war ihr Angebot abgelehnt worden. Ihr Vater, Coulter und angeblich auch ihre Mutter befürchteten, die Fey könnten sie erkennen und gefangennehmen.

Als ob Arianna so dumm wäre. Sie war schneller als die meisten Vögel und konnte sie austricksen, doch die Fey verfügten, wie ihr Bruder Gabe bemerkt hatte, über Vogelreiter, die nicht minder klug waren als sie.

Sein Kommentar hatte sie wie eine Beleidigung getroffen. Schließlich mußte sie als Prinzessin zweier Völker wohl klüger sein als ein gewöhnlicher Vogelreiter! Aber dann hatte sie bemerkt, daß sie zu aufbrausend reagierte, wie so oft, wenn Gabe mit im Spiel war. Sie versuchte, ihre Reaktion unter Kontrolle zu halten, aber das fiel ihr immer schwerer. Er war zuvorkommend, er gab sich Mühe, aber er war nicht Sebastian.

Sie vermißte Sebastian sehr.

Sie lehnte sich an die Wand des Höhleneingangs und spähte vorsichtig hinaus, so wie sie es ihrem Vater versprochen hatte. Sie vergewisserte sich, daß niemand sie sehen konnte, wobei sie nicht nur den Boden, sondern auch den Himmel absuchte, was Leen und Coulter immer wieder vergaßen.

Sie mußte sie daran erinnern oder ihren Vater darum bitten. Er wirkte gedankenverloren. Seit er das Wasser berührt hatte und sie ihn auf dem Boden vor dem Brunnen aufgefunden hatten, schien er irgendwie verändert; abwesend, als veranlaßte ihn etwas zum unablässigen Nachdenken. Als hätte er in die Dunkelheit geblickt und etwas gesehen, das ihm nicht gefiel. Sie hatte versucht, ihn zum Sprechen zu bewegen, aber er hatte nichts preisgegeben.

Bis auf das kurze Gespräch gleich nach seinem Erwachen. Und seither grübelte Arianna darüber nach.

Entscheidungen. Letztendlich lief alles darauf hinaus.

Eine Wahl treffen.

Ihr Vater hatte eine Wahl getroffen, ohne auch nur einen von ihnen ernsthaft zu Rate zu ziehen. Nach diesem letzten Zwischenfall hatte er eine Wahl treffen müssen, eine Wahl, die keiner der anderen, sie eingeschlossen, wirklich verstanden hatte.

Sie strich sich eine Haarsträhne hinter das Ohr. Die vergangenen Wochen, die sie unterwegs gewesen waren, und jetzt, hier in dieser Höhle, hatten sie vieles über Entscheidungen gelehrt. Es war nicht so leicht, wie es im Palast den Anschein gehabt hatte. Seit dem Tag, an dem sie glaubte, Sebastian sterben zu sehen, hatte sie begriffen, daß ihre Jungmädchentage vorüber waren. Dazu kam, daß ihr früheres Leben sie nur auf sehr wenig vorbereitet hatte. Kein Wunder, daß Solanda sich so oft aufgeregt hatte. Kein Wunder, daß sich Solanda darüber gesorgt hatte, daß Arianna nicht lernen wollte, wie man eine Fey war.

Sie hatte es nicht gelernt.

Sie mußte es jetzt lernen, ohne dabei ihr Inselerbe zu verleugnen. Sie mußte stark und kriegerisch sein und schwierige Entscheidungen treffen, so wie ihr Vater – der kein Fey war.

Arianna lächelte. Vielleicht kam es nicht unbedingt darauf an, wie eine Fey zu werden. Aber ihr ganzes Leben lang hatte sie geglaubt, das starke Volk auf dieser Welt seien die Fey, und die Inselbewohner seien immer die Schwachen. Sogar in ihrem Elternhaus schien es so zu sein. Solanda war stark und lebhaft und emotional; ihr Vater wirkte ruhiger, vernunftbetonter, ein Mann, der selten aus sich herausging.

Bis der Schwarze König kam.

Inzwischen war Solanda tot. Ihr Vater nicht.

Sie lehnte den Kopf an den Stein. Er war kühl. Leen war von den Edelsteinen zum Rand des Vorsprungs gegangen. Hinter ihr huschte ein Schatten über die Steine.

Ein riesenhafter Schatten.

Arianna folgte ihm mit finsterem Blick. Er bestand aus mehreren vogelartigen Wesen mit einem großen Gebilde in der Mitte. So etwas hatte sie noch nie gesehen.

Sie machte einen Schritt aus der Höhle hinaus, obwohl sie das eigentlich nicht ohne die ausdrückliche Erlaubnis ihres Vaters tun sollte, und schaute nach oben.

Dort am Himmel flogen ein Dutzend oder mehr Falken zu

einem strengen Quadrat angeordnet und trugen einen Mann in einem hölzernen Sitz. Der Mann hielt sich an dünnen Seilen fest und sah nach unten.

Sie drängte sich eng an den Höhleneingang und hoffte, daß er sie nicht sehen würde.

Aber sie mußte ihn sehen, um herauszufinden, wer er war. Er war ein Fey, das stand außer Frage. Und etwas an ihm kam ihr eigenartig vertraut vor.

»Leen!« rief sie so laut, wie sie sich eben traute. »Leen!«

Leen hörte sie nicht. Arianna drückte sich an die Felswand und schob sich auf die Plattform hinaus. Die Schwerter – diejenigen, die ihrem Vater Sorgen bereiteten – schwebten über ihr. Sie mußte sie ignorieren.

»Leen!«

Leen spähte über den Felsvorsprung und sah weder die fliegenden Fey über noch den Schatten hinter ihr. Sie schien auch Arianna nicht zu hören.

»Leen!« Diesmal rief Arianna lauter. Sie fragte sich, ob der Mann über ihr sie bei dem rauschenden Wind und dem Flügelgeflatter hören konnte.

Leen drehte sich um.

Arianna zeigte nach oben.

Leens Blick folgte ihrem Finger. Die Kriegerin zuckte zusammen. Inzwischen hatten sich die Vögel wieder von den Bergen entfernt und überquerten gerade den Fluß. Sie flogen eine leichte Kurve und hielten auf das Tal zu, weg von Arianna und dorthin, wo die Fey ihre Armeen zusammenzogen.

Leen fluchte und winkte Arianna aufgeregt zu. »Geh rein! Du sollst doch nicht hier draußen herumlaufen!«

Wäre sie nicht herausgekommen, hätte niemand die Vogelreiter gesehen. Doch Arianna verkniff sich die Entgegnung und blickte dem Mann inmitten der flatternden Vögel mit zusammengekniffenen Augen nach.

Wie viele Fey-Männer mittleren Alters kamen ihr wohl vertraut vor?

Ihre Nackenhaare stellten sich auf.

Das dort oben war nicht irgendein Fey gewesen ... sondern ihr Urgroßvater. Er hatte das Gelände erkundet.

Er hätte sie sehen können.

Sie zwang sich, tief durchzuatmen.

Wenn er sie gesehen hatte, würde er wiederkommen, um sie zu holen. So vielen Falkenreitern und auch ihm allein war sie nicht gewachsen.

Nein. Er führte etwas im Schilde.

Sie schlich durch die Felsen zurück zum Höhleneingang. Drinnen war niemand zu sehen. Wahrscheinlich waren alle mit irgend etwas beschäftigt oder versuchten einen Plan zu ersinnen, mit dem man den Schwarzen König besiegen konnte.

Arianna rannte in die Höhle und eilig die Treppe hinunter. Ihr Vater saß neben Coulter auf der untersten Stufe und starrte vor sich auf den Boden. Gabe stand seitlich neben ihnen. Er war kaum mehr als ein besserer Übersetzer für seine Mutter.

»Papa!« rief sie.

Ihr Vater blickte auf.

»Der Schwarze König!« sagte sie und zeigte nach hinten.

Ihr Vater, Coulter und Gabe drehten gleichzeitig die Köpfe herum und schauten die Treppe hinauf.

»Er ist gerade eben vorbeigeflogen. Er hat sich von oben alles genau angesehen.«

»Bist du sicher, daß es der Schwarze König war?« fragte Gabe. Sie wußte nicht, ob er die Frage für sich oder für seine unsichtbare Mutter stellte.

Arianna hatte im letzten Monat gelernt, so gut es ging die Wahrheit zu sagen, selbst wenn sie dabei nicht so gut wegkam. Noch vor wenigen Wochen hätte sie mit einem klaren

›Ja‹ geantwortet. Diesmal jedoch holte sie tief Luft und sagte: »Nein. Aber ich kenne kaum andere Fey in seinem Alter, und dieser Mann kam mir vertraut vor.«

Ihr Vater wandte sich von ihr ab, nickte und sagte: »Ja. Tu das.«

Offensichtlich redete er mit ihrer Mutter. Dann drehte er sich um und bemerkte ihren verwirrten Gesichtsausdruck.

»Sie geht nachsehen, ob sie erkennen kann, um wen es sich handelt.«

Coulter betrachtete sie mit seinen tiefblauen Augen. Sie spürte ihren Sog ganz deutlich und lächelte ihn ein wenig unsicher an.

Er lächelte nicht zurück.

»Es geht los, hm?«

»Es geht schon seit Tagen los«, erwiderte Gabe, und diesmal wußte Arianna, daß er selbst redete. Wenn er für seine Mutter dolmetschte, sprach er nie mit soviel Bitterkeit und Leidenschaft in der Stimme.

»Nein«, sagte Coulter. »Die eigentlich Sache. Er hat es auf euch beide abgesehen.«

»Das wissen wir schon lange.«

»Und auf diesen Ort.«

Arianna nickte. Ihr Herz raste. Sie wollte nicht daran denken, wie recht ihre Mutter gehabt hatte. Arianna war bereit zum Kampf. Mehr als bereit, um ehrlich zu sein. Sie wollte, daß die Schlacht sofort anfing, obwohl sie tief in ihrem Innersten wußte, daß danach nichts mehr wie vorher sein würde.

Vielleicht mußten einige von ihnen sogar sterben.

Sie legte eine Hand auf Coulters Arm und verspürte dabei so etwas wie einen Schlag. Sie wollte ihn gern mehr berühren und mußte sich stets zurückhalten, damit sie sich nicht in seine Arme warf.

»Wir dürfen uns nicht streiten«, sagte sie. »Wir müssen uns einen Plan überlegen.«

»Wir warten auf Jewel«, erwiderte ihr Vater. »Sie wird gleich zurück sein.«

Arianna nickte. Fledderer folgte der Unterhaltung aufmerksam, eine Hand am Schwertknauf. Leen war immer noch draußen. Adrian saß auf den Stufen, die am weitesten von ihnen entfernt waren. Wie es aussah, war er mit den Vorräten beschäftigt gewesen, den Dingen, die sie nicht einmal berühren durfte.

Sie hatte nie richtig begriffen, was sie bei einem Kampf eigentlich tun sollte. Einmal hatte sie ihren Vater mit der Bemerkung aufgezogen, ihre Rolle bestünde offensichtlich darin, ganz hinten in der Höhle zu sitzen und hübsch auszusehen. Er hatte sie nur angesehen und dann mit einigem Ernst geantwortet: *Stimmt. Da hast du recht.*

Arianna verstand die Notwendigkeit, daß sie sich im Hintergrund hielt. Ihr war durchaus klar, daß sie und Gabe in gewisser Hinsicht die Hauptgewinne bei diesem Spiel waren. Aber sie wußte auch, daß sie, falls jemand die Höhle betreten würde, der dort nicht hingehörte, versuchen würde, ihn zu vertreiben. Jedes andere Verhalten würde ihr strikt gegen den Strich gehen. Sosehr sie sich auch bemühte, einige Charakterzüge, die hier nicht angebracht zu sein schienen, zu verändern – so ganz konnte sie sich nicht umkrempeln.

»Sie ist wieder da«, sagte Gabe und sah dabei Arianna an. Er sah sie oft an, wenn er dolmetschte, als fühlte er sich schuldig, daß sie es nicht selbst hörte, daß ihre Mutter entschieden hatte, für sie nicht sichtbar zu sein.

Gabe lauschte aufmerksam der Unterhaltung, die Ari nicht hörte. Coulter war näher zu ihr gerückt. Sie wußte, daß er ebenso wie sie darunter litt, Aris Mutter nicht sehen zu können. Er hatte es ihr gesagt.

»Und?« Ari konnte nicht länger warten.

Gabe hielt beschwichtigend die Hand hoch. Ihr Vater beugte sich näher heran. Auf seinem Gesicht lag der eigenartig sanfte Ausdruck, den es immer annahm, wenn ihre Mutter in der Nähe war. Er sah jünger und verletzlicher aus, als Ari ihn je zuvor gesehen hatte.

Auch das gefiel ihr nicht besonders.

»Sie sagt«, erklärte Gabe langsam, als wartete er noch darauf, daß sie ihren Satz beendete, »es war tatsächlich der Schwarze König. Sie gratuliert dir zu deinen guten Augen. Sie sagt, die Fey hätten einen kompletten Schlachtplan ausgearbeitet, der sowohl die Stadt Constantia als auch diesen Berg beinhaltet.«

»Wissen die Leute von Constantia denn Bescheid?« fragte ihr Vater, noch bevor Gabe geendet hatte. »Können wir ihnen irgendwie helfen?«

»Sie sind darauf vorbereitet«, antwortete Gabe.

»Was ist mit uns?« wollte Arianna wissen. »Was haben sie mit uns vor?«

»Der Schwarze König wird die Schlacht anführen«, sagte Gabe.

»Das kann er nicht tun!« rief Coulter dazwischen. »Ich dachte, die Regel Blut gegen Blut verbietet so etwas?«

»Nicht, wenn sein Ziel darin besteht, äh ... mich und Arianna zu holen«, sagte Gabe. Er zögerte immer ein wenig beim Dolmetschen, wenn er über den eigenen Namen stolperte und dann rasch ein »mich« einfügte. Das machte die Angelegenheit etwas umständlich.

»Er wird ungemein vorsichtig vorgehen müssen«, sagte ihr Vater.

»Wir auch«, erwiderte Gabe. Arianna wußte nicht genau, ob er für sich oder für ihre Mutter sprach. »Zumindest Ari und ich.«

Also sprach er wohl für sich.

Offensichtlich stimmte ihre Mutter mit seinen Worten überein, denn sie sagte nichts. Wenn sie anderer Meinung war, meldete sie sich stets gleich zu Wort.

»Dann müssen wir also zur Schlacht schreiten«, sagte ihr Vater. Er schien in diesem Augenblick größer zu werden, als habe auch er sehnlich darauf gewartet. Dann sah er Coulter an. »Bist du bereit für Phase eins?«

Coulter schluckte. Er schien von ihnen allen der einzige zu sein, der nicht glücklich darüber war, daß die Warterei ein Ende hatte. »So bereit, wie es nur geht«, antwortete er.

»Adrian, du hast erste Wache draußen«, sagte Nicholas. Ari warf ihm einen raschen Blick zu. Dieser Teil des Plans gefiel ihr überhaupt nicht. Nur einer von ihnen würde draußen sein, aber Coulter sollte diese Person vervielfachen, so daß dieser eine von weitem wie eine ganze Armee aussah. Außerdem war derjenige durch die Vervielfältigungen schwerer zu töten. Die Duplikate starben nur, wenn das Original starb. Es war, wie ihnen Aris Mutter versichert hatte, eine der sichersten Arten, Posten aufzustellen.

»Fledderer«, sagte ihr Vater. »Richte Leen aus, sie soll sich ein paar Stunden ausruhen. Sie wird Adrian nach Einbruch der Dunkelheit ablösen.«

»Jawohl!«

»Und was tun wir?« wollte Ari wissen. »Gabe und ich?«

»Ihr bleibt bei mir«, antwortete ihr Vater. »Ihr müßt lernen, daß die Anführer stets hinter den Linien arbeiten, und ihr erfahrt jeden Aspekt dieses Schlachtplans, damit ihr auch dann kämpfen könnt, wenn mir etwas zustößt.«

»Wie kann dir etwas zustoßen, wenn du hinten bei uns bist?« fragte Ari.

Ihr Vater schüttelte den Kopf. »Bei einer Schlacht kann man

das nie genau voraussagen, Ari«, antwortete er leise. »Man muß auf alles vorbereitet sein.«

Zum Beispiel auf die Invasion ihrer Heimat.

Zum Beispiel auf eine schnelle Flucht in die Berge.

Zum Beispiel auf den Verlust Sebastians.

Ihr Mund wurde trocken. Ihr war nicht deutlich gewesen, nicht in ihrem Innersten, daß sie noch mehr verlieren konnte. Ihre neugewonnenen Freunde.

Coulter.

Ihren Vater.

Coulter mußte ihrem Gesicht etwas angemerkt haben, denn er legte den Arm um sie und zog sie an sich. Sie lehnte sich an ihn, brauchte seine Unterstützung. Er drängte sich an sie. Sein Herz klopfte heftig.

Er hatte Angst. Sie legte eine Hand auf die seine. Er hatte ihr am Abend zuvor erzählt, daß er nicht wisse, wieviel an Tod und Gemetzel er noch aushielte. Auf dem Weg hierher hatte er einen ganzen Trupp Fey getötet, und das ging ihm noch immer nach.

Er hielt sich für einen gebrochenen Mann.

Sie hielt ihn für stark. So stark, wie sie selbst sein mußte. Stark und sensibel. Dazu hatte sie sich selbst abgerichtet, dazu hatte sie sich neu erschaffen.

Niemand hatte ihr verboten, sich dem Höhleneingang zu nähern, aber sie ging ohnehin nicht mehr in seine Nähe.

Nicht, bevor die Schlacht vorbei war.

Es sei denn, sie mußte es tun.

22

Eine Ratte huschte vor ihr über den Weg. Sie sah merkwürdig aus.

Pausho blieb stehen, schaute ihr nach und wollte ihren Augen nicht trauen. Auf dem Rücken der Ratte ritt ein kleiner nackter Mensch.

Ein kleiner nackter Mensch ohne Beine.

Sie war mit Tri unterwegs zur Versammlungshalle, wo sie nach Zak und den Weisen sehen wollten, die dabei waren, die letzten Vorräte aus dem Gewölbe auszuräumen. Anschließend wollten sie es zum Schutz der Worte fest verschließen, obwohl Matthias hindurchgegangen war. Alle paar Stunden sollte jemand hinuntergehen und nachsehen, ob Matthias zurückgekommen war.

Pausho war sich ziemlich sicher, daß er es nicht schaffte.

Tri war sicher, daß er durchkam.

Aber die Ratte machte ihr Sorgen. Es war schon die zweite, die sie in den letzten paar Minuten gesehen hatte, und diese hier sogar aus der Nähe.

Sie waren nicht mehr weit von der Versammlungshalle entfernt. Die Kopfsteinstraßen mit ihren Steinhäusern waren ihr so vertraut wie ihr eigener Körper. Aber eine Ratte hatte sie in dieser Gegend noch nie gesehen, geschweige denn zwei.

Eine dritte beobachtete sie von einer Türschwelle aus. Sie stand auf den Hinterbeinen, rieb die Vorderpfoten wie bittend aneinander und schnupperte mit zitternden Barthaaren in der Luft.

Pausho konnte ihren Rücken nicht sehen und somit nicht erkennen, ob etwas auf ihr ritt.

Sie zupfte Tri am Ärmel. »Hast du das gesehen?« flüsterte sie und zeigte auf die Ratte.

»Und das«, antwortete er und blickte in Richtung einer Seitengasse. Sie drehte sich gerade noch rechtzeitig um, um einen langen, rosafarbenen Schwanz hinter einem Steinhaufen verschwinden zu sehen.

»In diesem Teil der Stadt haben Ratten nichts zu suchen«, sagte sie. Die Stadt hatte zwar mit einer Rattenplage zu kämpfen, das schon, aber nur unten am Fluß und in den ärmeren Wohnvierteln. Nicht hier im Zentrum, in der Nähe der Versammlungshalle.

»Vielleicht treibt sie etwas hierher«, fragte sich Tri.

Sie schüttelte den Kopf und spürte, wie ihr Gesicht heiß wurde. Sie wollte ihm nicht erzählen, was sie gesehen hatte, wußte jedoch, daß es besser war, wenn sie es tat. »Ich glaube, ich habe auf einer von ihnen einen winzigen Menschen reiten sehen.«

Tri sah sie mißtrauisch an. »Einen winzigen Menschen?«

Sie nickte. Es wurde ihr noch heißer im Gesicht.

»Das ist unmöglich«, sagte Tri. Dann musterte er sie genauer. »Oder doch?«

»Noch vor zwei Tagen hätte ich es selbst nicht für möglich gehalten«, erwiderte Pausho. »Aber jetzt bin ich mir nicht mehr sicher.«

»Ich wünschte, Matthias wäre hier.«

Das wünschte sie auch, aber das durfte sie nicht laut zugeben. Zumindest könnte ihnen Matthias sagen, ob die Langen die Ratten vom Fluß herauftrieben oder auf ihnen wie auf Pferden ritten. Aber nach allem, was sie wußte und was der Roca in den Worten niedergeschrieben hatte, hatte man bisher noch nie von so etwas gehört. Ihr Volk konnte sich nicht schrumpfen. Konnten es die Langen etwa?

»Halte die Augen offen«, sagte sie, »vielleicht siehst du noch mehr davon.« Dann führte sie Tri weiter in Richtung Versammlungshalle. Die Straßen wurden enger und liefen alle auf das Gebäude im Zentrum der Stadt zu, auf das Herz der Stadt: die Halle.

Sie sah keine Ratten mehr, und auch das kam ihr merkwürdig vor. Es war fast so, als hätten die Ratten ihre Unterhaltung belauscht, als wüßten sie, daß sie nach ihnen Ausschau hielten, als hätten sie bemerkt, daß sie hier am falschen Ort waren.

Ringsumher vernahm Pausho die Geräusche ihres Volkes, das sich für die bevorstehende Schlacht rüstete. Klingendes Metall zeigte an, wo Schwertkampf geübt wurde, wild debattierende Stimmen erhoben sich, und durch die Straßen dröhnte lautes Hämmern von dort, wo die von ihr geforderten Gegenstände angefertigt wurden.

Die Stadt machte sich kampfbereit, aber es sah nicht danach aus, als würde es ausreichen.

»Irgend etwas stimmt nicht«, sagte sie zu Tri.

Er nickte.

Sie nahm seine Hand, plötzlich und unerwartet, und drückte sie fester, als sie eigentlich vorgehabt hatte. Auch ihm hatte sie zu Anfang nicht getraut, und sie wollte ihm auch jetzt nicht trauen. Aber die drohende Schlacht zwang sie dazu, sich anders zu verhalten.

»Wenn mir etwas zustößt ...«

»Das wird nicht geschehen.«

»Falls aber doch«, sagte sie, »dann machst du hier weiter. Befolge die Worte.«

»Ich habe sie nicht studiert.«

»Dann folge meinem Beispiel; dem, was du während der letzten Tage hier gesehen hast. Benutze alle Macht, die dir zur Verfügung steht. Kämpfe mit aller Kraft. Dieser Ort hier ist unsere Heimat. Wir dürfen nicht zulassen, daß er von den Langen überrannt wird.«

»Die Fey«, sagte Tri leise. »Matthias nennt sie die Fey. Und er ist selbst lang.«

Sie nickte. Selbst jetzt war sie nicht bereit, dieses Zugeständnis zu machen. Das nervöse Gefühl, das seit dem Anblick der ersten Ratte von ihr Besitz ergriffen hatte, wurde stärker. »Geh zum Markt zurück«, sagte sie. »Wir sollten nicht zusammensein.«

»Aber du hast doch selbst gesagt, daß die Weisen und« – er grinste humorlos – »die ehemaligen Weisen beisammenbleiben sollten.«

»Ich habe es mir anders überlegt«, sagte sie. »Wenn uns die Klippler verlieren, dann verlieren sie alles. Geh sofort zurück. Sorge dafür, daß alles wie geplant läuft. Wenn die Langen angreifen, folgst du dem Plan, den ich ausgearbeitet habe.«

»Nicht ich bin derjenige, der das tun sollte«, sagte Tri. »Ich habe am wenigsten Ahnung davon. Vielleicht Zak oder einer der anderen, aber doch nicht ich.«

»Geh«, sagte Pausho leise und gab ihm einen kräftigen Schubs. »Sofort!«

Er schüttelte ungläubig den Kopf, drehte sich jedoch um und ging auf dem gleichen Weg zurück, auf dem sie gekommen waren. Sie sah ihm einige Sekunden nach, sah nach links, rechts und auf seine Füße, als suchte sie nach Ratten.

Nachdem er um eine Ecke verschwunden war und ihm keine Ratte folgte, nachdem überhaupt keine Ratten mehr zu sehen waren, stieg sie die Stufen zur Versammlungshalle hinauf.

Sie zog die Tür auf und blinzelte in die plötzliche Dunkelheit. Niemand hatte sich die Mühe gemacht, Kerzen anzuzünden. Es schien überhaupt niemand dazusein. Die Halle verfügte über keine Fenster, damit niemand hineinschauen konnte, wenn die Weisen ihre Sitzungen veranstalteten.

Sie blieb neben der Tür stehen, nahm eine Kerze in die

Hand und zündete sie mit einem Feuerstein an. Normalerweise reichte eine Kerze aus, um den Großteil des Raumes zu erleuchten, doch diesmal schienen die Schatten sogar noch intensiver zu werden. Sie fragte sich, ob sie sich das alles nur einbildete, ob sich ihr Zustand in ihrer Wahrnehmung spiegelte. Es sah aus, als sei nichts angerührt worden.

Vielleicht lag gerade darin das Problem.

Der Tisch stand in der Mitte, die Stühle standen um ihn herum, so wie sie vor Tagen verlassen worden waren.

Es sah aus, als wäre niemand hier.

Dabei hatte sie die meisten Weisen hierhergeschickt. Sie mußten immer noch im Gewölbe sein.

Da sah sie eine Bewegung in der Nähe der Eingangstür zum Gewölbe. Ihr Herz fing an zu pochen, und sie machte einen Schritt in diese Richtung.

Die Dunkelheit auf dieser Wand wich nicht. Sie schien das Licht aufzusaugen, es der Kerze regelrecht zu entreißen, um sie kleiner und weniger wirkungsvoll zu machen. Paushos Atem ging jetzt ganz flach, ihre Hände waren kalt.

Sie umklammerte die Kerze fester und hielt sie dann so weit von sich, wie ihre Arme reichten. Trotzdem konnte sie der Dunkelheit nichts anhaben.

Da! Wieder bewegte sich etwas.

Unwillkürlich entwich ihr ein leises Geräusch aus der Kehle, und sie wünschte sofort, es wäre nicht geschehen.

Die Bewegung rührte von einer Hand her. Einer zuckenden Hand auf dem Boden. Die Hand stand mit nichts in Verbindung.

Außer mit der Dunkelheit. Mit angehaltenem Atem schlich sie näher heran. Die Hand ging in einen Arm über, der in der Dunkelheit verschwand. Die Bewegung der Hand war ruckartig, zuckend, so wie sie es manchmal bei Schwerverwundeten gesehen hatte oder bei Leuten, die sehr tief schliefen.

Die Dunkelheit hatte etwas an sich, das ihr noch nie zuvor begegnet war.

Sie ging in die Hocke, hielt die Kerze näher heran, und die Dunkelheit löste sich auf. Einen Augenblick lang bildete sie den Schatten einer Frau und schien sie anzusehen. Sie hatte Zak verdeckt.

Sein Gesicht war bleich, seine Augen geschlossen, und ohne seine zuckende Hand hätte sie ihn für tot gehalten.

»Weiche«, flüsterte sie dem Schatten zu. Er sah sie immer noch an, sofern etwas Gesichtsloses einen anblicken konnte, doch dann legte er sich wieder über Zak.

Pausho nahm all ihren Mut zusammen und streckte die Hand danach aus, fest entschlossen, das Ding wegzureißen. Als sie es berührte, überlief sie eine Gänsehaut. Es fühlte sich nicht an wie Dunkelheit. Es hatte eine ölige Beschaffenheit, sämig, nachgiebig. Und glitschig. Ihre Hände konnten sich nirgendwo festhalten. Es schien keine feste Oberfläche zu geben, keine Ecken, nichts, an dem man zupacken konnte.

Zak schien nicht zu wissen, was mit ihm geschah. Seine Hand zuckte und zuckte und tat nichts, um Pausho zu unterstützen. Sie schob die Kerze auf die Dunkelheit zu ...

Und spürte, wie sie etwas von hinten anstieß. Sie stürzte auf die glitschige Schwärze, die Zak bedeckte. Die Kerze fiel ihr aus der Hand, schlug auf dem Boden auf und verlosch.

Pausho drehte sich in dem Augenblick um, als etwas Schwarzes und Schweres ihr Gesicht traf, sich hineinkrallte und krampfhaft festhielt ...

Sie war auf dem Berg, ein Kind in den Armen, das sich an ihrer Brust barg. Ihr Kind. Nein, Matthias. Nein, ein anderes kleines Mädchen. Es war ihr Kind, das Kind einer anderen Frau, alle Kinder, die sie jemals auf den Berghang getragen hatte, und es drängte sich an sie. Sie bestand darauf, die kleinen Kinder wegzutragen – sie wußte nach dem ersten Mal, daß sie allein die Kraft dazu besaß –, doch sie legte es hin, nackt, wie es war, in den Schnee.

Sie befanden sich oberhalb der Baumgrenze, der Schnee war tief. Es war Winter, und das Kind weinte, schrie, es wußte, daß es sterben würde –

Das war falsch, das war falsch. Aber das hatte sie in der Vergangenheit getan, nicht jetzt. Jetzt kämpfte sie verzweifelt, sie kämpfte –

Wie ein Kind im Schnee. Ihr wurde kälter und kälter, sie sah den Erwachsenen davongehen, wußte, daß sie sterben mußte, so wie sie alle gestorben waren.

Sie hatte sie alle umgebracht. Nur wenige hatten überlebt. Matthias. Coulter.

Nur wenige.

Aber das kleine Mädchen nicht.

Nicht ihr Kind.

Dann schlug die Verzweiflung über ihr zusammen, die Verzweiflung, die sie seit Jahrzehnten in sich begraben hatte, tief und alt und unberührt. All diese Leben, diese unschuldigen Leben. Verloren.

Umgebracht.

Von ihr.

Weil jemand vor langer Zeit die Worte des Roca mißverstanden hatte und weil sie dem Mißverständnis fraglos gehorcht hatte.

Fraglos.

Sie lehnte sich im gefrorenen Schnee zurück und fühlte, wie seine Kälte ihren Körper umfing. Dieser Tod war nicht genug, war nicht lang genug, nicht quälend genug, nicht schrecklich genug, um ihr ihre Verbrechen heimzuzahlen.

Nur daß sie nicht auf dem Berg war. Sie war nicht dort. Sie hatte die Hand nach Zak ausgestreckt –

Und versagt, wie sie schon so oft versagt hatte.

Noch etwas anderes war in ihren Gedanken. Jemand drückte sie nach unten. Eine Dunkelheit, eine schwarze Dunkelheit, die sie infizierte.

Sie bestrafte, wie sie noch nie zuvor bestraft worden war.

Und trotzdem kam es ihr vor wie ein Traum. Wie ein erzwungener Traum. Ein Alptraum.

Sie wollte nicht sterben.

Auch die kleinen Kinder wollten nicht sterben. Niemand will sterben. Aber sie würde sterben. Und bevor sie starb, würde sie sich an alles erinnern.

An all ihre Sünden.

An all die vielen Leben, die sie ausgelöscht hatte.

Angefangen bei ihrer eigenen kleinen Tochter.

Die nur zufällig die erste gewesen war.

23

Die Traumreiter, Tierreiter und Vogelreiter waren bereits in der Stadt. Dazu hatten sie nicht lange gebraucht. Licia hatte von einem Hügel aus zugesehen. Es war ein eigenartiger Anblick gewesen, wie sie über den gesamten Landstrich ausschwärmten, besonders die Traumreiter, die wie riesenhafte, über den Boden huschende Schatten ausgesehen hatten.

Ihre Befehle – die sie nicht von ihr, sondern vom Schwarzen König erhalten hatten – lauteten dahingehend, daß sie abwarten sollten, bis ein Traumreiter sich des Bewußtseins eines Opfers bemächtigt hatte, und sich dann von dem Traumreiter sagen lassen, wer die Anführer der Stadtleute waren. Die Traumreiter sollten die Anführer ausschalten und sie in ihren schlimmsten Alpträumen wiegen, bis sie von ihren eigenen Ängsten oder letztendlich von einem Fußsoldaten getötet wurden.

Die Rattenreiter sollten so viele Gebäude wie möglich infiltrieren und deren Bewohner im Rudel jagen. Normalerweise wurde niemand von den Ratten getötet, aber die Rattenreiter hatten ihre eigene Taktik. Licia hatte nie verstanden, warum so viele ihrer Opfer schreiend auf die Straße flohen, wo sie von der Infanterie niedergemacht wurden.

Sie ging auf dem Hügel auf und ab. Ihre Infanterie stellte sich wieder zu langen Reihen auf, bereit zum Kampf. Die Fußsoldaten befanden sich immer noch unter Kendrads Kommando weiter hinten im Tal. Licia richtete den Blick gen Himmel. Der Angriff sollte stattfinden, sobald sich die Sonne ihrem Zenith näherte.

Die Zeit schien zu kriechen. Inzwischen hatten sogar die Vogelreiter ihre zugewiesenen Stellungen eingenommen.

Der Schwarze König war von seinem Erkundungsflug zurückgekehrt und hatte einen ziemlich zufriedenen Eindruck gemacht. Licia war froh, daß er den Ausflug überlebt hatte. Ihrer Meinung nach grenzte die Reise zu den Gebirgsausläufern an Dummheit, aber das hatte sie ihm natürlich nicht gesagt.

Wieder schaute sie zur Sonne empor. Sie schien sich keinen Millimeter bewegt zu haben. Licia ging zu ihrem großen flachen Felsen, von dem aus sie zum Rückzug gerufen hatte. Von dort aus konnte sie in alle Richtungen blicken. Die Fußsoldaten waren noch immer nicht aus dem Tal aufgebrochen, doch Rugads Truppe hatte sich in Bewegung gesetzt. Sie kamen über die Hügelkette hinter ihr und marschierten im Gleichschritt auf die Berge zu.

Rugad nahm nur wenige mit Magie begabte Fey mit. Er hatte ein paar Tierreiter dabei, die meisten anderen gehörten jedoch der Infanterie an. Die Gründe dafür blieben ihr verschlossen. Eigentlich wurde ihre Truppe dadurch dezimiert, aber letztendlich sollte sie in der Schlacht dort unten nur als Köder dienen, um die Aufmerksamkeit der Inselbewohner von ihrer Stadt abzulenken.

Sie wischte sich die feuchten Handflächen an der Hose ab. So nervös war sie schon lange nicht mehr vor einer Schlacht gewesen. Der Rückzug hatte auch sie in Mitleidenschaft gezogen, auch wenn sie das niemandem gegenüber zugab. Sie wollte nicht noch mehr Soldaten verlieren, doch sie wußte, daß es so kommen würde.

Wie rasch und effektiv die Fey auch angriffen, es würden unweigerlich viele von ihnen ihr Leben verlieren.

Sie fuhr sich mit der Hand durch das Haar und atmete tief durch. Niemand hatte ihr jemals gesagt, daß ein solcher Verlust sich in Gefühlsschwankungen ausdrückte. Darauf war sie nicht vorbereitet gewesen. Zum ersten Mal seit Jahren konnte sie die Zweifel, die immer wieder in ihr aufstiegen, nicht beiseite wischen.

Aber genau das mußte sie tun. Ihre Einheit, ihre Truppe, ihre Infanterie – sie waren die Köder. Sie waren diejenigen, die die Inselbewohner angreifen und womöglich vernichten sollten, in der Annahme, es handele sich um die Hauptstreitmacht der Fey. Dann sollten die Tierreiter ihnen in den Rücken fallen und die Fußsoldaten mit ihrer besonders widerlichen Art der Kriegsführung eingreifen.

Die Anführer der Inselleute würden zu diesem Zeitpunkt bereits tot sein, ohne daß die Inselleute es wußten. Sie würden weiterkämpfen, waren dann jedoch ihrer Führung beraubt.

Und sie würden verlieren.

Es war ein solider Plan. Es war ihr Plan, wenn auch mit einigen Abwandlungen, und er würde funktionieren.

Sie holte noch einmal tief Luft und blickte abermals zum Himmel empor. Die Sonne stand an der richtigen Stelle. Sie musterte ihre Soldaten. Alle waren bereit. Falls sie von den gleichen Zweifeln geplagt wurden, die ihr zusetzten, so ließen sie sich nichts davon anmerken. Erstaunlich, wie die Ankunft des Schwarzen Königs zur Hebung der Moral beitrug.

Sie sah sich um, erblickte noch mehr Infanterie, die in Richtung der Berge zog, sah die Fußsoldaten aus ihren Stellungen im Tal aufbrechen.

Die Zeit war gekommen.

Sie hob den Arm, und die erste Reihe Soldaten nahm Haltung an.

Dann ließ sie den Arm rasch fallen, und ihre erste Angriffswelle stürmte die Anhöhe hinunter.

Diesmal waren die Inselbewohner vorbereitet. Eine kleine Streitmacht eilte aus der Stadt heraus, um die Fey am Fuß der Hügelkette zu stellen. Einige trugen Waffen. Schwerter. Andere schossen mit Pfeilen von den Gebäuden am Stadtrand.

Wieder andere standen auf den Straßen, hielten die Hände ausgebreitet und rezitierten einen Bannfluch.

Ihre Truppen waren nicht immun gegenüber Bannflüchen. Niemand war immun dagegen. Sie hielten mitten im Lauf inne, waren nicht mehr in der Lage, sich vorwärtszubewegen, aber diesmal waren sie vorbereitet. Sie erstarrten nicht mehr so reglos wie die Soldaten in der ersten Schlacht. Sie ließen sich nicht zurückdrängen und kämpften.

Was ihnen allerdings auch nicht sehr gut bekam. Die Inselbewohner schienen sie in Stücke zu hauen.

Licia verspürte ein Flattern im Magen, eine Nervosität, die zum ersten Mal aufgetreten war, als sie den Rückzug befohlen hatte. Trotzdem war die Zeit absolut richtig gewählt. Jetzt mußte sie die zweite Angriffswelle losschicken.

Unter ihr floß Blut, und es war Fey-Blut.

Köder, rief sie sich in Erinnerung. Wir sind Köder.

Sie hob den Arm, und die zweite Welle, gute Soldaten, die sie waren, nahm Haltung an. Sie senkte den Arm, und sie stürmten die Anhöhe hinab.

Sie schienen auf den gleichen Widerstand zu treffen wie die erste Welle, aber sie griffen aktiv in den Kampf ein. Bei dem Sonnenlicht, das sich tausendfach im Metall der Waffen brach, konnte sie kaum etwas erkennen. Aber sie hörte die Schmerzensschreie, gemischt mit dem Schlachtruf der Fey. Hier und da stieg Siegesgebrüll in die Morgenluft.

Diesen Laut hatte sie vermißt. Jawohl, die erste Welle war ein Opfer, und wahrscheinlich hatte sie das gewußt. Aber der zweiten Welle erging es besser. Die Inselbewohner hatten keine weiteren Kampfverbände aus der Stadt geschickt, obwohl die Pfeile noch in dichten Schwärmen von den Häusern aufstiegen. Sie verfügten nicht annähernd über die Reserven, auf die die Fey zurückgreifen konnten.

Trotzdem töteten die Inselbewohner mehr Fey, als ihr lieb

war. Ihre Schwerter schienen sich schneller zu bewegen als die der Fey, sie schienen besser zu treffen und mit unfehlbarer Sicherheit tödliche Verletzungen auszuteilen. Immer noch sah sie Blut aufspritzen und in Bächen über den Boden rinnen.

Es war ein Gemetzel, genau wie beim ersten Mal.

Sie runzelte die Stirn und wünschte sich, sie könnte besser in die Stadt hineinsehen. Sie wollte wissen, ob die Tierreiter bereits losgeschlagen hatten.

Aber das spielte keine Rolle. Ihre Aufgabe bestand darin, hier oben zu bleiben und ihre Soldaten hinunterzuschicken, damit sie die Inselbewohner ablenkten.

Ein drittes Mal hob sie den Arm. Zum dritten Mal nahmen ihre Infanteristen Haltung an. Und zum dritten Mal schickte sie sie hinunter in den Tod.

Sie tat es in gutem Glauben.

Glauben an sich selbst.

Glauben an ihren Plan.

Glauben an den Schwarzen König.

Sie mußte einfach daran glauben, daß das Imperium der Fey siegreich aus diesem Kampf hervorging, so wie aus allen Kämpfen zuvor. Andernfalls war alles, was zuvor geschehen war, bedeutungslos.

Immer mehr Leichen bedeckten die Wiesen und Felder unter ihr. Die meisten davon waren Fey.

»Glauben«, flüsterte sie leise vor sich hin und hoffte, daß genug davon in ihr war.

24

Marly hielt sich in dem provisorischen Krankenhaus auf, als sie den Schlachtruf vernahm. Sie erschauerte.

Erst in der Nacht zuvor hatten sie das Hospital vom Stadtrand in ein gut ausgestattetes Haus unweit der Versammlungshalle verlegt. Mehrere Stadtleute hatten die Verwundeten getragen, andere stellten ihre eigenen Betten zur Verfügung. Marly hatte einige der älteren Damen mitgebracht, die bei der Versorgung und auch allgemein bei der stadtweiten Koordination halfen.

Im Augenblick war sie jedoch bis auf die Verwundeten allein. Viele ihrer Helfer standen draußen auf dem Schlachtfeld. Andere – eigentlich die meisten – rezitierten Zaubersprüche, die die Fey in Schach halten sollten. Der Gedanke, daß sie die einzige Gesunde im ganzen Haus war, gefiel ihr nicht.

Als der Schlachtruf herüberhallte, kümmerte sie sich gerade um einen der jungen Kämpfer, der beim ersten Angriff verletzt worden war. Er hatte einen Arm verloren, woran sie nichts ändern konnte, und er war untröstlich darüber, daß er nicht mehr mitkämpfen konnte; und er machte sich Sorgen um seine Zukunft.

Sie war nicht sicher, ob er überhaupt noch eine Zukunft hatte. Ob sie alle noch eine Zukunft hatten. Aber sie nahm tröstend seine verbliebene Hand, drückte sie zuversichtlich und ging dann an den vielen noch leeren Betten, die, wie es schien, auf die Opfer der neuen Attacke warteten, vorbei zur Tür.

Sie wußte nicht, was sie tun sollte. Niemand hatte ihr Anweisungen gegeben. Alle sahen sie als diejenige an, die für die Verwundeten zuständig war. Sie hatte es keineswegs so gewollt, aber ihre Heilergabe hatte sie für diese Position auserkoren, diese Gabe, die sie schon seit jeher hatte. Ihr Bruder Jakib hatte es früher gewußt als sie und immer seine Freunde zu ihr gebracht, wenn sie sich bei einem krummen Ding verletzt hatten, etwa bei einem Raubzug in das Haus eines Adligen oder bei einem vielversprechenden Einbruch. Er war auch derjenige gewesen, der Matthias gefunden und zu ihr gebracht hatte.

Matthias.

Kurz vor der Tür blieb sie stehen und wischte sich die Hände am Rock ab.

Sie versuchte nicht an ihn zu denken.

Noch nie zuvor war sie einem Mann wie ihm begegnet. Groß, machtvoll und dabei so völlig unsicher. Zur Bestürzung der anderen hatte sich in ihn verliebt, und sie hatte nicht versucht, es zu verheimlichen.

Sie hatte um nichts gebeten, und er hatte ihr nichts gegeben, bis auf das leere Versprechen, wohlbehalten zurückzukehren. Schon einmal hatte er dieses Versprechen gegeben und war auf dem Berg beinahe umgekommen. Diesmal, davon war sie überzeugt, würde er dort oben sterben.

Sie hatte gewußt, daß er zurückgehen würde, obwohl er ihr nichts davon gesagt hatte. Sie hatte es in seinen Augen gesehen, an seiner ganzen Haltung, und daran, wie er der Frage jedesmal ausgewichen war.

Das Gefühl kam wieder, leise und seltsam und dissonant. Dabei hatte sie jetzt keine Zeit, an Matthias zu denken. Sie hatte keine Zeit, hinter ihm herzuträumen und sich um ihn zu sorgen, auch nicht, wenn er sich nicht selbst um sich sorgte.

Sie mußte ein Krankenhaus vorbereiten und diesem Gefühl auf den Grund gehen.

Das Gefühl beunruhigte sie.

Sie legte die Hand auf den Türgriff und zog daran.

Das blasse Sonnenlicht überraschte sie. Sie hatte vor Tagesanbruch zu arbeiten angefangen; inzwischen war es beinahe Mittag. Ein kleines, dunkles, wuseliges Wesen flitzte so schnell an ihren Füßen vorbei, daß sie die Bewegung eher spürte als wirklich sah.

Von der Schwelle aus konnte sie den Schlachtenlärm hören. Schreie, Gebrüll und dieses seltsame Heulen, das bei der Schlacht um Jahn durch die Hauptstadt gehallt war. Die Hügel und die Felder darunter waren von Leichen übersät. Kaum sichtbar zischten Pfeile durch die Luft. Klingen blitzten im Sonnenlicht. Ihr Magen drehte sich um, und sie legte schützend eine Hand auf den Bauch.

An diesem Tag würden noch viele Menschen sterben, sehr viele – und wofür? Für ein Stückchen Land? Eine andere Lebensweise? Matthias war davon überzeugt, daß die Fey böse waren. Marly nicht. Sie hielt sie einfach nur für anders. Das Leben bedeutete ständigen Wandel, und die Fey brachten diesen Wandel mit sich.

Aber hier ging mehr vor sich als eine Schlacht auf den Hügeln.

Etwas tat sich in der Stadt selbst.

Sie sah nach unten. Überall rannten Ratten um sie herum. Ratten mit kleinen nackten Leuten auf den Rücken.

Sie unterdrückte einen Schrei und blieb auf der Schwelle stehen, sorgsam darauf bedacht, das Pflaster nicht zu betreten. Die Ratten kümmerten sich nicht um sie. Sie rannten so schnell, wie sie Ratten noch nie hatte rennen sehen – in Richtung Versammlungshalle.

Die Ratten fluteten wie ein pelziger Fluß auf die offenstehenden Türen zu und lachten schadenfroh, als sie dahinter verschwanden. Direkt auf der Türschwelle erkannte sie in Inselbewohnerstiefel gekleidete Füße – Füße, die sich nicht bewegten.

Die Ratten kletterten darüber hinweg.

Sie drückte die Hand gegen den Magen, in dem sich Übelkeit breitmachte. So etwas hatte sie schon einmal gesehen. Rattenwesen. Hundewesen mit Fey auf den Rücken. Sie waren erbarmungslos.

Sie töteten die Lebenden und fraßen die Getöteten auf.

Die Weisen hatten sich in der Versammlungshalle aufgehalten.

Sie hoffte nur, daß Matthias bereits weggegangen war. Zum ersten Mal hoffte sie, daß er sich durch das Gewölbe auf den Weg gemacht hatte, hinauf in die Berge, und sie hoffte, daß der Pfad, den er ihr einmal beschrieben hatte, ein Tunnel war, den sonst niemand fand.

Sie erschauerte, machte die Tür aber noch nicht zu. Die Ratten mieden sie und strömten wie auf einen geheimen Befehl hin unbeirrt zur Versammlungshalle. Dann sah sie all die Vögel über die Stadt fliegen. Vögel ...

Sie hielten genau auf die Stadtmitte zu, dort, wo die Blutklippler an den Schwertern, den Glaskugeln und den anderen Gerätschaften arbeiteten, die sie, laut Matthias' Worten, retten würden.

Vögel, die mit der gleichen Zielgerichtetheit flogen, mit der auch die Ratten vorzugehen schienen. Marly war davon überzeugt, daß sie auf den Vogelrücken ebenfalls winzige Fey entdecken würde, könnte sie die Rücken nur sehen.

Vögel.

Ratten.

Kleine Wesen.

Kreaturen, die von den ungeübten Städtern unbemerkt in eine Stadt schleichen konnten.

Wieder lief ihr ein eiskalter Schauer den Rücken hinunter. Auch sie war nicht für einen Kampf mit den Fey gerüstet. In Jahn hatte sie nur aufgrund von Yaseps Planung überlebt, und anschließend, weil Matthias darauf bestanden hatte, daß sie die Stadt verließen.

Yasep hielt sich in der Stadtmitte auf. Matthias war weg. Sie arbeitete allein im Krankenhaus.

Sie tastete nach der Tür hinter sich, schob sich daran vorbei und drückte sie zu. Bislang war noch keines dieser Viecher eingedrungen.

Aber das war nur eine Frage der Zeit.

Sie mußte ein Mittel finden, um sich zu schützen. Sie holte tief Luft und ließ den Blick über die verbliebenen Verwundeten wandern. Sie waren ausnahmslos zu schwach, um die Betten zu verlassen, und in jedem Fall nicht in der Lage, sich zu verteidigen.

Aber sie würden tun, was sie konnten. Marly hatte mehrere Messer, das Schwert, das Matthias ihr gegeben und beteuert hatte, es würde sie beschützen. Dazu eine jener Glaskugeln, die Jakib mitgebracht und Marly angefleht hatte, sie erst dann zu berühren, wenn sie sie wirklich brauchte. Und sie hatte sich selbst.

Sie ballte die Fäuste und verschränkte die Arme über der Brust. Schon vor Jahrzehnten hatte ihre Mutter ihr einen kleinen Schutzzauber beigebracht. Er sei über Generationen heimlich in der Familie weitergegeben worden, hatte ihre Mutter gesagt. Sie hatte Marly schwören lassen, ihn niemandem außer ihren eigenen Kindern beizubringen und nur in allerhöchster Not anzuwenden.

Marly hatte ihn noch nie zuvor angewendet.

Jetzt war es soweit.

Es bedurfte all der Kräfte, die sie herbeirufen konnte, selbst wenn es nur die Kräfte ihrer eigenen Überzeugung waren.

25

Er watete in Blut.

Denl hielt in einer Hand das Schwert, in der anderen ein Messer. Das Messer streckte er eher aus Gründen des Gleichgewichts von sich und benutzte es nur selten. Das Schwert tat genau das, was Matthias vorausgesagt hatte: Es war ein magisches Instrument, das alles in Stücke schnitt, womit es in Berührung kam.

Denl benutzte es dazu, die Fey, die sich ihm entgegenwarfen, in Stücke zu schneiden.

Dutzende und Aberdutzende von ihnen, vielleicht sogar Hunderte, hatten sich über die Hügel ergossen und waren im Gleichschritt auf sie zugestürmt. Einige waren von Pfeilen niedergestreckt worden, andere bei den ersten Tönen des beschwörenden Singsangs stehengeblieben.

Er hörte den Gesang kaum noch.

Weiche

Weiche.

Weiche.

Aber diesmal war er nicht gegen ihn oder Matthias gerichtet. Er richtete sich gegen die Fey. Die Klippenbewohner, die gruppenweise hinter ihm standen, so wie sie vor der Schlacht von Pausho zusammengestellt worden waren, sangen mal leise, mal aufbrausend und wußten, daß ihre Worte keine mindere Wirkung auf den Feind hatten als die Schwerter, die Matthias entdeckt hatte, oder die Pfeile, die einige der Männer in den vergangenen Tagen hergestellt hatten.

Trotzdem hallte der Singsang wie Trommelwirbel in seinem Kopf. Er spürte ihn mehr, als er ihn hörte.

Weiche.

Weiche.

Weiche.

Die Fey ließen sich nicht davon in die Flucht schlagen, diesmal nicht, aber es hielt sie immerhin davon ab, weiter vorzudringen. Und im Gegensatz zum letzten Angriff kämpften sie dort, wo sie zum Stillstand gebracht wurden, unverdrossen weiter.

Die Fey zogen ihre Lehren aus dem, was ihnen widerfuhr, und sie versuchten, Dinge zu verändern.

Denl stand auf ebenem Boden, ungefähr auf dem Gebiet, auf dem die Fey zuvor aufgehalten worden waren. Er stand nicht in der ersten Verteidigungslinie – das hatte er Matthias versprochen –, aber er hielt sich auch nicht so weit hinten, wie er gesagt hatte.

Schweiß rann ihm über das Gesicht. Seine Arme wurden müde. Er schwang sein Schwert, wieder und wieder und wieder, und das Schwert schnitt und schnitt und schnitt. Ein Fey nach dem anderen stellte sich ihm in den Weg, er nahm sie schon nicht mehr als Menschen wahr, sondern nur als Teile, die zerschnitten werden mußten. Während er das tat, waren seine Gedanken ganz woanders, er dachte an ihre Ziele und an die Klippenbewohner hinter ihm.

Hätte sich Denl auf das konzentriert, was er da tat, wäre er wohl schreiend vom Schlachtfeld gerannt.

Die Klippler verfügten eigentlich nicht über genügend Kämpfer. Und obwohl sie Nachrichten an die anderen Siedlungen am Fuß der Blutklippen ausgesandt hatten, hatte keines dieser Dörfer Kämpfer entsandt.

Pausho wußte nicht, ob es daran lag, daß sie einfach nicht glaubten, daß es hier Probleme gab, oder daß es ihnen nicht möglich war, nach Constantia durchzustoßen.

Denls Füße waren naß vom Blut. Auch die Klippler links und rechts von ihm hackten und stießen ohne Unterlaß in den

Feind. Sie hatten geübt, so weit wie möglich voneinander entfernt zu stehen, ohne ihre Verteidigungslinie durchlässig werden zu lassen. Dabei war das nicht einmal nötig. Solange die Beschwörer nicht zu singen aufhörten, gingen die Fey keinen Schritt weiter.

Er führte einen Stoß aus und hätte beinahe die Balance verloren. Rasch streckte er die Hand mit dem Messer aus, um nicht zu Boden zu gehen. Dabei sah er unvermittelt nach unten. Der Boden zu seinen Füßen war nicht nur blutverschmiert, sondern auch mit Leichen und Körperteilen, meistens Armen, übersät. Die gefallenen Fey waren größtenteils noch am Leben, aber mit abgetrennten Gliedmaßen. Sie verbluteten.

Übelkeit stieg in ihm auf, und er mußte schlucken, um nicht das wenige, das in seinem Magen war, zu verlieren.

Er richtete sich wieder auf, das Blut auf seiner Messerhand klebte an seiner Haut. Er war völlig mit Blut besudelt – Fey-Blut –, und bis jetzt hatte er es nicht einmal gespürt.

Konzentriere dich.

Konzentriere dich.

Er mußte an etwas anderes denken.

Seine Arme bewegten sich wie mechanisch. Immer noch konnte er die Gesänge hören, und solange er sie hörte, mußte er sich um seine Rückendeckung keine Sorgen machen. Kein Fey kam an ihm vorbei. Kein Fey unternahm auch nur den Versuch dazu.

Genau das machte ihm Sorgen.

Er hob den Kopf und spürte, wie ihm der Schweiß in die Augen rann. Eine Fey kam näher und schien die Toten und Verwundeten rings um Denl nicht einmal wahrzunehmen. Sie hob ihr Schwert, ließ es niedersausen und erwischte ihn. Jetzt war es sein Blut, das von seinem rechten Handgelenk rann.

Der Schmerz durchzuckte ihn, und er stieß einen Fluch aus,

den er einmal geschworen hatte, nie wieder auszusprechen. Er hob den Arm, schlug nach ihr und schlitzte ihr den Bauch auf. Sie öffnete den Mund, starrte ihn an und holte noch einmal aus, während ihr bereits die Eingeweide aus dem Bauch quollen. Der Schlag verfehlte ihn, sie fiel auf die Knie.

Weil er sie plötzlich als Person sah, weil er sie überhaupt wahrnahm, konnte er ihre Todesqualen nicht ertragen.

Er ging einen Schritt auf sie zu und stieß ihr mit der Linken das Messer ins Herz.

Der nächste Fey kam heran, zielte nach Denls Hals, doch diesmal wich er rechtzeitig aus. Er mußte sich wieder dem Kampfgeschehen widmen. Wenn er darüber nachdachte und sich die Opfer ansah, konnte er plötzlich nicht mehr so gut kämpfen.

Er mußte wieder in diesen mechanischen Zustand finden, diese Verfassung, in der er nichts fühlte.

Er holte aus, schlug zu und spürte, wie die Erschöpfung von seinen Muskeln Besitz ergriff, wie er immer tiefer in Blut watete. Während er kämpfte, stand er auf etwas, auf *jemandem,* und er wagte nicht, nachzusehen, wer es war.

Vielleicht war es diese Frau.

Neben ihm ging ein Klippler mit einem Schmerzensschrei zu Boden. Pfeile flogen über ihn hinweg, doch in der Hauptsache hörte er den Singsang:

Weiche.

Weiche.

Weiche.

Und das Klirren von Klinge gegen Klinge. Es war nicht Stahl gegen Stahl – das Schwert in seiner Hand war aus Varin gefertigt, einem Material, dessen Zusammensetzung er nicht genau kannte. Es war, wenn man es richtig benutzte, in der Lage, die Klinge eines Fey glatt durchzuschneiden. Es war die wundersamste und schrecklichste Waffe, die er jemals gesehen hatte.

Noch mehr Fey kamen auf ihn zu. Er wußte nicht, wie viele. Sie schienen sich unaufhörlich über die Hügelkuppe zu ergießen. Er verstand sie nicht. Sie hatten es doch schon einmal probiert und sich geschlagen zurückziehen müssen. Warum das alles noch einmal? Die Fey lernten und veränderten sich.

Genau darüber hatte er nachgedacht.

Die Fey veränderten sich.

Sie lernten aus ihren Taten.

Warum also hatten sie ihre Taktik diesmal nicht verändert?

Er spürte, wie sich etwas in ihm regte, etwas, das er den ganzen Morgen über nicht gespürt hatte, nicht seit die Schlacht begonnen hatte, und auch nicht zuvor.

Angst.

Er hatte gelernt, die Fey nicht zu unterschätzen.

Was sie hier taten, war ausgesprochen dumm. Sie opferten ihre Soldaten – wofür? Um gegen eine Barriere anzurennen, die sich nicht überwinden ließ?

Er wünschte, er könnte einen Augenblick innehalten, er wünschte, er könnte sich die Zeit nehmen, sich umzusehen und nachzudenken. Doch er mußte den nächsten Fey niedermachen, und gleich den nächsten, und sein Handgelenk blutete, obwohl er eigentlich keinen Schmerz spürte. Die Blutung war nicht schlimm, aber gerade so weit wahrnehmbar, daß er sich fragte, was wirklich geschehen war.

Er hatte keine Zeit, eine Pause einzulegen. Wic viele Fey gab es überhaupt? Ihr Nachschub konnte doch nicht unerschöpflich sein. Aber genau so schien es.

Seine Klinge zerschnitt eine andere, eine Fey-Klinge, doch dem Fey – diesmal war es ein sehr hochgewachsener junger Mann – gelang es, ein Messer herauszuziehen. Denl duckte sich, glitt auf dem Blut aus und fiel zwischen den Leichen auf die Knie. Die Fey-Frau blickte ihn mit leeren Augen an. Der Fey über ihm stieß mit dem Messer nach ihm, und Denl duckte sich, spürte jedoch im gleichen Augenblick, wie das Messer über seine Schulter schrammte.

Schon bald würde er nicht mehr viel wert sein, und alle Zauberschwerter auf der Welt konnten ihm dann nicht mehr helfen. Der Fey stach abermals nach ihm, doch Denl rammte sein Messer schräg nach oben und bohrte es dem Fey ins Knie. Der Mann schrie auf und krümmte sich, und diesmal ließ Denl sein kostbares Schwert niedersausen – auf den Nacken seines Gegners.

Es war zu leicht. Der Kopf rollte davon, und Denls Magen revoltierte. Diesmal konnte er sein Frühstück nicht mehr hinunterkämpfen. Er übergab sich und spürte, wie der Schmerz ihn von der Schulter bis ins Handgelenk durchfuhr. Wieder war ein Fey über ihm, aber er war nicht sicher, ob er aufstehen konnte.

Denl ließ sein Schwert trotzdem kreisen, traf wieder ein Knie – Knie waren so verletzlich –, und der Fey ging zu Boden.

Denl kam wankend auf die Beine, setzte dem Fey die Schwertspitze auf die Kehle. Es war wieder ein junger Mann: Sahen sie denn alle gleich aus? Dann schrie er ihn an: »Was habt ihr vor?«

Der Fey blickte ihn an und sagte nichts, schluckte nur einmal und zuckte vor Schmerz zusammen, als sein Adamsapfel die Schwertspitze berührte. Ein anderer Fey sah die beiden und kam auf Denl zu, doch einer der Klippler erwischte ihn vorher und spaltete seinen Brustkorb, bevor er Denl zu nahe kommen konnte.

»Was habt ihr vor?« fragte Denl abermals. Er konnte kein Nye mehr sprechen, aber die Fey sprachen mit Sicherheit die Sprache der Inselbewohner. Sie konnten ihn bestimmt verstehen. Dieser Fey hier redete nur nicht, weil er zu stolz und zu mutig dazu war.

Oder weil er etwas zu verbergen hatte.

»Wie lautet euer Plan?« schrie Denl.

Der Fey schloß die Augen, zog die Stirn in Falten und wartete offensichtlich darauf, daß die Klinge seinem Leben ein Ende setzte.

Und in seiner Enttäuschung stieß Denl zu. Die Klinge durchbohrte ihn, der Fey war tot und der Augenblick vorüber.

Aber er hatte genügt. Er hatte ihm gezeigt, was er wissen wollte, was er zu wissen gefürchtet hatte.

Das hier war nicht der ganze Plan. Die Fey beschäftigten die Klippler nur, während sie insgeheim etwas anderes im Schilde führten.

Aber was?

Was?

Denl drehte sich um und brüllte auf die Klippler hinter ihm ein, sah sich jedoch sofort dem nächsten Angreifer gegenüber. Er war noch nicht fertig. Er durfte ihnen nicht den Rücken zuwenden.

Wenn er das tat, würde er sterben.

Und dann würde niemand davon erfahren.

Niemand würde es wissen.

Ihm blieb nichts anderes übrig, als weiterzumachen – und zu hoffen, daß er überlebte.

Hoffen, daß sein Körper länger aushielt als die Verstärkung der Fey.

Aber er war nicht sicher, daß es soweit kommen würde.

Er war überhaupt nicht sicher.

26

Die Vögel waren am schlimmsten.

Jakib legte schützend die Hände auf den Kopf und ging hinter dem Glasbläserstand in Deckung. Die Vögel, die auf seinen Schädel einhackten, bohrten ihre Schnäbel in seine Kopfhaut. Mehr als einmal hatten sie ihn erwischt und ihm eine blutende Wunde zugefügt. Er spürte warmes Blut über sein Gesicht rinnen. Und das Schlimmste war, daß sie dabei vor Vergnügen schrien.

Es waren keine Vögel, sondern Fey-Vögel von der Sorte, auf der winzige Fey reiten konnten. Er wußte nicht, wie man sie nannte, aber er wußte, daß es sie gab. Er hatte schon andere solche Fey-Wesen gesehen, in Jahn. Wesentlich größere.

Trotzdem konnten die Vögel, wenn er sich nicht vorsah, kurzen Prozeß mit ihm machen.

Rings um ihn herum fiel edles Glas zu Boden und ging auf dem Pflaster zu Bruch. Auch die Klippenbewohner schrien, nur schrien sie vor Angst und Entsetzen. Darauf waren sie nicht vorbereitet. Er, Yasep und Matthias hatten ihnen, warum auch immer, vergessen zu erzählen, wozu die Fey noch alles in der Lage waren.

Wie hatten sie nur die Vögel vergessen können?

Etwas zwickte ihn in die Wade. Er stöhnte laut auf und schlug mit der Hand danach. Er spürte Fell unter den Fingern und sogleich wieder Zähne. Als er, eine Hand immer noch schützend über dem Kopf haltend, nach unten sah, erblickte er eine Ratte.

Eine Ratte mit einem Fey auf dem Rücken.

Oh, diese Kreaturen waren schlau. Die ausgebildeten Kämpfer waren draußen auf dem Schlachtfeld beschäftigt, während der eigentliche Angriff in der Stadt selbst erfolgte. Jetzt war es zu spät. Sie würden sterben.

Sie würden alle sterben.

Er klatschte die Ratte gegen die gemauerte Wand der Hütte. Der Fey-Reiter wurde dabei getötet, das Tier hingegen nicht. Er schlug es abermals dagegen, wieder und wieder, ohne sich darum zu kümmern, wie flach der Körper wurde und wie blutig. Er wollte nur, daß das Vieh seine Hand losließ.

Zu guter Letzt löste es sich und fiel zu Boden. Sofort kam eine andere Ratte herbei, blieb vor dem Kadaver stehen und biß hinein, wie ein Mensch in ein leckeres Stück Fleisch beißen würde. Der Fey auf dem Rücken dieser zweiten Ratte schrie ihr etwas zu und versuchte sie weiter voranzutreiben.

Jakib spürte, wie er Gänsehaut bekam. Vögel über ihm, Ratten unter ihm – man konnte sich nirgendwo verstecken. Kein Wunder, daß die Fey die halbe Welt erobert hatten.

Er hatte keine Waffen bei sich. Er war unvorbereitet, überhaupt nicht in der Lage, sich zu verteidigen. Die Fey-Ratte knabberte immer noch an ihrem Gefährten, und die anderen hatten ihn bislang noch nicht entdeckt, aber das war nur eine Frage der Zeit.

Über ihm krächzten und kreischten die Vögel und schossen immer wieder auf den Verkaufsstand herab. Sie konnten nicht unter das Dach und ihn gleichzeitig angreifen. Für den Augenblick befand er sich in Sicherheit.

Wenn nur die Glaskugeln nicht zerbrochen wären. Es konnten unmöglich die richtigen gewesen sein. Pausho war sicher, daß sie unzerbrechlich waren. Vielleicht wurden sie das ja erst nach einer gewissen Zeit.

Er wußte es nicht. Und er war auch nicht in Lage, darüber nachzudenken.

Eine dritte Ratte war um den Stand herumgekommen und starrte ihn mit funkenden Augen an. Die Fey auf ihrem

Rücken grinste. Sie winkte einer weiteren, die kurz darauf erschien. Dann noch eine und noch eine. Auch die Vögel kreisten nach wie vor über der Bude.

Jakib schluckte.

Er würde hier sterben, ohne sich verteidigen zu können.

Aber er durfte noch nicht sterben. Er hatte Matthias versprochen, auf Marly aufzupassen. Er mußte den anderen mitteilen, was er von der Angriffstaktik in Erfahrung gebracht hatte.

Ein Dutzend Ratten, vielleicht noch mehr, beobachteten ihn.

Und es kamen noch mehr hinzu.

Glücklicherweise reichte der Stein hinter ihm bis hinunter auf das Pflaster, weshalb sich aus dieser Richtung nichts anschleichen konnte.

Er mußte nachdenken.

Die Ratte, die ihre Kollegin auffraß, steckte mit der Schnauze tief in den Eingeweiden, die Pfoten standen auf Glas, und der Fey auf ihrem Rücken schrie sie immer noch an, obwohl die Worte zu leise waren, als daß Jakib sie verstanden hätte.

Etwas mit dieser ...

Sie konnten abgelenkt werden. Der tierische Bestandteil konnte die Fey ablenken.

Und das Glas ...

Er wickelte sich das Hemd um die Hand, hob einige Splitter auf und ging auf die Ratten zu. Es brauchte nur ein wenig Blut. Das hatte er bei der anderen Ratte gesehen.

Blut.

Er hob die längste Scherbe auf und nahm sich zwischen Daumen und Zeigefinger seiner ungeschützten Hand. Die anderen Scherben verbarg er in der umwickelten Hand, spürte die scharfen Kanten durch den Stoff. Dann ging er auf die Ratten zu, als hielte er einen Speer.

Die Fey auf ihren Rücken lachten ihn aus. Es war ein leises Lachen, wie weit entferntes Gelächter. Ein Vogel schoß auf ihn herab, und er weigerte sich, sich zu ducken, da er wußte, daß der Platz nicht dazu ausreichte, daß der Vogel ihn verletzte und wieder wegfliegen konnte. Er setzte darauf, daß der Vogel die Ratten nicht mochte.

Angesichts der Tatsache, daß es sich bei beiden um Fey handelte, mochte das eine hirnrissige Vermutung sein.

Die Ratten rührten sich nicht von der Stelle. Er sah sie an, und sie sahen ihn an, als wären sie von seinem Verhalten fasziniert. Dann stieß er der mittleren Ratte die Scherbe ins Auge.

Das Tier kreischte auf, und sein Reiter krallte sich in ihm fest, als versuchte er es ruhig zu halten. Die Ratten, die ihr am nächsten waren, zogen sich kurzzeitig weiter zurück, während die anderen auf ihn losstürzten.

Es waren zu viele zu erstechen, zu viele für ein Handgemenge. Auch die Vögel stürzten sich wieder herab und lenkten seine Aufmerksamkeit ab. Er schleuderte ihnen die Scherben entgegen, in der Hoffnung, wenigstens ein paar von ihnen zu erwischen.

Einige Glassplitter fanden ihr Ziel, und er stach und schlitzte und durchbohrte, spürte das Rattenblut auf den Händen, spürte das Flattern der Schwingen über seinem Kopf, spürte, spürte, spürte –

Und dann bemerkte er, daß einige der Ratten zurückgewichen waren. Wie die andere Ratte fingen sie, berauscht vom Geruch des Blutes an, wie wahnsinnig übereinander herzufallen.

Er hob noch mehr Scherben auf, denn er wußte, daß er bis zur Schmiede rennen mußte. Er hoffte, daß dort noch einige Schwerter übrig waren, hoffte, daß es sich um fertige Schwerter handelte. Echte Waffen waren jetzt seine einzige Chance.

Er war nicht in der Lage, diese Kreaturen ewig in Schach zu halten.

Mit einem Satz sprang er über den tobenden Rattenhaufen, und mit einem Mal wurde ihm klar, was er da tat.

Er sah sich Hunderten von Ratten gegenüber.

Und größeren Tieren, Katzen, Hunden und anderen Wesen, die er nicht kannte, auf deren Rücken aber ebenfalls Fey saßen, und sie alle bewegten sich auf die Stadtmitte zu.

Die Vögel setzten ihre Angriffe auf ihn fort, und diesmal trafen ihre Schnäbel, ein Vogel verfing sich sogar in seinen Haaren.

Er schlug mit der Scherbe nach ihm. Das Tier kreischte auf und ließ los, doch es war nur ein kleiner Sieg.

Überall gab es nur kleine Siege.

Die Schmiede war nur wenige Stände entfernt, aber es kam ihm vor wie eine unüberbrückbare Entfernung.

Zwischen ihm und der Schmiede lagen Klippler auf dem Boden, viele von ihnen waren noch am Leben, aber die meisten mit kleinen Tieren bedeckt. Ihre Gesichter wurden von Vögeln verwüstet.

Er glaubte, Yasep auf dem Rücken liegen zu sehen, mit seinen gestohlenen Stiefeln, die Jakib vertraut und unberührt vorkamen. Die Stiefel strampelten.

Sie strampelten.

Ein Vogel prallte gegen Jakibs Gesicht, und er zuckte vor Schmerz zusammen.

Er mußte die Schmiede erreichen oder wie all die anderen Klippler sterben. Er rannte über den offenen Platz, über Ratten und über Leichen, über lebende, sterbende Inselbewohner. Er rannte, Vögel prallten bei jedem Schritt gegen ihn, spitze Zähne bissen ihn, Blut lief ihm über das Gesicht, die Arme, den ganzen Körper.

Er hatte die Schmiede beinahe erreicht, als die Möwe sich

an seinen Armen vorbeizwängte und ihren Schnabel in seinen Magen bohrte. Der Schmerz war so stark, daß er stehenblieb.

Sofort spürten die Vögel seine Schwäche und griffen mit verstärkten Kräften an.

Er fiel nach hinten und landete auf etwas Weichem, auf *jemand* Weichem.

Er mußte wieder auf die Beine kommen, mußte wieder ...

Und er versuchte es ...

Obwohl er wußte, daß er es nicht schaffen konnte.

27

Je tiefer er in den Berg vordrang, desto röter wurde das geheimnisvolle Licht.

Matthias drängte weiter. Er hatte jedes Gespür dafür verloren, ob es Tag oder Nacht war. Er hörte auf zu gehen, wenn er müde war, und döste ein wenig, aber er schlief nie richtig, weil er spürte, daß ihm nicht mehr viel Zeit blieb, bevor alles verloren war. Nach seinen kurzen Schlafpausen aß er normalerweise ein wenig, aber er empfand es als immer schwieriger, sich im rötlichen Glanz der Wände und des Bodens zu entspannen.

Der Fels fühlte sich noch an wie zuvor. Eigentlich fühlte er sich kühler als anderer Stein an. Er hatte geglaubt, er würde wärmer, je röter er wurde, etwa wie Kohlen oder brennendes Holz. Doch er fühlte sich immer noch hart und glatt unter seinen Fingern an.

Er hatte seinen seltsamen Begleiter nach dem Stein gefragt, und der Mann hatte gelächelt. *Nennt man die Berge denn nicht mehr Blutklippen?* hatte er gefragt, diesmal in der Sprache der Inselbewohner.

Meistens unterhielten sie sich in der Alten Sprache, eine Herausforderung für Matthias. Einige Worte hatte es damals noch nicht gegeben und offensichtlich auch einige Begriffe nicht. Ab und zu war Matthias gezwungen, auf ein Wort in der neuen Sprache zurückzugreifen, dann lachte sein Begleiter immer.

»Du hast wohl in der Schule nicht richtig aufgepaßt, mein Junge«, sagte er dann und ging einfach weiter, ohne die Frage zu beantworten oder auf Matthias' Gedanken einzugehen, als wollte er plötzlich nicht mehr wahrhaben, daß fünfzig Generationen vergangen waren.

Matthias konnte an kaum etwas anderes denken, wenn er den Mann betrachtete. Manchmal sah der Kerl so greifbar aus wie Matthias, und manchmal verwandelte er sich in Nebel. Ab und zu war er halb Nebel, halb Mensch, hauptsächlich aus dem Grund, weil er wußte, daß er Matthias damit einen gehörigen Schrecken einjagte. Manchmal dachte Matthias, es wäre bestimmt einfacher, allein durch diese Gänge zu gehen, ohne jemanden dabeizuhaben, der einen verspottete und hinters Licht zu führen versuchte und dazu zwang, in einer veralteten Variante der eigenen Sprache zu sprechen.

Einmal, als er keine Lust mehr zu reden verspürte, hatte Matthias ihn zu verschwinden aufgefordert. Der Mann hatte den Kopf geschüttelt. *Sie wollen, daß ich dich begleite,* hatte er gesagt. *Du wirst schon noch sehen, warum.*

Er haßte die Farbe des Lichts, haßte das rötliche Glühen, das alles überzog, sogar seine Haut, und er haßte es, daß der Tunnel sich so verengt hatte. Die Decke war hier noch niedriger, die Wände enger beieinander. Es kam ihm vor, als steckte er mittlerweile tief im Inneren des Berges, aus dem kein Weg mehr zurückführte. Der Korridor teilte sich auch nicht mehr so oft und schien konstant bergauf zu führen.

Schlimmer noch war das Gefühl der Isolation, selbst in der Gesellschaft seines geheimnisvollen Begleiters. Er hatte viel zuviel Zeit zum Nachdenken, darüber, ob es richtig gewesen war, Marly allein zu lassen und Pausho, trotz ihrer Kundigkeit des Geländes, die Verantwortung zu übergeben. Matthias kannte die Fey, und er schien der einzige zu sein, der wußte, zu welchen Täuschungsmanövern, zu welchem Ausmaß der Zerstörung sie fähig waren.

Dann mußte er sich immer wieder ins Bewußtsein rufen, daß er das Richtige tat. Er hoffte, daß er die Höhle rechtzeitig erreichte und mit den Edelsteinen rechtzeitig wieder in der Stadt ankam, bevor die Fey angriffen.

»Du bist so schweigsam«, sagte sein Begleiter, der ein Stück weiter vorne an einer Biegung stand. Matthias konnte ihn nicht sehen. Das rötliche Licht war dunkler als anderes Licht und warf mehr Schatten.

»Ich habe mich gefragt, wie du wohl heißt«, sagte Matthias.

Sein Begleiter nahm wieder Gestalt an, und Matthias war verärgert. Kein Wunder, daß er den Kerl nicht hatte sehen können.

»Mein Name spielt keine Rolle«, gab sein Begleiter zurück.

»Es ist wegen mir. Ich weiß nicht einmal, wie ich dich ansprechen soll.«

»Außer mit ›du‹«, sagte der Mann spitzfindig. »Es gibt mich und es gibt dich, sonst niemanden.«

»Zur Zeit nicht.«

»Vielleicht nie wieder. Vielleicht halten dich die Leute für übergeschnappt.«

Matthias lächelte. »Davon waren einige schon seit jeher überzeugt.«

»Ich glaube nicht, daß dir das etwas ausmachen sollte.« Der Mann sprach in einem recht hochmütigen Ton mit ihm. Er zupfte einen Fussel von seinem Hemd, als spielte das eine Rolle; als wäre er tatsächlich da.

»Warum nicht?« wollte Matthias wissen. Der Boden stieg noch steiler an. Er spürte es in den Waden. Es ging wieder aufwärts. Er konnte die Schräge sogar sehen und wünschte sich Stufen. Schon lange hatte es keine Stufen mehr gegeben.

»Darum nicht«, erwiderte der Mann. »Deine Leute werden nicht mehr dasein, wenn du zurückkommst.«

Matthias blieb stehen. Einen Augenblick kam es ihm vor, als sei auch sein Herz stehengeblieben. Als sei alles um ihn herum stehengeblieben.

Die Steigung war zu groß, als daß er ohne sich vorwärtszubewegen das Gleichgewicht hätte halten können. Die Füße rutschten unter ihm weg, und er fing sich mit den Händen am Boden ab. Er schrammte sich die Handflächen auf, fluchte leise und hörte den Mann lachen.

»Welch phantasievolle Schimpfworte«, amüsierte sich der Mann. »Ich dachte, du seist ein Gottesmann.«

»Das war ich einmal«, murmelte Matthias. Er hatte Schwierigkeiten, wieder auf die Beine zu kommen, und das war ihm peinlich. Er konnte sich schließlich nicht einfach in Nebel verwandeln. Er sah nicht alles deutlich vor sich und täuschte auch nicht darüber hinweg.

»Du benutzt keine einzige deiner Kräfte, was?« fragte der Mann.

»Was meinst du?« fragte Matthias und stützte sich mit einer Hand an der Wand ab.

»Mach dir ein Seil, schaff dir eine Reihe von Stufen! Du tust überhaupt nichts von dem, was du tun könntest. Gehört das auch zur ästhetischen Ablehnung deiner Fähigkeiten? Stammt das auch von deinem ›Roca‹?«

»Er ist nicht mein Roca«, erwiderte Matthias, obwohl das nicht ganz stimmte. Auf eine gewisse Weise, die auch er nicht ganz begriff, war er tatsächlich sein Roca.

Trotzdem hatte er dem Mann zugehört. Er schuf sich ein Seil und befestigte es an der Wand. Das Seil schien wirklich seinen Zweck zu erfüllen, auch wenn es soeben erst erschienen war, nachdem er sich auf seine Existenz konzentriert hatte. Bei diesem Gedanken wurde es jedoch sofort dünner und beinahe unsichtbar – so dünn, daß er es nicht mehr benutzen konnte.

»Konzentrier dich!« sagte der Mann, und Matthias tat wie ihn geheißen. Das Seil kam wieder zum Vorschein, wesentlich dicker.

Schon einmal war ihm so etwas passiert, mit einem Seil aus

Blut. Damals wäre er beinahe im Cardidas ertrunken, als ihn ein Seil aus seinem eigenen Blut herausgezogen hatte.

Er hatte es erschaffen, auch wenn ihm das damals nicht bewußt gewesen war. Und sich dadurch gerettet.

Jetzt fanden seine Füße wieder den nötigen Halt, und Matthias ging mit Unterstützung des Seils zu der Stelle, an der der Mann stand.

Er stand, vielleicht zufällig, auf der ersten flachen Oberfläche, die Matthias seit langem gesehen hatte. Und ein Stück weiter erblickte er Stufen.

Er lehnte sich, das Seil noch immer fest gepackt, an die Wand und spürte, wie die Abschürfungen auf den Handflächen brannten. »Was meinst du damit, wenn du sagst, sie sind nicht mehr da, wenn ich zurückkomme.«

Der Mann hob die Augenbrauen, als halte er die Frage für ausgemacht naiv. Dann zuckte er die Achseln. »Daß sie nicht da sind.«

»Woher weißt du das?«

»Wie verwandle ich mich in Nebel?«

Matthias haschte nach ihm, erwartete, daß seine Finger durch die Schulter des Mannes hindurchstießen. Statt dessen fühlte er festes Fleisch und Knochen. Matthias packte so fest zu, wie er konnte, und schüttelte den Mann kräftig durch. Der ließ ihn gewähren und lächelte dabei die ganze Zeit.

»Sag es mir! Sag mir, was du weißt!«

»Warum?«

»Warum?« wiederholte Matthias. Er verstand nicht, was er getan hatte, daß man ihn mit diesem Wesen strafte, diesem Kerl, der nicht preisgeben wollte, was er wußte, und der eindeutig über Fähigkeiten verfügte, von denen Matthias bisher nicht einmal etwas geahnt hatte. »Ihretwegen bin ich hier. Wenn sie sterben, habe ich hier nichts mehr verloren.«

Der Mann lachte. »Du bist nicht ihretwegen hier. Wenn es

dir um sie und ihre Belange ginge, wärst du jetzt in diesem elenden Kaff und würdest mit ihnen sterben.«

»Sterben?« flüsterte Matthias. Und er war hier? Er mußte sofort zu ihnen zurück.

Der Mann hielt ihn am Arm fest. »Es bringt nichts, auf dem gleichen Weg zurückzugehen. Sie werden trotzdem tot sein.«

»Dann haben die Fey bereits angegriffen?« fragte Matthias. »Ist es so?«

»Natürlich«, erwiderte der Mann. »Und sag bloß nicht, du hättest das nicht gewußt. Du bist weggelaufen.«

»Bin ich nicht! Ich wollte die Edelsteine holen. Angeblich konzentrieren sie die Macht.«

»Sie konzentrieren die Magie«, sagte der Mann.

»Was auch immer«, knurrte Matthias. »Ich wollte sie holen, damit sie uns in der Schlacht beistehen.«

»Obwohl du wußtest, was dich in der Höhle erwartet? Schon beim ersten Mal hätte es dich beinahe getötet.«

»Na und?«

»Es zieht dich an. Jedesmal, wenn du an diesen Ort denkst, kehrst du zu ihm zurück. So wie wir alle.«

»Wir?« fragte Matthias. »Wer oder was seid ihr?«

»Was ich war? Ein erbärmlicher Narr, der seiner Überzeugungen wegen für viele Jahrhunderte weggesperrt gewesen ist. Weil ich diesem Ort ebensowenig widerstehen konnte wie du.«

Beinahe hätte Matthias nach einer genaueren Erklärung verlangt. Beinahe. Aber er konnte es nicht. Es war nicht relevant. Das alles war schon vor Jahrhunderten geschehen. Was jetzt zählte, waren seine Freunde.

»Du sorgst dich um niemanden«, fuhr der Mann fort. »Du folgst nur deinen eigenen Impulsen, deinem eigenen Drang. Du hättest dort unten bleiben können und die Fähigkeiten, die du verleugnest, zur Verteidigung derjenigen, die du liebst, einsetzen können.«

»Das hatte ich auch vor. Gleich nach meiner Rückkehr wollte ich ...«

»Glaub, was du willst«, fiel ihm der Mann ins Wort. »Es spielt keine Rolle. Die Frau, der du die Verantwortung übertragen hast, ist tot, deine Gefolgsleute auch. Deine Weggefährten sind tot oder liegen im Sterben. Und dir ist die Stadt ebenso egal wie du ihr.«

»Marly?« hauchte Matthias. Ihm wurde übel. »Marly ist tot?«

»Noch nicht", sagte der Mann. »Aber bald.«

»Nein«, keuchte Matthias. »Das darfst du nicht zulassen! Du mußt mich zurückbringen! Du mußt mir helfen!«

»Ich bin gerade dabei, dir zu helfen«, sagte der Mann. »Ich helfe dir, zur Höhle zu gelangen.«

»Aber meine Freunde ... Ich muß zu ihnen!«

»Hast du mir nicht zugehört?« rief der Mann ein wenig verärgert. »Sie sind tot. Oder liegen im Sterben.«

»Woher willst du das wissen?« fragte Matthias mit quengeliger Stimme. Er hörte sich an wie ein Kind. Er hatte Marly gesagt, daß er sie liebe. Er hatte ihr versprochen, zu ihr zurückzukehren. Sie hatte sich Sorgen um ihn gemacht; er hatte sich keine Sorgen um sie gemacht.

Dabei hätte er allen Grund dazu gehabt. Aber die Fey hatten sich zurückgezogen ... Er hatte geglaubt, die Zeit würde reichen. »Alles, was ich geplant habe, all das, was ich Pausho gezeigt habe ...«

»Sie hatte nicht einmal die Gelegenheit dazu, es auszuprobieren«, sagte der Mann. »Diese ›Fey‹ haben sie überlistet.«

»Warum nennst du sie so? Warum legst du eine solche Betonung auf dieses Wort?«

Der Mann lächelte. »Glaubst du denn, sie sind anders als wir?«

»Sie kommen aus einem anderen Teil der Welt«, erwiderte

Matthias. »Ihre Überzeugungen und ihre Werte sind nicht die unseren.«

»Aber sie hätten es sein können. Wenn wir schlau gewesen wären, hätten wir getan, was sie taten. Uns standen die gleichen Möglichkeiten offen. Aber dein Roca hat uns davon abgehalten.« Er lächelte ein wenig wehmütig. »Hat mich davon abgehalten.«

Eine längst vergangene Geschichte. »Das ist mir egal«, sagte Matthias. »Bring mich zu meinen Leuten. Bring mich zu Marly.«

»Nein«, gab der Mann zurück. »Selbst wenn ich die Macht dazu hätte, was nicht der Fall ist, würde ich es nicht tun. Deine Bestimmung liegt vor dir. Was auch immer dich hierhergelockt hat, du mußt weitergehen.«

»Um zu sterben?« fragte Matthias. »Darauf läuft es doch hinaus, oder? Ich soll dafür bestraft werden, daß ich Jewel und all die anderen umgebracht habe.«

Der Mann starrte ihn an, als wollte er nicht glauben, was er soeben gehört hatte. »Vor dir liegt eine größere Aufgabe, obwohl ich mich allmählich frage, weshalb sie ausgerechnet dich dazu auserwählt haben. Diese Frau, diese neue Frau, sie glaubt an dich. Sie hat mich geschickt. Sie ist für dich gestorben.«

Die Schamanin? Die Schamanin der Fey? »Die Fey haben dich geschickt?« Matthias überlief ein kalter Schauder. An diese Möglichkeit hatte er überhaupt nicht gedacht. Dabei war es naheliegend. Er war so voreingenommen gewesen, und der Mann hatte so sehr wie ein Inselbewohner ausgesehen. Er sprach sogar die Alte Inselsprache. »Bist du ein Fey?«

»Nein«, antwortete der Mann. »Eines Tages wirst du erkennen, daß es an diesem Ort um mehr geht als um Fey oder Inselleute. Es steht wesentlich mehr auf dem Spiel. Die Frau weiß das. Sie setzt ihre Macht ein, um mich zu führen, da ich kein eigenes Verlangen habe. Wäre ich zu dem mir bestimmten Zeitpunkt gestorben, ermordet worden, und hätte meiner Seele erlaubt zu entweichen, hätte ich die gleiche Wahl gehabt wie die Frau, die versucht hat, dich zu töten.«

»Jewel«, murmelte Matthias.

»Aber meine Leute sind schon lange tot. Ich bin eine ruhelose Seele, nicht raffiniert genug, um dorthin aufzusteigen, wohin die anderen sind. Ich bin allein dein Führer.«

»Du mußt mich nicht führen«, sagte Matthias. Er drehte sich um und ergriff das Seil, das er geschaffen hatte. Er verfügte über enorme Fähigkeiten. Mit ihrer Hilfe müßte es ihm gelingen, rechtzeitig zurückzukehren. Vielleicht konnte er den begangenen Fehler wiedergutmachen.

»Halt«, sagte der Mann und packte Matthias am Arm. »Du mußt weitergehen.«

»Auf keinen Fall«, erwiderte Matthias. »Meine Freunde ...«

»Sind tot.«

»Marly auch?«

»Noch nicht«, sagte der Mann leise.

»Dann rette sie«, sagte Matthias. »Garantiere ihr ein langes und gesundes Leben. Erst dann gehe ich weiter.«

»Und die anderen?«

»Wer ist denn noch am Leben?« fragte Matthias. »Du sagtest, sie seien alle tot.«

»Denl lebt noch.«

»Dann rette auch ihn. Wer noch?«

»Sonst niemand«, sagte der Mann.

Matthias setzte sich. Bevor er über die Bewegung nachdenken konnte, saß er bereits. Er setzte sich, bevor er es sich anders überlegen konnte. Es war, als wären die Knie unter ihm weggeknickt, als könnten sie ihn nicht mehr tragen.

Jakib ... Yasep ... so sehr sie sich auch gestritten hatten ... und Pausho.

»Was ist mit Tri?« flüsterte er.

»Lebt noch«, antwortete der Mann. »Aber nicht mehr lange.«

»Dann rette ihn«, sagte Matthias. »Um Himmels willen, muß ich denn jeden einzelnen Namen aufzählen?«

»Nein«, sagte der Mann. »Von denen, die du kennst, sind nur noch drei am Leben, und die hast du genannt.«

»Kannst du sie retten? Wenn nicht, kehre ich auf der Stelle um!«

Der Mann verschwand. Matthias fluchte und ließ sich mit Hilfe des Seils die abschüssige Schräge hinunter. Wie hatte er nur so leichtgläubig sein können? Schon beim ersten Mal hatte er die Macht dieses Ortes gespürt, hatte um seine Gefahren gewußt. Trotzdem war er zurückgekommen und hatte geglaubt, er könne auf diese Weise helfen. Hatte geglaubt, die Juwelen seien von Wichtigkeit.

Er hatte seine Freunde im Stich gelassen.

Und Marly.

Den ersten Menschen, der ihm mit Liebe begegnet war.

Der Mann tauchte direkt vor ihm aus dem Nichts auf. »Sie sind geschützt.«

Er klang, als verfügte er jetzt über eine gewisse Autorität, als entsprächen seine Worte der Wahrheit.

Matthias schüttelte den Kopf. »Das reicht mir nicht. Du verschwindest, tauchst wieder auf und erzählst mir, daß alles in Ordnung ist. Ich glaube dir nicht. Was ist, wenn ich zurückkomme, und nichts ist in Ordnung? Was dann?«

»Wer sagt denn, daß du jemals zurückkehrst?« erwiderte der Mann.

Matthias fröstelte. »Warum hast du mich hierhergebracht?«

Der Mann lächelte. »Machst du dir Sorgen um dich? Oder um sie?«

»Kann ich mir nicht um uns alle Sorgen machen?« fuhr ihn

Matthias an. Er hatte genug von dieser Geheimnistuerei, und genug vor diesen Antworten, die sich im Kreise bewegten. »Ich kann nicht hier und dort zugleich sein. Du sagst, wenn ich umkehre, komme ich nicht mehr rechtzeitig dort an. Du sagst, daß ich diese Reise vielleicht nicht überlebe, daß du mich hierhergelockt hast ...«

»Ich habe dich nicht hergelockt«, widersprach der Mann. »Ich wurde genau wie du hierhergebracht.«

»Du sagtest, ich sei hergelockt worden.«

»Ich sagte, du seist angezogen worden.«

»Dann sagtest du, ich sei angelockt worden.«

Der Mann zuckte die Achseln. »Eine Redewendung. Aber was auch immer, es spielt keine Rolle. Du mußt weitergehen.«

»Ich brauche einen Beweis dafür, daß sie diesen Tag überleben, daß sie am Leben bleiben. Erst dann gehe ich weiter.«

»Du verfügst nicht über diese Art von Magie.«

»Dann verleihe sie mir«, sagte Matthias und verschränkte trotzig die Arme. Der Fels unter seinen Beinen war kalt.

»Oder was?« fragte der Mann. »Oder du gehst weg von hier? Weigerst dich, dein Schicksal zu erfüllen? Willst statt dessen diejenigen retten, für die keine Hoffnung mehr besteht?«

Matthias sagte nichts. Es gab nichts mehr zu sagen, absolut nichts. Er weigerte sich einfach, die Spielchen dieses Mannes noch länger mitzuspielen.

Der Mann seufzte. Plötzlich sah er beinahe jämmerlich aus. »Wie soll ich ihn führen, wenn er sich nicht von der Stelle rührt?«

Dann wirbelte Nebel rings um Matthias, so viel Nebel, daß die ganze Höhle weiß davon war, weiß und kalt. Er fühlte, daß da jemand in dem Nebel war, hörte leise Stimmen, spürte die Berührung der klammen Feuchtigkeit.

– *Du hast diesen Pfad gewählt*, sagte eine Stimme.

– Deine Familie hat ihn gewählt, schon vor Jahrhunderten.

– Du mußt ihn gehen.

– Wir haben es deinem Bruder versprochen –

– Deinem Vetter –

– All deinen Verwandten –

Die letzten Worte schienen alle in eins zu verschwimmen.

– Du mußt zur Höhle gehen.

Er sagte nichts. Er saß einfach nur da und wunderte sich über die Stimmen. Diese Erscheinungen waren eine Art von Wahnsinn, den sein eigener Geist hier drinnen im Berg hervorgerufen hatte. Vielleicht hatten die Worte des Roca doch recht, und jeder, der mit Matthias' Fähigkeiten ausgestattet war, wurde früher oder später verrückt.

Vielleicht.

– Nicholas haßt dich, Matthias.

Diese Stimme kannte er. Sie sprach in der Inselsprache, aber mit einem Fey-Akzent. Der Nebel um ihn herum wurde frostiger.

Die Schamanin.

– Er macht dich – und das zu Recht – für Jewels Tod verantwortlich.

Matthias schlang die Arme fest um sich, aber jetzt mehr, um sich zu schützen, denn aus Wut.

– Er macht dich für sein Versagen, die Meinungsverschiedenheiten zwischen den Inselbewohnern und den Fey zu schlichten, verantwortlich. Er kreidet dir Hunderte von Toten an. Und auch damit hat er recht.

»Du bist tot«, sagte Matthias. »Ich habe gesehen, wie du starbst.«

– Und ich wurde das, was mein Volk als Macht bezeichnet. Das widerfährt nur denen, die einen ehrenwerten Tod gestorben sind. Ich starb, um dich zu schützen.

»Hört sich an, als hättest du lieber mich sterben lassen.«

– Du hast die Fähigkeit, deine Vergehen ungeschehen zu machen. Wie vielen Menschen ist das gestattet?

»Ich kann Jewel wieder zum Leben erwecken? Die Zeit zurückdrehen?«

– Nein. Aber du kannst diesen schrecklichen Krieg beenden. Und mehr noch. Du kannst das Verlangen der Fey, immer mehr und mehr zu erobern, zum Erlöschen bringen. Dazu mußt du weitergehen.

»Wie denn?«

– Die Zukunft verzweigt sich, Matthias. Wenn du umkehrst, löst du damit überhaupt nichts. Wenn du weitergehst, stehen dir viele Möglichkeiten zur Hilfe offen.

»Er« – Matthias nickte zu dem Mann, obwohl er ihn nicht sehen konnte – »er sagte, ich werde hier sterben.«

– Das könnte geschehen.

»Wie kann ich dann helfen?«

– Manchmal ist der Tod eine erhabene Angelegenheit.

»Und manchmal ist er einfach nur dumm«, erwiderte Matthias.

– Genau wie die Halsstarrigkeit.

»Ich will wissen, ob meine Freunde am Leben bleiben«, sagte Matthias.

– Dabei kannst du ihnen nicht helfen. Du kannst nicht zurück und sie retten.

»Ich will es wissen«, sagte er.

– Wenn wir es dir zeigen, wenn wir den Schleier mit einer Offenen Vision lüften, dann mußt du es glauben. Du mußt weitergehen.

»Dann gehe ich weiter.«

»Das hast du auch gesagt, als ich dir versicherte, daß deine Freunde beschützt werden«, ertönte die etwas verbitterte Stimme des Mannes.

»Ich hatte keine Garantie dafür«, sagte Matthias.

»Es gibt keine Garantien im Leben«, erwiderte der Mann.

»Außer der, daß wir sterben müssen«, sagte Matthias.

»Ist das garantiert?« fragte der Mann. »Oder nur eine Überzeugung unsererseits?«

»Bitte«, sagte Matthias, der diese Art von Unterhaltung nicht mehr weiterführen wollte. Er mußte etwas unternehmen, entweder weitergehen, wie es diese Stimmen von ihm verlangten, oder umkehren, wozu ihn die Stimme seines Herzens drängte. »Bitte zeige es mir. Hilf mir.«

– Du mußt Vertrauen haben.

Das war nicht die Schamanin. Die Stimme gehörte dem Fünfzigsten Rocaan, und Matthias war nicht sicher, ob sie aus seiner Erinnerung kam oder von jenen Wesen im Nebel.

»Ich kann das Leben anderer nicht von meinem Vertrauen abhängig machen.«

– Warum nicht?

»Bitte«, sagte er noch einmal und erhob sich vor Verzweiflung auf die Knie. »Bitte. Ich liebe sie zu sehr.«

– Liebe, Matthias? Dieses Wort hast du noch nie ausgesprochen.

»Bitte«, flüsterte Matthias.

Der Nebel lichtete sich, bildete einen Kreis, und durch den Kreis hindurch sah er Marly über ein Kinderbettchen gebeugt, in dem zwei Neugeborene lagen. Zwillinge. Sie sah älter aus, schmaler – nein, es lag nicht am Alter. Traurigkeit hatte sich in ihr Gesicht gegraben, eine beinahe unerträgliche Traurigkeit. Sie redete beruhigend auf die Kinder ein. Dann verblaßte das Bild, und ein anderes erschien. Tri an der Tür zum Gewölbe. Er lehnte sich dagegen, als schützte er sie. Sein Gesicht und seine Hände waren von kleinen weißen Narben entstellt. Sie sahen wie Bißwunden aus.

Dann verwehte auch dieses Bild, und Matthias sah Denl auf der Schwelle seines, Matthias', Hauses sitzen und in die Berge blicken. Neben ihm lagen Krücken, und eins seiner Hosenbeine war umgeschlagen und festgeheftet. Er hatte ein Bein verloren, aber er lebte.

Sie lebten alle.

Matthias atmete tief durch. Er verspürte eine Traurigkeit, den Widerhall des Gefühls, das er auf Marlys Gesicht gesehen hatte. Was konnte er ausrichten, wenn er umkehrte?

Der Roca hatte gesagt, an diesem Ort gäbe es Dinge, die sich jeder Erklärung entzogen.

Er stand auf, ohne das Seil zu Hilfe zu nehmen. Immer noch wirbelte der Nebel um ihn herum, aber er hob sich nicht mit ihm. Als er über ihm stand, sah er das unheimliche rote Licht und den Tunnel, der sich vor ihm ausdehnte – bis hin zu seinem Schicksal und vielleicht sogar zu seinem Tod.

Sich selbst hatte er in keiner dieser Zukunftsvisionen gesehen.

Andererseits hatte er nicht darum gebeten.

»Na schön«, sagte er. »Ich gehe weiter.«

Aus dem Nebel bildete sich eine Ranke. Sie berührte sein Gesicht und fiel dann in den Wirbel zurück.

– Du wirst deine Entscheidung nicht bereuen, mein Sohn.

Der Fünfzigste Rocaan. Matthias' Herz zog sich zusammen. Der alte Mann täuschte sich. Matthias würde sie bereuen, solange er lebte.

Er bereute sie schon jetzt.

28

Kurz bevor er das Stadtzentrum erreicht hatte, hatten sie sich auf ihn gestürzt. Tri hatte sich beeilt, und er hatte keine weiteren Ratten gesehen. Aber er hatte Vögel gesehen. Hunderte von Vögeln.

Und dann hatten sie sich schreiend und kreischend auf ihn geworfen, mit den Schnäbeln nach seinem Gesicht, nach seinen Augen gehackt. Er hatte die Arme über den Kopf gelegt, aber es half nicht viel. Er spürte das Blut über seinen Körper rinnen, und er wußte, daß er sterben würde.

Dann sah er die Ratten, nein, er spürte sie eigentlich. Sie kletterten an ihm empor, bissen ihn und riefen sich etwas in einer fremden Sprache zu.

Wie war es möglich, daß Ratten sprechen konnten?

Tri widerstand dem Impuls, sie wegzuschlagen, denn er mußte mit den Händen sein Gesicht schützen. Die Schnäbel waren in seinen Haaren, pickten in seine Kopfhaut, in seine Wangen. Der Schmerz war ungeheuerlich. So etwas hatte er noch nie verspürt. Er schüttelte die Beine, konnte die Ratten aber nicht abschütteln. Er fing an zu rennen, stolperte und fiel hin, und dann waren sie über ihm.

Er wußte in diesem Augenblick, daß er sterben mußte, und zwar einen langsamen, qualvollen, häßlichen Tod, und er wünschte, er hätte ein besseres Leben geführt und wäre der Mann gewesen, der er eigentlich hatte sein wollen, wünschte ...

Mit einem Male bemerkte er, daß der Schmerz, den er spürte, ein nachhallender Schmerz war, ein anhaltender Schmerz, aber kein neuer Schmerz. Nichts rührte ihn mehr an. Aber er blutete immer noch, war beinahe überall dort, wo nackte Haut sichtbar war, und auch an manch anderer Stelle, von Wunden bedeckt.

Langsam und mißtrauisch hob er den Arm von den Augen und sah nichts als blendendes Weiß.

Also hatten sie ihn geblendet, und es war für seinen Verstand zu gräßlich gewesen, um es wahrzunehmen. Er sah immer noch, aber er sah nichts.

Bis auf seinen eigenen blutenden Arm.

Die weiße Helligkeit umgab ihn, schützte ihn, umhüllte ihn wie ein Kokon, aber sie milderte seinen Schmerz nicht. Die Schmerzen wurden sogar stärker. Die Ratten hatten von ihm gelassen, und auch die Vögel ließen ihn in Ruhe, obwohl er sie nach wie vor kreischen hörte.

Er glaubte, aus dem kühlen Weiß flüsternde Stimmen zu hören.

Mit dem Segen des Roca.

Bedanke dich bei deinem Freund Matthias.

Jetzt schuldest du der Zukunft etwas.

Einige der Stimmen sprachen nicht zu ihm, sondern unterhielten sich untereinander.

Wir sollten uns nicht einmischen.

Schon vor Jahrhunderten haben wir beschlossen, es nicht zu tun.

Seht nur, was passiert ist.

Er dachte, allein der Schmerz würde ihn umbringen. Jeder Kratzer, jede Wunde pulsierte. Er konnte sich nicht bewegen. Die Helligkeit hob ihn an, trug sein Gewicht.

Aber man hat uns darum gebeten.

Man hat uns auch vorher schon gebeten.

Wir haben auch nicht alles getan, worum wir gebeten wurden.

Er bewegte sich, er spürte es ganz deutlich, aber nicht mehr nach oben, sondern jetzt zur Seite. Er schloß die Augen und ließ sich von der Kühle tragen.

Du darfst nicht ausruhen, Tri.

Er öffnete die Augen.

Wenn wir dich retten, stehst du für immer in unserer Schuld.

Er wußte nicht genau, ob er wirklich gerettet werden wollte. Er war sich nicht sicher, ob er für den Rest seines Lebens solche Schmerzen ertragen wollte oder auch nur noch einen Tag länger. Aber er konnte seinen Mund nicht aufmachen.

Und in genau diesem Augenblick wurde ihm bewußt, wie nahe er dem Tod war.

Sein Leben war nicht Teil des Handels. Wir sind bereits dafür entlohnt worden.

Matthias wird dafür bezahlen.

Das reicht nicht. Er hat uns das alles eingebrockt.

Hat er nicht. Sein Bruder ... Vetter ... sein Verwandter hat es getan.

Wir hätten uns von Anfang an einmischen sollen.

Matthias? Matthias feilschte um ihn? Mit diesen Stimmen? Wie hatte er sie gefunden? Woher wußte er, daß sie helfen konnten?

Plötzlich hörte er eine Frauenstimme, eine vertraute Stimme, und er lag auf einem Bett. Sie redete mit ihm. Marly.

Die Wolke war weg und ließ ihn klamm und kalt und ein wenig einsam zurück.

Eine warme Hand berührte sein Gesicht.

Er schloß die Augen und wußte, daß er in Sicherheit war.

29

Katzen, Ratten, Waschbären, ausnahmslos mit winzigen Fey auf den Rücken, umzingelten das Behelfskrankenhaus. Mehrere Vögel waren durch den Kamin eingedrungen, aber Marly hatte sie mit einem Besen erschlagen und ihre Kadaver aus dem Fenster geworfen. Schließlich hatte sie trotz des heißen Tages ein Feuer entfacht, in der Hoffnung, der Rauch würde sie abschrecken.

Bis jetzt hatte es funktioniert.

Ihr anderer Schutz, der Zauber, den ihr ihre Mutter beigebracht hatte, hielt die anderen Wesen vorläufig draußen. Aber sie wußte, daß er nicht ewig halten würde.

Irgendwann mußte sie schlafen, wenn auch erst in einigen Tagen, und spätestens dann würden sie hereinkommen.

In der Nähe der Hintertür hatte sich eine seltsame Nebelbank gebildet. Sie hatte sie ebenso wie die mörderischen Kreaturen beobachtet und sich gefragt, worum es sich wohl dabei handelte. Noch nie zuvor hatte sie gesehen, daß sich ein Nebel so tief durch die Stadt bewegte. Er zog durch die Straße wie eine Pferdekutsche.

Als er näher kam, schob sie die Tür zu und verriegelte sie, dann verriegelte sie auch die andere Tür. Sie wünschte, sie hätte eine bessere Methode als das Feuer, um den Kamin abzudichten, aber ihr fiel nichts ein.

Ihr Herz schlug heftig. Die Verwundeten beobachteten sie, als sei sie ihre einzige Erlösung.

Merkwürdige Kreaturen kauerten rings um das Gebäude und sahen enttäuscht aus, weil sie nicht herein konnten. Die Straßen waren von Schreien erfüllt, der Himmel schwarz vor Vögeln. Aus weiter Ferne drang der Schlachtenlärm zu ihr herüber, und sie vermutete, daß sie bereits verloren hatten, wie gut sich die Kämpfer dort draußen auch schlugen.

Die Frage war nicht, ob sie sterben würde.

Sondern wann.

Sie hielt ihren Besen wie ein Schwert in der Hand und ging zur Vordertür, um auszuprobieren, ob einer der anderen Zaubersprüche ihrer Mutter irgendeine Wirkung auf die Kreaturen draußen hatte, blieb dann aber stehen.

Der Nebel drang durch den Spalt zwischen Tür und Boden. Er quoll wie viele kleine Finger herein, griff nach oben und entriegelte die Tür. Sie sah hilflos zu, wie sie aufschwang.

»Nein!« schrie sie auf und rannte zur Tür. Sie griff in den Nebel, versuchte die Türklinke zu fassen zu bekommen, doch die Finger legten sich um ihr Handgelenk.

Ruhig, Mädchen. Wir sind Freunde.

Sie kämpfte verbissen weiter, und die Finger schlossen sich enger um das Gelenk.

Wir kommen von deinem Liebsten.

Matthias.

Hatte er das getan?

Eine Woge der Erleichterung durchfuhr sie so heftig, daß ihr die Knie zitterten. Der Nebel umfing sie, und in seiner kühlen Feuchtigkeit nahm sie die Anwesenheit mehrerer Wesen wahr. Es kam ihr vor, als habe sie einen großen Raum betreten, in dem die Sitzung bereits begonnen hatte.

Rings um sie herum flüsterten Stimmen, wandten sich aber nicht an sie. Die Hand hielt sie fest, bis der Nebel ganz im Zimmer war. Einer ihrer Verwundeten schrie laut – doch der Schrei verstummte abrupt.

Dann konnte sie sich losreißen. Hatten die Stimmen sie belogen? Kamen sie in Wirklichkeit von den Fey?

Komm her, forderte sie eine andere Stimme auf.

Sie ging auf sie zu, wurde eigentlich zu ihr hingezogen,

von der Hand, die sie wieder gepackt hatte. Sie stand neben einem Bett, einem Bett, in dem einer der am schwersten Verwundeten gelegen hatte.

Er war nicht mehr da.

»Wo ist er?« fragte sie.

An einem besseren Ort, antwortete eine dritte Stimme. *Er wäre ohnehin nicht mehr genesen, ganz egal, was du für ihn getan hättest. Du verfügst über große Kräfte, aber nicht über die Macht, den Tod zu besiegen.*

Sie wußte, daß die Stimme die Wahrheit sagte. Auch sie hatte gewußt, daß er sterben mußte. Sie hatte es ihm nur leichter machen wollen, hatte bei seinem letzten Atemzug bei ihm sein wollen.

Und auch das wäre wohl nicht möglich gewesen. Wahrscheinlich wäre sie zu sehr damit beschäftigt gewesen, das Krankenhaus zu verteidigen, wie vergeblich ihre Anstrengungen auch sein mochten.

»Wo ist er?« fragte sie wieder.

Wir haben ihn ausgetauscht, antwortete eine vierte Stimme. *Wir glauben, daß du mit dem Tausch einverstanden sein wirst.*

Der Nebel hob sich, hob sich über sie hinweg und schwebte unter die Decke, wo er sich in mehrere einzelne Fetzen teilte. Sie blickte mißtrauisch hinauf, als ihre Augen eine Bewegung auf dem Bett wahrnahmen.

Sie senkte den Blick und hielt erschrocken den Atem an.

Tri.

Nur daß er sich kaum noch ähnlich sah. Seine untere Gesichtshälfte war blutüberströmt, seine Kleidung zerfetzt und zerrissen, und jedes Stück sichtbare Haut bestand nur noch aus einer blutigen Masse. Sein Atem glich einem mühsamen Rasseln.

Sie legte ihm eine Hand auf die Stirn, eine der wenigen unverletzten Stellen seines Körpers, und kauerte sich neben ihn.

»Tri?« sagte sie. »Tri?«

Er drehte den Kopf und schaute sie an. Auch seine Augen waren unverletzt, waren der einzige wiedererkennbare Teil von ihm, aber sie wußte nicht genau, ob er sie auch wirklich sah.

»Heiliger Himmel«, sagte sie. »Was ist mit dir passiert?«

Aber sie wußte es bereits. Sie hatte es nach dem ersten Blick gewußt. Diese Vögel, diese Kreaturen, sie hatten ihn angegriffen. So wie sie auch alle anderen angriffen. So wie sie auch versucht hatten, das Krankenhaus anzugreifen.

Sie hob den Blick zur Zimmerdecke. Der Nebel schien die Umrisse menschlicher Gestalten angenommen zu haben. Ihre Köpfe nickten ihr anerkennend zu, dann verschwanden die Gestalten, eine nach der anderen, unter der Tür hindurch nach draußen.

Sie wollte sie aufhalten, sie anflehen, sie um Hilfe bitten. Aber sie tat es nicht. Statt dessen ging sie selbst zur Tür, öffnete sie und wollte versuchen, den Schutzzauber zu erneuern.

Der Nebel umgab jetzt das ganze Gebäude. Sie sah weder den Himmel über den Dächern noch den Boden unter ihren Füßen. Das Geräusch der Schlacht war verstummt.

Es war, als existierte sie außerhalb der Zeit, als sei sie völlig allein auf der Welt, in der Gesellschaft von einigen Verwundeten, die ihr Gesellschaft leisteten.

Sie vermutete, das alles sollte ihr ein Gefühl der Sicherheit vermitteln, was es in gewisse Weise auch tat, aber es ließ ihre Gedanken auch zu Matthias wandern. Würde er sie bei seiner Rückkehr finden können? Und was war mit Jakib? Mit Denl? Mit Yasep?

Wie sollten sie zu ihr finden, wenn sie ihrer Hilfe bedurften?

Ihr Herz zog sich in der Brust zusammen. Sie streckte eine Hand in den Nebel. Noch immer wußte sie nicht, worum es sich dabei handelte, aber sie wußte, daß er gekommen war, um sie zu beschützen.

Um Tri zu beschützen.

»Danke«, flüsterte sie.

Danke Matthias, erwiderte jemand.

Sie drehte sich zu der Stimme um, sah aber niemanden.

»Ist er am Leben?« fragte sie und wünschte sofort, sie hätte die Frage nicht gestellt. Sie war nicht sicher, ob sie die Antwort hören wollte.

Er lebt, antwortete eine andere Stimme.

Und eine dritte fügte hinzu: *Fürs erste.*

Fürs erste. Sie nickte, dankte ihnen noch einmal und ging wieder nach drinnen. Er lebte. Fürs erste. Was bedeutete, daß er später nicht mehr leben würde.

Sie wußte es nicht, und sie wollte auch nicht fragen. Diesmal wußte sie genau, daß sie die Antwort nicht wissen wollte.

Sie kehrte an Tris Bett zurück und kauerte sich neben ihn. Seine Augen waren glasig, und in seinem Mundwinkel hatte sich eine kleine, blutige Blase gebildet. Wenn sie nicht sofort handelte, mußte er sterben.

»Du bist in Sicherheit, Tri«, sagte sie und legte eine Hand auf seine Stirn. Die Haut war ganz heiß. »Bleib bei mir, dann tue ich alles für dich.«

Der Nebel hatte ihn ihr aus einem ganz bestimmten Grund gebracht. Allem Anschein nach, weil er ihren Fähigkeiten vertraute. Tri war wichtig. Sie würde ihn nicht sterben lassen.

Sie konnte es nicht.

Womöglich war er der einzige Freund, der ihr geblieben war.

30

Er war in dem Matsch und im Blut ausgerutscht, zu Boden gegangen und auf etwas ... auf jemandem ... gelandet, das er nicht näher identifizieren wollte. Die Schlacht wogte weiter um ihn herum. Mehr Fey, als er jemals gesehen hatte, standen den Verteidigern gegenüber und kämpften, bis sie starben.

Aber die Wucht der Attacke ließ nach. Inzwischen kamen keine neuen Fey mehr von den Hängen herab.

Er war müde. So müde. Er wußte nicht, ob er überhaupt noch weiterkämpfen konnte.

Denl konnte sein Schwert zwar noch schwingen, aber aus seinem verletzten Handgelenk quoll immer noch Blut. Glücklicherweise waren alle, die mit dem Schwert in Berührung kamen, schwerer verletzt als er, aber mit der Zeit unterliefen ihm mehr und mehr Fehler. Gräßliche Fehler. Einmal stellte er seine Flanke bloß, weil er sein Schwert beinahe fallen gelassen hätte, ein anderes Mal fiel ihm das Messer aus der Hand und er erwischte es gerade noch, bevor es im Schlamm versank.

Die Sonne stand hoch über ihm und ließ ihn schwitzen, und der Schweiß vermengte sich mit dem Blut auf seinem Körper. Andererseits empfand er es als den einzigen Segen an diesem Tag, daß die Sonne schien; hätte es geregnet, hätte er wohl nicht so lange durchgestanden.

Den Fey war es immer noch nicht gelungen, ihnen in den Rücken zu fallen, denn von dort hörte er immer noch die Gesänge:

Weiche.

Weiche.

Weiche.

Allerdings war es ihm nicht gelungen, sich aus dem Kampfgeschehen zu lösen und den anderen seine Vermutungen mitzuteilen, und das machte ihm angst. Jeder Moment, in dem er stieß und aufschlitzte und zuschlug, jeder Moment, in dem er kämpfte, war ein Moment, in dem die Fey ihren Schlachtplan weiter vorantrieben.

Er stemmte sich mit seiner Messerhand hoch. Seine Muskeln spannten und dehnten sich schmerzhaft bei jeder Bewegung. Sollte er die Schlacht überleben, würde er sie noch wochenlang im Körper spüren.

Die Fey vor ihm schienen die Oberhand zu gewinnen. Auf einmal schienen wieder mehr von ihnen heranzukommen, und seine Gefährten waren wie vom Erdboden verschluckt. Er wußte nicht, was das zu bedeuten hatte. Hatten die Fey einfach mehr Ausdauer?

Selbstverständlich. Die Fey waren erfahrene Krieger. Die Klippenbewohner waren Bergarbeiter und Handwerker. Stark, aber nicht an Krieg gewöhnt.

Auch er war den Krieg nicht gewöhnt. Seine Bewegungen folgten allein seinen Instinkten, er verteidigte sich, schlug zurück, bewegte sich von hier nach da und versuchte, keinen Zentimeter Boden preiszugeben, versuchte, die Fey vor ihm niederzumachen, bevor sie ihn niedermachten.

Weiche.

Weiche.

Wei–

Mitten im Wort brach der Gesang ab. Denl spürte es mehr, als er es hörte. Eine eigenartige Stille folgte, eine Stille, die ihm wie eine Ewigkeit vorkam, aber kaum mehr als einen Augenblick gedauert haben konnte. Dann vernahm er einen Schrei, einen unnatürlichen Schrei, tief und unheimlich und absolut angsterfüllt. Der Schrei ließ ihm die Haare zu Berge stehen.

Alle schienen in der Bewegung zu erstarren – er, die Fey, die anderen Inselbewohner, alle – und dem Schrei zu lauschen.

Dann riß er ab, so abrupt, wie er eingesetzt hatte, und der Zauber schien zu brechen.

Die Fey warfen sich nach vorne, und statt wie zuvor gegen die unsichtbare Barriere zu prallen, marschierten sie weiter. Denl wandte sich um, versuchte sie aufzuhalten, wußte mit einem Mal, daß er Recht gehabt hatte, daß sie einen heimlichen Plan verfolgt hatten, und er hatte genug davon gesehen, um sich als Versager zu fühlen. Er hatte es nicht geschafft, sie aufzuhalten, hatte nicht einmal die Möglichkeit gehabt, es zu versuchen, und nun war es zu spät. Sie marschierten auf Constantia zu, auf das ungeschützte Constantia, und es war zu spät.

Sie kümmerten sich nicht einmal mehr um die Kämpfer, rannten einfach weiter, und die Klippler rannten vergeblich schreiend hinter ihnen her. Denl schloß sich ihnen an. Auch er schrie, das Schwert und das Messer noch immer in den ausgestreckten Händen. Er rannte los, Fey eilten an ihm vorbei, und er schlug im Laufen um sich, schaffte es, hier und dort einen von ihnen zu verwunden.

Ein Fey ging vor ihm zu Boden, Denl stolperte über ihn, landete auf der Seite im trockenen Gras. Erstaunlich, daß es an einem Ort so blutdurchtränkt und am anderen so herrlich trocken sein konnte. Er rollte sich zur Seite, aber es war zu spät. Fey rannten links und rechts an ihm vorbei, über ihn, auf ihn. Er duckte sich und schützte den Kopf mit den Armen, aber niemand versuchte ihn zu töten. Sie versuchten noch nicht einmal, ihn zu verletzen.

Doch der Druck ihrer Stiefel, das Gewicht derjenigen, die über ihn stiegen, schien ihn zu zermalmen. Er zog sich so gut es ging wieder hoch, wollte aufspringen, konnte jedoch sein linkes Bein nicht heranziehen. Sie rannten immer weiter über das Bein, sprangen darüber hinweg oder geradewegs darauf. Er hörte das Trommeln ihrer Stiefel ringsumher, dazu ihren eigenartig heulenden Siegesschrei, und dann wußte er, daß alles verloren war.

Er hörte die Knochen splittern, immer mehr Gewicht rannte über ihn hinweg. Der Schmerz schüttelte ihn, und einmal glaubte er sogar laut zu schreien.

Es wollte kein Ende nehmen. Er würde hier sterben. Sterben. Und niemand würde es bemerken.

Noch immer hielt er den Schwertgriff umfaßt – kampflos würde er sich nicht geschlagen geben. Er wollte es nicht, doch er zweifelte daran, daß er noch genügend Kraft hatte, das Schwert zu benutzen.

Jetzt entfernte sich das Geschrei, niemand trampelte mehr auf ihm herum. Er spürte, wie ihn ein kühler Wind umfing, eine Art Nebel, und er fragte sich, wie lange er schon auf diesem Feld lag. Der Nebel schien ihn anzuheben, Stimmen schienen beruhigend auf ihn einzureden, ihm von Marly und Matthias und irgendwelchen Abmachungen zu erzählen, aber er verstand nicht, was sie wollten.

Er versuchte es nicht einmal.

Alles war verloren.

Er war verloren.

Und er konnte nichts mehr dagegen tun.

31

Endlich war der Durchbruch gelungen. Licia gab das Signal, und die Fußsoldaten setzten sich, gefolgt von den Rotkappen, in Bewegung.

Die Schlacht um Constantia durfte sie für sich verbuchen.

Sie stand auf dem abgeflachten Stein und sah zu, wie der Rest ihrer Infanterie nach Constantia stürmte. Sie sahen aus wie kleine Kinder beim Wettlaufen, rannten ohne jede Ordnung, ohne die Präzision, für die ihre Truppen bekannt waren. Sobald sie die Ausläufer der Stadt erreicht hatten, schwärmten sie aus, und Licia mußte nicht dabeisein, um zu wissen, daß das Gemetzel dort unten weiterging.

Die Schlacht bis zu diesem Punkt zu verfolgen war niederschmetternd und viel schlimmer als erwartet gewesen. Ein Fey nach dem anderen war gefallen. Die Schwerter der Inselbewohner waren voll tödlichem Zauber; nie zuvor hatte sie eine solche Treffsicherheit und eine solche Schärfe der Klingen gesehen. Es kam ihr beinahe vor, als handelten die Schwerter aus eigenem Antrieb.

Trotzdem hatten die Fey ebensogut ausgeteilt wie eingesteckt. Auf dem Feld lagen, wenn sie sich nicht täuschte, Hunderte toter Einheimischer. Nur noch ein geschlagenes Häuflein Inselbewohner folgte ihren Soldaten zur Stadt. Mehr waren nicht mehr dazu in der Lage.

Die Fußsoldaten eilten hinab, als hätte sie das Zuschauen mit einer schrecklichen Blutgier infiziert. Die Rotkappen blieben bei den ersten Leichen stehen und nahmen ihre grauenhafte Arbeit auf. Auch damit würde Rugad sehr zufrieden sein: Er hatte ihr von den verlorenen Beuteln im Zentrum der

Insel erzählt. Die neue Ausbeute würde den Verlust mühelos ersetzen.

Jetzt konnte sie ebenfalls hinuntergehen. Sie hatte lange genug auf der Anhöhe verharrt. Es würde wohl noch eine Zeitlang dauern, bis ihre Truppen die Stadt gesäubert hatten, doch dann gehörte sie ihnen.

Sie legte eine Hand an die Stirn und blickte zu den Bergen hinüber. Rugads Truppe hatte den Fluß überquert und machte sich daran, den Berghang zu ersteigen. Rugad hielt sich weiter hinten, offenbar besorgt darüber, daß er eine Armee gegen sein eigenes Blut ins Feld führte.

Auch Licia machte der Gedanke nervös.

Aber sie hatte ihre eigene Aufgabe zu erfüllen. Sie stieg von dem Felsen herunter und sah sich um. Die letzten Tierreiter brachen in Richtung der Berge auf. Obwohl sie die Stadt mit einer großen Streitmacht angegriffen hatte, zog Rugad mit einer noch größeren ins Gebirge.

Den Grund dafür kannte sie immer noch nicht. Nach allem, was sie wußte, war dort oben keine Armee stationiert, sondern lediglich eine Handvoll Leute.

Sie mußten über sehr viel Macht verfügen.

Licia strich sich eine Haarsträhne hinter das Ohr und schritt den Abhang hinunter. Von vorne drang Schlachtenlärm heran, das Klirren von Schwertern und der beruhigende Siegesschrei der Fey.

Der Boden war hart – bis sie das eigentliche Schlachtfeld erreichte. Dort schmatzte der Boden unter ihren Stiefeln. Die Rotkappen standen über die Leichen gebeugt und brachten ihre blutige Ernte ein. Sie sahen nicht einmal zu ihr auf, als sie an ihnen vorüberwatete.

Überall lagen tote Krieger. Das Leichenfeld erstreckte sich vom Fluß bis zum Berg und konzentrierte sich vor allem auf den schmalen Streifen, um den am heftigsten gerungen worden war, dort, wo die Barriere die Angreifer aufgehalten hatte. Die Barriere, die dank der Tierreiter endlich doch noch überwunden werden konnte.

Obwohl sie den Plan genau kannte, hatte sie diesen Teil nicht verfolgen können. Die Tierreiter hatten diejenigen ausfindig gemacht, die den Bannfluch initiiert und aufrechterhalten hatten – und sie getötet. Dann waren die Fey durch die Barriere gebrochen, als hätte jemand eine Glaswand zwischen ihnen und der Stadt zerschlagen.

Aber es hatte sehr lange gedauert, und diese lange Zeit schlug sich in Verlusten nieder.

Die Gesichter von Soldaten, die sie gekannt hatte, gute junge Infanteristen, noch nicht einmal zu ihren vollen magischen Kräften erblüht, starrten mit toten Augen gen Himmel. Sie trauerte nicht um sie. Dazu durfte sie sich nicht verleiten lassen; aber sie erwies ihnen ihren Respekt und flüsterte beim Vorüberschreiten ihre Namen.

Zwischen den Fey lagen die Inselbewohner. Sie schienen weniger rasch und grauenhafter gestorben zu sein, als hätten die Fey länger darum ringen müssen, sie niederzumachen, als sie umgekehrt für die Fey gebraucht hatten. Nur noch wenige rührten sich noch. Sie ignorierte sie und ihre suchenden, krallenden Hände. Sie würden früh genug sterben, spätestens dann, wenn die Rotkappen zu ihnen kamen.

Der Gestank der Todes war nahezu überwältigend. Blut vermischte sich mit dem Geruch der Erde, mit dem Gestank der Körper, die sich vor dem eintretenden Tod ein letztes Mal entleert hatten. Daran konnte und würde sie sich nie gewöhnen, aber sie konnte es ertragen.

Die Fußsoldaten waren in der Stadt verschwunden. Das eigentliche Gemetzel begann erst jetzt: das Gemetzel der schauderhaften Art. Die Fußsoldaten hatten jetzt schon zwei

Schlachten warten müssen, und das war für die meisten kaum noch auszuhalten.

Sie mußte sich ihren Weg vorsichtig über das Schlachtfeld suchen. Die Leichen lagen stellenweise zweifach oder dreifach übereinander. Darunter konnte sie Inselbewohner in ihrer kehligen Sprache um Hilfe rufen hören. Sie wunderte sich ein wenig darüber, daß ihre Soldaten ihre Aufgabe nicht zu Ende geführt und die Feinde ordentlich getötet hatten, aber womöglich waren diese Schwerter, von denen sie schon nach der ersten Schlacht gehört hatte, dafür verantwortlich. Die Schwerter schienen schon bei der geringsten Berührung zu töten oder schreckliche Wunden zu schlagen; dem konnte ihr Volk trotz all seiner erstaunlichen Fähigkeiten nichts entgegensetzen.

Die Schreie aus der Stadt hatten jetzt nachgelassen. Ihre Soldaten waren immer noch blutberauscht und konzentrierten sich mehr auf das Töten als auf die Eroberung. Dieses Treiben konnte noch einen ganzen Tag anhalten, falls sie es zuließ, und wahrscheinlich würde sie es zulassen. Die Inselbewohner an diesem Ort waren anders als all die anderen. Sie verfügten über größere Magie und daher über mehr Macht. Normalerweise ließen die Fey die Überlebenden in Ruhe und kümmerten sich nur um die Krieger, wobei sie darauf achteten, daß von der Bevölkerung genügend übrigblieb, um die Arbeit in den Bergwerken, auf den Feldern oder wofür das betreffende Gebiet eben bekannt war, aufrechtzuerhalten.

Hier tat sie das vielleicht nicht.

Hier war die Bedrohung womöglich zu groß.

Selbstverständlich mußte sie sich mit Rugad absprechen, aber bis dahin wollte sie ihre Truppen die aufgestaute Wut auf diese Inselbewohner ausleben lassen.

Sie überquerte die unsichtbare Barriere. Auf der anderen Seite war das Gras trocken, es lagen auch keine Leichen herum, bis auf die wenigen Unglücklichen, die bei der Stampede zur Stadt überrannt worden waren. Sie hatte das Warten satt, ebenso wie die Fußsoldaten. Sie hatte es satt, vom Kampf ausgeschlossen zu sein, immer nur die Anführerin zu spielen, zuzusehen und sich unzulänglich zu fühlen.

Sie legte die Hand auf ihr Schwert.

Sie mußte jetzt unbedingt selbst etwas Blut vergießen.

Und sie würde jeden einzelnen vergossenen Tropfen genießen.

32

Erst kurz vor dem Palast sahen sie die ersten Soldaten. Luke und Con huschten in eine kleine Gasse und lugten um die Ecke.

Das Palasttor stand offen, doch dahinter waren Dutzende Infanteristen beim Exerzieren. Es sah aus, als seien sie eigens dazu da, jedem, der dem Palast zu nahe kam, vorzuführen, wie gut er bewacht war. Doch Luke hatte unterwegs mehrere Fey belauscht und dabei erfahren, daß der Schwarze König zum Kämpfen irgendwo in die Berge gezogen war, wo er König Nicholas festzunehmen gedachte.

Luke wußte nicht, wieviel davon reine Spekulation war, aber er schloß allein aus der Verlassenheit von Jahn, daß der Schwarze König tatsächlich weg war. Die Frage lautete nur: Hatte er Sebastian mitgenommen?

Con verfolgte die militärischen Übungen mit großen Augen. »Wenn schon draußen so viele sind, wie viele mögen sich dann drinnen aufhalten?«

»Genau das soll man sich bei diesem Anblick fragen«, erwiderte Luke. »Meiner Meinung nach nicht sehr viele.«

Con schüttelte den Kopf. »Durch diesen Haufen kommen wir nie durch.«

»Ich hatte auch nicht vor, durch die Vordertür hereinzuspazieren.«

Con sah ihn an. »Woran dachtest du denn?«

»Ich wollte mir erst einmal ansehen, mit wem wir es zu tun haben, und dann einen entsprechenden Plan entwerfen.« Luke schluckte schwer. »Wie viele Tote lagen in diesen Gängen, von denen du mir erzählt hast.«

Con sackte gegen die Hauswand. Er sah aus, als hätte ihm

Lukes Frage sämtlichen Lebenswillen entzogen. »Hunderte. Vielleicht sogar noch mehr.«

»Alles Rocaanisten?«

»Die meisten«, flüsterte Con.

Luke schwieg. Demzufolge waren die Fey wohl dort unten bei der Ernte. Ihre Rotkappen arbeiteten tagelang, manchmal sogar wochenlang. »Die meisten Leichen waren schon verwest, richtig?«

Con schloß die Augen. Die Erinnerung war nicht sehr angenehm für ihn, aber Luke hatte nicht genug Zeit, um es ihm so leicht wie möglich zu machen. Wenn sie einen Plan aushecken wollten, brauchte er seine Antworten schnell.

»Auf der Seite vom Tabernakel schon«, sagte Con. »Die meisten sind dort drüben vor über einer Woche gestorben.«

Also standen die Chancen gut, daß in den Gängen noch Rotkappen am Werk waren. Andererseits, wenn der Schwarze König in die Berge und der Rest seiner Armee nach Süden gezogen waren, hatten sie die Rotkappen wahrscheinlich mitgenommen. Die Fey zogen frische Leichname den Verwesten jederzeit vor.

»Ich glaube, wir müssen in diese Tunnel hinunter«, sagte Luke.

»Aber wie? Da müßten wir ja zum Tabernakel zurück.«

»Es gibt bestimmt auch noch andere Zugänge.«

»Schon. Aber die kenne ich nicht. Ich habe meine Karte schon lange verloren.«

Die Infanterie kam aus dem offenen Tor herausmarschiert. Auf dem harten Pflaster hörten sich ihre Schritte wie Trommelschläge an.

»Ich glaube, anders kommen wir nicht in den Palast. Alle anderen Möglichkeiten dauern viel zu lange. Und sind zu riskant.«

»Warum wolltest du das von den Toten wissen?« fragte Con.

»Ich wollte herausfinden, wie viele Fey sich in den Gängen aufhalten.«

Con schwieg. Dann, als er Lukes Überlegungen nachvollzogen hatte, schüttelte ihn ein leichter Schauder.

»Du kannst nur raten«, sagte Con.

»Selbstverständlich«, erwiderte Luke. »Aber damit sind wir immerhin bis hierher gekommen, oder?«

Con antwortete nichts. Er schien irgendwie niedergeschlagen, als bedeutete die Rückkehr in die Tunnel für ihn eine Niederlage.

»Du sagtest doch, die Gänge führten unter dem Verlies hindurch«, sagte Luke.

Con hob den Kopf, als sei die Idee seinen eigenen Überlegungen entsprungen. »Genau! Glaubst du, Sebastian ist dort?«

»Jedenfalls ist es der perfekte Ort, um mit der Suche anzufangen«, erwiderte Luke. Dabei bezweifelte er, daß sie Sebastian dort unten finden würden. Er bezweifelte, daß irgend etwas so einfach für sie werden würde.

Nichts, was mit den Fey zu tun hatte, war einfach.

33

Nicholas ging zum Höhleneingang. Seine Nerven waren bis zum Zerreißen gespannt, was er niemandem gegenüber zugeben wollte, nicht einmal Jewel. Arianna hatte den Schwarzen König vor der Höhle gesehen.

Die Zeit war gekommen.

Adrian befand sich bereits draußen und hielt Wacht, wie Fledderer ihm anfänglich aufgetragen hatte. Seine Bewegungen wurden von hundert Adrians imitiert, und sein Ziel war es, jeden möglichst wirklich erscheinen zu lassen, eine Aufgabe, die beinahe so schwierig war wie die Coulters, der die Duplikate erschaffen hatte.

Denn wenn Adrian nur auf die Echtheit der eigenen Bewegungen und nicht auf die seiner Doppelgänger achtete, würden ihn die Fey schnell in der Adrian-Horde ausfindig machen und töten – und damit auch all die anderen Adrians. Gelang es ihm jedoch, alle oder zumindest die meisten ihrer Bewegungen realistisch erscheinen zu lassen, würde die Illusion so lange bestehen, wie sie ihrer bedurften.

Adrian war ihre erste Verteidigungslinie. Einmal, weil er die Fey, wie Nicholas hoffte, eine Zeitlang dahingehend täuschen konnte, wie viele Truppen ihnen zur Verfügung standen, und zum anderen, wie Jewel ihm versicherte, weil die Duplikate tatsächlich dazu in der Lage waren, jeden zu verletzen, der mit ihren Waffen in Berührung kam. Sollten sich also irgendwelche Fey dem Bergversteck nähern, konnte Adrian sie allein damit in Schach halten, indem er wild mit dem Schwert herumfuchtelte.

Aber die Bewegungen mußten natürlich aussehen. Und das bereitete ihnen allen Sorgen.

Coulter war Nicholas die Stufen hinauf gefolgt und an seiner Seite stehengeblieben. Arianna blieb mit Gabe zurück. Nicholas hatte Fledderer leise die Anweisung gegeben, dafür zu sorgen, daß sie nicht vergaßen, wer sie waren, und in der Hitze des Gefechts ihren Großvater angriffen.

Coulter sah ebenso wie Nicholas zu Adrian hinüber.

»Kannst du das auch?« erkundigte sich Nicholas bei Coulter.

Coulter nickte. Sein Mund war zusammengekniffen, und zum ersten Mal, seit sie sich kannten, empfand Nicholas Zuneigung zu dem Jungen. Er legte eine Hand auf Coulters Schulter.

»Egal was geschieht«, sagte Nicholas, »du warst uns eine unverzichtbare Hilfe. Ohne dich wären wir niemals so weit gekommen.«

Coulter warf ihm einen raschen Blick zu. Die blauen Augen des Jungen waren groß vor Angst und etwas anderem, das Nicholas sich nicht erklären konnte.

»Ich kann nicht alles tun«, sagte Coulter mit leiser Stimme.

»Das weiß ich«, erwiderte Nicholas.

Coulter schüttelte den Kopf. »Nein, das wißt Ihr nicht. Wenn dieser Plan nicht funktioniert ...«

»Dann handeln wir eben.«

Coulter schluckte schwer. »Glaubt Ihr denn, daß er nicht funktioniert?«

Nicholas schüttelte den Kopf. »Wenn ich das glaubte, würde ich mich einfach ergeben. Es hat keinen Sinn, all diese wunderbaren Menschen für einen aussichtslosen Kampf zu opfern.«

Die Angst schien aus Coulters Augen zu weichen, aber der eigenartige Blick blieb. »Ihr seid selbst extrem mutig gewesen, Sire«, sagte Coulter und legte seine Hand kurz auf die von Nicholas. Dann trat er ins Freie hinaus, ging zu Adrian hinüber und redete leise mit ihm, so leise, daß Nicholas die Worte nicht verstehen konnte. Adrian umarmte den Jungen innig und schüttelte dann den Kopf.

Es schien fast so, als redete Adrian Coulter gut zu.

Dann nickte Coulter, und sie lösten sich aus der Umarmung. Coulter streckte die Arme mit geballten Fäusten aus. Adrian stand zwischen ihnen, berührte sie jedoch nicht. Er starrte direkt geradeaus.

Coulter holte sichtlich tief Atem – es sah aus, als atmete er die gesamte Landschaft in sich ein – und spreizte dann die Finger so weit wie möglich. Während er das tat, erschienen zehn Adrians, die alle in der gleichen Haltung wie das Original dastanden.

Coulter ballte die Fäuste und streckte die Finger abermals aus.

Wieder zehn Adrians.

Coulter wiederholte seine Geste wieder und wieder.

Und jedesmal erschienen zehn weitere Adrians. Die Gruppen umringten ihn nicht, sondern bildeten sich an verschiedenen Stellen des Plateaus, einige unweit des Höhleneingangs, andere eher am Rand des Plateaus, andere in der Nähe der zerbrochenen Treppe.

Allein der Anblick machte Nicholas schwindelig. Hätte er nicht genau gewußt, daß der ursprüngliche Adrian zwischen Coulters Armen stand, ohne sie zu berühren, hätte er nicht mehr sagen können, wo er sich befand.

Es war verwirrend, auch wenn es sich nur um einen Trick handelte.

Nicholas seufzte und wandte sich wieder dem Höhleninneren zu. Coulter mußte noch eine Zeitlang draußen bleiben, damit alles seine Ordnung hatte, dann würde die Illusion ohne seine Hilfe funktionieren. Jewel hatte ihnen erklärt, eine solche Illusion sei ähnlich wie ein Schattenland, ein Zauber, der sich selbst aufrechterhält. Die Fey verfügten über Hunderte sich selbst aufrechterhaltender Zauber, von denen die meisten in den Bereich der Domestiken fielen. Einige dienten jedoch auch kriegerischen Zwecken.

Leen stand direkt hinter dem Eingang. Auch sie hatte zugeschaut. Nicholas nickte ihr zu. »Du brauchst Ruhe.«

»Ich weiß«, erwiderte sie. »Aber zuerst wollte ich mir die Prozedur ansehen.«

Ganz die gute Soldatin. Nicholas verfügte, wie er schon einmal gesagt hatte, nicht über eine große Streitmacht, dafür aber über eine hervorragende.

Bevor er nach draußen gegangen war, hatte Adrian angefangen, die Juwelen zu gruppieren. Sie sollten am Rande des Plateaus aufgereiht werden. Nicholas wollte die Aufgabe zu Ende bringen, vielleicht mit Coulters Hilfe. Gabe stand am Fuß der Treppe. Er und Nicholas hatten – unabhängig voneinander, wie es schien – beschlossen, dort außerdem ein Schattenland zu errichten, damit Nicholas die Waffen innerhalb der Höhle einsetzen konnte, ohne sich um seine Kinder Sorgen machen zu müssen.

Das andere Schattenland wollten sie als Lockvogel stehen lassen.

Arianna stand nahe bei Gabe und sah zu, wie er an dem Schattenland arbeitete. Jewel saß auf ihrer Lieblingsstufe und schaute ihren Kindern mit sorgenvoll gefurchter Stirn zu.

Als sie Nicholas erblickte, lächelte sie. Ihr Anblick erwärmte ihn, so wie beim ersten Mal. Er wollte, daß das alles vorbei war, wollte, daß sie mit ihm nach Hause kommen konnte und dort mit ihm alt werden. Er wollte sie immer an seiner Seite wissen.

Er hatte ihren Verlust nie verschmerzt, und er war nicht sicher, ob er über diese Rückkehr und alle ihre Einschränkungen hinwegkommen würde. Es war, als hätte er sie nur teilweise wieder, nicht ganz, und das war nicht genug.

Es würde ihm niemals genügen.

– *Willst du noch weitere Kinder haben?* Der Nebel hatte ihn das gefragt, als er besinnungslos war.

Nein, hatte er geantwortet, und es war ihm ernst damit gewesen.

Wegen Jewel. Weil er mit niemand anderem zusammensein konnte, nicht für alle Zeit, nicht auf die gleiche Weise.

Sie wandte den Kopf, als hätte sie ein verdächtiges Geräusch gehört. Dann sah sie ihn mit furchtsamem Blick an.

Jewel – und furchtsam.

Auch das war neu.

Er rannte die Treppe hinunter und nahm die ihm entgegengestreckten Hände.

»Nicholas«, sagte sie. »Er kommt.«

»Wer?«

»Matthias.« Sie konnte seinen Namen nicht aussprechen, ohne daß der Haß ihre Stimme färbte. »Ich weiß, daß die Schamanin ihn gerettet hat. Ich weiß, daß es einen Grund dafür gibt, aber Nicholas, ich kann ihn nicht ...«

Er packte ihre Hände fester, als könnte er sie an seiner Seite festhalten.

»Du mußt«, sagte er. »Für uns alle. Erst der Schwarze König, dann Matthias. Du kannst doch warten, bis wir mit deinem Großvater fertig sind, oder nicht?«

»Ich möchte es ja.« Sie zog ihn näher an sich. »Bitte, Nicky. Glaube mir. Ich möchte es.«

Er legte ihre Hände auf seine Brust, neigte sich zu ihr, um sie zu küssen – und sie löste sich auf.

Er stolperte vorwärts, wäre beinahe gefallen, und fluchte so laut, daß Gabe sein Schattenland zusammenklappen ließ. Arianna kam zu ihm gerannt.

»Papa?«

Er ließ sich von ihr die restlichen Stufen hinabführen, wobei er den Brunnen nicht aus den Augen ließ. Die Schamanin war gestorben, um Matthias das Leben zu retten. Sie hatte es für so wichtig gehalten, daß sie sogar Jewel davon abgehalten hatte, eines ihrer Ziele als Mysterium zu erreichen.

Wenn er das Brunnenwasser noch einmal kostete, war es ihm vielleicht möglich, Jewel zu folgen.

Und dann?

Sollte er sie davon abhalten, Matthias zu töten?

Obwohl er es früher selbst beinahe getan hätte?

Aber die Schamanin hatte ihn noch nie verraten. Nicht einmal, auch wenn er es einmal vermutet hatte.

Sie war dafür gestorben. Sie hatte es für richtig gehalten.

»Papa?« fragte Arianna zum zweiten Mal.

Er löste seinen Blick vom Brunnen. Er hatte seine Entscheidung getroffen, ebenso wie diese Wesen, wie auch immer sie heißen mochten. Und wie die Schamanin. Matthias mußte wissen, daß Jewel hier auf ihn wartete.

Es war seine eigene Entscheidung.

Nicholas würde sich nicht einmischen.

»Papa?« fragte Ari wieder, diesmal mit ängstlich erhobener Stimme.

»Alles in Ordnung«, antwortete er. Aber das stimmte nicht. Er hatte auf Jewels Hilfe gebaut, und jetzt war sie fort.

Wieder einmal.

»Du siehst nicht so aus.«

Nicholas rang sich ein Lächeln ab. »Doch, doch, alles in Ordnung.« Er mußte eine Schlacht schlagen. Für seine Kinder. Für alle, die an ihn glaubten.

»Geh und hilf Gabe«, sagte Nicholas.

»Ich möchte mehr tun«, erwiderte Ari.

»Das kommt schon noch«, meinte Nicholas. »Wenn wir gewonnen haben. Aber zuerst müssen wir gewinnen.«

Sie sah ihn kurz an, gab jedoch kein Widerwort, was ihn sehr erstaunte. Sie lernte dazu, seine Tochter. Sie lernte, schwierige Entscheidungen zu treffen.

Sie berührte seine Wange mit der Hand. »Ich liebe dich, Papa«, sagte sie, und er konnte es aus ihrer Stimme heraushören: Sie hatte es ausgesprochen, falls er den Kampf nicht überlebte.

»Ich liebe dich auch«, sagte er und lehnte seine Stirn an ihre.

»Wir schaffen es«, sagte er. »Gemeinsam.«

»Ich weiß«, sagte sie, aber es klang nicht sehr überzeugt.

Vielleicht war auch er nicht vollends davon überzeugt.

Aber er würde alles dafür tun, was in seiner Macht stand.

34

Er fühlte sich ausgehöhlt und leer, als hätte ihm jemand sein Herz geraubt und es an einer anderen Stelle weggeschlossen. Matthias ging immer weiter, beinahe automatisch, und versuchte nicht an diese Leere zu denken, sich wegen dieses Nebels und der Stimmen keine Sorgen zu machen, die ihn in gewisser Weise belogen hatten.

Seit dem steilen Anstieg war er drei grob gezimmerte und in dem roten Licht unheimlich schimmernde Treppen hinaufgestiegen. Mehr als einmal war er gestolpert, denn sie waren auch ziemlich uneben. Aber auch hier gab es, wie in den anderen Tunnelabschnitten, keinen Staub, und die Luft war wärmer, beinahe angenehm. Er wußte nicht, wie lange er schon unterwegs war, aber er mußte seinem Ziel schon recht nahe gekommen sein.

Die Berge konnten sich nicht unendlich weit erstrecken.

Am Ende der dritten Treppe verbreiterte sich der Korridor; weiter hinten wurde das Licht blasser. Diesen Ort nahm er als seinen Bestimmungspunkt an, als die Stelle, auf die er zuhalten wollte. Er hatte genug von dem rötlichen Schimmer, genug von der Enge und genug davon, ständig in Bewegung sein zu müssen.

Aber er sagte nichts. Sein Führer schwebte ihm weiterhin wie ein Geist voran und hatte mehr als einmal versucht, sich mit Matthias zu unterhalten, doch Matthias war ihm jede Antwort schuldig geblieben.

Sie hatten ihn auf irgendeine Weise manipuliert, oder er hatte sich verleiten lassen, oder er war geködert worden, und die ganze Zeit über kämpften die Leute, die ihm etwas bedeuteten, in der Stadt, der er den Rücken zugekehrt hatte, um ihr Leben.

Er hatte sie im Stich gelassen, so wie schon einmal zuvor. Er hatte den Fünfzigsten Rocaan im Stich gelassen, er hatte als Rocaan versagt, und jetzt hatte er die Leute, die ihn gerettet hatten, und die Frau, die ihn liebte, im Stich gelassen.

Und er liebte Marly wirklich. Er hatte nur nicht gewußt, wie er es ihr hätte sagen sollen. Er hatte sich dagegen gesträubt. Warum hätte sie bei ihm bleiben sollen, bei einem eigenartigen, gebrochenen Mann mit einem zerstörten Gesicht und einer noch vernarbteren Seele? Was fand sie nur an ihm? Er wußte nicht, ob er es herausfinden wollte. Er hatte Angst davor, es stellte sich am Ende heraus, daß sie ihn nicht einmal angesehen hatte.

Von vorne kam das Geräusch plätschernden Wassers. Beinahe hätte er seinen Führer nach der Ursache gefragt. Matthias stellte sich einen Gebirgsbach vor, der durch die Gänge rann, aber er sagte nichts. Falls es ein Hindernis darstellte, würde er es überwinden. Falls nicht, würde er einfach weitergehen wie zuvor, mit diesem schrecklich leeren, besorgten Gefühl im Herzen.

Sein Führer blieb stehen und warf einen Blick nach hinten. Die Bewegung war verstohlen, beinahe ängstlich. Matthias wollte gerade fragen, was los sei, als er in dem Licht eine Gestalt ausmachte.

Die Gestalt einer Frau.

Sein Mund wurde trocken.

Jewel.

Er sah rasch nach hinten. Hinter ihm war nichts. Er könnte einfach davonlaufen.

Aber was geschah dann wohl mit seinen Freunden? Was wurde aus den Versprechungen, aus dem, was ihm die Stimmen zugestanden hatten ... zählte das dann alles nicht mehr? Mußten seine Freunde dann sterben?

Er umklammerte sein kleines Reisebündel. Er hatte diesen

Ort so zuversichtlich betreten, überzeugt davon, allen seinen Gefahren zu trotzen. War auch dieses Vertrauen ein Teil des Tricks gewesen? Wenn ja, dann war es jetzt verschwunden, ausgerechnet jetzt, da er es am dringendsten benötigte.

»Matthias«, sagte Jewel mit einer Mischung aus Hohn und Abscheu. »Ich dachte schon, du kehrst niemals mehr zurück.«

Er hatte ihre Stimme nicht vergessen. Niemals würde er ihre Stimme vergessen. Ihr Fey-Akzent war so deutlich wie früher und jagte ihm einen Schauer über den Rücken.

Trotzdem konnte er nirgendwohin, als auf sie zugehen.

Er warf seinem Führer einen raschen Blick zu. Vielleicht hatten ihn die Stimmen ja deshalb zu Matthias geschickt. Damit er ihn beschützte.

Aber der Führer unternahm überhaupt nichts. Er schaute nur interessiert zu. Und wartete.

Worauf? Auf Matthias' Tod? Auf das Ende von allem? Sie sagten, sie hätten ihn aus einem bestimmten Grund gesandt. War Jewel nur ein weiteres Hindernis, oder diente auch sie einem übergeordneten Zweck?

Langsam kam sie auf ihn zu, wie eine Katze, die sich an ihre Beute heranschleicht. Er hatte sich nicht von der Stelle gerührt. Er wußte nicht, was er tun sollte.

»Du mußt mir helfen«, sagte er zu seinem Führer.

Jewel lachte.

Der Führer zuckte die Achseln. »Ich muß überhaupt nichts tun.«

Matthias spürte, wie sein ganzer Körper kalt wurde.

»Ich dachte, du hättest das alles geplant«, sagte der Führer.

»Sicher, Matthias«, sagte Jewel. »Du hast das bestimmt geplant. Ich glaube, du wolltest sterben.«

»Was bist du?« flüsterte er. »Ein Geist?«

»Ich bin ein Mysterium«, erwiderte sie. »So wie dein Freund hier.« Sie wandte sich an den Führer. »Wen hast du zu töten versprochen? Und wie kommst du dazu, dieses Ding zu schützen?«

»Ich komme überhaupt nicht dazu«, erwiderte der Mann. »Ich bin sein Führer, sonst nichts.«

»Ein Führer«, wiederholte Jewel, als wäre es ein besonders gemeines Schimpfwort. Und dann, noch während sie den Mann musterte, stürzte sie sich auf Matthias, packte ihn und warf ihn auf den Höhlenboden.

Sie war unglaublich stark. Ihre Finger bohrten sich in seine Haut, und er wußte sofort, was sie vorhatte. Sie wollte ihn bei der Kehle packen und ihn erwürgen, so wie sie es schon einmal versucht hatte.

Er hatte damit gerechnet. Er hatte ...

Er packte sein Messer und stieß nach ihr. Die Varin-Klinge traf sie, aber sie blutete nicht. Sie schlug seinen Arm zur Seite und setzte sich auf seinen Brustkorb. Er streckte die Arme nach ihr aus, aber sie schlug sie weg und drückte sie nach unten. Er wälzte sich hin und her, versuchte sie abzuschütteln, aber sie saß fest auf ihm. Dann bäumte er sich mit einem Ruck auf und warf sie ab.

Jewel fiel auf die Seite, und Matthias drehte sich von ihr weg. Sein Führer stand über ihnen.

»Tu etwas!« schrie Matthias.

»Das hier sind nicht meine Gefilde«, sagte der Führer.

Jewel schnappte sich Matthias' Handgelenk. Er stieß mit dem Messer nach ihr, aber sie duckte sich weg. Er versuchte, sich ihrem Griff zu entwinden, doch dann warf sie sich wieder auf ihn.

Klirrend fiel das Messer zu Boden und schlitterte von ihm weg. Sie versuchte nicht einmal, es zu erhaschen. Statt dessen packte sie seine Kehle, so wie er es erwartet hatte, und drückte zu.

Er schlang seine Hände um ihre Gelenke und versuchte

sie wegzuziehen. Aber er schaffte es nicht. Sie war zu stark.

Er würde hier sterben, genau wie Marly es vorausgesagt hatte. Alle hatten ihn davor gewarnt. Er hatte sich in einen Kokon trügerischer Sicherheit gelullt, und er hatte sich grausam getäuscht.

Jetzt mußte er sterben.

Er spürte Jewels Körperwärme auf seinem Rücken, spürte die Kraft ihrer Finger, die ihm die Atemluft abschnürten.

»Mir ist egal, was sie dazu sagen«, flüsterte sie ihm ins Ohr. »Du verdienst es nicht, weiterzuleben.«

Er wußte, daß sie recht hatte.

35

Rugad blieb unten am Fluß. Dort war es kühl und feucht. Er zweifelte daran, daß es hier jemals warm wurde. Hinter ihm gurgelte das Wasser. Er stand im Uferschlamm, der seine mit Domestikenzauber belegten Stiefel nicht berührte. Um den Körper hatte er seinen Umhang geschlungen, an der Hüfte hing sein Schwert. Er rechnete nicht damit, es noch an diesem Nachmittag benutzen zu müssen, aber sicher war er sich nicht. Zum ersten Mal seit langer Zeit hatte er das Bedürfnis nach Schutz.

Seine Truppen marschierten den Berghang hinauf. Licia hatte den Großteil der Vogelreiter, aber auch ihm standen nicht wenige zur Verfügung. Da er wußte, daß Nicholas keine große Streitmacht mit sich führte, hoffte er auf einen kurzen Kampf, aber darauf konnte er sich nicht verlassen.

Soeben hatte ihm ein Spatzenreiter über die Lage in Constantia Bericht erstattet. Die Inselbewohner waren, wie geplant und erwartet, besiegt. Hier und dort gab es noch Widerstandsnester, aber der aus Licias ursprünglichem Plan entwickelte Angriff hatte besser als erhofft funktioniert. Die dummen Inselbewohner waren völlig überrascht worden. Während ihre sogenannte Armee auf dem Feld gegen die Infanterie kämpfte, starben die übrigen Inselbewohner in ihrer eigenen Stadt. Selbst wenn die Armee überlebte, blieb ihr nichts mehr zu verteidigen.

Jetzt gehörte die Insel Rugad – mit Ausnahme des Ortes der Macht, den Nicholas noch besetzt hielt.

Rugad kratzte an seinen Narben. An diesem Ort wehten mächtige magische Kräfte, sogar so weit hier unten. Sie reizten die Wunden, die ihm dieser Golem zugefügt hatte. Sobald er zurück war, mußte er sich abermals in Behandlung geben, was ihn schon jetzt mit Widerwillen erfüllte. Er hoffte nur, daß das Jucken nicht noch schlimmer wurde.

Kendrad hielt sich ein Stück weiter oben auf und überwachte den Treck, der sich auf den Ort der Macht zubewegte. Rugad hatte ihr das Kommando über die Truppen überlassen. Wenn sie einen seiner Urenkel töteten, dann sollte es wenigstens nicht unter seinem Befehl geschehen sein. Ob das eine Rolle spielte, wußte er nicht. Da der Angriff auf seine Initiative erfolgte, spielte es wahrscheinlich keine Rolle.

Andererseits konnte es genau den entscheidenden Unterschied ausmachen.

Sein Blick wanderte über seine Falkenreiter. Sie hatten ihre Fey-Gestalt angenommen und trugen keine Kleider. Nur das lange, gefiederte Haar bedeckte ihre nackten Körper. Sie gingen wartend in der Nähe des Tragestuhls auf und ab. Sobald die Zeit gekommen war, würden sie ihn nach oben tragen. Rugads Falkenreiter waren die besten Kämpfer unter den Vogelreitern, weshalb er sie möglichst weit unten behielt, wo sie geschützt waren. Sie konnten seine Maßnahme nicht ganz verstehen.

Das mußten sie auch nicht. Es war seine Schlacht, und er kannte die Risiken. Sobald seine Soldaten auf den Felsen unterhalb des Ortes der Macht in Stellung gegangen waren und die Tierreiter die darüberliegenden Wege überwachten, würde er den Befehl zum Angriff geben. Nicholas konnte sich gegen eine solche Armee nicht zur Wehr setzen, wie schlau er es auch anstellte. Und selbst dann hatte Rugad noch einen Trumpf im Ärmel.

Er hatte sich etwas überlegt, womit er die Macht der Inselbewohner zu seinen Zwecken nutzen konnte.

Er würde selbst mit den Falkenreitern herabstoßen und sich aller Magie bedienen, die ihm der Ort der Macht zur Verfügung stellte. Er würde mit einem einzigen Streich Nicholas loswerden, den Ort der Macht erobern und die Kontrolle über seine Urenkel übernehmen.

Wenn alles genau nach Plan verlief.

Was er nicht unbedingt erwartete – schließlich befanden sie sich immer noch auf der Blauen Insel –, aber auch dann, wenn es nur zum Teil klappte, würde er den Sieg immer noch in Händen halten. Nicholas war nun nichts mehr geblieben, obwohl er das vielleicht nicht einmal wußte. Nichts, bis auf den Ort der Macht selbst, und um diese Macht zu nutzen, bedurfte es der Erfahrung mehrerer Generationen.

Nicht einmal Rugad kannte alle seine Geheimnisse. Die Schamanen hatten den Ort der Macht der Fey zu gut behütet. Bei diesem hier würde er eine Schamanin nicht einmal in die Nähe lassen. Diesmal würde er alles selbst machen.

Schatten fielen über sein Lager. Er blickte auf. Einige der Vogelreiter kehrten von der Schlacht um Constantia zurück. Ihre Schnäbel und ihre kleinen Füße waren blutig, aber sie sahen siegreich aus.

Offensichtlich wurden sie dort nicht mehr gebraucht. Sie suchten nach frischem Blut, und er würde ihnen frisches Blut geben.

Er nickte ihnen grüßend zu. Im Laufe des Tages würden sich ihm weitere Kämpfer aus Constantia anschließen.

Sein Blick wanderte zum Berghang. Er schien vor Fey zu wimmeln. Kein General hatte sich jemals einer solchen Streitmacht gegenübergesehen. Rugad bezweifelte, daß einer der feindlichen Kämpfer eine Schlacht wie diese überleben würde. Die Übermacht war auf seiner Seite. Aber er wußte, daß er sich nicht darauf verlassen durfte. Auf der Blauen Insel konnte man durch Übermacht allein nichts gewinnen.

Während er seinen Leuten dabei zusah, wie sie den Berg erklommen, rief er sich noch einmal in Erinnerung, daß die

Schwierigkeit nicht darin bestand, den Ort der Macht mit Gewalt einzunehmen. Die Schwierigkeit bestand vielmehr darin, diese Gewalt in Zaum zu halten.

Denn wenn er nicht aufpaßte, vernichtete er genau das, weshalb er eigentlich hierhergekommen war: seine Urenkel.

Und damit wäre die ganze Welt verloren.

36

Nicholas fühlte, wie sich sein Körper auf die Schlacht vorbereitete. Sein Herz schlug stärker, seine Sinne kamen ihm geschärft vor, seine Hände zitterten leicht – nicht vor Angst, sondern vor unterdrückter Energie.

Alles war bereit.

Coulter stand am Eingang der Höhle. Er hatte genug Duplikate von Adrian hergestellt. Jetzt stand er einfach da, behielt die Umgebung im Auge und wartete ab.

Nicholas war auf halbem Weg die Treppe hinauf. Er hatte Arianna und Gabe dazu überredet, sich in das von Gabe am Fuß der Stufen geschaffene Schattenland zurückzuziehen. Leen und Fledderer waren bei ihnen. Sie sollten sich dort so lange aufhalten, bis die erste Phase des Kampfes vorüber war. Dann würde Nicholas ihre Hilfe brauchen, und sie waren bereit, diese Risiken einzugehen.

Vorerst durften Arianna und Gabe keinerlei Risiko eingehen. Sogar Ari schien das begriffen zu haben. Sie war zwar nur widerstrebend ins Schattenland gegangen, aber sie war gegangen. Was sie nicht wußte, und was er ihr auch absichtlich nicht gesagt hatte, war, daß sie unter Umständen tagelang im Schattenland ausharren mußte.

Er hatte aber mit Gabe gesprochen und ihn davon überzeugt, drinnen so lange zu warten, bis es sicher war, herauszukommen. Gabe schien ihn verstanden zu haben. Trotzdem war auch er Nicholas ein Rätsel. Der Junge hatte in den vergangenen paar Tagen nicht viel gesagt. Er schien abzuwarten wie die anderen auch, aber mit einer Gleichgültigkeit, die Nicholas sehr bekannt vorkam.

Er hatte eine Weile gebraucht, bis ihm aufgefallen war, daß

Gabes Zurückhaltung ihn an Sebastian erinnerte. Nur daß Sebastian nicht zurückhaltend, sondern still gewesen war. Der Unterschied zwischen den beiden Temperamenten war immens. Und Nicholas hatte nicht die Zeit dazu, ihnen mit seinem Sohn auf den Grund zu gehen. Er mußte das Überleben aller sicherstellen. Es war seine letzte, seine einzige Chance, die Blaue Insel vor dem Zugriff des Schwarzen Königs zu retten, und er war nicht sicher, ob es in seiner Macht lag.

Oben an der Treppe angekommen, fiel Nicholas sofort Coulters Erregung auf. Der Angriff stand unmittelbar bevor, und Jewel war noch nicht zurückgekehrt. Sie hatte versprochen, die Verteidigung anzuführen, aber Nicholas zweifelte daran, daß es dazu kommen würde. Sie war jetzt hinter Matthias her, folgte dem Teil von ihr, der nicht mehr lebte, dem Teil, den Nicholas nicht begreifen konnte, wie sehr er sich auch darum bemühte.

Nicholas ging auf die Höhlenwand und die Regale zu und wünschte ein letztes Mal, daß ihm mehr Kämpfer zur Verfügung stünden. All diese Schwerter lagen nutzlos herum, obwohl er sie so gut gebrauchen könnte. Er wünschte, er verstünde mehr von der Magie der Zaubermeister, wünschte, ihm fiele etwas ein, was Coulter vielleicht übersehen hatte, etwas, das ihnen helfen würde, aber das war ihm nicht möglich.

Sie hatten einige Edelsteine entlang des Plateaus ausgelegt, andere waren an Ort und Stelle verblieben. Nicholas schaute zum Höhleneingang. Coulter hatte sich nicht gerührt, doch sein Körper war völlig angespannt. Hinter ihm sah Nicholas zahllose Adrians. Es sah merkwürdig aus, überall den gleichen Mann in der gleichen Haltung zu erblicken. Adrian hatte sich jedoch inzwischen daran gewöhnt. Er schien überhaupt nicht besorgt zu sein.

Nicholas bewunderte seinen stillen Mut. Nicht viele würden sich den Fey allein in den Weg stellen. Adrian kannte die

Gefahr, der er sich aussetzte. Er wußte, daß die Fey die Vervielfältigung letztendlich entlarven würden. Aber Adrian stand nah genug am Eingang zur Höhle, um sich in diesem Fall hineinzuflüchten.

Außerdem hatte er Nicholas gesagt, er wolle versuchen, so viele Fey wie möglich auszuschalten, bevor sie ihm auf die Schliche kamen.

Gerade als sich Nicholas wieder der Höhlenwand zuwenden wollte, bemerkte er im Augenwinkel eine leichte Bewegung. Er wirbelte herum.

Adrian gab das verabredete Signal: Er zog die geballte Faust zur Schulter hoch.

Die Fey waren auf dem Weg.

Nicholas spürte, wie ihn eine Woge aus Energie und einem Schuß Erregung durchflutete. Er warf einen Blick nach hinten. Jewel war immer noch nicht zurück. Also mußte er es allein machen.

»Coulter«, sagte er, aber der Befehl war überflüssig. Coulter war bereit.

Nicholas nahm eine der Glaskugeln aus dem Regal, die sofort wie beim ersten Mal hell aufleuchtete. Nicholas warf sie Coulter zu. Das Licht verblaßte, als die Kugel durch die Luft flog, flammte jedoch noch kräftiger auf, sobald Coulter sie berührte.

Nicholas zitterte leicht. Er wußte nicht, ob er die ersten Glaskugeln verschwendete. Er wußte nicht, wie weit das Licht reichte, und er wußte nicht, wie weit entfernt jemand sein mußte, bis das Licht keinen Schaden mehr anrichtete. Er befürchtete, daß er die Fey nahe herankommen lassen mußte. Deshalb hatten sie die Edelsteine über das Gelände verteilt: Sie sollten das Licht womöglich verstärken.

Coulter hielt die Kugel mit ausgestreckten Armen vor die Höhle, und Nicholas sah, wie das Licht auf die großen Edelsteine in den Schwertern traf. Es wurde gebündelt zurückgeworfen und bei jedem Edelstein, das es berührte, stärker. Das Licht ergoß sich wie Sonnenlicht über die falschen Adrians und flutete dann den Berghang hinab.

Nicholas nahm eine Kugel nach der anderen und trug sie zu Coulter hinüber, wo er sie hinter dem Jungen absetzte, damit er sie bei Bedarf sofort zur Hand hatte. Niemand wußte, wie lange die Leuchtkraft der Kugeln anhielt. Sie leuchteten, solange Nicholas sie berührte, und verblaßten erst, wenn er sie losließ. Dann ging er wieder zurück und holte die beiden nächsten.

Wieder bei Coulter angekommen, stellte er eine Kugel auf den Boden und hielt die andere hoch. Das Licht verstärkte sich. Es wurde so hell, daß er die Knochen unter seiner Haut sehen konnte. Auch Coulters Knochen wurden sichtbar, aber nicht die Knochen der falschen Adrians. Nur die des echten.

Er hoffte, es würde funktionieren. Wenn nicht, dann hatte er den Fey ein Mittel in die Hand gegeben, Coulters Trick zu durchschauen.

Nicholas' Licht traf auf die großen Edelsteine und dehnte sich in eine völlig andere Richtung aus. Es flutete ebenfalls den Berghang hinab, legte sich aber über Coulters Licht, ohne sich mit ihm zu vermischen. Der gesamte Berg schien in Licht gehüllt, als hätten sie der Sonne ein Stück entrissen und es sich zu eigen gemacht.

Coulter blinzelte ihm zu. Bis auf die Sorge auf dem Gesicht des Jungen schien keine Reaktion zu erfolgen. Adrian bewegte sich kaum wahrnehmbar mit gezücktem Schwert, und Nicholas spürte einen Kloß im Hals.

Und dann hörte er das schrille Kreischen. Langgezogene Schreie, als würde jemand entsetzliche Qualen erleiden. Noch nie zuvor hatte er so etwas vernommen.

»Nein«, sagte Coulter und wollte seine Kugel absetzen.

»Mach weiter!« fuhr ihn Nicholas mit einer Kommandostimme an, die er seit der Flucht aus dem Palast nur noch selten eingesetzt hatte.

»Ich kann nicht«, sagte Coulter.

»Du mußt, wenn wir nicht alle sterben sollen«, sagte Nicholas. Seine Hände wurden warm. Die Macht der Kugel war gewaltig.

Dann ging Coulters Kugel aus.

Das Licht verminderte sich um die Hälfte, und es kam einem vor, als würde die Welt in Dunkelheit gestürzt, auch wenn es wahrscheinlich immer noch heller als jemals zuvor war.

»Schnapp dir die nächste!« sagte Nicholas, der wußte, daß er Coulter jetzt festhalten mußte, wenn er ihm nicht entgleiten sollte. Er war gewarnt worden, von Adrian, von Gabe, und von Coulter selbst.

»Sofort!« befahl Nicholas. »Nimm sie! Jetzt!«

»Nein«, erwiderte Coulter. »Sie sterben.«

»Genau darum geht es doch!« zischte Nicholas. »Wir führen Krieg!«

Aber Coulter verharrte wie erstarrt in seiner Stellung. Adrian drehte sich um, und alle anderen Adrians mit ihm. Als er bemerkte, was er da tat, wandte er das Gesicht wieder dem Berghang zu.

»Coulter, wenn du nicht weitermachst, schnappt sich der Schwarze König Arianna«, sagte Nicholas. »Sie wird nicht mehr die gleiche sein. Dann wird sie wie er. Verstehst du das nicht? Er holt sich meine Tochter und meinen Sohn und verwandelt sie in seine Abbilder.«

»O Gott«, flüsterte Coulter. »Ich kann es nicht.«

»Du mußt!« sagte Nicholas. Jetzt ließ auch das Licht in seiner Kugel nach. Sobald es dunkel war, hatten sie ihren Vorteil verspielt.

Plötzlich bückte sich Coulter und hob eine Kugel auf. Sofort erwachte sie zu flammendem Leben, dessen Licht sich auf eine wiederum andere Weise die Bergflanke hinunterbog.

Das Schreien setzte wieder ein.

Nicholas' Kugel ging aus. Er griff nach der nächsten, deren Licht von den Höhlenwänden abprallte und einen Augenblick lang sogar die Edelsteine an der Rückwand zum Aufblitzen brachte. Er hielt den Atem an und hoffte, daß seine Kinder in Gabes Schattenland in Sicherheit waren. Dann drehte er sich um.

Das Licht schien sich mit ihm zu drehen. Diesmal vermengte es sich mit Coulters Licht und stieg zum Himmel empor.

Adrians Gesicht war aschfahl geworden, und sein Ausdruck spiegelte sich in jedem seiner Duplikate. Nicholas wußte nicht, was Adrian sah, aber es mußte grauenhaft sein.

Tränen rannen Coulter über das Gesicht, aber er hielt seine Kugel tapfer in die Höhe. Sie brauchten mehr Kugeln, und Nicholas war derjenige, der sie holen mußte. Er schob Coulter seine Kugel zu, zwang ihn, sie zu halten, und eilte zur gegenüberliegenden Seite des Höhleneingangs.

Dort lagen nicht mehr so viele Kugeln, wie er gedacht hatte, jedenfalls nicht, wenn man ihre Leuchtdauer in Betracht zog. Er hatte sie auf mehrere Tage eingeschätzt, doch jetzt würden sie wohl nur ein paar Stunden halten, vorausgesetzt, jede Kugel besaß ausreichend Leuchtkraft.

Daran durfte er jetzt nicht denken. Er packte zwei Kugeln und trug sie zu der Stelle neben der Tür. Dann holte er die nächsten zwei und stellte sie daneben, nahm eine davon wieder in die Hand und hob sie hoch. Das dritte Licht verdoppelte die Kraft noch einmal, und die Schreie von unten wurden noch grauenhafter.

»Mein Gott«, flüsterte Adrian, und der Laut hallte auf der Bergspitze hin und her, wurde von Hunderten von Lippen wiederholt. Nicholas sah es mehr, als er es hörte, denn die Worte wurden unter dem Schreien und Heulen begraben.

Unablässig rannen die Tränen über Coulters Gesicht, aber er bewegte sich nicht. Er schien nicht dazu fähig.

Nicholas mußte sich für sie beide bewegen. Er mußte für sie alle stark sein. Es war seine Insel, und es war sein Volk, und hinter ihm versteckten sich seine Kinder. Er mußte sie alle beschützen.

Er würde es tun, wie grauenhaft der Preis dafür auch sein mochte.

Er würde es tun.

37

Es war das reinste Gemetzel.

Das Licht strömte wie Wasser den Berghang herab, traf jeden Soldaten in Rugads Armee und erleuchtete ihn von innen. Dann setzte das Schreien ein. Einer nach dem anderen fiel auf die Knie, hielt sich den Kopf und schrie aus Leibeskräften.

Rugad konnte nicht genau erkennen, was das Licht mit ihnen anstellte, dafür war er zu weit unten. Das Licht schien sie auszufüllen und dann weiterzueilen, sie alle in einer glühenden Kette miteinander verbindend.

Dann wurde das Licht stärker, verdoppelte seine Intensität beinahe, und bewegte sich weiter den Berg herunter. Das Schreien schwoll an, und er fluchte leise.

Wenn er nichts unternahm, stand ihm die nächste Niederlage bevor.

»Hol Kendrad«, fuhr er einen der Falkenreiter an. Der Reiter blickte angsterfüllt zum Berg empor.

»Wenn sie dort ist ...«

»Hol sie her! Sofort!«

Dann sah Rugad einen zweiten Falkenreiter an. »Flieg in die Stadt und bring mir diese Anführerin der Infanterie her, Licia. Sofort!«

Zwar bezweifelte er, daß sie das Problem zu dritt lösen konnten, aber wenigstens lag die Last dann nicht mehr allein auf ihm. Das Licht übersprang den nächsten Felsvorsprung, und das Schreien wurde noch lauter. Die Fey ganz oben bewegten sich nicht mehr, soweit er das aus der Ferne beurteilen konnte.

Das Licht verhielt sich anders als jedes andere Licht, das ihm jemals begegnet war. Es bewegte sich langsam und durchleuchtete alles, was ihm in den Weg kam. Ein Summen setzte in Rugads Schädel ein, und er erkante, daß ein Teil des Lichts – ein Bestandteil, den er nicht erfassen konnte – ihn bereits erreicht hatte.

Die Zeit wurde knapp.

Er wußte nicht genau, wie hoch der Berg, wie weit entfernt der Ort der Macht eigentlich war. Das Licht mußte von Nicholas kommen. Und Rugad mußte ihm Einhalt gebieten.

Er mußte das Licht aufhalten.

Er öffnete eine Faust und konzentrierte sich auf seine Handfläche, wo sich sofort ein kleines Schattenland bildete. Er schleuderte es mit aller ihm zur Verfügung stehenden Kraft gegen den Berg und dehnte es unterwegs aus. Er durfte es nicht zu groß machen, denn dadurch würde es zu schwach werden und das Licht womöglich durchlassen.

Er dehnte das Schattenland aus, ließ es einen Augenblick über einem Trupp Soldaten schweben, schuf dann im Boden einen Torkreis und senkte das gesamte Gebilde auf die Soldaten und den Berghang herab. Ein paar von ihnen wurden dabei vielleicht zerquetscht, aber darum konnte er sich nicht kümmern.

Wenigstens der Rest würde überleben.

Dieser Abschnitt des Berges sah aus wie in dichtes Grau gehüllt. Das Schattenland blockierte das Licht. Das Summen in Rugads Kopf ließ nach. Kopfschmerzen machten sich bemerkbar; dieses Licht hatte es auf seine Magie abgesehen, auf sein Machtzentrum. Es würde ihn Stück für Stück ausbrennen.

Wie raffiniert.

Der Falkenreiter kam in torkelndem Flug vom Berg zurück. Er war nur halb umgeformt und konnte sich kaum mehr in der Luft halten. Sein Rumpf war zu groß, und seine Füße waren Fey-Füße, keine Habichtskrallen. Als er landete, vernahm Rugad das Splittern von Knochen.

»Ich habe sie gefunden«, rief der Reiter auf ihn zutaumelnd. Sein Ton verriet Rugad sofort, daß sie nicht mehr vom Berg zurückkehren würde.

Nicholas hatte sie umgebracht.

Er hatte bereits gelernt, mit seinem Ort der Macht umzugehen. Zumindest teilweise. Jedenfalls genug.

Rugad fluchte. Seine noch immer ausgestreckte Handfläche zitterte. Er schuf darauf ein weiteres Schattenland und schleuderte es gegen den Berg, wo er es kurz unter dem anderen anhielt. Sofort ergoß sich das Licht darüber, und das Summen setzte wieder ein. Einen Moment lang verschwammen die Ränder des Schattenlandes.

Sie würden vernichtet werden, noch bevor er alle seine Leute retten konnte.

Rugad konzentrierte sich. Das Schattenland dehnte sich aus. Der weite Torkreis zeichnete sich ab, dann ließ er das Schattenland wie seinen Vorgänger auf den Berghang fallen.

Nun war bereits ein Viertel des Berges in Grau gehüllt. Ein Schatten strich über Rugad und landete kurz darauf neben ihm. Der andere Falkenreiter.

»Sie kommt«, sagte er. »Ich habe einen Pferdereiter gefunden, der sie herbringt.«

Die Zeit war bereits zu knapp, dachte Rugad, aber er sagte nichts. Der Falkenreiter hockte sich neben seinen verletzten Gefährten. »Was ist passiert?« sagte er leise.

Rugad antwortete nicht. Das Summen wurde heftiger. Der Schmerz war stark, brennend. Er starrte in dieses Licht, obwohl er wußte, daß das falsch war.

Mit einiger Anstrengung riß er seinen Blick los. Das Schreien vom Berg her hielt immer noch an, aber es kam jetzt von der anderen Seite des ersten Schattenlandes. Er mußte zwei, vielleicht sogar drei Schattenlande mehr erschaffen. So lange mußte er noch durchhalten.

Das Licht sprang über das zweite Schattenland und traf auf einen Trupp Soldaten, der sich gerade wieder erhoben hatte. Sie preßten die Hände an die Schläfen, fielen gleichzeitig hin und schrien aus Leibeskräften. Das Summen in Rugads Kopf verwandelte sich in einen Schmerz. Einen gräßlichen Schmerz. Das Licht bohrte sich in seine Augen, sein Gehirn, sein Zweites Gesicht ...

Ihm blieb nur noch für ein drittes Schattenland Zeit. Er konzentrierte sich so, wie er sich noch nie in seinem Leben konzentriert hatte. Schweiß perlte ihm über das Gesicht. Der Falkenreiter neben ihm barg ebenfalls das Gesicht in den Händen und fing zu schreien an. Der Schrei schien unfreiwillig aus ihm herauszufahren.

Ein langsamer, qualvoller Tod, das war es. Ein langsamer, qualvoller Tod.

Rugad konzentrierte sich auf seine Handfläche. Er hatte beinahe keine Vision mehr, konnte die Umrisse des Schattenlandes kaum noch sehen, erinnerte sich kaum noch daran, wie er seine Vision einzusetzen hatte. Seine Knie wurden weich. In seinem Schädel regierte nichts als Schmerz. Er mußte ...

konzentrieren

... die Sache zu Ende bringen.

Mit letzter Kraft vergrößerte er das Schattenland, hob es in die Höhe und ließ es auf die Gruppe rings um ihn herum fallen. Seine Gruppe. Die Falkenreiter, die Anführer, und die letzte Reserve der Infanterie.

Das Grau schloß das Licht komplett aus, und für kurze Zeit glaubte er, nach außen und innen blind geworden zu sein. Erst dann bemerkte er, daß sich seine Augen – seine richtigen Augen – noch nicht an die neue Umgebung gewöhnt hatten.

Innerhalb des Schattenlandes ließen die Schreie nach. Rings um ihn herum standen Fey, die Arme noch um die Köpfe gelegt, und starrten sich verwundert um.

Noch nie zuvor hatte er ein Schattenland auf dem Erdboden errichtet. Die Wände und das Dach waren grau, aber der Lehmboden unter ihren Füßen blieb der gleiche; hinter ihnen hörte er das Gurgeln des Flusses, was ihn auf gewisse Weise beruhigte. Licia konnte ihn nicht überqueren. Zumindest hatte er sie nicht zu ihrem eigenen Tod eingeladen.

Im Gegensatz zu Kendrad.

Er hatte keine Zeit, näher darüber nachzudenken. Er mußte eine Möglichkeit finden, die verbliebene Streitmacht zu retten, diejenigen, die er nicht unter einem Schattenland hatte schützen können. Er mußte noch einmal hinausgehen.

Falls das überhaupt möglich war.

38

Jewels Finger schlossen sich enger um Matthias' Hals. Womöglich brach sie ihm die Knochen, bevor er erstickte. Vor seinen Augen tanzten schwarze Flecken.

Schon einmal war ihm das passiert, und damals war er in Ohnmacht gefallen. Er wäre gestorben, wenn die Schamanin ihn nicht gerettet hätte.

Diesmal schien sich sein Gefährte zu weigern, zu seinen Gunsten einzugreifen, und wenn Matthias nicht selbst etwas unternahm, würde er unweigerlich sterben. Er schaffte es nicht, ihre Hände von seiner Kehle zu ziehen, wie verzweifelt er es auch versuchte. Sie war stärker als er. Stärker, gerissener ...

Und tot.

Tot.

Er ließ ihre Handgelenke los und die eigenen Hände fallen, als sei jegliche Kraft aus ihnen gewichen. Sie hatte recht gehabt, als sie sagte, er verdiene nicht, am Leben zu bleiben, aber das hielt ihn nicht davon ab, am Leben bleiben zu wollen, am Leben bleiben zu müssen.

Er hatte mit den Stimmen ein Geschäft abgeschlossen, und zwar um Marly, und er wußte nicht, ob sie ihn mit Jewel nur auf die Probe stellen wollten. Wenn er nicht bestand, mußte dann Marly mit ihm sterben? Und Denl? Und Tri?

Das durfte Matthias nicht riskieren.

Er ertastete sein Reisebündel und öffnete es mit einer Hand. Sein Herz schlug wie wild, und es bedurfte all seiner Kraft, die aufsteigende Panik zurückzuhalten. Er mußte sehr vorsichtig vorgehen, damit Jewel nichts bemerkte.

Ihre Finger gruben sich in seine Haut. Der Druck auf seine

Lungen wurde unerträglich. Sie brannten, brannten, brannten immer stärker, und er hatte das Gefühl, sie müßten bald bersten. Sein Mund stand offen und versuchte nach Luft zu schnappen. Das konnte er nicht mehr kontrollieren, ebensowenig wie die Muskeln in seinem Rücken, die ihn immer wieder in dem vergeblichen Versuch, sie abzuwerfen, gegen ihren Leib preßten.

Die Finger seiner linken Hand fanden das Gefäß. In Gedanken sprach er ein Gebet, sandte es mit dem gleichen Eifer gen Himmel, den er als kleiner Junge empfunden hatte. Sein Glaube war in diesem Augenblick stärker als jemals zuvor. Ironischerweise ausgerechnet jetzt, nachdem er die unangenehme Wahrheit über seine Religion herausgefunden hatte.

Aber er hoffte, daß wenigstens diese Wahrheit der Wahrheit entsprach.

Der Druck hatte sich aus den Lungen auf seine Glieder ausgedehnt. Ganz deutlich spürte er den unersättlichen Drang nach Luft. Er durchflutete ihn. Bald schon würde er die Kontrolle über seinen Körper völlig verlieren. Bald würde sein Körper selbst übernehmen, würde blind kämpfen, von Panik erfüllt – und er würde verlieren.

Er würde den Kampf verlieren.

Jewel bewies unendliche Geduld. Ihre kräftigen Finger drückten unablässig zu, ihr warmer Körper quetschte den seinen zusammen.

Seine Finger fanden das Figürchen auf dem Verschluß. Das Glas fühlte sich kühl an. Er hatte sich darauf vorbereitet, hatte sogar die Anweisungen zur Vorbereitung der Seelengefäße befolgt. Zwei Tropfen vom Blut des Roca bedeckten ringförmig den Boden. Zwei Tropfen, genug um eine neugierige Seele anzulocken, sobald diese Seele nur frei war.

Er hoffte, daß die ihre frei war.

Die schwarzen Flecken wurden immer größer. Matthias

fühlte die Ohnmacht nahen. Er zog das Figürchen mit den Fingern ab, stützte es mit einem Finger am geschwungenen Hals und ließ es in seinen Beutel gleiten. Dort würde er es wiederfinden, sobald er es brauchte.

Jetzt mußte er rasch vorgehen.

Er drehte den Körper so, daß der Flaschenhals auf Jewel zeigte, und stieß ihn dann gegen ihre Hüfte.

Sie stöhnte auf, und ihre Finger flogen von seinem Hals. Ein Wind bildete sich um sie beide, ein Wind, wie er noch nie einen Wind gespürt hatte. Matthias zitterte, sog eilig die Luft ein, als wäre sie Wasser und er am Verdursten. Sie machte ihn schwindelig, dabei mußte er gerade jetzt Herr über seine Sinne bleiben. Er langte über den eigenen Körper hinweg, packte das Reisebündel und zog den Stöpsel heraus.

Dann drehte er sich um.

Jewel wirbelte um ihn herum, ihr Körper jetzt nur noch ein Gemenge aus Wind und Nebel. Sie kämpfte gegen den Sog an, er konnte es deutlich sehen, und fuchtelte wild mit den Armen, als kämpfte sie in strudelndem Wasser um ihr Leben. Ihre Beine waren schon weg, im Gefäß verschwunden, und nun wurde auch ihr Oberkörper langsam, aber beständig hineingezogen.

Sie schrie ihn an, doch ihre Worte gingen im Wind unter. Die untere Hälfte des Gefäßes zuckte in seiner Hand und wurde warm, und während Jewel nach und nach darin verschwand, bildete sich darin ein brauner Nebel.

Noch einmal streckte sie, mit verzerrten Zügen, Arme und Hände nach ihm aus. Jetzt war ihr Oberkörper schon beinahe verschwunden, es folgten der Hals und kurz darauf der Kopf, dann noch die Hände mit den verzweifelt sich irgendwo festzuhalten versuchenden Fingern.

Matthias knallte den Glasstöpsel auf das Behältnis und betete darum, daß er den Rand mit genügend Blut versehen hatte. Etwas dergleichen hatte er noch nie zuvor getan und hatte eine Heidenangst davor, daß es nur für eine gewisse Zeit wirkte.

Der Wind hatte sich verzogen, und bis auf seinen eigenen keuchenden Atem hörte Matthias nichts mehr. Sein Hals fühlte sich an, als würde er brennen. Auch das Behältnis war heiß und zuckte in seiner Hand. Er hielt es nah an die Augen und konnte Jewel darin erkennen, ihre Züge vom Glas verzerrt, die Hände gegen die Wände gepreßt.

Gefangen. Sie saß in der Falle, und er hatte sie erwischt, genau wie es die Worte versprochen hatten.

Langsam ließ er sich nieder, der Schwindel in seinem Kopf wurde heftiger, und dazu gesellte sich ein Gefühl der Übelkeit. Wieder wäre er ums Haar gestorben, aber diesmal hatte ihn die Magie des Roca gerettet. Oder er hatte sich selbst gerettet.

»Wir müssen weiter«, sagte sein Führer.

Matthias gab ihm keine Antwort. Er hielt das Seelengefäß fest mit der linken Hand umschlossen. Er keuchte immer noch. Sein ganzer Körper schmerzte. Sah der Kerl denn nicht, daß Matthias fast gestorben wäre? Daß er eine Verschnaufpause brauchte?

»Dafür hast du keine Zeit«, sagte der Führer. »Steh auf.«

Matthias brauchte mehr Zeit. Er mußte sich um sich kümmern. Wie oft konnte ein Mann dem Tod ins Gesicht blicken, ohne ihm zum Opfer zu fallen? Wieviel Wichtigkeit hatte denn ein einzelnes Leben?

»Steh auf«, wiederholte der Mann.

Matthias konnte ihn nicht einmal verfluchen. Dazu fehlte ihm die nötige Luft in den Lungen. Aber innerlich schleuderte er ihm jede Verwünschung entgegen, die ihm einfiel. Der Bursche hatte ihm nicht geholfen, hatte nicht einmal Anstalten dazu gemacht, und jetzt fiel ihm nichts anderes ein, als ihn anzutreiben.

Trotzdem ... Matthias hatte einen Handel abgeschlossen. Er hatte an Marly zu denken. Marly ...

Langsam schob er das Seelenbehältnis zurück in sein Reisebündel. Er mußte es vorsichtig verstauen. Eine falsche Bewegung, und sie war wieder frei. Aber er konnte es auch nicht hier zurücklassen. Obwohl er wußte, daß seit Ewigkeiten niemand mehr durch diese Gänge gekommen war, konnte er sich nur zu gut vorstellen, daß ausgerechnet jetzt jemand vorbeikam, das Gefäß fand und sie freiließ.

Dann würde sie ihn wirklich umbringen.

Er zog die Schnüre des Beutels über dem Kopf des Figürchens zu und band ihn an seinem Gürtel fest. Dann stützte er eine Hand auf den Steinfußboden und stemmte sich hoch.

Der Schwindel überwältigte ihn beinahe. Er taumelte auf die Wand zu, streckte die Hand aus und mußte sich einen Moment festhalten.

»Hast du schon wieder alles vergessen?« fragte der Mann. »Paß auf dich auf.«

Auf sich aufpassen? Er wußte nicht, was das bedeutete, und zum Fragen fehlte ihm der Atem. Auf sich aufpassen. Er konzentrierte sich aufs Atmen, darauf, seine Lungen mit Sauerstoff zu versorgen. Das Brennen ließ nach, die Luft strömte ein. Er wußte nicht genau, ob das kam, weil er es so wollte, oder weil er einfach nur lang genug gewartet hatte.

Ein hämmernder Kopfschmerz setzte ein, doch das war besser als beinahe zu sterben, besser als die Übelkeit und der Schwindel. Mit dem Kopfschmerz würde er schon klarkommen.

Er langte nach seinem Bündel, paßte auf, daß er das Gefäß mit Jewel darin mied, und fand sein Wasser. Er nahm einen Schluck. Das Wasser schmeckte kühl und rann ihm wohltuend die Kehle hinab, bis er schlucken mußte. Dann meldete sich der Schmerz erschreckend scharf und wütend.

Sie hatte etwas verletzt, aber er wußte nicht, was. Und er hatte keine Zeit, es herauszufinden. Er mußte weiter, unbedingt, obwohl er nicht mehr genau wußte, weshalb, außer daß es etwas mit Marly zu tun hatte und dem Versprechen, das er gegeben hatte.

Er wischte sich mit dem Handrücken über den Mund. Sein Führer sah ihm mit blauen, ungeduldigen Augen zu. »Fertig?«

Matthias nickte.

Der Führer setzte sich in Bewegung und verschwand in einem Seitengang, den Matthias vorher nicht einmal wahrgenommen hatte. Mit wieder einsetzendem Schwindelgefühl stolperte er hinter ihm her. Er mußte sich daran erinnern, zu atmen und sich zu konzentrieren. Er würde sich schon rechtzeitig wieder erholen.

Es mußte so sein.

Das Wassergeräusch vor ihm wurde lauter. Das eigenartige Licht war so grell, daß es blendete. Jetzt war er so gut wie da – er wußte es. Dann würde er die Edelsteine an sich reißen und sich wieder davonmachen. Vielleicht gelang es ihm zurückzukehren, bevor der Kampf im Tal zu Ende war. Vielleicht hatten ihn die Stimmen belogen.

Er bezweifelte es. Etwas wartete dort vorne auf ihn, etwas, was ihm das Schicksal beschieden hatte. Er wußte, daß dieses Etwas der einzige Grund dafür war, daß er all die Schwierigkeiten überlebt hatte, die man ihm in den Weg gelegt hatte.

Und es jagte ihm große Angst ein, eine Angst, die er niemals zugegeben hätte.

39

Rugad legte eine Hand an den Kopf und ließ sich von der Stille besänftigen. Alles war ruhig, und bis auf das gewohnte Einheitsgrau des Schattenlandes herrschte kein Licht.

Neben ihm lag ein toter Falkenreiter, neben dem ein anderer hockte und ihn stumm betrauerte. Mehrere seiner Soldaten saßen einfach auf dem Boden, hielten sich die Köpfe wie er und ließen sich von der Ruhe des Schattenlandes heilen.

Vielleicht hatten sie es auch noch gar nicht bemerkt. Vielleicht wußten sie nicht, was sie da schützte. Vielleicht glaubten sie sich immer noch diesem unbarmherzigen Angriff ausgesetzt.

Noch nie zuvor hatte er solche Schmerzen erlitten. Nein, das stimmte nicht ganz. Er hatte schon sehr viele Schmerzen durchlitten, aber keiner davon hatte es direkt auf seine Vision abgesehen. Als hätte das Licht ein Loch in sein Hirn brennen wollen. Aber es war ihm nicht gelungen, zumindest nicht ganz. Er hatte die Schattenlande errichtet, und erst einmal ging es ihnen gut.

Aber er war eingeschlossen.

Nicholas hatte die erste Runde für sich entschieden. Ein brillanter Trick, wirklich brillant. Wenn Rugad nicht aufpaßte, saß er hier drinnen in der Falle. Er lehnte sich an die kühle Wand des Schattenlands, die Wand, die am weitesten im Norden und damit dem Ort der Macht am nächsten war, und dachte nach.

Etwas fehlte ihm. Aber er hatte noch nicht die Zeit gehabt, darüber nachzudenken. Ihm waren nur einige Sekunden zum Reagieren geblieben. Er hatte nicht seine gesamte Streitmacht retten können, aber immerhin ungefähr drei Fünftel davon.

Einige der Soldaten in seiner Nähe fingen zu stöhnen an. Sie kamen wieder zu sich. Diese Magie, die Nicholas eingesetzt hatte, zielte auf Rugads magisches Wesen ab, aber sie wirkte sich ebenso auf seinen Körper aus. Die Truppe weiter vorne hatte sich aus Infanteristen zusammengesetzt, die noch nicht im Vollbesitz ihrer Zauberkräfte standen. Trotzdem war es dem Licht irgendwie gelungen, in sie einzudringen.

So wie damals das heilige Gift der Inselbewohner. Es hatte die Fey befallen, die Inselbewohner hingegen nicht angegriffen.

Die Zauberhüter auf Nye hatten es Waffenmagie genannt, was besagte, daß es eigens dazu entwickelt worden war, eine spezielle Gruppe anzugreifen, die benannt wurde, wenn der Benutzer die Waffe zur Hand nahm. Zuerst hatten sie angenommen, das Gift lasse sich gegen die Inselbewohner wenden, also daß jeder Fey, der es gegen einen Inselbewohner einsetzte, den Prozeß umkehren konnte. Aber das hatte nicht funktioniert. Der Prozeß ließ sich, einmal ins Leben gerufen, nicht mehr umkehren. Die Entscheidung mußte bei der Schaffung der Waffe oder im Augenblick ihrer Entdeckung fallen. Die Hüter waren der Ansicht gewesen, gelegentlich lasse sich das Ziel ändern, wenn die Waffe verändert wurde, wenn auch nur auf unbedeutende Weise.

Was wußte er über Licht?

Es transportierte Energie ... geistige Energie, etwa wenn sein Wesen auf den Verbindungen reiste, die grundsätzlich nichts anderes als Licht waren. Es hinterließ eine Spur, der Visionäre folgen konnten. Dazu kamen noch andere Eigenschaften, Eigenschaften, die sich so schwierig nutzbar machen ließen, daß es nur Zaubermeistern und Visionären gelang. Und natürlich einigen auserwählten Zauberhütern – Zauberhütern, die das Licht benötigten, um neue Zauber zu erforschen.

Zaubermeister, Visionäre, Zauberhüter. Schamanen. Alle Macht wurde letztendlich zu Licht. Oder sie kam aus dem Licht. Aber wenn es auch Hüter zu ihren Zwecken nutzen konnten, dann konnte es gezähmt werden.

Die Magie der Inselbewohner war eine andere, aber auch sie speiste sich, wie die Magie der Fey, aus einem Ort der Macht. Es mußte also gewisse Übereinstimmungen geben.

Als ihm dieser Gedanke durchs Hirn schoß, hob er den Kopf und wandte ihn dem Ort der Macht zu. Im Inneren des Schattenlandes konnte er ihn nicht mehr sehen, nicht einmal mehr *spüren.* Hier war er von den magischen Strömungen geschützt, die den Ort umgaben.

Magische Strömungen, die Nicholas irgendwie gebündelt und für seine Zwecke eingesetzt hatte.

Nur hatte er sie willkürlich und unüberlegt eingesetzt. Die Woge des Lichts, die Woge der Macht hatte keine bestimmte Zielrichtung gehabt. Nicholas hatte sie zwar einsetzen, aber nicht *lenken* können.

Also war er noch nicht mit sämtlichen Tricks dieses Ortes der Macht vertraut.

Rugad stieß die angehaltene Luft aus. Eine Chance blieb ihm noch. Eine kleine Chance, aber immerhin. Es war ihm immer noch möglich, das zu tun, was er von Anfang an vorgehabt hatte. Er würde die Energie des Ortes der Macht für sich zähmen.

Dabei mußte er jedoch sehr, sehr vorsichtig vorgehen. Wenn er auch nur einen Fehler beging, würde er seine Urenkel verlieren.

Er legte eine Hand an die kühle Wand des Schattenlandes und schuf einen kleinen Torkreis, der nur für ihn bestimmt war. Falls er dort draußen starb, wollte er nicht, daß ihm die anderen folgten. Er wollte sie so lange in Sicherheit wissen, bis Nicholas müde wurde oder glaubte, den Sieg bereits errungen zu haben. Es war sinnlos, noch mehr Leben aufs Spiel zu setzen.

Rugad atmete tief durch und schloß die Augen. Mit Hilfe seiner Vision durchdachte er sämtliche Winkel eines Schattenlandes, durch die Poren, die Membranwand und die Voraussetzungen, die es den Fey erlaubten, in seinem Inneren zu überleben. Sie alle konnte er ausschalten und sich auf eine einzige Funktion des Schattenlandes beschränken. Er würde es als Schild benutzen, und wenn er es richtig anstellte, reflektierte es die Energie dorthin zurück, woher sie gekommen war. Er konnte die Energie packen und formen und mit all ihrer Kraft wie einen Pfeil zurückschleudern.

Die Magie würde nicht im gleichen Maße wirken. Sie würde keinen Inselbewohner allein durch Berührung töten. Nein. Er mußte direkt treffen. Er mußte auf ihre Herzen zielen.

Auf Nicholas' Herz konnte er nicht zielen, denn Nicholas würde sich bewegen. Auch sonst konnte er keine beliebige Person dort oben zum Ziel auswählen.

Eine andere Wahl blieb ihm jedoch. Der Strohmann. Der Strohmann, den Nicholas ausgewählt hatte, um seine Armee zu erschaffen. Dieser Mann und seine Duplikate waren alle gleich groß. Sie standen alle in der gleichen Richtung. Wenn Rugad die Macht auf jene Männer zurückwarf, würde er sie alle im Herzen treffen. Die Duplikate würden die Energie absorbieren, doch der Mann selbst würde sterben.

Der Strahl mußte lang, dünn und horizontal sein. Er mußte den Hang hinaufsteigen und sämtliche Duplikate an der gleichen Stelle erwischen. Er mußte den Strahl in eine dünne Fläche verwandeln und sie wie eine freistehende Tischplatte über den Rand des Plateaus steigen lassen. Der Strahl würde auf die Duplikate treffen und das Herz der Schablone zerreißen.

Das Problem lag im richtigen Zeitpunkt. Nachdem der Mann tot war, durfte Rugad den Energiefluß nicht weiter aufrechterhalten, aber er wußte nicht genau, wann es soweit war. Er mußte sich auf seine Vermutung verlassen – und auf sein Vertrauen.

Er mußte darauf vertrauen, daß Nicholas seine Kinder vor diesem magischen Anschlag in Sicherheit gebracht hatte. Schließlich waren auch sie Fey und wären gestorben, falls die Kräfte, die Nicholas entfesselt hatte, außer Kontrolle geraten wären.

Merkwürdig, daß Rugad sich auf seinen Feind verlassen mußte, um den Sieg zu erringen. Aber allmählich konnte er Nicholas besser einschätzen. Er war Jewel ein ebenbürtiger Ehemann gewesen. Als Fey wäre er sogar für den Schwarzen Thron in Frage gekommen.

Rugad öffnete die Augen, konzentrierte sich und schuf die einzelne Schattenlandwand. Dann schrumpfte sie zu einem Rechteck zusammen, das in seine Handfläche paßte.

Von dem Moment an, in dem er dieses Schattenland verließ, bis er draußen alle Kontrolle verlor, verblieben ihm nur wenige Sekunden. Ohne den Schild wagte er sich nicht hinaus, schließlich wußte er nicht einmal, ob das Licht noch immer den Berghang herunterfloß. Außerdem konnte er das Licht nicht bündeln, wenn er es nicht noch einmal sah.

Er trat durch den Torbogen.

Das Licht strömte immer noch die Flanke des Berges herab, heller als alles, was er jemals gesehen hatte. Blendendes Licht. Lähmendes Licht.

Von den Schreien war fast nichts mehr zu hören. Die meisten Fey waren tot.

Er warf den Schild in die Luft, ließ ihn wachsen, bis er größer als Rugad selbst war, und schon spürte er, wie das Licht davon abprallte und der Druck nachließ. Mit Hilfe seiner visionären Kräfte sah er durch den Schattenlandschild, sah die Quelle des Lichts und packte sie, kehrte sie um und bündelte sie so, wie er es geplant hatte. Dann zielte er damit auf die Bergspitze.

Das Licht rann wie ein breiter Strom herab, traf auf den Schild und sprang in einem faustgroßen Strahl zum Berg zurück. Rugad flachte den Strahl ab, formte ihn zu einer ebenen Fläche, hielt die gewünschte Ausdehnung ein und zielte damit auf den Ort der Macht. Die gewaltige, dem Licht innewohnende Kraft verblüffte sogar Rugad. Er würde sie nicht lange kontrollieren können.

Jetzt hoffte er nur noch, daß er lange genug durchhielt.

40

Das Schreien ließ nach. Nur hier und da noch ein abgerissener oder erstickter Schrei, mehr nicht. Nicholas hielt zwei Glaskugeln an der Hüfte. Seine Hände waren heiß und angeschwollen, auch die Haut unter dem Hemd war heiß.

Coulter hatte sich nicht von der Stelle gerührt, außer um die nächsten Kugeln in Empfang zu nehmen. Noch immer rannen ihm Tränen über das Gesicht. Die Vorderseite seines Hemdes war durchnäßt, und das bereitete Nicholas Sorgen. Nicht nur wegen Coulter, der ihn in diesem Augenblick an Sebastian erinnerte, der es auch nicht hatte verwinden können, daß er für die Auslöschung von Leben verantwortlich war, sondern auch weil er befürchtete, daß die salzige Nässe die Verbrennungen noch verschlimmern konnte.

Der Angriff der Fey war zum Erliegen gekommen. Nicholas konnte es in Adrians Gesicht ablesen. Aber Adrians Gesicht war bleich geworden, beinahe farblos. Er schien von dem, was er da sah, völlig gelähmt zu sein.

Nicholas hoffte nur, daß die Kugeln ausreichten, um die gesamte Armee zu vernichten. Inzwischen hatten sie schon die Hälfte verbraucht, und Nicholas wußte nicht, wie er noch mehr von ihnen herstellen sollte. Aber darüber würde er sich zu gegebener Zeit Gedanken machen.

Das Licht strömte aus ihnen heraus wie eine breite, goldene Mauer, die ihren Schutz ausstrahlte. Er fand Trost darin und gewöhnte sich an ihr Leuchten, an ihre –

»Sire!« Adrian wandte sich mit erschrockenem Gesicht um, und mit ihm hundert weitere Adrians. »Etwas hat sich verändert!«

Aber er mußte es nicht näher erklären. Licht, dünn, hart und so konzentriert wie die lange Klinge eines riesenhaften

Schwertes, erhob sich über den Klippenrand. Es sah aus, als hätte jemand Nicholas' Lichtmauer genommen und in etwas Feineres, Präziseres umgeformt. Das Licht bohrte sich durch jeden einzelnen der Adrians, schnitt ihm durch die Brust. Das Licht unterschied nicht zwischen dem echten und den falschen Adrians – die falschen schienen es nicht einmal zu bemerken –, aber als es den echten erreicht hatte, keuchte er überrascht auf.

Seine Augen weiteten sich – einhundert Augenpaare weiteten sich –, sein Mund öffnete sich, und Blut sprudelte heraus. Die anderen Adrians wiederholten die Bewegung noch einige Sekunden lang, dann verschwanden sie – waren auf einmal nicht mehr da, als hätte es sich lediglich um einen Schwarm Seifenblasen gehandelt.

Adrian blieb aufrecht stehen, den Oberkörper von dem langen flachen Lichtstrahl halbiert. Blut tropfte von ihm herab. Dann kippte er vornüber.

Coulter ließ seine Glaskugel fallen. Sie zerbrach nicht, aber das Licht ging aus. Er rannte auf Adrian zu, laut dessen Namen schreiend.

Das Licht, das der Höhle entströmte, verminderte seine Leuchtkraft um die Hälfte, und einen Augenblick später war auch das zurückkommende Licht nur noch halb so stark.

Jetzt ließ auch Nicholas seine Kugeln fallen, als würden sie Adrian umbringen – was womöglich sogar zutraf. Sie rollten über den Höhlenboden und verloschen. Die gesamte Bergspitze schien in Dunkelheit zu versinken, obwohl er die Sonne immer noch sehen konnte.

Auch das Licht von unten, der breite, flache Strahl, ging aus.

Coulter hatte Adrian erreicht, packte ihn und drückte ihn wehklagend an sich. Nicholas hatte Coulter noch nie zuvor diesen gebrochenen Klang ausstoßen hören, aber das war nicht nötig. Er wußte es auch so.

Adrian war tot.

Und Coulter würde ihm bald folgen, wenn Nicholas ihn nicht zurück in die Höhle schaffte. Es hatte den Anschein, als stünde dieses Licht, diese Waffe, mit dem Licht aus den Kugeln in Verbindung, aber das konnte er nicht mit Sicherheit sagen. Er kämpfte gegen den Schwarzen König aller Fey und wagte es nicht, ihn zu unterschätzen.

Nicholas eilte nach draußen. Überall waren Blutflecken zu sehen, als hätten die anderen Adrians trotz allem ein Stück echtes Leben besessen.

Aber das hatte jetzt nichts mehr zu besagen. Adrian lag mit unnatürlich verdrehten Beinen am Rand des Plateaus, gleich neben den Stufen. Sein Oberkörper ruhte an Coulters Brust.

Coulter schluchzte so heftig, daß seine ganze Gestalt vibrierte. Der Junge hatte seit Anbeginn des Gemetzels auf der Kippe gestanden; jetzt schien er die Grenze überschritten zu haben. Nicholas fluchte leise. Er durfte Coulter nicht verlieren, nicht jetzt. Coulter war so wertvoll für ihn und ihren Kampf wie die Höhle selbst.

Bevor er neben Coulter in die Hocke ging, warf Nicholas noch einen Blick den Berg hinunter. Seine Wahrnehmung wies Lücken auf, als fehlten ganze Teile des Berges. Ein Stück weiter unten lagen Leichen, schrecklich verbrannt, die Gesichter beinahe unkenntlich, und dann waren da zwei große graue Flecken. Nicholas konnte kaum den Fluß hinter ihnen erkennen. Hinter den Flecken kam ein zweites Leichenfeld, gefolgt von einem weiteren grauen Flecken.

War dieses Grau etwa eine Art Schattenland? Hatte der Schwarze König seine Verteidigung so rasch aufgebaut?

Es mußte so sein. Und aus dieser Verteidigungsstellung heraus hatte er einen Weg gefunden, Nicholas' eigene Waffe gegen ihn zu richten.

Bislang bewegte sich dort unten nichts – zumindest nicht, soweit Nicholas etwas erkennen konnte. Er erinnerte sich an

Ariannas Ermahnung, auch nach oben zu schauen, aber er sah keine ungewöhnlichen Vögel und auch keine Vorrichtung, die den Anführer der Fey durch die Lüfte trug.

Dann widmete er sich Coulter. Der Junge hielt Adrian so fest an sich gedrückt, daß Adrians Gesicht nicht zu sehen war. Nicholas legte Coulter eine Hand auf die Schulter. Sie bebte vor Schmerz und Erschütterung.

»Coulter«, sagte Nicholas leise. »Du mußt mit mir kommen.«

Coulter reagierte nicht darauf. Er schien Nicholas nicht einmal gehört zu haben. Nicholas blickte noch einmal die Bergflanke hinab. Immer noch nichts, aber er traute dem Frieden nicht.

»Coulter«, sagte er noch einmal mit trockenem Mund. Er mußte zu dem Jungen durchdringen, aber er durfte nicht Arianna dazu einsetzen. Er wollte sie in der Sicherheit des Schattenlandes wissen. »Wir müssen Adrian in die Höhle bringen.«

»Warum?« fuhr ihn Coulter an. »Er ist tot.«

Soviel Reaktion hatte Nicholas von dem Jungen gar nicht erwartet. »Wir können ihn hier nicht liegenlassen. Man weiß nie, was die Fey ihm antun.«

»Doch«, sagte Coulter. »Ich weiß es.«

Damit hatte er wahrscheinlich recht. Coulter wußte mehr über die Fey als die meisten anderen Inselbewohner.

»Coulter, ich bitte dich«, flehte Nicholas. »Wir müssen hier weg.«

»Warum?«

Nicholas schluckte. Wenn nötig, würde er den Jungen tragen. »Adrian ist für dich gestorben. Also solltest du jetzt zumindest dein Leben in Sicherheit bringen.«

»Adrian ist für dich gestorben«, erwiderte Coulter, ohne sich zu regen. »Für dich und für dein lächerliches Ziel und für deine Insel, die du ohnehin verloren hast. Und jetzt willst du, daß wir anderen auch noch sterben.«

»Aber nein«, sagte Nicholas.

»Doch. Ich und Fledderer und Leen ... wir sollen alle sterben.«

»Und Gabe? Und Arianna?« Nicholas ließ seine Worte einwirken. »Glaubst du etwa, ich möchte sie auch umbringen?«

Stöhnend senkte Coulter den Kopf.

Nicholas ging zu Adrians Füßen und packte sie mit beiden Händen. »Komm, wir bringen ihn hinein«, sagte er abermals.

Coulter erhob sich, Adrian noch immer fest umschlungen. Die eigenartige Haltung erschwerte es Nicholas, fest zuzupacken, aber es gelang ihm irgendwie. Adrians Körper war erstaunlich leicht, als sei alles, was ihn zusammengehalten hatte, aus seinem Mund entwichen. Er roch auch ein wenig verbrannt, als hätte ihn das Licht innerlich ausgebrannt.

Sie schleppten ihn in die Höhle und setzten ihn unweit der Glaskugeln ab. Coulter trat mit dem Fuß nach einem der Gefäße, so daß es die Treppe hinunterpolterte. Das Glas war erstaunlich widerstandsfähig. Es klirrte zwar, als es über den Boden hüpfte, doch es zerbrach nicht.

»Wir haben ihn umgebracht«, sagte Coulter, ohne Nicholas anzusehen. »Wir und deine Kugeln und dieses Licht. Wir haben ihn umgebracht.«

»Der Schwarze König hat ihn umgebracht«, widersprach Nicholas.

»Wir haben auch die anderen umgebracht.«

»Sonst hätten sie uns getötet.«

»Weißt du, wie viele Menschen ich umgebracht habe?« schrie Coulter. »Weißt du es?«

»Nein«, erwiderte Nicholas. Er wollte nicht einmal daran denken. Er konnte es nicht. Jeden Augenblick konnte der Schwarze König den Berg heraufkommen.

»Ich auch nicht«, sagte Coulter jetzt ganz leise.

Nicholas packte ihn an beiden Armen und drehte ihn um. »Wir müssen Leen und Fledderer holen. Wir müssen es wahrscheinlich noch einmal versuchen.«

»Damit sie auch noch sterben? Wohl nicht«, sagte Coulter. »Was willst du eigentlich noch von ihnen? Sollen sie mit ihren beiden Schwertern der ganzen Fey-Armee entgegentreten?«

»Die Fey-Armee ist zerschlagen.«

»Nicht restlos. Hast du nicht nach unten geschaut? Der Schwarze König hat Schattenlande um sie herum errichtet. Die meisten Krieger sind noch am Leben. Sobald sie sehen, daß wir die Kugeln nicht mehr benutzen, ziehen sie wieder gegen uns los. Was willst du dann tun? Sie mit den restlichen Kugeln bewerfen? Mich gegen sie einsetzen? Damit ich sie alle töte? Das werde ich nicht tun! Ich kann es nicht!«

»Coulter ...«

»Nein«, sagte Coulter fest entschlossen. »Das ist dein Krieg, nicht meiner. Ich habe meinen besten Freund verloren, und jetzt habe ich den einzigen Menschen verloren, der sich jemals um mich gekümmert hat. Ich mache einfach nicht mehr mit. Sollen sie diesen Ort haben, Nicholas. Sie haben ohnehin gewonnen.«

»Und was ist mit Arianna? Mit Gabe?«

»Sie sind doch selbst Fey, oder nicht?« Diese letzte Frage kam ganz leise. Als wollte Coulter sie eigentlich nicht aussprechen. »Ihnen wird es gutgehen. Nur du wirst sterben müssen. Du und ich, vielleicht noch Fledderer und Leen. Aber das ist jetzt auch schon egal. Dein Geschlecht wird weiterleben. Das meine war nie dafür vorgesehen. Wen kümmert das alles überhaupt noch, Nicholas? Laß sie gewinnen.«

Der Junge nannte ihn Nicholas. Nicht mehr Herr, auch nicht mehr König. Einfach nur Nicholas. Hatte er denn recht? Hatten die Fey gewonnen?

»Ich darf sie nicht gewinnen lassen«, erwiderte Nicholas.

»Dann mußt du eben allein gegen sie kämpfen«, sagte Coulter und ließ sich neben Adrian auf den Boden fallen, nahm Adrians Körper in die Arme und tat damit unmißverständlich kund, daß er Nicholas nicht mehr zuzuhören gedachte.

Es gab auch nichts mehr zu sagen. Coulter hatte recht. Was wollte Nicholas noch tun, wenn der Schwarze König den Berg heraufkam? Versuchen, ihn und seine verbliebene Streitmacht mit einem einzigen Schwert zu töten?

Die bebilderten Wandteppiche wußten womöglich eine Antwort auf sein Dilemma, aber er hatte nicht genug Zeit, um sie eingehend zu studieren. Es war auch zu spät, die Wesen aus dem Brunnen anzurufen. Coulter wollte ihm nicht mehr helfen. Adrian war tot, und Nicholas traute Fledderer und Leen nicht genug, um sie so nah mit dieser Art von Macht in Kontakt zu bringen.

Er sah nach hinten. Der rotierende Lichtkreis, kaum größer als die Krone, die er bei der Krönungszeremonie getragen hatte, bei der Jewel gestorben war, war das einzige Anzeichen dafür, daß seine vier Fey-Gefährten noch bei ihm waren.

Coulter wiegte Adrians Körper in den Armen.

Nicholas war auf sich allein gestellt. Falls es ihm gelang, den Schwarzen König irgendwie zu töten, dann sollte es so sein. Und falls es das Blut gegen das Blut aufbrachte, dann konnte er auch nichts dagegen tun. Kein einziges von all den theoretischen Argumenten hatte ihm das bisher beweisen können. Nur weil seine Kinder zum Geschlecht des Schwarzen Throns gehörten, gehörte er noch lange nicht dazu.

Darauf mußte er vertrauen. Der Schwarze König hielt es offensichtlich ebenso.

Nicholas ging zu der Wand mit den Schwertern hinüber und suchte sich eines aus. Es lag angenehm leicht in der Hand, als hätte er es schon immer geführt.

Er würde es nicht mehr aus der Hand legen, bevor er den Schwarzen König damit getötet hatte.

Oder bis er selbst starb, bei der Verteidigung dieses Ortes, bei der Verteidigung dieser Insel, und bei der Verteidigung seiner Kinder.

41

Das Gurgeln des Wassers klang unglaublich laut. Matthias fragte sich, ob das Geräusch nur in seinem Kopf existierte oder ob er es tatsächlich mit den Ohren hörte. Es schien wie ein lebendiges Wesen um ihn zu schweben. Auch das weiße Licht der Felswände kam ihm heller vor.

Er kam an eine Weggabelung, glaubte weiter vorne den Umriß einer Gestalt zu sehen, dann drehte sich der Führer um. Matthias folgte ihm.

Aus dem Stein stieg ein Springbrunnen empor, genau wie es der Roca in seinen Worten beschrieben hatte. Der Brunnen ... derjenige, den der Roca einst als Segen und später als Fluch angesehen hatte. Der Brunnen ... der Grund dafür, weshalb Matthias das war, was er war.

Er betrachtete ihn eine Weile. Die Luft rings um ihn herum war kühl, hier und da von feinen Nebelschleiern durchwirkt, die von der Bewegung des Wassers herrührten. Es roch frisch, wie so oft in den Bergen nach einem unerwarteten Regen.

Sein Führer berührte ihn am Arm. »Wir haben nicht viel Zeit.«

»Zeit wofür?« erkundigte sich Matthias, aber der Mann legte die Hand auf die Lippen.

Matthias blickte sich um, sah jedoch niemanden. Aber er sah Hinweise darauf, daß sich hier erst vor kurzem jemand aufgehalten haben mußte. Auf dem Marmorboden lagen Umhänge, neben der Treppe stand ein provisorisches Bett.

Und über sich hörte er eine Stimme.

»Dann mußt du eben allein gegen sie kämpfen.«

Die Stimme war jung, verbittert und so tonlos, als hätte der Sprecher keinen Funken Hoffnung mehr in sich. Matthias lief es kalt über den Rücken. Er konnte sich gut daran erinnern, wie es ihm selbst so ergangen war.

Er blieb im hinteren Teil der Höhle und nahm die Treppe, die am nächsten an der Wand hinaufführte. Den Worten zufolge befanden sich die Edelsteine an der Rückseite der Höhle, damit man sie nicht so einfach entdeckte. Matthias wußte nicht genau, wo die »Rückseite« war, aber hier konnte sie nicht sein, so dicht am Brunnen, so dicht am Anbeginn von allem.

Die Stufen waren niedriger, als er erwartet hatte, und beinahe wäre er auf einer gestolpert. Er glaubte, ein leises Klirren aus der Richtung der Stimme zu hören, war sich aber nicht sicher. Oben angekommen, sah er die vielen Regale, einige davon leer, andere noch voll. Auf einigen standen noch Glaskugeln. Es gab mehr Fläschchen mit Weihwasser, als er zählen konnte, und mehr Behältnisse, als er jemals zuvor gesehen hatte. In der Ecke standen einige volle Seelengefäße. Genau dort setzte er Jewel vorsichtig ab.

Aber die Edelsteine, deretwegen er gekommen war, sah er nirgends. Der Führer schritt ihm voran, starrte eine Wand mit Regalen an und fluchte leise. Eine kleine Handvoll Juwelen glitzerte. Aber Matthias war nicht auf eine Handvoll aus. Er hatte eine ganze Wand voller Juwelen erwartet.

»Sie sind weg, stimmt's?« fragte er und vergaß dabei, mit leiser Stimme zu reden.

Sie hallte durch die ganze Höhle, und er glaubte zu hören, wie jemand erstaunt nach Luft schnappte. Er drehte sich um.

Nicht sehr weit entfernt sah er den Höhleneingang. Kurz davor hockte ein Junge – der Junge, der ihm gezeigt hatte, wie man Feuer erschuf – und wiegte einen Mann, der ziemlich tot aussah. Daneben stand Nicholas mit einem Schwert in der Hand.

Matthias hatte Nicholas seit fünfzehn Jahren nicht mehr

gesehen. Er kam ihm irgendwie größer und dünner vor. Er trug einfache Hosen und ein loses Hemd, beides arg verschmutzt. Sein blondes Haar klebte ihm verfilzt am Kopf und wirkte nicht mehr so kraftvoll wie ehedem.

»Matthias«, sagte Nicholas, und in seiner Stimme lag eine so tiefe Traurigkeit, daß Matthias unweigerlich zusammenzuckte. Die Traurigkeit galt jedoch nicht ihm. Sie galt Jewel. Sie hatte seit jeher Jewel gegolten.

Wußte Nicholas, was Matthias getan hatte? Wußte er, daß Jewel hier war, in einem Glasfigürchen eingesperrt?

»Die Fey greifen dort unten die Stadt Constantia an«, sagte Matthias. »Die Leute sterben dort. Ich bin gekommen, um die Waffen zu holen.«

»Weißt du denn, wie alles hier drinnen funktioniert?« fragte Nicholas und kam mit raschen Schritten auf Matthias zu. Matthias' Herzschlag beschleunigte sich. Sein Hals schmerzte immer noch von Jewels Griff, und er fühlte sich schwächer, als ihm lieb war.

Er wußte nicht einmal, wohin er sich flüchten konnte.

»Das meiste jedenfalls«, sagte Matthias.

»Gut«, erwiderte Nicholas. Er kam näher und legte Matthias eine Hand auf den Arm. Matthias wich zurück.

Nicholas grinste. Es war kein schöner Gesichtsausdruck. »Ich werde dich nicht gleich töten, Matthias«, sagte er, und sein Griff wurde fester. »Der Schwarze König der Fey steht vor der Höhle, und ich könnte mir denken, daß dein Haß wenigstens dieses eine Mal von Nutzen sein kann.«

»Der Schwarze König?« wiederholte Matthias benommen.

»Wenn wir mit ihm fertig werden, bekommen wir unsere Insel zurück. Dann können wir uns immer noch um unsere Meinungsverschiedenheiten kümmern.«

»Meinungsverschiedenheiten?« Matthias' Stimme klang in seinen eigenen Ohren ganz schwach. Das war Nicholas? Der

Mann, der ihm ein Messer an den Rücken gedrückt und damit gedroht hatte, ihn zu töten? Sein Haar war inzwischen graumeliert, dünne Fältchen hatten sich in sein Gesicht eingegraben, aber sonst sah er immer noch aus wie früher.

Nur hörte er sich nicht mehr so an.

»Willst du etwa *meine* Hilfe?« fragte Matthias, noch immer unsicher, ob er das soeben Gehörte glauben sollte.

»Siehst du hier sonst noch jemanden?«

Matthias' Blick fiel auf den Jungen. Er schien tief in seiner Trauer versunken zu sein. Bis auf den Toten war niemand mehr zu sehen. Matthias runzelte die Stirn. Er hatte mit mehr Personen gerechnet. Zum Beispiel mit Nicholas' Mischlingstochter.

Aber in der Höhle des Roca war niemand außer Nicholas.

Und draußen stand der Schwarze König der Fey.

»Na schön«, sagte Matthias. Was nach der Niederlage des Schwarzen Königs zu tun war, spielte jetzt keine Rolle. Falls er überhaupt zu bezwingen war. Was allein zählte, war, daß er es versuchte.

Das mußte das Schicksal sein, von dem der Führer gesprochen hatte, der Grund für sein Kommen: Er sollte mit Nicholas zusammenarbeiten.

Matthias schloß kurz die Augen. Mit Nicholas zusammenarbeiten, nachdem er Jewel ein zweites Mal getötet hatte. Er durfte es Nicholas auf keinen Fall sagen. Noch nicht.

»Bereust du es bereits?« fragte Nicholas.

»Nein.« Matthias öffnete die Augen und richtete sich zu seiner vollen Größe auf. »Ich helfe dir, Nicholas.«

»Gut.« Diese Stimme kam von weiter hinten. Der Führer. Matthias wußte nicht genau, was er in den vergangenen Minuten getan hatte.

Nicholas starrte ihn mit bleichen Zügen an. »Du?« sagte er verwundert.

Der Führer kam näher. Er war nicht komplett sichtbar. »Du hast doch nicht im Ernst geglaubt, du wärst mich los?« sagte er und zuckte mit den Schultern.

»Kennst du ihn?« fragte Matthias.

»Ich habe ihn befreit«, sagte Nicholas. »Und zum Dank hat er mich im Stich gelassen.«

»Nein«, erwiderte der Führer. »Ich bin nur zu dem mir zugewiesenen Ort gegangen. Von dort bin ich wieder hierher zurückgeschickt worden.«

»Ich dachte, du wolltest mir helfen«, sagte Matthias.

»Ich bin gekommen, um Coulter aus seinem Stumpfsinn zu reißen.«

Nicholas sah zu dem Jungen hinüber. »Coulter?«

»Er meint den Roca«, sagte Matthias.

»Allerdings«, bestätigte der Führer, und in diesem Augenblick fiel Matthias erst auf, daß er nicht mehr die Alte Sprache sprach. »Er war überzeugt davon, die Generationen verflucht zu haben. Er behütete diesen Ort, bis er nicht mehr zu sehen war. Er schuf eine Magie, die, wenn mit der richtigen Absicht eingesetzt, Macht eher vernichtet als verstärkt. Und er vernichtete absichtlich die Zauberkraft, die wir besaßen.«

Nicholas ging einen Schritt auf den Mann zu. »Was soll das heißen?«

Matthias konnte die Intensität von Nicholas' Frage förmlich spüren.

»Die Schwerter draußen«, sagte der Führer. »Hast du dich nicht gefragt, wie man sie am besten benutzt?«

»Natürlich«, antwortete Nicholas.

Matthias runzelte die Stirn. »Die Schwerter? Ich dachte, die Weisen hätten sie hierhergebracht.«

»Glaubst du alles, was man dir sagt?« fuhr ihn der Führer an. »Oder hat Coulter auch in dieser Hinsicht gelogen – in dem dummen Brief, den er geschrieben hat?«

»Er hat nichts davon erwähnt«, sagte Matthias.

»Welcher Brief?« wollte Nicholas wissen.

Matthias schüttelte den Kopf. Sie hatten keine Zeit für lange Erklärungen.

»Willst du wissen, wie man die Schwerter benutzt oder nicht?« fragte der Führer.

»Ja«, sagte Nicholas. »Aber das hättest du mir alles sagen können, nachdem ich dich befreit habe.«

»Nein, das ging nicht. Du mußt mit Matthias zusammenarbeiten.«

»Weshalb denn?« fragte Matthias.

»Weil es des ganzen Blutes des Roca bedarf, um diese Aufgabe zu meistern«, antwortete der Führer. »Du trägst das Blut des zweiten Sohnes in dir, und dein Freund hier trägt das Blut des ältesten Sohnes in sich. Diese Macht war allein für den Roca gedacht oder für seine gemeinsam handelnden Nachfahren.«

Nicholas sah Matthias erstaunt an. »Bist du wirklich der zweite Sohn?«

»Vermutlich«, erwiderte Matthias.

»Dann warst du also doch der richtige Rocaan.«

Matthias hob die Schultern. »Offensichtlich sah der Fünfzigste Rocaan Dinge, die außer ihm niemand sah.«

»Dann sind wir miteinander verwandt«, sagte Nicholas.

»Sehr entfernt.«

»Und wenn ich dich damals getötet hätte?«

»Dann hättest du dein Blut mit dem seinen über den Tod miteinander in Kontakt gebracht«, mischte sich der Führer ein. »Und das hätte ein riesiges Chaos hervorgerufen.«

»Wie bei den Fey«, sagte Nicholas.

»Ihr Blut unterscheidet sich von dem euren. Es stammt aus einem anderen Brunnen. Ihr habt nicht das gleiche Blut, auch wenn, wie mir gesagt wurde, das bei deinen Kindern so ist.«

»Ja«, flüsterte Nicholas. Er sah mit einem Mal blaß und erschrocken aus. Matthias war sich nicht ganz sicher, was das alles zu bedeuten hatte, nur daß die Vorstellung von Blut und Tod und Verwandtschaft Nicholas in Angst und Schrecken versetzte.

»Wirst du uns das Geheimnis dieser Worte verraten?« fragte Matthias seinen Führer.

»Deshalb wurde ich ausgesandt«, erwiderte der Mann und grinste ihn an. »Hast du wirklich geglaubt, ich sollte dich beschützen?«

Matthias errötete, sagte aber nichts.

»Was müssen wir tun?« fragte Nicholas.

Der Führer begab sich zu den Regalen, zog eine Flasche mit dem Blut des Roca heraus und streckte sie ihnen entgegen. »Das werde ich euch gleich sagen.«

42

Rugad fühlte sich völlig ausgelaugt. Das Licht und damit auch die Bedrohung für seine Leute hatte vor einiger Zeit ausgesetzt – wie lange schon, wußte er nicht genau zu sagen.

Aber er hatte nicht vor, die schützenden Schattenlande wieder zu entfernen. Noch nicht. Nicholas war zu gerissen und sammelte wahrscheinlich gerade neue Kräfte. Mit ein wenig Glück schaffte er es, einen neuen Zauber auf Rugad loszulassen, den Rugad wiederum umformen konnte. Nicholas wußte nicht, wozu Rugad fähig war.

Alle Mächte bedienten sich gewisser Linien. Rugad mußte diesen Linien nur folgen, sie bündeln und für seine eigenen Zwecke einsetzen. Alles, was ein nicht magisch begabtes Wesen tun konnte, konnte Rugad besser.

Diese Gedanken gaben ihm die nötige Kraft. Keiner der bisherigen Feldzüge hatte ihn dermaßen erschöpft. Selbstverständlich hatte er schon körperliche Müdigkeit verspürt, aber noch nie diese geistige Entkräftung. Genau das durfte ihm nicht passieren. Er mußte die Kontrolle erlangen und fest in der Hand behalten. Die Blaue Insel war den Kampf wert. Der Ort der Macht war den Kampf wert, ganz zu schweigen von seinen Urenkeln.

Vor ihm erstreckte sich ein langgezogener Berghang voller toter Fey. Sie lagen dort, wo sie gefallen waren, überall über den Hang verteilt. Der Geruch hing noch immer in der Luft; ihr Fleisch war von innen nach außen verbrannt worden. Bei dem Gedanken lief ihm ein Schauer über den Rücken. Er hatte sich gerade noch mit letzter Kraft gerettet.

Was er wissen wollte, was er unbedingt wissen mußte, war, wie viele seiner Leute noch am Leben waren. Wie viele ihm sofort zur Verfügung standen. Dann würde er den Berg erstürmen, Nicholas töten und somit den Ort der Macht zu seiner zukünftigen Operationsbasis machen.

Keine Schamanin würde jemals einen Fuß hineinsetzen. Seine Familie war töricht genug gewesen, den Schamanen zu erlauben, den Ort der Macht in den Eccrasischen Bergen für sich in Anspruch zu nehmen. Rugad würde Nicholas' Schamanen vertreiben und den Ort der Macht an sich reißen. Hier würde er seine Urenkel ausbilden. Hier würde er die Fey vereinen. Und von hier aus würde er seinen nächsten Kriegszug antreten, die Eroberung von Leutia.

Er plante zu weit in die Zukunft. Dabei brauchte er zunächst einen Plan für jetzt. Für seinen Sieg.

Es galt immer noch, mit Nicholas fertig zu werden, und in all den Jahren hatte sich Nicholas als Rugads ebenbürtigster Widersacher erwiesen.

Jewel hatte eine gute Wahl getroffen.

Rugad wünschte, sie wäre noch am Leben, damit er ihr gratulieren konnte. Aber wenn sie noch am Leben wäre, hätte sein gesamter Angriffsplan anders aussehen müssen – falls er überhaupt angegriffen hätte.

Er senkte seinen soliden Schattenlandschild vor dem dritten Schattenland, das er errichtet hatte, bis zum Boden. Dann ging er durch den Torkreis.

Die Stöhnen hatte aufgehört. Die Handvoll Domestiken, die sich am Fuß des Berges befunden hatten, hatten die Verwundeten zusammengetragen und die Heiler ihres Amtes gewaltet. Das war gut. Es erleichterte Rugads Aufgabe.

Er schnippte mit den Fingern. Selia kam zu ihm. Sie hatte sich in der Nähe des Flusses aufgehalten, als der Angriff erfolgte. Rugad hatte sie kurz vor dem Kampf ins Lager zurückgeschickt, um eventuell verbliebene Soldaten zu holen. Aber sie hatte es nicht mehr geschafft.

Ihre Zöpfe waren zerzaust, und auf der linken Wange prangte ein langer Blutstreifen. Sie schien ihn nicht zu bemerken. Ihre dunklen Augen sahen leer und schmerzerfüllt aus. Also war jemand, der ihr viel bedeutete, verwundet worden. Er fand es seltsam, daß einer seiner Gefolgsleute ein Leben hatte, von dem er nichts wußte.

Selbstverständlich ließ sie sich sonst nichts davon anmerken.

»Wie viele können noch kämpfen?« fragte er.

»Von denen hier drinnen?« Erst nachdem sie die Frage ausgesprochen hatte, bemerkte sie, wie dumm sie war. Natürlich meinte er die Soldaten hier drinnen. Woher hätte sie auch andere Zahlen haben sollen? »Vielleicht fünfzig.«

»Dann bring mir die vielleicht fünfzig sofort her. Wir erstürmen den Berg.«

»Herr?« sagte sie, und er hörte Widerspruch in ihrer Stimme mitschwingen.

»Stellst du meine Befehle in Frage?«

Sie fuhr sich mit der Zunge über die Lippen. »Du hast gesagt, ich soll dir immer offen und ehrlich antworten.«

Das stimmte. Damals hatte er es auch so gemeint. »Dann mach es kurz.«

»Die Moral ...«

»Ist mir egal. Noch etwas?«

»Die Waffen dort oben ...«

»Sind Konstrukte des Ortes der Macht. Hast du irgendwelche relevanten Einwände?«

Sie lief rot an, öffnete den Mund, schloß ihn und öffnete ihn wieder. »Nein. Habe ich nicht, Herr.«

»Gut«, sagte er. »Bring mir die vielleicht fünfzig. Wir haben nicht mehr viel Zeit. Sag ihnen, sie sollen sich im Laufschritt bewegen.«

Sie schluckte. Er konnte ihr den inneren Kampf auf dem

Gesicht ablesen. Hätte er ein wenig mehr Zeit gehabt, hätte er ihn amüsiert beobachtet.

Aber das war ihm nicht vergönnt.

Sie schien es zu spüren. »Brauchst du ...« Ihre Stimme stockte, verlor an Kraft. Dann holte sie tief Luft und riß sich zusammen. »Brauchst du auch jemanden mit Zauberkraft?«

Also begriff sie die Problematik zumindest teilweise. Vielleicht mußte er verhandeln, Gespräche führen. Aber mit Nicholas würde er nicht verhandeln. Dazu war es schon lange zu spät.

»Zauber haben keine Wirkung auf Visionäre«, sagte er.

»Ich meinte nicht für deine Urenkel.«

Er lächelte schief. »Sie sind die einzigen, mit denen ich mich unterhalten werde«, sagte er dann.

Sie nickte kurz, machte kehrt und marschierte davon. Er sah, wie sie sie hier und dort einem Infanteristen die Hand auf die Schulter legte und mit ihnen redete. Vielleicht brauchte er sie noch, in den beiden anderen Schattenländern weiter oben am Hang. Die überlebenden Fey dort hatten Zeit gehabt, über das zu brüten, was sie für eine Katastrophe halten mußten. Sie hatten Zeit gehabt, ihre Angst zu spüren. Vielleicht gelang es ihr, seine verbliebenen Truppen zu beruhigen, damit sie wieder mit ihm gingen, als entschlossene Fey-Streitmacht gegen eine Handvoll Verteidiger, die sich in Nicholas' Höhle verschanzt hatten.

Er legte die Hand auf sein Schwert und tastete nach seinem Messer. Beides befand sich an Ort und Stelle. Auch seinen Schattenlandschild würde er mitnehmen. Falls Nicholas noch einmal wagte, das Licht einzusetzen, konnte Rugad es mühelos umlenken. Womöglich konnte er nicht alle am Kampf beteiligten Soldaten schützen, aber das spielte keine Rolle. Das einzige, was zählte, war, daß sie endlich in diese Höhle gelangten. Sobald er dort war, sobald er in Reichweite des Ortes der Macht war, würde er ihm auch gehören.

Und sobald er ihm gehörte, war auch die Blaue Insel sein.

Und seine Urenkel.

»Beeil dich, Selia!« rief er und sah sie am anderen Ende des Schattenlandes eifrig nicken. Sie sprach gerade mit einem Fußsoldaten, der sich erhob und sogleich eine Gruppe anderer Fußsoldaten ansprach.

Rugad erkannte an der Reaktion der Fußsoldaten, an ihren hastigen Bewegungen, daß sie bereit waren. So wie er.

Fünfzig hier. Vielleicht fünfundzwanzig oder mehr in jedem der beiden anderen Schattenlande. Damit würde Rugad den Ort der Macht mit einer kampferprobten Truppe von einhundert Kriegern erstürmen.

Kein schlechter Ausgangspunkt.

Rugad hoffte nur, daß diese Anzahl ausreichte.

43

Das kommt mir ziemlich riskant vor«, sagte Nicholas. Sein Blick suchte nicht den merkwürdigen Mann, sondern ruhte vielmehr auf Coulter, der immer noch über Adrians Leichnam gebeugt war. Der Junge schluchzte stumm und vollführte irgendeinen kleinen Fingerzauber, als könnte er Adrian ins Leben zurückrufen. Nicholas hatte diese Verzweiflung selbst schon einmal erfahren. Damals war für nichts anderes mehr Platz gewesen.

Doch selbst in seinem Kummer war es ihm möglich gewesen, seine neugeborene Tochter in die Arme zu nehmen, für sie zu sorgen. Selbst damals.

»Hast du einen besseren Vorschlag?« Nicholas blieb der spöttische Ton in der Stimme des Führers nicht verborgen. Der Mann stand schräg hinter Matthias. Er war kleiner als der ehemalige Rocaan und nur teilweise sichtbar, als betrachtete man ihn durch einen Nebel. Nicholas hätte am liebsten Jewel an seiner Seite gewußt. Sie hätte ihm genau sagen können, was von dem kleinen Mann zu halten war und ob man ihm vertrauen konnte.

Nicholas wußte lediglich, daß der Mann diesem Glasfigürchen an der Rückseite der Höhle entwichen war. Hätte Nicholas es nicht mit eigenen Augen gesehen, er hätte ihm nicht über den Weg getraut. Er hätte ihn aus der Höhle gejagt – falls das bei einem Mann aus Nebel überhaupt möglich war.

»Was jetzt?« fragte der seltsame Kerl. »Hast du einen besseren Vorschlag?«

Nicholas sah noch einmal zu Coulter hinüber. Und zu Adrian. Adrian hatte sich für all das geopfert und einen gräßlichen Tod erlitten. »Sein Sohn«, sagte Nicholas und nickte in Adrians Richtung, »hat die Beutel mit der Haut, dem Blut und den Knochen verbrannt, die die Fey sammeln. Die Aktion zeigte eine ziemliche Wirkung, riß eine Art Loch in das magische Gewebe. Jeder schien es zu spüren. Die Mächtigeren wurden sogar richtig krank.«

»Und das heißt?« fragte der Führer.

Matthias runzelte die Stirn. »Ist das alles?«

Nicholas beachtete ihn nicht. »Das heißt«, sagte er, »daß du jenen Fläschchen mit dem Blut des Roca ziemlich viel zuschreibst, und diese Sachen sind denen, die die Fey für ihre blutige Ernte brauchen, sehr ähnlich. Ihre Magie beruht im wesentlichen auf der Wirkung von Blut.«

»Beruht, zugeschrieben, ausgeführt, gesammelt, vermehrt ...« Der kleine Mann hätte noch weitergeredet, wenn Nicholas nicht die Hand gehoben hätte.

»Wenn ich sie also zerstöre, löse ich damit eine Reaktion aus, die die Zauberkraft der Fey vermindert. Nur wenige Stunden, nachdem Luke diese Scheune vernichtet hatte, konnte Fledderer auf dem Berghang einen Zaubermeister töten. Ich müßte in der Lage sein, den Schwarzen König auf der Stelle zu töten.«

Der Mann schnaubte verächtlich. »Du würdest es nicht überleben. Wenn du hier drinnen eine derartige Reaktion auslöst, fliegt das gesamte Gebirge in die Luft. Vielleicht wird sogar die ganze Insel vernichtet. Vielleicht werden die beiden anderen Höhlen, die dieser hier gleichen, zerstört, und dazu alles, was sich im Umkreis von Hunderten von Meilen um sie herum befindet. Auf jeden Fall würde es alles vernichten, was du zu erhalten versuchst.«

Nicholas Kehle wurde trocken. Er hatte es für eine gute Idee gehalten. Aber er wußte weder, wie viele Beutel Luke zerstört hatte, noch wie dicht er bei dieser Aktion am Tatort gewesen war. Er kannte auch nicht das Ausmaß der Zerstörung. Trotzdem war es ihm logischer vorgekommen als das, was dieser Mann als unbekannten Zauber beschrieben hatte.

Matthias sagte nichts. Hätte er bei der Auseinandersetzung eine Meinung geäußert, wäre Nicholas gezwungen gewesen, sie objektiv zu beurteilen. Obwohl er wußte, daß er seine Gefühle Matthias gegenüber bis zum Tod des Schwarzen Königs verdrängen konnte, war er sich nicht sicher, ob er sich mit ihm auseinandersetzen wollte.

Der merkwürdige Mann zuckte die Achseln. »Es ist selbstverständlich deine Entscheidung. Du hältst die Macht in deinen beiden kleinen Händen, du kannst Dinge zerstören oder sie neu erschaffen.«

»Dein Plan dient der Erschaffung?«

»Mein Plan vernichtet nur das, was zwischen dem Höhleneingang und dem Fluß steht. Der deine vernichtet viel, viel mehr.«

Und konnte immer noch zum Einsatz kommen, falls sich der Plan des Mannes als unwirksam erwies. Nicholas schluckte. Seine trockene Kehle tat ihm weh. Er sah zu Matthias hinüber. »Bist du willens, es auszuprobieren?«

»Ich habe die Worte gelesen«, erwiderte Matthias leise. »Die echten Worte, die in einem Gewölbe unter Constantia versteckt sind. Was er sagt, erklärt so einiges, was mir vorher noch schleierhaft gewesen ist.«

Matthias sah auf den Mann herab. Nicholas fiel Matthias' zurückhaltendes Verhalten hinsichtlich des Mannes auf, als wüßte auch er nicht genau, was er von ihm halten sollte.

»Du hast das doch schon einmal getan, oder?« wollte Matthias wissen.

Der Mann lächelte. Seine Augen tanzten vor einer inneren Freude, die Nicholas erschauern ließ, wenn man bedachte, daß sie hier von einer Macht redeten, die sehr viele Menschen töten konnte.

»Einmal, ja«, antwortete der Mann.

»Einmal«, wiederholte Matthias, und in dem einen Wort hörte Nicholas den Tonfall eines Mannes, den er seit zwanzig Jahren nicht mehr gehört hatte. Den Tonfall des Gelehrten, der seinen Vater in regnerischen Nächten besucht hatte. Des Mannes, der dem Knaben Nicholas das Wesen der Religion hatte beibringen sollen. Des Mannes, der sich Gedanken über so esoterische Dinge wie Ethik und Moral gemacht hatte.

Matthias gefiel der Plan nicht besser als Nicholas, und er hatte noch weniger Gründe, ihn zu befolgen. Seine Kinder waren nicht hier verborgen. Aber er wußte, wie man mit den Gerätschaften in der Höhle umging. Das könnte später zu einem Problem werden.

»Wenn wir es tun wollen, mußt du damit anfangen«, sagte Nicholas.

»Aber dann müssen wir beide gemeinsam weitermachen«, erwiderte Matthias. Er sah Nicholas an. Seine Augen standen leicht schräg, da die Wunden auf der einen Gesichtshälfte die Haut herabzogen. Abgesehen von diesen Wunde hatte er das Gesicht eines Asketen, so hager, daß die Knochen zu sehen waren. Seine Locken waren inzwischen fast völlig grau geworden, doch er verfügte über eine Drahtigkeit, die sein wahres Alter Lügen strafte. Er war mehr als zwanzig Jahre älter als Nicholas. Damals war ihm das wie eine halbe Ewigkeit vorgekommen. Heute schienen sie gleichaltrig zu sein.

»Hast du genügend Mut dazu, Nicholas?«

Aus Matthias' Frage hörte Nicholas seinen alten Lehrer heraus, und er vernahm noch etwas: Nicholas hatte nicht den Mut gehabt, Matthias zu töten, als dieser es verdient hatte, kurz nach Jewels Tod. Nicholas hatte gesagt, die Tat mache ihn nicht besser als Matthias – und das hatte vielleicht sogar gestimmt –, andererseits war er auch nicht skrupellos genug gewesen, nicht einmal in seinen jungen Jahren.

Aber Nicholas war in den vergangenen fünfzehn Jahren über sich hinausgewachsen und hatte gelernt, daß auch Skrupellosigkeit ihre Berechtigung hat, wenn es gilt, sich und seine Familie zu verteidigen. »Natürlich habe ich Mut genug. Ich bin nicht derjenige, der mit den Konsequenzen leben muß, daß er allein aus Angst getötet hat.«

Matthias wandte den Blick ab und nickte kaum wahrnehmbar. Es schien fast so, als schämte er sich für das, was er getan hatte.

Der Mann, den Matthias seinen Führer nannte, beobachtete sie. Wollte er ihnen wirklich helfen, oder war da noch etwas anderes mit im Spiel?

Der Mann bemerkte, daß Nicholas ihn musterte. »Ich soll euch lediglich die nötigen Informationen geben. Informationen, die ihr nicht hättet, wenn du mich nicht freigelassen hättest.«

Nicholas zog die Stirn kraus.

Der Mann lächelte. »Die Entscheidungen triffst du.«

Nicholas holte tief Atem. Richtig – er war schließlich immer noch der König, derjenige, der die Entscheidungen traf. Und ihm blieb nur noch eine Chance, all das zu retten, was ihm lieb und teuer war. Nur noch eine Chance, und um sie zu verwirklichen, bedurfte er der Hilfe des Mannes, der die Frau an seiner Seite getötet hatte.

»Was ist mit Coulter?« fragte Nicholas. »Ist er dazu fähig?«

Matthias erstarrte, als hätte ihn die Frage erschreckt. Das Lächeln des Führers wurde breiter. »Nein«, sagte der Führer. »Er ist nicht vom Blut des Roca. Er ist von meinem Blut.«

»Aber sein Name«, sagt Matthias. »Er war der Name des Roca. War auch er von deinem Blut?«

»Nein. Ich hieß nicht Coulter«, erwiderte der Mann.

»Wie kann dann Coulter von deinem Blut sein?«

Der Mann sah zur Seite. »Nennen denn heutzutage die

Menschen ihre Kinder nicht mehr nach den Menschen, die sie für ihre engsten Freunde halten?«

Die Frage blieb in der Luft stehen und enthüllte Fragmente einer Geschichte, die ganz zu erfahren Nicholas jetzt nicht die Zeit hatte. Er sah Matthias an.

»Bist du bereit?«

Matthias nickte und ging los, auf den Eingang der Höhle zu. Coulter schien nicht einmal zu bemerken, daß die beiden Männer an ihm vorbeigingen. Wie es der Führer zuvor gesagt hatte, erkannte Nicholas, daß es für Coulter das Beste war, an Ort und Stelle zu bleiben. Nicholas konnte ihm nicht helfen. Zumindest jetzt nicht.

Matthias blieb ein Stück hinter dem Höhleneingang stehen, so wie es der Führer verlangt hatte, und sah auf die fünf Schwerter, die den Eingang einrahmten. Zwei von ihnen standen bereits in Position, und Nicholas hatte schon vor dem ersten Angriff befohlen, die Juwelen zu reinigen. Die anderen drei mußte Matthias bewegen.

»Ich habe noch nie etwas Derartiges getan«, flüsterte er.

»Soweit ich weiß«, knurrte Nicholas, »hat das noch niemand getan, jedenfalls seit fünfzig Generationen nicht.«

Er wandte sich um Bestätigung an den Führer, aber der Mann war verschwunden. Nicholas lief es kalt über den Rücken. Jetzt waren sie beide ganz auf sich allein gestellt, dazu bestimmt, so gut es ging zusammenzuarbeiten.

Matthias hob die Arme und schloß die Augen. Ein heller, heftiger Lichtstrahl dehnte sich von ihm bis zu dem Schwert, das waagerecht aus der rechten Höhlenwand ragte. Das Schwert zitterte, als es vom Licht umfangen wurde, Steinchen rieselten auf den Boden wie Hagelkörner. Matthias wurde vor Anstrengung ganz rot im Gesicht.

Nicholas biß sich auf die Lippe. Es mußte funktionieren. Es mußte einfach funktionieren. Die einzige Möglichkeit, die ihnen sonst noch blieb, war selbstmörderisch – eine Entscheidung, die niemand überleben würde.

Das Schwert vibrierte noch immer und gab dabei einen leisen, klingenden Ton von sich. Schmutz platzte ab und gab die Klinge frei. Nicholas sah, daß sie zu den anderen Schwertern in der Höhle paßte. Das Licht bewegte sich an der Klinge entlang, wand sich um den Griff und löste auch dort den Schmutz ab. Jahrhundertealter Dreck und Staub türmten sich darunter zu einem ansehnlichen Haufen auf. Das Schwert wirkte jetzt schmaler als ursprünglich angenommen, obwohl es immer noch riesenhaft war; nicht mehr das klobige Schwert ohne jede Finesse, sondern eine elegante Waffe.

Schweiß rann über Matthias' Gesicht. Nicholas schmeckte Blut und hörte auf, sich auf die Lippe zu beißen. Gedankenverloren leckte er an der Wunde, die seine Zähne gebohrt hatten, und konzentrierte sich auf das Schwert, als könnte er Matthias dabei helfen, es aus der Wand zu lösen.

Das Licht um den Griff bildete eine Hand. Ihre Finger rieben die Juwelen blank, bis sie hell funkelten. Die Handfläche legte sich um den gedrechselten Griff, als sei er eigens für sie geschaffen worden. Die Hand zog, und das Schwert kam frei.

Es taumelte einen Moment in der Luft, wackelte hin und her, als hielte es ein Mann, der noch nie zuvor eine Waffe geführt hatte.

Matthias schlug die Augen auf. Tränen rannen aus ihren Winkeln. Er bewegte seine eigenen Hände, und das Schwert bewegte sich schwebend in eine andere Position. Dann drehte er die Handflächen nach unten, und das Schwert drehte sich, beinahc gleichzeitig, von der Waagerechten in die Lotrechte und landete mit der Spitze nach unten im Höhlenboden.

Es bohrte sich mit einer derartigen Wucht hinein, daß die gesamte Höhle erschüttert wurde. Das dazugehörige Geräusch hörte sich wie eine Explosion an. Mehrere Schwerter rutschten von der Wand und fielen zu Boden. Einige verfehlten Coulter nur knapp, doch der Junge rührte sich nicht vom Fleck. Steine fielen von der Decke. Nicholas sah nach oben. Ein schmaler Riß zog sich vom Eingang bis zum Brunnen.

Das Schwert befand sich immer noch an Ort und Stelle. Sein Griff vibrierte von der Wucht des Aufpralls, aber das Licht war verschwunden. Matthias torkelte seitwärts, die Hände vors Gesicht geschlagen.

»Ich kann das nicht noch einmal tun«, sagte er.

»Du mußt«, erwiderte Nicholas. »Zweimal noch.«

»Dann bleibt nichts mehr, keine Kraft, nichts«, antwortete Matthias durch die geschlossenen Hände. Seine Stimme wurde vor Angst immer höher.

Nicholas blickte auf die drei Schwerter. Die beiden äußeren steckten nah beieinander. Das dritte befand sich weiter hinter ihnen und ein Stück rechts von dem Schwert, das ihm am nächsten war. Das vierte müßte ein Stück links hinter dem anderen plaziert werden, und das fünfte den Eingang völlig verschließen.

»Du darfst jetzt nicht aufgeben«, sagte Nicholas.

Matthias schüttelte den Kopf. »Überrede Coulter dazu. Er soll es machen.«

»Coulter kann nicht«, erwiderte Nicholas.

»Ich auch nicht.« Matthias ließ die Hände sinken und enthüllte ein so bleiches Gesicht, wie es Nicholas in seinem ganzen Leben noch nicht gesehen hatte.

Nicholas legte die Hände auf Matthias' Schultern, wobei er die Arme nach oben strecken mußte. Matthias war dünn, beinahe abgemagert, fast so dünn wie Arianna. »Es ist unsere letzte Chance«, fuhr er Matthias an. »Wenn du es nicht tust, stirbst du durch die Hand des Schwarzen Königs.«

Matthias schüttelte mit immer noch geschlossenen Augen den Kopf.

»Ich dachte, du hättest gesagt, ich sei derjenige, dem es an Mut fehlt«, sagte Nicholas.

»Es geht nicht um Mut«, flüsterte Matthias, »sondern um Kraft.«

»Gibt es denn nichts, was dir auf dieser Insel am Herzen liegt?« fragte Nicholas und schüttelte Matthias ein wenig. »Nichts, das du beschützen willst? Denn wenn du jetzt versagst, gewinnt der Schwarze König alles, inklusive dessen, woran dir etwas liegt.«

Matthias öffnete die Augen. In ihnen lag eine Verletzlichkeit, die Nicholas noch nie zuvor aufgefallen war. »Es könnte mich das Leben kosten«, hauchte er.

»Gut möglich«, erwiderte Nicholas. »Der Schwarze König wird es dir mit Sicherheit nehmen.«

Matthias nickte. Dann wankte er zum Höhleneingang zurück, schloß die Augen, streckte die Arme aus, bis das Licht das zweite Schwert umfing.

Nicholas stieß einen Seufzer der Erleichterung aus. Er hatte Matthias zu diesem Schwert überredet, vielleicht auch zum dritten. Sein eigentliches Problem lag jedoch noch vor ihm. Was, wenn Matthias recht hatte? Was, wenn seine Kraft erschöpft war, wenn die Zeit gekommen war, die Schwerter zu benutzen?

Was dann?

44

Der dritte Schlag erschütterte das Schattenland so heftig, daß Arianna hinfiel. Dieses Schattenland war kleiner als das draußen, schmal und beengt. Ihr Rücken lehnte an einer Wand, die Füße stießen an die gegenüberliegende, und ihr Kopf streifte die Decke. Mehr als einmal hatte sie Gabe gefragt, was er sich dabei gedacht hatte, eine so winzige Kiste zu errichten, aber bis jetzt war er ihr die Antwort schuldig geblieben.

Sie erklärte es sich damit, daß er keine Entschuldigung dafür hatte, überhaupt nicht nachgedacht zu haben.

Wenigstens war es lang und schmal, so daß sie an keinen der anderen stieß – bis auf eben jedenfalls. Bis zu diesem Stoß, der sie quer über den Boden gegen ihren Bruder geschleudert hatte.

»Was war das?« fragte sie mit einer Stimme, von der sie hoffte, daß sie noch einigermaßen zumutbar klang.

»Keine Ahnung«, lautete seine Antwort. Er starrte auf den Torkreis.

Fledderer saß direkt neben dem Kreis und hielt den Blick fest darauf gerichtet. Leen hatte die Beine an den Körper angezogen und die Arme um die Knie geschlungen. Ihre Augen waren geschlossen. Sie befolgte den Befehl von Ariannas Vater und schlief so fest, daß sie nicht einmal dieses zweite Gepolter geweckt hatte.

»Du hast keine Ahnung?« fragte Arianna erstaunt. »Du hast *keine Ahnung?* Hattest du nicht gesagt, daß nichts von außerhalb diesen Ort in Mitleidenschaft ziehen kann?«

»Das dachte ich auch«, erwiderte Gabe.

»Wir berühren weder den Boden noch die Decke der Höhle«, mischte sich Fledderer ein. »Es kann also keine Erschütterung des Berges gewesen sein.«

»Was denn?« fuhr ihn Arianna an. Ihr Herz raste. Ihr Vater war dort draußen. Coulter war dort draußen. Und sie saß hier drin und mußte warten. Untätig.

»Ich denke, es war ein Ton«, sagte Fledderer.

»Ein Ton? Wie soll ein Ton bis hier herein dringen?« Aris Stimme wurde lauter. Sie wußte, daß sie gereizt klang, aber sie machte sich Sorgen. Sie hatte Angst. Sie wollte nicht, daß ihrem Vater etwas zustieß. Trotz all ihres mutigen Geredes wußte sie nicht genau, was sie tun sollte.

»Er dringt nicht herein«, sagte Fledderer. »Aber Töne lassen andere Dinge vibrieren, so wie bei einem Erdbeben.«

»Vielleicht eine Waffe?« fragte Gabe.

»Eine Explosion.« Leen hatte den Kopf gehoben. Ihre Augen sahen verschlafen aus, als hätte sie die Unterhaltung geweckt. »Eine Explosion könnte so laut sein.«

Wenn sich eine derart laute Explosion ereignet hatte, dann war ihr Vater tot. Arianna streckte die Hand nach dem Torkreis aus, doch Fledderer hielt sie am Handgelenk fest. Sein Griff war eisern, seine Hand ledrig und stark.

»Er sagte, wir sollen hier warten, bis er uns ruft.«

»Und wenn sie alle längst tot sind? Wenn sie uns nicht mehr rufen können?« Jetzt war es heraus. Sie hatte die Angst ausgesprochen, die sie die ganze Zeit über schon bedrängt hatte.

»Sobald wir alle der Meinung sind, daß zu viel Zeit vergangen ist«, sagte Fledderer langsam und betont, als redete er mit einem Kind, »gehe ich raus und sehe mich um. Auf keinen Fall gehst du zuerst raus, hast du das verstanden?«

»Er ist mein Vater.«

»Und der von Gabe«, sagte Fledderer. »Und ihr beide seid der Grund, aus dem dieser Krieg geführt wird.«

»Leg ihnen das nicht zur Last«, mischte sich Leen ein. »Dieser Krieg begann schon lange, bevor sie geboren wurden. Es ist die Insel, hinter der der Schwarze König her ist.«

»Wenn das wahr wäre«, widersprach Fledderer, »wäre er schon längst nach Leutia weitergezogen.«

Arianna schluckte. Sie wußte, daß in diesen Worten viel Wahrheit lag. Aber ihr Vater war ihre ganze Familie. Sie wußte nicht, was aus Sebastian geworden war, und Solanda war tot. Gabe zählte nicht. Ihn hatte sie erst vor ein paar Tagen kennengelernt. Er mochte ihr Bruder sein, aber er gehörte nicht zur Familie. Noch nicht.

»Ich könnte mich verwandeln und ...«

»Nein«, schnitt ihr Fledderer das Wort ab. »Du bleibst hier.«

Sie holte tief Luft. Sie hatten recht. Sie wußte es, aber der Gedanke mißfiel ihr.

Gabe nahm ihre andere Hand. Seine Berührung war sanft, weich, beinahe zärtlich. »Wenn da draußen nicht alles in Ordnung ist«, sagte er, und ihr fiel auf, daß er nicht sagte: *Wenn sie tot sind,* »dann werden wir beide, du und ich, den Kampf so gut wir können weiterführen. Auch wir haben Waffen. Wir können gegen den Schwarzen König kämpfen. Vielleicht gelingt es uns sogar, ihn von der Schwarzen Insel zu vertreiben.«

»Und ihn im Infrin-Meer zu ersäufen«, ergänzte sie hämisch.

Fledderer grinste. »Wenn dir das gelingt«, sagte er, »dann steht nicht Blut gegen Blut. Ertrinken geht normalerweise als Unfall durch.«

»Möglich«, murmelte Gabe. »Jedenfalls sollten wir uns, solange wir hier warten, auf das Schlimmste vorbereiten. Dadurch vergeht die Zeit schneller, und außerdem sind wir vorbereitet, falls etwas schiefgeht.«

»Ich will meinen Vater nicht verlieren«, sagte Arianna.

»Er dich auch nicht.« Diese Worte aus Fledderers Mund erstaunten sie. Er war nur selten freundlich. Dann bemerkte sie, daß er gar nicht freundlich war. Er sagte nur die Wahrheit.

»Er tut sicherlich sein Bestes, oder?« flüsterte Arianna.

Fledderer nickte. »Wollen wir hoffen, daß es ausreicht.«

45

Das dritte und letzte Schattenland war das schlimmste. Gefolgt von den Soldaten, die er in den anderen beiden Schattenlanden gesammelt hatte, trat Rugad ein. Der Gestank war grauenhaft – verbranntes Fleisch, gemischt mit entleerten Därmen und zu viel Blut. Der Geruch nach plötzlichem, gräßlichem Tod.

Wenn hier noch Soldaten am Leben waren, dann bestimmt nicht mehr lange. Rugad schluckte und drängte weiter. Er hatte gehofft, aus diesem Schattenland noch mindestens zwanzig Kämpfer zu holen. Das vorangegangene hatte noch dreißig Infanteristen und Fußsoldaten geborgen, dazu zehn nur leicht verletzte Tierreiter. Zusammen mit der Truppe aus dem ersten Schattenland machte das beinahe einhundert Soldaten. Und jetzt das hier.

Er war sich des Ernstes der Lage nicht ganz bewußt gewesen. Um ein Haar hätte er seine gesamte Armee verloren.

Und jetzt ging schon wieder etwas vor sich. Die ersten beiden Stöße, die den Berg erschüttert hatten, hatten sich schon sehr unheilvoll angefühlt. Nicholas war noch nicht besiegt. Ihm stand noch eine weitere Waffe zur Verfügung.

Aber auch diese Waffe würde Rugad umlenken. Es mußte so sein. Nicholas stand keine Magie zur Verfügung, die Rugad nicht für seine Zwecke nutzen konnte.

Rugad durchquerte das mit Toten und Sterbenden bedeckte Schattenland. Die Überreste sciner Armee lagen auf dem ausgetretenen Pfad, links und rechts davon ihre zerschmetterten und ausgebrannten Leichname auf Steinen und Felsbrocken, auf dem Gras und auf den spärlichen ersten Schneeflecken. An dieser Stelle war es sehr steil, was sich auch im dem Schattenland widerspiegelte, das schräg gegen den Hang geneigt stand, um diejenigen, die sich darin aufhielten, vor den Elementen zu schützen.

Als wäre der Schutz jetzt noch nötig. Er war zu spät gekommen.

»Bring sie her«, knurrte Rugad nach schräg hinten zu Selia. Er sah, wie sie den Überlebenden ein Zeichen gab, dann ging er weiter, stieg über Leichen, ging um sie herum und wenn nötig auch über sie hinweg.

Sein Plan war einfach. Er würde mit Unterstützung seines Schildes und seiner Soldaten in den Ort der Macht einmarschieren. Wenn Nicholas angriff, würde Rugad die Attacke abwehren. Es konnten nur eine Handvoll Leute bei Nicholas sein, und mindestens einer von ihnen war tot. Selbst wenn Nicholas versuchte, eine andere Waffe ins Feld zu führen, mußte ihm das unweigerlich mißlingen.

Nicholas würde für jeden einzelnen toten Fey bezahlen. Die Leichen entmutigten Rugad nicht, im Gegenteil, sie ermutigten ihn geradezu. Und sie gaben ihm einen Hoffnungsschimmer. Wenn sowohl Nicholas als auch Jewel über derlei Fähigkeiten verfügten, dann mußten seine beiden Urenkel mehr als Visionäre und Gestaltwandler sein. Sie waren mit einem angeborenen taktischen Genie ausgestattet. Sie waren alles, was er sich für den Schwarzen Thron nur wünschen konnte – und mehr.

Sie waren diese ganze Schlächterei wert.

Entschlossenen Schrittes marschierte er über das Schlachtfeld. Noch einmal blickte er nach hinten und sah, daß Selia Mühe hatte, mit ihm Schritt zu halten; der Rest der Truppe war schon deutlich zurückgefallen.

»Laß sie ihm Laufschritt marschieren!« blaffte er. Er wußte nicht, was Nicholas im Schilde führte, aber er wollte die Höhle erreichen, bevor er damit anfangen konnte.

Rugad erreichte die Wand dieses letzten Schattenlandes kurz vor seiner Truppe. Er schuf einen zweiten Torkreis und ließ ihn offen, da es im Inneren keine Überlebenden gab, die es zu schützen galt. Vor ihm lagen noch mehr Tote. Die Fey, die es beinahe bis oben geschafft hatten, die die Insel beinahe komplett dem Imperium einverleibt hätten.

Sie lagen kreuz und quer im Sonnenlicht, genau wie ihre Kameraden im Schattenland, nur war hier das Ausmaß der Verwüstung noch schrecklicher.

Rugad sagte nichts. Wortlos betrat er den kahlen Boden. Hier war es kälter, der Gestank war nicht so aufdringlich. Der Pfad war teilweise von Schnee bedeckt und wand sich immer noch höher. Rugad erblickte die zerbrochenen Stufen, die zum Plateau hinaufführten und damit zum Ort der Macht.

Das Ziel lag dicht vor seinen Augen.

Er wandte sich um. Seine Truppe hatte aufgeschlossen. »Wir haben es gleich geschafft«, sagte er. »Macht euch bereit, unsere gefallenen Kameraden zu rächen.«

Das rief mehr Kampfgeist bei den Fußsoldaten hervor als Selias geziertes Lächeln. Rugad spürte, wie der Blutrausch erneut von seinen Soldaten Besitz ergriff. Es brauchte nicht viel, um sie zum Angriff zu bewegen. Wenn überhaupt, so mußte er sie eher daran erinnern, vorsichtig zu Werke zu gehen, sich davor zu hüten, seine Urenkel zu töten.

Auch in ihm wallte Blutdurst auf. Er wollte Nicholas eigenhändig töten, den Mann so, wie er es verdiente, in Stücke hauen. Ebenbürtiger Feind oder nicht, der Mann hatte zu viele Fey auf dem Gewissen, um eines würdigen Todes zu sterben.

Rugad hielt seinen Schattenlandschild vor sich, vergrößerte ihn so weit in die Höhe und Breite, wie es nötig war, um seine Truppe zu schützen, und machte sich an den letzten Aufstieg.

46

Der Boden bebte, als das letzte Schwert vor dem Höhleneingang herunterfiel. Mit einem gewaltigen Donnerschlag hörte die Klinge zu vibrieren auf.

Nicholas atmete flach. Diesmal hatte sogar Coulter den Lärm wahrgenommen. Er blickte Nicholas fragend an, und zum ersten Mal nach Adrians Tod hatte Nicholas den Eindruck, daß der Junge ihn tatsächlich sah.

»Geh zur Seite«, sagte Nicholas, aber im verklingenden Donnergrollen hörte er seine eigenen Worte nicht.

Offensichtlich konnte Coulter Lippen lesen, denn er nahm Adrian fest in die Arme und zog ihn weiter in die Höhle hinein. In diesem Augenblick verlosch das Licht zwischen Matthias und dem letzten Schwert.

Matthias wäre gestürzt, hätte Nicholas ihn nicht aufgefangen.

Matthias wog noch weniger als Nicholas, obwohl er viel größer war. Sein ausgemergelter Körper war von oben bis unten schweißgebadet. Die frischen Narben auf den Wangen und rund um die Augen waren fahl, die Blutergüsse an seinem Hals beinahe schwarz.

»Ich kann nicht«, flüsterte er.

»Du mußt«, sagte Nicholas.

Der Schwarze König mußte die von den fallenden Schwertern hervorgerufenen Erschütterungen wahrgenommen haben. Was er auch vorhatte, welchen Plan er auch verfolgte, er mußte jetzt wissen, daß Nicholas etwas Neues versuchte.

Der Schwarze König würde zum Gegenangriff übergehen.

»Ich kann nicht«, wiederholte Matthias.

Nicholas sah zu den Schwertern hinüber. Eines stand direkt

vor dem Eingang. Die mittleren zwei waren weiter auseinander, und die ersten beiden befanden sich dort, wo sie zuvor gewesen waren, aber mit einem geringen Abstand zueinander. Die Edelsteine waren so ausgerichtet, wie es der Führer ihnen gesagt hatte.

Aber dieser Führer war wie vom Erdboden verschluckt. Nicholas hatte nach ihm Ausschau gehalten, ihn aber nirgendwo entdeckt. Ohne ihn, und ohne Matthias, konnte Nicholas nichts unternehmen.

»Du schaffst es«, sagte Nicholas. Es setzte Matthias vorsichtig auf dem Boden ab und nahm das Fläschchen mit dem Blut des Roca, das ihm der Führer gegeben hatte, in die Hand. Seinen Anweisungen folgend, goß Nicholas die Flüssigkeit über seine rechte Hand.

Das Blut war dick und schleimig. Trotzdem roch es frisch, keineswegs so, als wäre es schon fünfzig Generationen alt, sondern gerade eben erst den Adern des Roca entzogen worden.

Dann nahm er Matthias' linke Hand und goß auch darüber Blut. Matthias verzog das Gesicht und protestierte schwach, aber Nicholas ignorierte ihn, ergriff Matthias' linke Hand mit seiner rechten und zog ihn hoch, bis er wieder auf den Beinen stand.

Ein Prickeln durchfuhr Nicholas, wie er es noch niemals zuvor gespürt hatte. Es war kein oberflächliches Prickeln, wie wenn man in einer kalten Nacht von einem Lufthauch überrascht wird. Es war innerlich, als erwärmte sich sein Blut als Reaktion darauf. Er schaute auf seine Hand, die in der von Matthias lag, und sah, wie von ihr ein Lichtschimmer ausging. Das Licht tropfte, genau wie Blut, in den Stein zu ihren Füßen und färbte ihn rot.

So rot wie den Berg.

Auch Matthias sah gebannt zu. Seine Erschöpfung schien

vergessen. Sein Blick suchte den von Nicholas. »Ich werde stärker«, sagte er.

»Ich weiß.« Es war, als flösse etwas von Nicholas durch die miteinander verbundenen Hände zu Matthias hinüber, als hätte ihr gemeinsames Blut eine Verbindung gefunden, durch die Nicholas Matthias Kraft übertragen konnte.

»Uns bleibt nicht mehr viel Zeit«, sagte Nicholas.

Matthias nickte, streckte die rechte Hand aus, und aus seinen Fingerspitzen züngelten Flammen. »Ich hoffe nur, es funktioniert«, sagte er und wölbte die Hand, als hielte er einen Ball. Die Flammen aus seinen Fingern verbanden sich zu einem länglichen Strom. Sie trafen das schwarze Juwel auf dem Griff des ersten Schwertes und flossen durch es hindurch. Das Juwel schien die Kraft der Flamme zu verdoppeln, teilte den Strom in zwei Hälften und sandte sie jeweils zu den Juwelen in den Griffen der nächsten beiden Schwerter.

Auch sie verdoppelten wiederum die Intensität der Flammen und schickten sie zu den verbliebenen beiden Schwertern. Die Flammenströme wurden abermals stärker, bis sie so dick wie der Oberkörper eines Mannes waren. Vor den letzten beiden Schwertern kamen sie wieder zusammen und fingen an, einen Bogen zu bilden, der sich über den Berghang hinunter erstreckte.

»Du sollst zielen!« keuchte Matthias.

Zielen! Als wüßte Nicholas, wie. Aber der Führer hatte gesagt, zwischen ihm und Matthias würde Macht fließen, also holte er alles aus dem Prickeln heraus, was er konnte, und dachte nur an den Schwarzen König, an Rugad, an sein zerfurchtes, arrogantes Falkengesicht, seine kräftige, herrische Stimme, an seinen von neun Jahrzehnten ungebeugten Körper.

Nicholas dachte an ihn, ausschließlich an ihn, während er zusah, wie sich der Flammenstrom, der jetzt dick wie eine Steinsäule war, die Bergflanke hinabkrümmte.

Das Prickeln durchlief ihn jetzt mit größerer Geschwindigkeit. Ihm wurde wärmer, und endlich begriff er, was Matthias mit Erschöpfung gemeint hatte. Es war, als würde er von innen aufgesaugt. Dabei blieb ihm keine Wahl, aber wenn es nicht bald aufhörte, würde nichts mehr von ihm übrig sein.

Matthias sah ihn entschlossen an. »Wir halten durch, solange es geht«, sagte er, und Nicholas wußte nicht, ob Matthias mit seiner, Nicholas', Kraft sprach, oder ob ihm einfach wieder bewußt geworden war, wie wichtig es war.

Nicholas nickte.

Solange es ging – und länger. Bis nichts mehr übrig war, mit Ausnahme der von den Fey unbehelligten Insel und seiner Kinder, die frei und ungehindert aufwachsen konnten.

Er schloß die Augen, dachte an den Schwarzen König und an sonst nichts.

47

Rugad hatte gerade den rechten Fuß auf die geborstene Steinstufe gesetzt, als er es hörte. Ein nie zuvor vernommenes Tosen. Es war, als würde sämtliche Luft rings um ihn abgesaugt, und plötzlich spürte er das Kribbeln einer enormen Hitze.

Die Schnitte, die ihm der Golem zugefügt hatte, schienen sich von seiner Haut zu erheben, eine Art gleichgesinnter Magie ausströmen zu wollen, als wären sie Hände, die auf ihn zeigten und ihn als Ziel bezeichneten, hierher, hierher!

Der Schild wurde immer schwerer, und Rugad wußte, daß etwas nicht stimmte. Diese Hitze. Dieses Tosen. Die weggesaugte Luft.

Und dann ... der Geruch von Rauch.

Feuer.

Aber Nicholas konnte Feuer nicht kontrollieren. Niemand konnte das, mit Ausnahme von Hütern und Zaubermeistern.

Zaubermeister.

Aber Zaubermeister verfügten nicht über die Macht, ein Schattenland zu vernichten. Das war nur durch einen Angriff über eine magische Verbindung zu schaffen. Wie konnte sich Feuer entlang einer Verbindung fortbewegen? Was konnte etwas Derartiges zustande bringen?

Er wollte über den Rand des Schildes spähen, wußte aber, daß er sich das nicht traute. Er selbst konnte ein Schattenland vernichten, wenn er Zeit genug dazu hatte, aber das spielte keine Rolle. Feuer war nicht Licht. Feuer ging durch Dinge hindurch und verzehrte sie. Es reflektierte nicht. Es fegte darüber, darunter und mitten hindurch.

»Duckt euch!« schrie er, aber er wußte, daß es nichts half. Er wußte es, und trotzdem dehnte er den Schild zu einem vollständigen Schattenland aus und senkte es über sich und seine Truppe.

Einen Augenblick mußte er überlegen – Durchlässig? Geschlossen? – und entschied sich dann für Geschlossen. Durchlässig ließ Luft hindurch. Das Feuer reiste womöglich mit der Luft, und das war ein zu großes Risiko. Über ein geschlossenes Schattenland sprang das Feuer vielleicht hinweg, so wie manchmal über Steine und Felsen.

Ohne die Luft blieb ihnen drinnen nicht viel Zeit, und womöglich brachte sie die Hitze um, aber andernfalls erstickten sie vielleicht durch den Rauch.

Er kniete auf allen vieren, das Schattenland drückte ihm auf den Rücken, den Kopf, die Füße, als ihm plötzlich der Boden einfiel. Er hatte das Schattenland nicht vierseitig gemacht, was diesmal unabdinglich war. Gerade als er dabei war, den Boden zu errichten, brachen die Flammen über sie herein.

Sie schienen es auf ihn abgesehen zu haben. Er spürte, wie sie direkt vor ihm gegen die Wand krachten, sie erhitzten, sich durch sie hindurchfraßen.

Er würde sterben.

Rugad, der größte Krieger in der Geschichte der Fey, würde von der Hand eines Mannes sterben, der nicht einmal ein einziges Land erobert hatte, eines Mannes ohne magische Kräfte, eines Mannes, der nicht einmal ein Fey war.

»Nein!« schrie Rugad, und mit der Kraft seines Geistes versuchte er, die Verbindung, auf der sich das Feuer bewegte, zu packen, versuchte es umzulenken und zurückzuschicken. Aber es wollte ihm nicht gelingen. Irgendwie schaffte es Nicholas, dem Feuer die geballte Kraft der Höhle dort oben mitzugeben, die gesamte Magie des Ortes kontrollierte dieses Feuer, und es zielte direkt auf Rugad.

Er wußte es in dem Augenblick, in dem er die Verbindung anrührte.

Das Feuer bäumte sich auf wie ein mitten im Galopp erschrecktes Pferd, und dann ging es zum Angriff über wie ein blutberauschter Fußsoldat.

Rugad nahm sein innerstes Wesen zusammen und versuchte, auf seinen eigenen Verbindungen zu entkommen, irgendwohin, zu Bridge, seinem Enkel auf Nye, zu Seger in Jahn, egal wohin –

Zu spät bemerkte er, daß das Feuer seine Magie aufzehrte. Es machte sich über seine Verbindungen her, als wären sie aus Zunder.

Mit allerletzter Kraft schloß er seine Verbindungen, damit nicht noch jemand sterben mußte. Dann kauerte er sich an den blutroten Berg und spürte, wie er bei lebendigem Leib verbrannte.

48

Es war nichts mehr übrig. Nichts. Nicholas besaß kaum mehr die Kraft zum Ein- und Ausatmen. Seine Beine drohten unter ihm nachzugeben, aber sie wackelten jetzt schon so lange, daß er, als sie schließlich einknickten, nicht wußte, ob es daran lag, daß seine eigenen Beine oder die von Matthias kraftlos zusammenbrachen.

Es spielte keine Rolle. Der Schock des Aufpralls brachte ihn dazu, die Augen aufzureißen.

Das Feuer entströmte ihnen immer noch, Schweiß rann ihm über das Gesicht, aber er wußte nicht, ob das von der Hitze oder von der Anstrengung herrührte. Die gesamte Höhle war der reinste Brutofen, und er dachte schon, er bekomme keine Luft mehr, weil das Feuer die gesamte Luft aus der Höhle gesaugt habe.

Schließlich fiel sein Blick auf Matthias, dessen Hand noch immer die seine umschlungen hielt. Matthias' Locken klebten ihm am Kopf, sein Körper war schweißgebadet. Nach wie vor tropfte das rote Leuchten von ihren Händen auf den Boden. Die Farbe breitete sich wie eine Blutlache aus, und auch das ehedem weiße Licht in der Höhle nahm einen rötlichen Schimmer an.

»Nicholas«, flüsterte Matthias, und Nicholas war sich nicht sicher, ob er die Worte hörte oder sie durch die Verbindung der Hände spürte, durch ihr raunendes, mit einem Mal vereintes Blut.

Er wandte seinen Blick in die Richtung, in die Matthias schaute, und sah etwas, das er noch nie zuvor gesehen hatte.

Es war, als hätte jemand ein Loch in die Luft gestanzt, um einen anderen Ort zu enthüllen. Nur daß dieser Ort nicht weit weg war ... es war der Berghang, ein Stück weiter unten. Der Feuerstrom hatte sich auf eine bestimmte Stelle in einer länglichen Grauzone konzentriert, bei der es sich offensichtlich um ein Schattenland handelte, aber keines von der Art, wie Gabe sie geschaffen hatte. Das Feuer hatte sich durch die graue Masse hindurchgebrannt und machte sich an einem Mann innerhalb des Schattenlandes zu schaffen. Der Mann hob den Kopf, und einen Augenblick lang schien sogar das Feuer aufzuklaren.

Nicholas kannte dieses Gesicht.

Der Schwarze König.

Dann schloß sich das Feuer über dem Gesicht des Mannes. Er fiel nach vorne und krümmte sich zusammen, als wollte er sich gegen die Flammen schützen, die über seine Kleidung und seine Haut herfielen. Er bewegte sich in der Feuersbrunst, aber er schrie nicht. Er stieß keinen einzigen Laut aus.

Einige andere Gestalten um ihn herum brannten ebenfalls, andere versuchten die Flammen zu löschen. Wieder andere hatten die Hände an die Kehlen gelegt und würgten, als bekämen sie nicht genug Luft.

Das Bild veränderte sich nicht, bis der Schwarze König sich nicht mehr rührte. Selbst dann brannte das Feuer noch weiter, durch die Haut, in die Knochen hinein. Am Ende würde nichts mehr von ihm übrig sein.

Und dann kehrte die Luft in die Höhle zurück, als sei nichts geschehen. Die Vision war verschwunden.

Matthias schloß die Faust, und der Feuerstrom riß ab. Es dauerte einen Moment, bis der Effekt die Juwelen erreicht hatte, aber dann war das Feuer vollständig verschwunden.

Nicholas ließ sich mit hämmerndem Herzen auf dem Boden nieder. Noch immer spürte er den Austausch zwischen ihnen, aber jetzt kam er ihm nicht mehr so auszehrend vor. Er richtete den Blick auf ihre ineinander verkrallten Hände.

»Ich glaube, es ist vorbei«, sagte er.

Matthias nickte. Gleichzeitig lösten sie den Griff.

Als ihre Hände voneinander loskamen, hallte ein kleiner Donner durch die Höhle, und etwas stürzte um. Es fiel klirrend auf den roten, glühenden Boden. Nicholas hob es mit seiner zitternden Rechten auf.

Er hielt einen schwarzen Edelstein in der Hand, so perfekt wie jene, die er draußen verteilt hatte, und so groß wie diejenigen auf den Riesenschwertern selbst.

»Haben wir das getan?« fragte Matthias. »Was ist das?«

Augenscheinlich hatte ihr Führer vergessen, es ihnen zu erklären. Sie mußten ihn beim nächsten Mal danach fragen, wenn einer von ihnen oder sie beide ihm wieder begegneten. Nicholas ließ den Edelstein nicht los.

Matthias verlangte es nicht von ihm.

Nicholas blickte auf seine rechte Hand. Sie wies keine Spuren von Blut mehr auf, sah aber verändert aus. Sie war kleiner als zuvor.

Er hielt sie neben die linke, die, obwohl noch zu einer Faust geballt, den Unterschied deutlich werden ließ.

Seine rechte Hand war geschrumpft.

»Mein Gott«, sagte Matthias, der jetzt ebenfalls seine Rechte von sich streckte.

Sie hatten etwas verloren. Sie hatten ein Stück von sich selbst hergegeben.

Nach einigen Sekunden des Staunens erhob sich Matthias: »Jetzt werden sie uns jeden Augenblick angreifen, stimmt's? Weil wir ihren König getötet haben.«

»Nein«, erwiderte Nicholas. »Bestimmt nicht.« Aber er durfte seine Kinder immer noch nicht aus ihrem Versteck holen, durfte sie nicht vortreten lassen, solange Matthias hier war.

Matthias' Gesicht beruhigte sich. Der Schock, die Verwunderung und der Glanz, die es soeben noch erfüllt hatten, verschwanden. »Ich glaube, wir haben noch etwas zu bereden.«

Er schwankte ein wenig, streckte aber nicht die Hand um Hilfe aus. Nicholas bot ihm auch keine Hilfe an.

Auch er erhob sich. Seine Gefühle Matthias gegenüber hatten sich verändert. Er war nicht willens, die alten Gefühle wiederzuerwecken, es widerstrebte ihm, in diesen Augenblick einzugreifen. Sie hatten zusammengearbeitet, und gemeinsam hatten sie die Insel gerettet.

Nicholas konnte diesen Mann nicht töten, wobei er es nicht einmal mehr wollte, weil sie gemeinsamen Blutes waren. Die Kraft reiste über das Blut. Diese Verbindung anzurühren bedeutete, an etwas herumzupfuschen, das Nicholas noch längst nicht völlig begriffen hatte. Aber er verstand es jetzt immerhin etwas besser.

»Jewel«, sagte er leise, hörte die Trauer in seiner Stimme und wußte mit einem Mal, daß er diese Qual noch einmal durchmachen mußte. Er hatte seine Frau verloren, hatte die gleiche Frau zweimal an den gleichen Mann verloren, an den Mann, mit dem er sich hatte zusammentun müssen, wenn er überleben wollte.

»Sie ist hier«, sagte Matthias. »Sie ist nicht tot ... falls man so etwas wie sie überhaupt töten kann. Wenn du mich gehen läßt, sage ich dir, wie du sie befreien kannst.«

»Gehen?« wiederholte Nicholas. Sein Verstand war nicht ganz auf der Höhe. Er kam sich vor, als sei er aus einem tiefen Schlaf erwacht.

»Nicholas, ich möchte mein Leben gegen das ihre tauschen. Ich weiß, das ist nicht sehr moralisch, und ich weiß auch, daß du mir nichts schuldig bist, aber ...«

»Nein.« Nicholas tat den Vorschlag mit einer Bewegung seiner rechten, der kleineren Hand ab. »Ich bin dir nichts schuldig. Ich glaube, wir sind nicht einmal annähernd quitt. Aber wenn meine Frau wieder zu mir kann, lasse ich dich gehen.«

Matthias' Augen füllten sich mit Tränen. Er blinzelte, um sie zurückzuhalten. »Du bist ein weit edelmütigerer Mensch, als ich es für mich jemals erhoffen kann«, flüsterte er.

Nicholas erwiderte nichts. Er war kein edelmütiger Mensch. Er hatte lediglich genug von all dem Blutvergießen und den ewigen Auseinandersetzungen. Er hatte genug vom *Töten.* Und seine Zeit war begrenzt. Er mußte seine Kinder nach draußen bringen, damit sie den Fey entgegentraten und sie wissen ließen, daß die Erben des Schwarzen Throns bereit waren, das Imperium zu übernehmen.

»Jewel«, sagte Nicholas wieder.

»Sie ist in einem Glasfigürchen gefangen«, sagte Matthias. »Ich habe es bei den leeren Regalen neben den Wandbehängen abgestellt. Um es zu öffnen ...«

»Ich weiß, wie man es öffnet«, sagte Nicholas. Gefangen. Matthias war es gelungen, sie so gefangenzusetzen, wie einst dieser merkwürdige Mann in der Falle gesessen hatte. Aber wenn er es nicht getan hätte, wäre es ihnen nie gelungen, den Schwarzen König zu besiegen.

Gemeinsam.

Er ist euer Gott, hatte die Schamanin gesagt. Aber sie hatte sich geirrt. Matthias war nicht Gott, ebensowenig wie Nicholas selbst. Er war der Roca dieser Generation. Und gemeinsam hatten sie die Macht des Roca benutzt, eine Macht, die ihnen einzeln nicht zur Verfügung gestanden hätte.

Eine Macht, die den Schwarzen König besiegt hatte.

»Geh«, sagte Nicholas. »Geh durch die Tunnel. Du mußt schnell gehen. Sie hat dich erst bemerkt, als du ganz nah warst.«

»Ich weiß, wo das war«, nickte Matthias. »Ich werde eine Zeitlang brauchen, bis ich die Stelle erreicht habe.«

»Die Fey bestimmen, wieviel Zeit du hast.«

»Was hast du vor?«

»Mich ihnen stellen«, sagte Nicholas. »Ohne dich.«

Ohne einen Blick auf Coulter oder den Torkreis neben ihm zu werfen, ging Matthias die Treppe hinunter. Auf halbem Weg blieb er stehen.

»Und wenn wir uns noch einmal begegnen?« fragte er. »Was dann?«

»Das weiß ich nicht«, antwortete Nicholas.

Matthias nickte kurz und ging dann mit gebeugtem Kopf weiter. Er war nicht mehr der arrogante Rocaan, der Jewel ermordet hatte. Jener Mann hatte auf niemanden gehört, und es hatte den Anschein gehabt, als würde er auch nie auf jemanden hören. Dieser hier war milder geworden, wenn auch nur ein bißchen. Nicht genug, daß man ihm vertrauen konnte – Nicholas wollte ihn nie wieder in der Nähe seiner Familie haben –, aber immerhin ein bißchen.

Matthias hatte den Fuß der Treppe erreicht und ging eiligen Schrittes auf den Brunnen zu. Plötzlich wußte Nicholas, daß er Matthias nie wiedersehen würde.

»Matthias!« rief er.

Matthias blieb stehen, blickte auf, und durch ein täuschendes Spiel des rötlichen Lichts sah Nicholas den Mann, den er seit seiner Kinderzeit kannte. Den Freund seines Vaters, den gestrengen Lehrer, den peniblen Gelehrten, den Mann, der einst von Nicholas mehr verlangt hatte als jeder andere.

Nicholas schluckte schwer. »Ich danke dir.«

Matthias lächelte, nur ein wenig, und hob bestätigend die linke Hand. Dann drehte er sich um und setzte seinen Weg fort, vorbei an dem Brunnen und in die dahinterliegende Dunkelheit.

Nicholas wartete einige Sekunden, bis Matthias' Schritte im Plappern des Brunnens verhallt waren. Nicholas hatte recht gehabt. Er hatte der schrecklichen Macht dieses Ortes niemanden opfern müssen. Der Brunnen und seine Versuchungen waren ein Geheimnis, das er hüten würde.

Dann sah er zu Coulter hinüber. Der Junge musterte ihn mit kummervollem Blick.

»Es war eine offene Vision«, sagte er. »Der Schwarze König ist tot.«

Nicholas nickte.

»Ich hätte nicht geglaubt ...« Coulters Stimme brach. »Ich meine, ich ... Adrian ...«

»Ich weiß«, sagte Nicholas. »Jetzt ist alles gut.«

Ja, jetzt war alles gut. Jetzt, nachdem es vorüber war.

Er ging an Coulter vorbei, vorbei an Adrians Leichnam und hin zu den leeren Regalen und den Wandteppichen. Dort stand, so wie Matthias gesagt hatte, ein Glasfigürchen. Es sah anders aus als diejenigen, die weiter hinten standen.

Er ging davor in die Hocke. Jewel befand sich darin. Er sah, wie sie ihr kleines Gesicht an das Glas preßte. Er wollte es berühren, aber er hatte Matthias versprochen, ihm genügend Zeit zu lassen.

Nicholas würde ihm diese Zeit einräumen.

»Noch ein paar Minuten, meine Liebe«, sagte er und lächelte sie an.

Sie schlug hartnäckig gegen das Glas.

»Sobald ich die Kinder befreit habe«, sagte er. »Sobald ich mich mit den versprengten Fey befaßt habe.«

Nein, formten Jewels Lippen, aber er schüttelte den Kopf. Wenn sie Matthias immer noch umbringen wollte, mußte sie noch eine Weile dort drinnen ausharren. Nicholas würde seine Frau zurückbckommen. Wenn er Matthias' Tod nicht verhinderte, erreichte Jewel vielleicht ihre drei Ziele – und würde abermals verschwinden.

Beinahe hätte er sie ein zweites Mal verloren. Er würde alles tun, damit es nicht noch einmal geschah.

Er warf ihr einen Handkuß zu. Sie stieß einen ziemlich drastischen Fey-Fluch aus, den er sogar ohne Ton verstand.

Dann erhob er sich und eilte die Stufen hinab.

Gemessen an seiner Erschöpfung während des Zaubers, wunderte er sich über seine verbliebene Energie. Es war, als hätte ihn der Tod des Schwarzen Königs irgendwie verjüngt. Unten angekommen, streckte er den Arm aus und stieß die Faust so in den Torkreis, wie es Gabe ihm gezeigt hatte.

Arianna kam fast herausgestolpert, aber Fledderer erwischte sie noch und zog sie zurück. Erst als er selbst herausgespäht und Nicholas erblickt hatte, verzog sich sein Gesicht zu einem Grinsen.

»War mir nicht ganz sicher, ob ich Euch wiedersehe«, sagte er.

»Ich auch nicht«, erwiderte Nicholas. »Geht es meinen Kindern gut?«

Anstelle einer Antwort warf sich Arianna aus der Höhe des Tores in seine Arme. Er schlang beide Arme um sie und taumelte unter ihrem Gewicht.

Nach ihr stieg Gabe heraus.

»Der Schwarze König ist tot«, sagte Nicholas.

»Wie das?« fragte Leen, als sie aus dem Schattenland kletterte.

»Ich erzähle es euch bald. Zunächst müssen sich meine Kinder den Fey zeigen.«

Arianna löste sich aus seiner Umarmung. »Warum?«

»Weil du sie jetzt regierst, Ari«, sagte Nicholas. »Du und Gabe. Ihr seid die Erben des Schwarzen Throns.«

Gabe schüttelte den Kopf. »Das kann ich unmöglich tun.«

»Weshalb nicht?« fragte Nicholas.

Er öffnete den Mund, schloß ihn wieder und blickte Ari an. »Du bist doch die Wilde.«

»Und du der Erstgeborene.«

»Du bist zum Regieren erzogen worden.«

»Und du kennst die Fey.«

»Ihr geht beide«, sagte Nicholas.

»Nein«, erwiderte Gabe. »Ich habe dort drinnen nachgedacht und auch schon vorher. Ich bin nicht der Mann, der ein ganzes Imperium regiert. Arianna kann das. Sie ist darauf vorbereitet worden. Sie verfügt über das erforderliche Temperament.«

»Das sagst du jetzt«, meldete sich Arianna zu Wort. »Aber du wirst deine Meinung schon noch ändern.«

Gabe schüttelte den Kopf. »Wir haben uns schon einmal darüber unterhalten, weißt du noch? Da drin.« Er blickte Fledderer und Leen an. Sie sagten nichts. Dann wanderte sein Blick wieder zu Nicholas. »Meine Leute setzen immer einen Schamanen an einen Ort der Macht, stimmt's? Auch dieser Ort brauchte einen. Ich möchte dieser Schamane sein. Ich möchte nicht in den Krieg ziehen, mich nicht einmal gegen einen Krieg verteidigen. Ich möchte hier bleiben und in Ruhe leben.«

»Ob dieser Platz ruhig ist, würde ich noch bezweifeln.«

Die Stimme kam von oben. Coulter. Er saß bleich und zerzaust auf der obersten Stufe.

»Trotzdem«, sagte Gabe.

Nicholas sah ihn ein paar Sekunden lang an. Jewel hatte etwas hinsichtlich Gabes Temperament erwähnt. Sie hatte gesagt, daß Nicholas ihn davor bewahren sollte, zu töten, daß Gabes Magie ihr fast wie die der Domestiken vorkam. Und die Schamanin hatte gesagt, Gabe sei eher wie Nicholas' Vater, ein Mann, der die Bürde der Anführerschaft beinahe verabscheute, schon gar die Bürde des Krieges.

Nicholas' Vater hätte niemals ein kriegerisches Volk wie die Fey anführen können.

»Bist du dir ganz sicher?« fragte Nicholas.

Gabe nickte.

»Arianna«, sagte Nicholas. »Möchtest du den Schwarzen Thron?"

»Nein«, sagte sie. »Aber ich bin eher dafür geeignet. Auch wenn ich rücksichtslos bin.«

»Impulsiv«, sagte Gabe.

»Und ich werde viele gute Ratschläge brauchen.«

»Nichts leichter als das«, sagte Gabe. »Selbst wenn du dafür bis an den äußersten Rand der Insel kommen mußt.«

Sie blickten einander in die Augen, und Nicholas sah ein wenig mürrisch drein. Etwas war geschehen, seit sie gemeinsam dort drinnen im Schattenland in der Falle gesessen hatten. Sie waren zu einer gewissen Übereinkunft gekommen.

Darüber mußte er sie später ausführlicher befragen. Im Augenblick jedoch mußte er eines oder zwei seiner Kinder den Fey präsentieren.

»Eine solche Entscheidung ist nicht leicht zu treffen«, sagte Nicholas.

»Mein ganzes Leben lang habe ich versucht, der Anführerschaft aus dem Weg zu gehen«, sagte Gabe. »Nie hat es funktioniert. Vielleicht klappt es jetzt.«

»Und mich hast du zum Herrschen erzogen«, sagte Arianna zu Nicholas.

»Nicht über die Fey.«

»Nicht über die Fey«, wiederholte sie. »Aber ich habe nicht vor, eine Kriegerfürstin zu sein. Der Ausbau des Reiches endet hier. Auf dieser Insel. An einem Ort, der mir sehr vertraut ist.«

So einfach war es nicht. Arianna würde soviel mehr lernen müssen, als sie bereits jetzt wußte. Aber das konnte mit der Zeit kommen. Nicholas nahm sie am Arm.

»Dort draußen irrt ein Haufen verwundeter und verwirrter Fey umher. Sie haben gerade ihren König sterben sehen. Sie müssen wissen, daß die Erblinie der Fey auf dem Schwarzen Thron fortgeführt wird. Sie wissen, daß er eigens wegen dir hierhergekommen ist. Bist du bereit, dich vor sie zu stellen und die Herrschaft über ihr Reich zu übernehmen?«

Ariannas große, leicht schrägstehende Augen weiteten sich. Ihre Haut errötete ein wenig. »Wo ist meine Mutter?« wollte sie wissen.

»Ich kann sie holen«, sagte Nicholas. Inzwischen mußte Matthias' Vorsprung groß genug sein.

»Bitte«, sagte Arianna. »Sie weiß, was ich ihnen sagen soll. Sie weiß, wie ich sie dazu bringe, daß sie mir zuhören.«

Das war die richtige Entscheidung, die beste Entscheidung, die sie je getroffen hatte. Irgendwie fühlte sich Nicholas dadurch beruhigt.

Seine Frau würde seiner Tochter bei allen Schwierigkeiten helfen, die das Reich der Fey betrafen, ihr bei den Problemen, die das Regieren mit sich brachte, zur Seite stehen. Er hatte seine Insel wieder. Er hatte seine Kinder. Er hatte eine ganze Welt wiedergewonnen, obwohl er noch einen Tag zuvor so gut wie verloren war.

»Ich dachte, wir haben es eilig«, sagte Ari, und in ihrer Stimme schwang ein gebieterischer Ton mit, der zuvor dort nicht zu hören gewesen war. Er lächelte sie an. Er würde sie daran erinnern müssen, daß sie zwar das Reich der Fey regierte, er aber immer noch König der Blauen Insel war. Und ihr Vater.

Aber das konnte warten. All diese Einzelheiten konnten warten.

Er stieg die Treppe hinauf, nahm dabei zwei Stufen auf einmal, und ging eilig auf das Glasfigürchen zu. Dort nahm er eine Flasche mit dem Blut des Roca aus dem Regal, entkorkte sie und nahm dann die Figur in die Hand. Jewel blickte ihn finster von drinnen an. Er nahm einen der Glasarme und tauchte ihn in das Blut. Rosafarbene Linien überzogen das Glas, so wie zuvor, nur hielt er diesmal schützend den Arm vors Gesicht.

Das Glas zersprang, und seine Frau wehte heraus, wobei sie sofort anfing, ihn wütend anzuschreien.

Ihre Augen wurden nicht glasig und wanderten auch nicht in Richtung des Brunnens. Nicholas hatte lange genug gewartet. Matthias war längst entkommen.

Sie formte sich aus dem Nebel in einen festen Körper um, und noch während dieses Prozesses nahm er sie an den Schultern, zog sie an sich und verschloß ihren Mund mit einem Kuß.

Ohne sich zu überlegen, daß sie eigentlich wütend auf ihn war, ergab sie sich seinem Kuß. Er kannte sie nur zu gut, um diese Reaktion nicht vorausgeahnt zu haben, und legte ihr dann einen Finger auf die Lippen.

»Wir haben gewonnen«, sagte er. Sie lächelte. Er konnte ihr Lächeln ebenso spüren wie sehen, ihre Erleichterung spüren, als wäre sie greifbar. »Wir haben gewonnen.«

DIE RESTAURATION
(EINE WOCHE SPÄTER)

49

Matthias klopfte die Erde fest, dann legte er die Schaufel beiseite und warf Marly einen Blick zu. Sie lehnte an einem Baum, den Oberkörper im Schatten und die Beine in der Nachmittagssonne. Dunkle Ringe lagen unter ihren Augen.

Sie hätte nicht herkommen sollen, aber sie hatte darauf bestanden. Als sie Jakibs Leiche endlich gefunden hatten, war sie in einem schrecklichen Zustand gewesen; fast das ganze Fleisch war weg und das, was übrig war, schon in Verwesung übergegangen. Matthias hatte ihn mit Mühe an seiner Kleidung identifizieren können – und an seinen Augen, die erstaunlicherweise noch da waren.

Marly hatte nicht geweint, als sie die Nachricht hörte. Sie hatte es bereits gewußt. Matthias hatte es ihr berichtet, nachdem er aus der Höhle zurückgekommen war. Sonst hatte er ihr nicht viel erzählt, nur daß der Schwarze König tot und der Krieg vorüber war. Auch das schien sie bereits zu wissen. Der Nebel, der sie beschützt hatte, war mit einem Mal am Abend jenes schrecklichen Tages verflogen, und alle Ratten-Fey und Vogel-Fey und Soldaten-Fey waren aus den Straßen von Constantia verschwunden.

Marly hatte nicht viel Zeit gehabt, länger über die merkwürdige Veränderung nachzudenken. Nach und nach trafen immer mehr Klippenbewohner mit ihren Verwundeten und Sterbenden ein und flehten sie an, ihnen zu helfen. Einige hatte sie noch retten können; nicht so viele, wie sie gehofft hatte, aber immerhin einige.

Matthias fand sie am Abend des darauffolgenden Tages. Beide hatten seit Ewigkeiten nicht geschlafen. Er arbeitete noch zwei Tage an ihrer Seite, bis sie beide zusammenbrachen.

Dann ging er hinaus, um ihren Bruder zwischen den Toten zu suchen.

Sie begruben Jakib auf einem kleinen Fleckchen Erde hinter Matthias' Haus. Jakib hatte nie ein Zuhause gehabt, sich nie einem Ort verbunden gefühlt, außer vielleicht der Stadt Jahn selbst. Marly wollte ihn bei sich haben, und Matthias hatte ihrem Wunsch entsprochen.

Sie sah ihn immer noch an. Es machte ihm Sorgen, daß sie nicht geweint hatte. Sie hatte wegen überhaupt nichts geweint. Sie hatte nicht geweint, als sie Denls Bein amputieren mußte, nicht, als sie Tris gräßlich entstellte Haut flickte, und auch nicht, als sie all die vielen Verwundeten versorgte, und sie hatte auch nicht bei Matthias' Rückkehr geweint.

Nur einmal hatte er Tränen schimmern sehen – als er ihr erzählte, daß die Fey geschlagen seien, und das hatte sie erst geglaubt, als sie sah, wie sie sich zurückzogen.

Die Fey waren aus Constantia verschwunden. Auch die Täler und Berge ringsum hatten sie verlassen. Irgendwie hatte Nicholas sie dazu gebracht, nach Jahn zurückzumarschieren. Irgendwie hatte er es geschafft, daß sie ihm gehorchten.

»Wahrscheinlich wegen seiner Kinder«, hatte Marly gesagt, aber nichts mehr hinzugefügt.

Wahrscheinlich. Deshalb hatte Nicholas gewollt, daß Matthias die Höhle verließ, bevor er den Fey gegenübertrat. Nicholas hatte Matthias' Haß benutzt, um den Schwarzen König zu töten, sich jedoch davor gehütet, daß sich dieser Haß auch gegen seine Kinder richtete.

Wer wollte es ihm verdenken? Matthias hatte Nicholas' Frau ermordet.

Matthias seufzte und ging zu Marly hinüber, ging neben ihr in die Hocke und nahm ihre Hände. »Ich würde gerne die Begräbniszeremonie durchführen, wenn du es für angemessen hältst.«

Sie löste ihre linke Hand aus der seinen und strich über die

Narben auf seiner Wange. Sie verheilten endlich, auch seine Blutergüsse verblaßten. »Wenn du es nicht tust, tut es niemand.«

Er verneigte sich kaum merklich. Von den Weisen war niemand übriggeblieben. Er hatte die Tür zum Gewölbe verschlossen und wollte auch in Zukunft über ihre Geheimnisse wachen. Er hatte ihre Schätze niemandem mitgeteilt, würde es auch zukünftig nicht tun, jedenfalls nicht, bevor die Zeit kam, um einen neuen Wächter zu bestimmen. Er respektierte die Wünsche des Roca. Jetzt, nachdem er gesehen hatte, welche Kräfte er und Nicholas entfesseln konnten, begriff er besser, was der Roca befürchtet hatte. Der Roca hatte die Zukunft gesehen. Er hatte gewußt, was eine derartige Macht anrichten konnte. Sie konnte die Menschen in Geschöpfe verwandeln, die nur noch für die Magie und die Vorherrschaft lebten, die sie ihnen über nichtmagische Wesen verlieh.

Sie konnte sein Volk in Fey verwandeln.

Das hatte der Roca verhindert, und Matthias würde dafür sorgen, daß dem Wunsch des Roca weiterhin Folge geleistet wurde.

»Abgesehen davon«, sagte Marly, die sein Zögern nicht ganz verstand, »hast du das Blut des Roca in dir, und du bist der einzige lebende Rocaan. Ich glaube, Jakib würde sich geehrt fühlen, daß eine so wichtige Persönlichkeit seine Begräbniszeremonie durchführt.«

Matthias nickte und nahm das filigrane Schwert und die Kräuter, die er mitgebracht hatte, in die Hand. Dann ging er zum Grab und beugte sich darüber.

»Heiligster«, sagte er mit einer hallenden Stimme, die er seit seinen Tagen im Tabernakel nicht mehr benutzt hatte, »ich bin dein unwürdigster Diener. Aber ich bitte dich darum, nicht auf den Überbringer der Botschaft, sondern auf die Botschaft zu achten.«

Er hielt das Schwert über das Grab. »Segne die Geehrten Toten. Halte Jakibs Wesen in Ehren, und wir werden auch in diesen Gefilden sein Andenken in Ehren halten.«

Er verneigte sich und steckte die Klinge des winzigen Schwertes in den Boden, während seine Hand über die Erde strich. Dann erhob er sich, griff in den Beutel und verstreute die Kräuter über den Boden.

»So wie der Roca Gott ehrte, so auch du. So wie der Heiligste mit Gott sprach, so auch du. So wie Gott uns alle liebte, so auch dich. Du trittst wieder in den Kreislauf des Lebens ein, denn durch den Tod werden wir alle leben. Mit dem höchsten Segen des Roca übergebe ich dich dieser Erde. Möge der Heiligste deine Seele aufnehmen.«

Er legte die Handfläche auf die Erde, spürte die Fruchtbarkeit des Bodens unter den Fingern und wußte zum ersten Mal, wie sehr er Jakibs stille Kraft vermissen würde. Dann fühlte er eine Wärme neben sich. Marly hatte ihren Platz unter dem Baum verlassen. Auch sie berührte die Erde und neigte den Kopf.

Nichts würde mehr wie früher sein. Vom ersten Augenblick an, da die Fey vor mehr als zwanzig Jahren die Blaue Insel betreten hatten, hatten sie sie verändert. Sie hatten fünfzig Generationen friedlichen Zusammenlebens über den Haufen geworfen und mehr Aufruhr – inneren und äußeren – ausgelöst, als die Inselbewohner seit Jahrhunderten erlebt hatten.

Matthias vergrub sein Gesicht in Marlys weichem Haar. Trotz allem war es ihm gelungen zu überleben – all die Dinge, die er getan hatte, und alles, was ihm angetan worden war –, und er hatte sogar das hier, eine zweite Chance, sein Leben zu leben. Er würde sie ergreifen und in vollen Zügen genießen und niemals vergessen, um welchen Preis er sie errungen hatte.

Er küßte Marlys Kopf und hielt sie noch lange in den Armen, nachdem der Sonnenuntergang die blutroten Berge in Flammen gesetzt hatte und ihn an die Macht erinnerte, die ihm gemeinsam mit Nicholas gegeben war. Er hielt Marly fest umfangen, bis die Dunkelheit sich über das Land senkte und die Luft empfindlich kühl wurde.

50

Gabe fand Coulter auf der Tabernakelseite des Cardidas, wo er unweit der Jahnbrücke im Gras saß. Vor zwei Tagen waren sie nach Jahn zurückgekommen, aber die Stadt sah so anders aus als diejenige, die Gabe vor über einem Monat verlassen hatte, daß er sie kaum wiedererkannte. Wenn er durch die Straßen ging, nickten ihm die Fey zu oder verbeugten sich leicht. Sie wußten alle, daß er von Schwarzem Blut war. Seine Schwester hatte offiziell verkündet, daß sie den Schwarzen Thron besteigen würde, aber das schien keinen Unterschied zu machen. Sowohl die Fey als auch die Inselbewohner begegneten Gabe mit absoluter Ehrerbietung. Es lag daran, daß er der Sohn des Königs war. Und daß er im Palast wohnte.

Er vermutete, daß er sich mit der Zeit wohl daran gewöhnen würde; aber er hatte keine Zeit. Er hatte mit einigen Domestiken und den Heilern gesprochen, die im Palast verblieben waren, darüber, wie man Schamane wurde, und sie erzählten ihm von dem langen und schwierigen Prozeß, den er durchmachen müsse. Er hatte Seger, die Leibheilerin seines Urgroßvaters, dazu überredet, mit seinem Vater und seiner Schwester über die Prozedur zu sprechen. Dann war er geflohen.

Er brauchte ihre Erlaubnis nicht, aber er fühlte, daß er sie gerne hätte.

In der Zwischenzeit mußte er noch einige Dinge erledigen. Er wollte zur Höhle zurückkehren, aber sein Vater brauchte ihn vorerst noch hier, bis sich die Inselbewohner und die Fey an den Gedanken gewöhnt hatten, daß sie jetzt gemeinsam Teil des gleichen Reiches waren, eines Imperiums, das von einer Frau regiert wurde, die sich selbst eher den Inselbewohnern als den Fey zurechnete. Nur sehr wenige Leute wußten vom Ort der Macht, aber diejenigen, die ihn kannten, bereiteten seinem Vater Kopfzerbrechen. Er hatte Wachen zurückgelassen, und Gabes Mutter hatte versprochen, daß die Mysterien und die Mächte dafür sorgten, daß niemand ohne Nicholas' ausdrückliche Erlaubnis Zugang erhielt.

Gabe glaubte ihr. Sein Vater mußte ihr glauben. Arianna hatte ihr Mißtrauen begraben. Sie schuldete ihrer Mutter sehr viel, denn ihre Mutter hatte ihr gesagt, wie sie die Soldaten der Fey dort oben am Berghang beruhigen und wie sie ihren Anspruch auf den Thron sofort anmelden mußte. Arianna war ihrem Rat gefolgt, und von diesem Augenblick an war sie die Schwarze Königin.

Gabe wunderte sich ein wenig darüber, wie rasch die Gefolgschaft seines Urgroßvaters Arianna akzeptiert hatte, aber seine Mutter hatte bei diesem Gedanken gelacht. *Das gehört zur Tradition unseres Volkes*, hatte sie gesagt. *Wenn sie gegen den neuen Regenten kämpfen, riskieren sie, alles zu verlieren. Sie machen einfach weiter, so wie sie es seit jeher getan haben.*

Er wünschte sich, ebenfalls einfach so weitermachen zu können. Er hatte noch nicht einmal den Verlust seiner Familie und seiner Freunde beim Angriff des Schwarzen Königs auf das Schattenland verwunden, obwohl er inzwischen seine richtige Familie wiedergefunden und neue Freundschaften geschlossen hatte. Auch der Verlust von Adrian traf ihn schwerer, als er zugeben wollte.

Coulter jedoch war seit Adrians Tod untröstlich.

Auf der ganzen langen Rückreise hatte Coulter mit Ausnahme von Fledderer mit niemandem geredet, auch nicht mit Gabe. Einmal hatte Arianna wohl versucht, ihn anzusprechen, aber er hatte den Kopf gesenkt und lediglich zugehört, aber nichts gesagt. Nach der Ankunft in Jahn hatte sich Coulter zurückgezogen. An diesem Morgen hatte Arianna ihn gesucht, aber ohne Erfolg. Als Gabe den Palast verließ, hatte sie ihn gebeten, nach Coulter Ausschau zu halten.

Schließlich hatte er ihn auf der anderen Seite der Brücke entdeckt, der gleichen Brücke, auf der Kiana vor weniger als einem Monat gestorben war. Coulter saß mit ausgestreckten Beinen vor ihm und starrte, die Hände ins hohe Gras gewühlt, nicht auf den ausgebrannten Tabernakel, sondern auf die Straße, die daran vorüberführte.

Die Straße, die zu Adrians Haus führte.

Gabe kam näher. Das Gras knisterte unter seinen Schuhen. Coulter drehte sich nicht um. Gabe setzte sich neben ihn.

»Tut mir leid, was ich gesagt habe«, sagte Gabe leise. »Und auch, wie ich dich behandelt habe. Du hattest recht. Du wolltest mich beschützen, und ich wollte nichts davon wissen. Ich wäre wahrscheinlich gestorben, wenn du meine Verbindungen nicht geschlossen hättest. Oder ich wäre zu etwas geworden, das ich nicht sein wollte. Ich habe das erst begriffen, als ich mit Ari im Schattenland war und ich sie dabei beobachtete, wie sie versuchte, deinen Vater zu beschützen, auch wenn es dumm war. Du hattest recht, Coulter.«

Coulter zuckte die Achseln. Die winzige Bewegung verlieh Gabe Hoffnung. Soviel Reaktion hatte er gar nicht erwartet.

»Auch mir tut es sehr leid um Adrian. Er war einer der besten Menschen, die ich jemals kennengelernt habe.«

Coulter fuhr sich mit der Zunge über die Lippen, starrte aber weiter geradeaus. »Angeblich ist im Zentrum der Insel alles verbrannt. Es heißt, sämtliche Höfe seien zerstört. Adrians Hof gibt es nicht mehr.«

»Noch keine Nachricht von Luke?«

»Die Leute deines Vaters fanden ihn in der Stadt, wo er sich versteckt hielt. Er hatte versucht, sich zum Palast durchzuschlagen.«

»Hast du ihn geschickt?«

Coulter schüttelte den Kopf. »Wie denn? Ich hielt ja die Waffe in den Händen, die meinen Vater tötete.«

Das war es also. Der Schwarze König hatte mehr als nur Adrians Leben beendet. Er hatte Coulters Herz zerstört.

»Du hast sie nicht gegen ihn gewandt. Du hast sie nicht auf ihn gerichtet.«

»Aber ich hätte es wissen müssen«, erwiderte Coulter.

»Ich bin der Visionär«, sagte Gabe, »und auch ich habe nichts davon gewußt.«

»Wenn ich nur schneller gehandelt hätte ...«

»Dann wäre er auch gestorben. Er kannte das Risiko.«

»Er ist nur meinetwegen mitgekommen.«

»Glaubst du denn, er hat es bereut?«

Jetzt endlich wandte sich Coulter zu Gabe um. Seine hellblauen Augen waren zum ersten Mal seit Tagen wieder klar. »Nein«, flüsterte er.

»Warum also bereust du es?«

Coulter seufzte und blickte wieder zur Straße. »Er war der einzige, der mich jemals geliebt hat.«

»Nein«, widersprach Gabe. »Das stimmt nicht. Du und ich, wir haben einen Bund geschlossen, wir sind miteinander verbunden, und das wird immer so bleiben.«

»Auch das war einer meiner Fehler«, sagte Coulter.

»Ein guter Fehler«, gab Gabe zurück und legte Coulter eine Hand auf den Rücken. Er konnte die Wirbel auf Coulters Rückgrat fühlen. »Komm schon. Komm nach Hause.«

»Ich habe kein Zuhause. Es ist abgebrannt.«

»Mein Vater möchte, daß du im Palast wohnst.«

»Damit er mich besser im Auge hat.«

»Nein. Weil er dich jetzt als Teil seiner Familie betrachtet. Und weil er sich Sorgen um dich macht.«

Coulter senkte den Kopf und legte ihn auf die Knie. »Ich bin für dieses Leben nicht geschaffen, Gabe«, murmelte er. »Die

Macht. Das ständige Töten. Jedesmal ist etwas von mir genommen worden.«

»Ari zieht nicht nach Leutia weiter«, sagte Gabe. »Das Imperium der Fey endet hier. Das Kämpfen hat ein Ende, Coulter.«

»Weißt du das?« fragte ihn Coulter plötzlich. »Hast du es gesehen?«

»Nein. Aber das spielt keine Rolle. Wir haben alles verändert. Einige meiner Visionen sind nicht eingetreten.«

»Ich hoffe, du hast recht«, sagte Coulter. Dann seufzte er und hob den Kopf. »Mir tut es auch leid. Daß ich so schnell gehandelt habe und daß ich deine Verbindungen ohne deine Erlaubnis geschlossen habe. Tut mir leid.«

»Du hast mich gerettet.« Gabe stand auf. Er hatte nichts mehr zu sagen, und er wollte nicht, daß sich Coulter noch einmal entschuldigte. »Ich gehe zurück zum Palast. Willst du mitkommen?« Er streckte Coulter die Hand entgegen. Coulter ergriff sie und zog sich daran hoch.

»Sind wir wieder Freunde?« fragte Gabe.

Coulter nickte. »Freunde«, sagte er.

Dann sah Gabe auf den Fluß hinunter, den ausgebrannten Tabernakel und die Brücke hinter ihnen. Er lächelte. »Die Vision«, sagte er.

»Welche Vision?«

»Meine Mutter, Niche, sagte, an dem Tag, an dem du dich mit mir verbunden hast, habe sich eine offene Vision ereignet. Sie hat sie mir so beschrieben. Damals habe ich sie als den Tag angesehen, an dem mein Vater die Fey in die Flucht schlägt.«

»Dann ist das ein wichtiger Augenblick«, sagte Coulter.

»Allerdings. Oder findest du nicht?« fragte Gabe.

Coulter lächelte und nahm Gabe fest bei der Hand. »Doch«, sagte er. »Ein sehr wichtiger Augenblick.«

51

Der Garten war völlig zerstört. Arianna saß an ihrer Lieblingsstelle, gleich unterhalb der steinernen Palastmauer, und betrachtete die Überreste ihres geliebten Rückzugsortes.

Zahllose Füße hatten die Blumen zertreten. Die Bäume und Sträucher waren überwachsen, Äste geknickt und einfach hängen gelassen worden. Überall wucherte Unkraut. Sämtliche Vögel waren verschwunden. Sie staunte, wieviel Verwüstung sich innerhalb so kurzer Zeit anstellen ließ.

Der Garten war ihre Zuflucht, und er war ebenso zerstört worden wie die ganze Stadt Jahn und ein Großteil der Blauen Insel. Nur widerstrebend hatte ihr Vater ihre Mutter zurückgelassen und war in den Palast zurückgekehrt, um die Insel zu heilen. Ariannas Aufgabe bestand darin, die Inselbewohner und die Fey zu vereinen.

Ob ihr das gelingen würde, wußte sie nicht mit letzter Sicherheit zu sagen. Trotz ihrer markigen Worte war sie weder die stärkste noch die klügste Person. Ihre Mutter hatte ihr helfen müssen, die Soldaten nach dem Tod des Schwarzen Königs zu vereinen; ihr Vater war derjenige, der den Plan ausgearbeitet hatte, wie man sie am besten vom Ort der Macht wegbekam.

Arianna hatte keine Ahnung, wie sie die Schwarze Königin der Fey sein sollte.

Ihr Vater hatte ihr gesagt, sie würde sich in ihre Rolle schon noch einfinden. Sie hoffte, er behielt recht. Ihr ganzes Leben hatte sie sich allein gefühlt, aber noch nie so sehr wie jetzt. Mit einem Mal war sie allein und zugleich sehr mächtig, und sie wußte nicht, wie sie diese Macht gebrauchen würde.

Sie wußte, daß sie den Eroberungsmarsch der Fey durch die

ganze Welt beenden würde. Ihr Urgroßvater hatte die halbe Welt erobert. Sie würde sich damit zufriedengeben. Ihr Vater hatte mit ihr über ihre Verantwortung gesprochen, und er hatte auch die eine Sache angesprochen, vor der sie am meisten Angst hatte: das Magische Dreieck.

Die Inselbewohner wußten jetzt, wo sich zwei Orte der Macht befanden. Mit diesem Wissen konnten sie den dritten ausfindig machen, und sobald sich alle drei in ihrem Besitz befanden, waren sie in der Lage, die Welt zu beherrschen. Ihren Vater schien das zu erleichtern und seinen Worten zufolge auch ihre Mutter. Ihre kleine Gruppe war am Ort der Macht zu absolutem Stillschweigen darüber verpflichtet worden, aber Arianna wußte, daß es sich früher oder später herumsprechen würde. Sie wußte, daß es in ihrer Verantwortung lag, diesen Ort zu schützen, ebenso wie denjenigen in den Eccrasischen Bergen. Sie war dafür verantwortlich, daß niemand das Magische Dreieck entdeckte – damit es niemand mißbrauchen konnte.

Und das wollte sie tun. Sie war zum Frieden erzogen worden, und sie hatte den Krieg erfahren. Sie wollte ihn nie wieder erleben.

»Arianna?«

Sie versteifte sich. Die Stimme eines Mannes, ein wenig unsicher und sehr vertraut. »Coulter?«

Er stand in der Nähe der Gartentür. Sein blondes Haar schimmerte im Sonnenlicht, seine Wangenknochen standen hervor, und seine Augen waren eingefallen. So sah er seit Adrians Tod aus, und jedesmal, wenn Arianna versucht hatte, mit ihm zu reden, hatte er sich abgewandt, als hätte sie ihn verbrannt.

»Gabe sagt, du willst mich sehen.«

Sie hatte Gabe gebeten, Coulter zu suchen, aber jetzt, da er hier war, wußte sie nicht, was sie tun sollte. Sie sah ihn nur an und legte die Hände krampfhaft gefaltet in den Schoß.

»Ich kann später wiederkommen«, sagte er.

»Nein!« Sie stand auf. Dann ging sie über den Rasen und blieb vor ihm stehen. Er senkte den Blick, wich aber nicht zurück. Sie hob die Hand, und als er nicht zurückschreckte, streichelte sie seine Wange. Seine Haut war kalt.

»Ich ...« Ihre Stimme versagte. »Ich wollte dir sagen, wie leid es mir um Adrian tut.«

»Das hast du bereits erwähnt«, sagte er. Zwar wich er ihrem Blick immer noch aus, doch zum ersten Mal, nachdem der Schwarze König tot war, wich er nicht auch vor ihr zurück.

»Ich weiß«, sagte sie. »Ich hatte nur das Gefühl, wir würden allmählich ... Freunde werden ... und ich hoffte, wir könnten das fortsetzen. Vielleicht kann ich dir helfen, so wie du mir geholfen hast.«

Er schmiegte sich in ihre Hand. »Arianna«, murmelte er. Dann drehte er das Gesicht zur Seite und küßte ihre Handfläche. Plötzlich machte er einen Schritt zurück. »Ich kann nicht.«

»Warum nicht?« fragte sie.

»Weil du«, antwortete er, »die Schwarze Königin bist.«

»Das ist nicht der Grund«, erwiderte sie.

Schließlich hob er den Kopf und begegnete endlich ihrem Blick. Seine Augen waren so traurig, daß sie seinen Kummer wie ihren eigenen spürte. »Ich habe dir gegenüber versagt«, flüsterte er. »Ich sagte deinem Vater, er soll aufhören zu kämpfen. Ich sagte ihm, du und Gabe seid ohnehin in Sicherheit, weil ihr Fey seid.«

»Adrian war gerade gestorben.«

»Das spielt keine Rolle«, sagte er. »Ich bin nicht der Mann, den du verdienst.«

»Du bist derjenige, den ich will.«

Er schüttelte den Kopf. »Du bist noch jung. Wir beide sind noch jung. Zu jung, um solche Entscheidungen zu treffen. Du bist jetzt die Anführerin der Fey. Das mußt du allein tun. Du kannst mich nicht an deiner Seite gebrauchen. Es wäre ein falsches Signal.«

»Für wen? Die Fey sind mit weiblichen Anführern bestens vertraut.«

»Aber die Inselbewohner nicht. Und eines Tages wirst du auch über sie herrschen.«

Arianna schluckte. »Ist es das, was zwischen uns steht. Meine Herkunft?«

»Und meine«, erwiderte Coulter. »Ich werde niemals derjenige sein, den du haben willst.«

»Das bist du bereits«, sagte sie. »Bitte, Coulter. Bleib bei mir.«

Sie bettelte nie. Und sie flehte niemals. Das wußten sie beide.

Es war, als nähme die Traurigkeit in seinen Augen noch zu. Schließlich neigte er den Kopf. »Ich liebe dich, Ari.«

»Ich liebe dich auch«, sagte sie. »Siehst du? Alles wird ...«

Er legte die Finger auf ihre Lippen. Die Geste verwandelte sich in eine Umarmung, und einen Augenblick dachte sie, er wollte sie küssen. »Nein«, sagte er. »Wir sind noch nicht soweit. Du bist noch nicht soweit. Du mußt erst noch herausfinden, was für eine Herrscherin du sein willst. Und ich muß erst wieder gesund werden. Die vergangenen Wochen haben mich fast umgebracht, Ari.«

»Wir können doch gemeinsam weitermachen«, sagte sie, wußte aber sofort, daß er ihr widersprechen würde.

»Ich werde immer hier sein«, sagte er. »Jeder Visionär bedarf der Unterstützung eines Zaubermeisters. Soviel weiß ich von den Fey. Ich will der deine sein.«

Sie zitterte. »Und was dann?«

»Wir warten einfach ab«, erwiderte er. »Wenn es mir bessergeht und du dich eingerichtet hast, können wir es ja noch mal versuchen.«

»Ich würde es lieber jetzt versuchen.«

»Du kannst nicht alles haben, was du willst, Ari. Manchmal ist es besser, wenn man abwartet.«

Sie legte einen Finger unter sein Kinn und hob seinen Kopf so weit, daß sie ihm in die Augen sehen konnte. Dann beugte er sich vor und küßte sie. Es war ein langer, intensiver und inniger Kuß. Seine Arme umfingen sie und zogen sie fest an ihn. Sie legte ihre Arme um seinen Hals und klammerte sich an ihn, als würde sie ihn niemals wiedersehen.

Schließlich zog er den Kopf zurück und löste seine Lippen von ihren. Sie hielt ihn immer noch fest. »Wirst du trotzdem mein Freund sein?« fragte sie.

»Ich werde immer mehr als dein Freund sein«, sagte er und entzog sich ihrer Umarmung.

52

Der Palast sah anders aus. Die ganze Stadt sah verändert aus. Sie war voller Fey, aber sie wirkten ein bißchen verwirrt, verunsichert, als wüßten sie nicht genau, was sie dort verloren hatten und was sie jetzt tun sollten.

Luke ging ihnen immer noch möglichst aus dem Weg. Der König war noch nicht lange genug zurück, um sich mit allen Verwüstungen zu befassen, die die Invasion nach sich gezogen hatte. Aber er hatte verkünden lassen, daß alle Leute nach Hause zurückkehren sollten. Jedes unbewohnte Haus würde zuerst bedürftigen Inselbewohnern zugesprochen werden und dann den Fey.

Luke und Con hatten das kleine Haus übernommen, aus dem Con, wie er erzählte, auf seiner Reise nach Süden ein paar Fey-Kleider gestohlen hatte. Die beiden waren auch nach der Verkündung des Todes des Schwarzen Königs zusammengeblieben und hatten auch danach noch zweimal versucht, in den Palast zu gelangen. Die Inselwachen hatten sich als ebenso hartnäckig erwiesen wie die der Fey.

Con stand neben Luke und trug immer noch sein Schwert an der Hüfte und das kleine Schwert um den Hals. Luke hatte ihn mitgebracht, obwohl König Nicholas nicht darum gebeten hatte. Luke war der Meinung, der König sollte wissen, was Con für den Sohn des Königs getan hatte.

Es ging darum, daß es um die Königskinder einige Verwirrung gegeben hatte. Anscheinend hatte er drei Kinder, nicht zwei. Ein Sohn war von den Fey großgezogen worden. Das war der junge Gabe, den man zu verschiedenen Anlässen durch Jahn spazieren sehen konnte. Seine Ähnlichkeit mit seiner Schwester, der Prinzessin Arianna – die jetzt die Schwarze

Königin der Fey war –, war so verblüffend, daß man sich wunderte, daß er vorher niemandem aufgefallen war. Und dann hatte König Nicholas noch einen anderen Sohn, Sebastian, der bei Con gewesen war.

Seit der Rückkehr des Königs hatte niemand Sebastian gesehen. Con sorgte sich darum, daß der Schwarze König ihm etwas nicht Wiedergutzumachendes angetan haben könnte. Luke war sich dessen sicher.

Nachdem Luke einem der Wachtposten seinen Namen genannt hatte, bat man ihn und Con zu warten, während ein zweiter Posten König Nicholas und seine Kinder holen ging. Sie mußten lange warten, aber dadurch erhielten sowohl Luke als auch Con die Gelegenheit, sich daran zu gewöhnen, daß sie im Palast waren.

Schließlich führte man sie in den Audienzsaal. König Nicholas saß ein wenig erhöht auf einem reichverzierten Thron. Neben ihm stand seine Tochter, die neue Schwarze Königin, und unterhielt sich mit einer ziemlich verhutzelten Fey. Die Mischung aus Fey und Inselleuten im Palast hatte Luke ein wenig verwirrt; er hatte angenommen, der König würde sich darum bemühen, die Fey so schnell wie möglich loszuwerden.

Aber Nicholas hielt sich offensichtlich an sein Wort. In der ersten Rede nach seiner Rückkehr hatte er verkündet, daß die Fey und die Inselbewohner zusammenarbeiten müßten, um sich hier auf der Insel eine neue Heimat aufzubauen. Er hatte auch jedem, der das wollte, die Erlaubnis erteilt, die Insel zu verlassen und nach Galinas zu gehen. Aber er hatte verboten, daß auch nur ein Schiff nach Leutia segelte.

Trotzdem war es nicht so einfach, die Insel zu verlassen. Seit über zwanzig Jahren waren die Felsenwächter nicht mehr besetzt, nicht wenige der Lotsen waren inzwischen tot. Die Strömungen mußten noch einmal ganz neu aufgezeichnet und kartographiert werden, damit Jahn wieder als Hafen funktionieren konnte. Jeder, der die Insel verlassen wollte, war gezwungen, es mit einem der wenigen verbliebenen Fey-Schiffe zu tun, die nach Süden segelten.

Als der König Luke erblickte, huschte ein Lächeln über sein Gesicht. Sie waren sich nur einmal begegnet, damals, als Luke von den Fey verhext worden war und beinahe den Einundfünfzigsten Rocaan umgebracht hätte. Der König sah jetzt älter aus, sein Haar war von grauen Strähnen durchwirkt. Außerdem war er dünner. Die Wochen im Exil hatten ihm ein schlankes, energischeres Aussehen verliehen.

Die Schwarze Königin war beinahe zu dünn. Als sie sich umdrehte, stockte Luke der Atem. Er hatte nicht gewußt, wie ähnlich sie ihrer Mutter war. Luke war sich immer noch nicht sicher, was er von Jewel halten sollte; sie war diejenige gewesen, die befohlen hatte, ihn zu verhexen und seinen Vater gefangenzuhalten. Aber sie hatte ihm auch einen Liebeszauber eingepflanzt, der ihn mit Liebe zu ihr bannte, einer Zuneigung, von der er sich immer noch nicht völlig gelöst hatte.

»Sire«, sagte Luke und verbeugte sich tief. Neben ihm verbeugte sich Con mit über den Boden scharrendem Schwert.

»Erhebt euch bitte.« Die Stimme des Königs war so kräftig, wie Luke sie in Erinnerung behalten hatte, und ebenso freundlich. »Ich möchte dir persönlich mein Beileid zum Tod deines Vaters aussprechen.«

»Und ich ebenso«, sagte die Schwarze Königin. Ihre Augen waren ein wenig geschwollen, als hätte sie geweint. »Adrian war ein hervorragender Mann.«

Luke nickte und schluckte schwer. Er hatte die Nachricht erst am Vortag erhalten. »Was ist mit ihm passiert?«

»Sein Leichnam liegt in den Blutklippen begraben«, sagte der König. »Wir haben ihn nicht mit nach Hause bringen können.«

Luke lächelte kalt. »Es gibt kein Zuhause mehr, wohin man ihn bringen könnte. Alles wurde niedergebrannt.«

Der König nickte, als wüßte er von den Brand.

»Dein Angriff«, sagte er, »war der erste Schritt, der es uns ermöglichte, den Schwarzen König zu besiegen. Ich hatte gehofft, dich weiterhin an meiner Seite zu wissen, als einen der Kommandanten meiner neuen Armee.«

»Ich dachte, wir hätten genug gekämpft, Sire«, erwiderte Luke.

»Das hoffe ich«, sagte der König. »Aber ich glaube, wenn wir aus all dem eines gelernt haben, dann das, daß wir auf alle Eventualitäten vorbereitet sein sollten.«

Luke verneigte sich abermals. »Es wäre mir eine Ehre.« Dann richtete er sich wieder auf. Des Königs Blick richtete sich auf Con. Die Fey-Frau war hinter die Schwarze Königin getreten und sah aus sicherer Entfernung zu.

»Vergebt mir meine Anmaßung, Sire, aber ich habe einen Freund zu dieser Audienz mitgebracht, von dem ich glaube, daß Ihr ihn gern kennenlernen möchtet.« Luke drehte sich zur Seite, legte Con eine Hand auf den Rücken und schob ihn nach vorne. »Das ist Con. Er war ein Aud. Er war mit einer Weisung des Rocaan unterwegs und ...«

»Du bist Con?« Die Stimme der Schwarzen Königin hob sich vor Erstaunen, und sie machte einen Schritt auf ihn zu. »Sebastian sagte, du wüßtest, wie man ihn wieder zusammensetzen kann.«

Con sah sich mit hoffnungsfrohem Gesicht um. »Ist er denn hier?«

Die Schwarze Königin schüttelte den Kopf. »Wir wissen nicht, wo er ist. Aber ich habe mich schon gefragt, was ich tun soll, wenn wir ihn gefunden haben.«

»Sebastian?« ertönte die Stimme der Fey-Frau vom hinteren Teil des Podests. »Der Golem des Prinzen?«

»Ja.« Diesmal hatte der König geantwortet. Er wandte sich auf seinem Thron ein wenig zur Seite. »Weißt du etwas von ihm, Seger?«

»Ich habe einige Stücke von ihm in meinem Zimmer«, sagte

sie. »Die Stücke, die ich aus dem Schwarzen König gezogen habe. Die restlichen Stücke sind weggeworfen worden.«

»Weggeworfen«, sagte die Schwarze Königin. Luke hatte noch nie soviel Verzweiflung in einem einzigen Wort gehört.

»Das ist nicht schlimm«, fuhr die Fey fort, »solange wir nur ein Teil von ihm haben. Ich habe schon mehr als einen Golem gemacht. Wenn dieser junge Mann die Stücke zusammensetzen kann, dann können wir auch andere Steine benutzen, um die ursprüngliche Gestalt des Golems herzustellen.«

»Du weißt doch, wie man ihn zusammensetzt, oder?« Die Frage der Schwarzen Königin war an Con gerichtet. Ihre Wangen waren gerötet, ihre Augen glänzten.

»Ja.« Con legte eine Hand auf den Schwertknauf.

»Hol die Stücke herbei«, sagte der König. Seger nickte und verließ eilig den Audienzsaal. Der König lächelte seine Tochter an. Erleichterung lag in seiner Stimme, als er sagte: »Ich dachte schon, wir hätten Sebastian für immer verloren.«

»Noch haben wir ihn nicht zusammengesetzt, Papa«, gab die Schwarze Königin zu bedenken.

Zusammengesetzt. Luke sah sie der Reihe nach an. Die Fey hatten der Blauen Insel unendlich viele Veränderungen beschert, Veränderungen, die in diesem Raum deutlich zu sehen waren. Ein Aud, der sich nicht mehr wie ein Aud kleidete, ein König, der sich sowohl mit Inselbewohnern als auch mit Fey umgab, und eine Mischlings-Königin, die fast die ganze Welt beherrschte, ihrem Vater aber hier, an diesem vergleichsweise winzigen Ort, nichts zu sagen hatte.

Luke würde eine Weile brauchen, um sich an sämtliche Veränderungen zu gewöhnen. Aber er würde es schon schaffen.

Er mußte es.

Sie alle mußten es.

Er richtete sich auf und wartete auf die Rückkehr der Fey-Heilerin.

53

Nicholas überließ es Arianna, sich mit dem jungen Aud und Adrians Sohn zu unterhalten. Er selbst wartete schweigend.

Was Ari ihm auch gesagt haben mochte, was ihm die Domestiken auch versichert hatten – Nicholas hatte die Geschichte, daß Sebastians Stücke weggeworfen worden waren, gehört. Er wußte, daß niemand in der Lage gewesen war, sein Wesen aufzufangen. Irgendwie hatte Nicholas angenommen, daß diese Tatsachen nichts anderes bedeuten konnten, als daß Sebastian tot war.

Er hatte sich mit Sebastians Tod abgefunden und nicht daran gedacht, weiter nachzufragen.

Was für ein Glück, daß Seger noch im Audienzsaal anwesend war, als Luke und der junge Con vorgesprochen hatten. Sie hatte darauf bestanden, mit Arianna zu reden, die sich zuvor im Garten versteckt hatte. Nicholas hatte sie holen lassen, und während sie warteten, hatte er Seger reden lassen. Sie hatte versucht, ihm Gabes Wunsch zu erklären, Schamane zu werden. Die Ausbildung kam Nicholas viel zu streng und ziemlich langweilig vor, aber Gabe schien davon begeistert zu sein. Das Problem bestand darin, daß er für mindestens fünf Jahre von der Insel und von der Familie getrennt werden würde. Und selbst dann stand seine Ausbildung noch am Anfang. Ein Schamane entfaltete seine Kraft erst dann, wenn er beinahe das Alter des Schwarzen Königs bei seinem Tode erreichte. Nicholas' Schamanin, deren Leichnam neben dem von Adrian am Ort der Macht ruhte, hatte als eher junge Schamanin gegolten, obwohl sie alt gewesen war, älter, als Nicholas jemals zu werden hoffte.

Aber Gabe war nicht seine einzige Sorge. Mit einem Mal mußte sich Nicholas mit so vielen Problemen beschäftigen. Er mußte die Fey in seine Kultur integrieren. Er mußte die Insel selbst wieder aufbauen, angefangen vom Geschäftsleben in Jahn bis zu den Bauernhöfen in der Gegend von Killenys Brücke. Er mußte Arianna beibringen, wie man regierte, und er mußte Jewel besuchen, irgendwie und irgendwann.

Jewel hatte ihm versprochen, ihm beizustehen, wenn er sie brauchte, aber das war nicht das gleiche. Sehen und berühren konnte er sie allein am Ort der Macht. Er war versucht, den Palast nach dort zu verlegen, aber diese Entscheidung konnte noch warten. Vorerst hatte er dringendere Dinge zu erledigen.

Seger kehrte, gefolgt von einer zweiten Fey, zurück. Nicholas erkannte sie als eine der Domestiken, deren Verbleib im Palast er gestattet hatte. Er vertraute ihnen mehr als seinen eigenen Bediensteten. Die Fey durften ihm nichts tun. Er war der Vater der Schwarzen Königin, und, wie Jewel gesagt hatte, die Fey taten alles zum Schutz der Schwarzen Familie. Nicholas hatte die Domestiken und Heiler dabehalten, die Infanterie, die Fußsoldaten und die Tierreiter aber aus dem Palast verbannt. Auch die Hüter des Zaubers blieben in ihren Quartieren. Nicholas hoffte, sie würden von Nutzen sein, sobald sich mehr Inselbewohner und Fey mischten.

Seger hielt mehrere Steinbrocken in der hohlen Hand, über der anderen Hand lag ein Gewand. Die Domestikin trug einen großen Steinbrocken mit zwei Händen.

»Wohin damit?« fragte Seger.

»Neben Con«, wies sie Nicholas an.

Seger legte die Steine auf den Boden. Arianna ging neben ihnen in die Hocke, als könnte sie ihren Bruder bereits in ihnen erkennen. Auch die Domestikin setzte ihren Stein ab.

»Na schön«, sagte Nicholas zu dem jungen Aud. »Dann tu, was du zu tun hast.«

Con warf Luke einen kurzen Blick zu. Luke nickte. »Es ist vielleicht besser, wenn Ihr ein Stück zur Seite tretet«, sagte er zu Arianna.

Sie sah ihn verwirrt an, machte dann aber Platz. Con zog sein Schwert aus der Scheide. Die im Raum verteilten Wachen legten sofort die Hände auf ihre Waffen, doch Nicholas beschwichtigte sie mit einer kurzen Handbewegung.

Con pflanzte das Schwert zwischen die Steinbrocken.

Der Raum fing an, sich im Kreis zu drehen, und es war, als hätte ihn plötzlich die gesamte Luft verlassen. Ein Donnerschlag ertönte, beinahe so laut wie damals, als Matthias die Schwerter rings um den Ort der Macht plaziert hatte.

Con und Luke wurden nach hinten geschleudert, als hätte man sie gestoßen. Arianna und Seger taumelten. Die Wachen wurden gegen die Wände gedrückt. Nicholas' Thron wackelte unter der Wucht. Die anderen Domestiken wichen nicht von der Stelle.

Die Luft kehrte rauschend zurück.

Nicholas sah nach unten.

Mitten im Saal hockte Sebastian splitternackt auf dem Boden. Seger ging zu ihm und legte ihm das Gewand um die Schultern. Arianna rannte auf ihn zu und schlang die Arme um ihn. Er umarmte sie ebenfalls und wiegte sie hin und her.

»Ich dachte schon, du würdest mich nie mehr finden«, sagte er.

Arianna schreckte vor ihm zurück, als hätte sie sich verbrannt. Nicholas erhob sich mit pochendem Herzen. Seger legte eine Hand über den Mund.

Der Satz klang nicht so, als hätte Sebastian ihn gesprochen. Nicholas hatte diese Stimme zum letzten Mal in genau diesem Saal vernommen. Die Stimme gehörte ... dem Schwarzen König der Fey!

»Das kann nicht sein!« sagte Nicholas.

Ariannas Unterlippe bebte. »Nein«, flüsterte sie.

Sebastian sah sie alle mit einem Ausdruck an, von dem Nicholas nicht gewußt hatte, wie sehr er ihn vermißte. Diese Mischung aus Erstaunen und Verletztheit, dieses Verlangen, akzeptiert zu werden, und zugleich die Sorge darum, daß man ihn nicht für voll nahm.

Seger seufzte. »Benutze deine eigene Stimme, Junge«, sagte sie.

»Was ... hab ich ... denn ... getan?« fragte er. »Ich ... dachte ... es wäre ... einfacher ... anders ... zu sprechen.«

»Einfacher und gefährlicher«, erwiderte Seger. »Wenn man die Stimme eines anderen allzuoft benutzt, übernimmt man auch einen Teil seiner Seele.«

Sebastian erschauerte. »Ich ... trenne mich ... davon.«

»Nein.« Arianna ging wieder zu ihm und legte abermals die Arme um ihn. »Ist es schlimm, wenn er sie behält?« fragte sie Seger.

»Nicht, wenn er sie nicht oft benutzt.«

»Vielleicht brauchen wir sie noch, Sebastian«, sagte Arianna.

»Wozu?«

»Womöglich müssen wir noch den einen oder anderen Fey überzeugen.«

»Wo... wovon?«

Ari lächelte. »Das erkläre ich dir später. Wir müssen dir so vieles erklären.«

»War ... ich ... denn lange ... weg?«

»Ja.« Con hatte das Wort ergriffen, und jetzt streckte Sebastian die Hand nach ihm aus. Con nahm sie. Sie waren offensichtlich gute Freunde.

Nicholas konnte nicht mehr länger warten. Er stieg die drei Stufen hinunter und eilte auf seinen Sohn zu. Dann schloß er

Sebastian in die Arme, spürte seine steinige Härte und die kühle Haut.

»Ich dachte, wir hätten dich für immer verloren, mein Sohn«, sagte er.

»Ihr ... könnt ... mich nicht ... verlieren ..., Papa«, erwiderte Sebastian. »Ich ... will ... immer ... bei meiner ... Fa-mi-lie ... sein.«

»Und wir möchten immer bei dir sein.« Nicholas wollte ihn noch nicht loslassen, gewährte Ari jedoch, ebenfalls einen Arm um Sebastian zu legen. Die Schatten unter ihren Augen schienen wie von Zauberhand verschwunden zu sein.

»Ich danke dir, Sebastian«, sagte sie leise, »dafür, daß du mich vor dem Schwarzen König gerettet hast.«

»Ich ... liebe ... dich ..., Ari«, erwiderte er.

»Ich liebe dich auch.«

Nicholas trat einen Schritt zurück und betrachtete sie. Zwei seiner drei Kinder. Er wußte, daß der Kreis geschlossen war, sobald Gabe von seinem Spaziergang durch die Stadt zurückkehrte. Diese drei waren seine Zukunft. Sie waren die Zukunft des Landes, die Zukunft der Welt, und er zweifelte nicht daran, daß sie alles, was sie anpackten, zu einem guten Ende führen würden.

Er wünschte sich nur, Jewel könnte es ebenfalls sehen. Er wünschte, Jewel wäre hier.

Doch dann fiel es ihm wieder ein:

Sie war ja hier.

SIEG
(EINEN MONAT SPÄTER)

54

Sie flog mit weit ausgebreiteten Flügeln durch die kühle Gebirgsluft. Arianna war noch nie zuvor ein Falke gewesen. Es war ein befreiendes, majestätisches und irgendwie auch angemessenes Gefühl.

Diese Bergkette war niedriger als die Blutklippen, aber trotzdem recht beeindruckend. Auch auf diesen grauen Hängen hatte sich viel Geschichte abgespielt, und das einzige, was sie vermißte, war die zarte Rottönung des Gesteins. Trotzdem gehörten die Schneeberge ebenso zu ihrer Heimat wie die Augen des Roca. Sie hatte die Schneeberge noch nie zuvor gesehen, schon gar nicht von so nahe.

Die Falkenreiter hatten sie eben erst davon unterrichtet, daß die Kletterer sich in der Nähe der Hochebene befanden. Sie hatte den Reitern gedankt und sich vor ihren verdutzten Augen verwandelt. Offensichtlich waren die Fey nicht daran gewöhnt, daß sich ihr Schwarzer Regent ohne Vorwarnung in ein anderes Geschöpf verwandelte.

Sie hatte über ihre erstaunten Gesichter gelacht und sie gefragt: »Wollt ihr mich nicht begleiten?«

Die Reiter nahmen ihre Falkenform an und flogen hinter ihr her. Zwei von ihnen trugen den Umhang, auf dem sie bestanden hatte, wie ein Schmuckband zwischen sich.

Ihr Vater hatte sie auf dieser Mission begleiten wollen, aber sie hatte es ihm ausgeredet. Die Fey waren jetzt ihr Problem. Zwar fielen sie unter seine Gerichtsbarkeit, solange sie auf der Blauen Insel wohnten, aber sie war überall ihre Regentin. Er hatte ihrem Argument mit verstohlenem Amüsement zugestimmt.

Sie hatte Coulter gebeten mitzukommen, aber er hatte

abgelehnt. Er hatte ihr in Erinnerung gerufen, daß sie es ihrem Vater nicht erlaubt hatte, und ihr gesagt, sie müsse lernen, allein zu regieren.

Sie fühlten sich immer noch zueinander hingezogen, doch sie respektierte seinen Wunsch und zog ihn nicht damit auf. Trotzdem spürte sie, daß es nur eine Frage der Zeit war, bis ihre Freundschaft zu der Intensität zurückfand, die sie am Ort der Macht erlebt hatten.

Sie war noch nie zuvor auf jener Hochebene gewesen, aber die Reiter sagten, sie würde sie erkennen, sobald sie sie sah. Und so war es auch.

Sie flog wie angewiesen zwischen den Bergspitzen hindurch, und dort lag das Plateau in einer langgezogenen Senke vor ihr. Der Wind blies stürmisch darüber hinweg, und sie mußte sich beim Landen vorsehen, um nicht gegen den vulkanischen Fels geschleudert zu werden.

Hier hatte ihr Urgroßvater nach seiner Landung auf der Blauen Insel gestanden. Ein paar der Falkenreiter in ihrer Begleitung waren damals schon dabeigewesen und hatten ihn in seinem Tragestuhl hier heraufgeflogen. Sie war stolz darauf, daß sie keine Hilfsmittel brauchte. Sie war auf so vieles stolz. Am meisten darauf, wie die Fey und die Inselbewohner allmählich zusammenarbeiteten.

Es lag nun an ihr, daß sich dieser Ansatz weiterentwikkelte.

Sie verwandelte sich in ihre Fey-Gestalt zurück und zitterte im eisigen Wind. Ohne hinzusehen, streckte sie eine Hand nach dem Umhang aus, den ihr einer der Reiter reichte. Sie hatten sich ebenfalls wieder in Fey verwandelt, doch sie blieben nackt. Ihr langes, fedriges Haar schien sie vor der Kälte zu schützen.

Arianna schlug den Umhang fest um sich und bedauerte es, daß sie nicht auch Schuhe mitgebracht hatte. Doch dann merkte sie, daß es egal war. Ihre Füße wurden zwar kalt, aber das war ein geringer Preis für diese Aussicht.

Die Schiffsflotte, die ihr Urgroßvater vor seinem Marsch gegen die Blutklippen angefordert hatte, war eingetroffen. Selbstverständlich hatte sie inzwischen, auf halbem Weg hierher, ihre nach Nye übermittelte Nachricht erhalten, in der sie sich als Schwarze Königin proklamierte, so wie es ihre Mutter ihr – durch Gabe – geraten hatte. Ihre Mutter bezweifelte, daß ihr Onkel Bridge ihr ernsthafte Probleme bereiten würde.

Er würde es nicht wagen, hatte ihre Mutter gesagt. Blut gegen Blut galt auch für ihn. Arianna wunderte sich ein wenig darüber, daß es am Ort der Macht nicht gegolten hatte. Schließlich hatte ihr Vater den Schwarzen König getötet. Aber ihre Mutter hatte gesagt, er habe es so gewollt, habe seine eigenen Gründe dafür gehabt und obendrein nicht auf Ariannas oder Gabes Befehl hin gehandelt.

Und genau darin lag der Unterschied.

Arianna ging noch einen Schritt näher. Noch nie zuvor hatte sie das Infrin-Meer gesehen. Es war rauh und aufgewühlt, dunkelgrau und von Felsen durchsetzt, überhaupt nicht so, wie sie es sich vorgestellt hatte. Schaumgekrönte Wellen klatschten gegen die glatte, dem Meer zugewandte Seite der Berge, brüllten mit einer Wildheit, die sie nicht für möglich gehalten hätte. Sie wollte auf keinen Fall auf einem der Schiffe auf diesem Meer sein, und doch waren Hunderte von Fey so auf die Insel gekommen.

Jetzt stiegen sie die Felsen empor, um ins Innere der Blauen Insel zu gelangen, so wie es die Soldaten ihres Urgroßvaters vor drei Monaten getan hatten. Hunderte von Fey schlängelten sich die Bergflanke herauf, ihre Körper wurden immer kleiner, je weiter sie hinunterblickte.

Aus dieser Höhe wirkten die Schiffe lächerlich, kaum in der Lage, sich auf den tosenden Wellen zu halten. Von der Küste aus zogen sich lange Reihen von Fey bis beinahe zum Plateau herauf, und noch während sie hinuntersah, zog sich der erste der Neuankömmlinge über die Klippe.

Er war in etwa so alt wie ihr Vater, ein Fey mit wettergegerbtem Gesicht, das aussah, als sei es daran gewöhnt, Befehle zu erteilen. Er zog sich den letzten Absatz mit beiden Armen hoch, dann stand er vor ihr. Er war so groß wie sie.

Er starrte sie mit mißtrauischen, dunklen Augen an.

Jetzt war es an der Zeit, das zu tun, wozu sie hergekommen war, nämlich sich selbst ein für allemal als Tochter von König Nicholas V. von der Blauen Insel und als Schwarze Königin des Imperiums der Fey Geltung zu verschaffen.

Sie streckte dem Fey, der da vor ihr stand, nach Inselart die Hand zum Gruß entgegen. Er warf einen kurzen Blick auf die Hand und ergriff sie dann.

Sie lächelte ihn an.

»Willkommen auf der Blauen Insel«, sagte sie.